W0004372

Die junge Samantha ist gebürtige Engländerin und lebt seit ihrem dritten Lebensjahr in Tansania. Auf ihren Vater – ein ehemaliger britischer Elitesoldat, der sich als Söldner verdingt und Waffen schmuggelt – ist kein Verlass, die alkoholabhängige Mutter verlässt die Familie schon bald in Richtung Europa. Kein Wunder, dass Samantha sich im Internationalen Internat in Moshi am Kilimandscharo einsam und verloren fühlt. Ein wenig Halt findet sie allenfalls in ihrem dänischen Mitschüler Christian, aber auch dieser kann sie nicht abhalten von ihrem selbstzerstörerischen Furor, in den sie sich bald bedingungslos stürzt.

JAKOB EJERSBO (1968-2008) wuchs in Dänemark und Tansania auf, wo seine Eltern als Entwicklungshelfer arbeiteten. Bereits mit seinem ersten Roman *Nordkraft* (2002), für den er den Dänischen Buchpreis erhielt, gelang ihm in Dänemark der Durchbruch. Sein wilder, anarchistischer Stil begeisterte Kritiker wie Publikum. Seine große Afrika-Trilogie Liberty, Exil und Revolution war 2009 die literarische Sensation des Jahres in seinem Heimatland. Er bekam dafür posthum den Großen Preis des Dänischen Rundfunks verliehen, die Bücher standen wochenlang auf Platz 1 der Bestsellerliste.

Jakob Ejersbo

EXIL

Roman

Aus dem Dänischen
von Ulrich Sonnenberg

btb

Die dänische Originalausgabe erschien 2009 unter dem Titel
Eksil bei Gyldendal, Kopenhagen.

Die Übersetzung ins Deutsche wurde vom
Danish Arts Council Committee for Literature gefördert.

Verlagsgruppe Random House FSC® N001967

1. Auflage
Genehmigte Taschenbuchausgabe Mai 2016

Published by agreement with the Gyldendal Group Agency.
Umschlaggestaltung: semper smile, München
Umschlagmotiv: © David et Myrtille/Arcangel Images
Druck und Einband: GGP Media GmbH, Pößneck
AH · Herstellung: sc
Printed in Germany
ISBN 978-3-442-71333-2

www.btb-verlag.de
www.facebook.com/btbverlag
Besuchen Sie auch unseren LiteraturBlog www.transatlantik.de!

1983

Blaues Silber

Wenn ich mich mit den Schwimmflossen über den Sandboden bewege, sieht die Wasseroberfläche anderthalb Meter über mir aus wie lebendiges blaues Silber. Ich drehe mich auf den Rücken und betrachte durch meine Taucherbrille die glänzende Unterseite der kleinen Wellen. Sobald ich näher komme, fliehen die winzigen Fische leise in die Korallen auf dem Meeresboden. Es ist vorbei. Die Sommerferien sind zu Ende. Wir müssen meine große Schwester Alison zum Kilimandscharo Flughafen bringen – sie fliegt nach England. In wenigen Tagen muss ich wieder ins Internat, ohne Alison. Ich schwimme zur Oberfläche und atme tief ein. Die Welt ist laut. Ich ziehe die Taucherbrille ab und blinzele ins Wasser. Salzwasser – man sieht nicht, dass ich geweint habe.

Ich gehe die Böschung hinauf. Im Baobab Hotel ist kein Laut zu hören – weder im Hauptgebäude mit der Rezeption und dem Restaurant, noch in den Bungalows, die zwischen den Baobab-Bäumen stehen. Viele Gäste haben wir nicht. Alison packt. Sie soll bei der Schwester meines Vaters wohnen, ein halbes Jahr auf eine Hotelfachschule in Birmingham gehen und dann ein Praktikum in einem Hotel antreten. Ich lehne mich an den Türrahmen ihres Zimmers.

»Willst du mich wirklich mit den Alten allein lassen?«

»Ja«, antwortet sie.

»Sie bringen mich um«, sage ich.

»Ich muss etwas lernen«, entgegnet Alison. Vater läuft über den Flur. Ich blicke ihm nach.

»Seit drei Jahren habe ich England nicht mehr gesehen. Und wir wohnen hier jetzt schon zwölf Jahre – ich werde als Tanzanierin enden«, rufe ich ihm hinterher. Er reagiert nicht.

»Du kommst schon noch nach England«, sagt er schließlich, ohne sich umzudrehen.

»Scheiße, ich will aber jetzt«, sage ich. Vater bleibt stehen, sieht mich an.

»Jetzt beruhigst du dich erst einmal«, sagt er. »Außerdem habe ich gesagt, du sollst zu Hause nicht fluchen. Du kannst Alison nächstes Jahr besuchen.«

Aufbruch

Mutter serviert zum Abendessen Hummer, hinterher macht Alison Crêpe Suzette, die sie mit Cointreau am Tisch flambiert.

»Jetzt verlässt die Erste das Nest, Missis Richards«, sagt Vater.

»Ja, das ist traurig«, antwortet Mutter und lächelt – ein leichter Schauder scheint ihr über den Rücken zu laufen.

Alison legt mir den Arm um die Schulter.

»Ich hoffe, sie benehmen sich, wenn ich fort bin«, sagt sie.

»Wer?«, will Vater wissen.

»Ihr«, antwortet Alison.

»Glücklicherweise bin ich ja die meiste Zeit in der Schule«, sage ich.

»So schlimm sind wir nun auch wieder nicht«, meint Vater. Ich zupfe ihm die Zigarette aus der Hand und nehme einen Zug.

»Samantha!«, sagt Mutter scharf.

»Ach, lass sie doch«, entgegnet Vater.

»Sie ist erst fünfzehn.«

»Und es hat keinen Sinn, dass sie so wird wie du«, sagt Alison zu Vater.

»Samantha ist ein harter Brocken, wie ihr Vater«, erwidert er und schaut Mutter an. »Die Kinder sind bald flügge. Die Aufgabe ist erfüllt. Von nun an kann jeder von uns seine eigenen Wege gehen.«

»Vater«, mahnt ihn Alison.

»Wieso musst du immer so gemein sein?«, sagt Mutter.

»*Tsk*«, zische ich.

Mutter beginnt zu schluchzen.

Afrika

Ich wache früh auf, mit Blut auf dem Laken, Kopfschmerzen und einem Ziehen in den Gliedern. In der Küche höre ich das Mädchen. Wir wollen im Laufe des Vormittags fahren. Ich ziehe das Bettzeug ab und werfe es in den Wäschekorb. Gehe ins Wohnzimmer. Alison steht in einem weiten T-Shirt schlaftrunken im Zimmer.

»Wo ist Vater?«, fragt sie.

»Weiß ich nicht«, antworte ich und schaue vor die Tür – sein Land Rover ist fort. Die einzige Spur: Zahnbürste, Zahnpasta und die Waffe fehlen. Ohne etwas zu sagen oder einen Zettel zu hinterlassen. Einfach weg. Wie lange? Wer weiß? Mutter sitzt auf der Veranda und trinkt Kaffee.

»Er kommt nicht damit zurecht, Alison auf Wiedersehen sagen zu müssen.«

Ich springe die Böschung hinunter zum Badehaus und rudere hinaus, um zu fischen, nur mit Maske, Schnorchel und Harpune. Ich tauche drei Meter tief, es beginnt zu regnen, obwohl es bis zur kurzen Regenzeit eigentlich noch drei Monate dauert – es erschrickt mich. Die Wasseroberfläche wird aufgepeitscht. Ich beeile mich, wieder an Land zu kommen. Grau in grau.

Mutter sitzt noch immer auf der Veranda. Es hat aufgehört zu regnen.

»Musst du nicht irgendetwas tun?«, frage ich.

»Wieso?«, fragt sie zurück.

»Weil …«

»Ihr seid so gut wie aus dem Haus, und Douglas ist die ganze Zeit unterwegs. Jahrelang habe ich die Angestellten täglich gescheucht und ihnen immer und immer wieder dasselbe erzählt. Aber sie gehorchen einfach nicht – nur wenn ich daneben stehe und ihnen zusehe. Ich bin es leid. Ich bin die Feuchtigkeit leid, die Mücken, das Hotel …«

»Und Douglas und uns«, sage ich. Mutter schaut mich erschrocken an.

»Euch nicht«, sagt sie. Alison steht in der Tür zum Wohnzimmer: »Du kannst dich selbst nicht mehr leiden.«

»Ja«, sagt Mutter. »Und Afrika. Afrika bringt mich um.« Sie schaut mich an: »Wenn ich jetzt nach England führe, würdest du mitkommen, Samantha?«

»Willst du in den Urlaub fahren?«
»Nein, um zu bleiben.«
»In England?«
»Ja.«
»Nein«, antworte ich. England. Was soll ich dort?
»Wir fahren bald«, sagt Alison.

Denguefieber

Die Straße nach Westen bis zur Road Junction ist erbärmlich, und wir benötigen sechs Stunden, um die dreihundertfünfzig Kilometer bis Moshi zu fahren. Am Fuß des Kilimandscharo liegt das Internat. Aber glücklicherweise sind die Ferien erst in einigen Tagen vorbei, also fahren wir noch eine weitere Stunde westwärts, beinahe bis Arusha. Es ist schön, nach der feuchten Wärme in Tanga ins Landesinnere zu kommen.

Ein paar Kilometer vor Arusha verlassen wir die asphaltierte Straße und biegen auf einen Feldweg, der zur Mountain Lodge am Mount Merus führt. Wir wollen Mick besuchen, der zwei Klassen über mir ist. Vor vier Monaten, kurz vor der Mittleren Reife, wurde er krank und musste ins Krankenhaus. Ich bin auf das Wiedersehen gespannt.

Mountain Lodge ist eine alte deutsche Kaffeefarm aus dem Jahr 1911, die in ein Luxushotel umgebaut wurde. Micks Mutter betreibt zusammen mit Micks großem Bruder und seiner Frau die Lodge und eine Organisation, die Safaris veranstaltet. Seinem Stiefvater gehört ein Reisebüro in Arusha.

Mahmoud kommt heraus und teilt uns mit, nur Mick sei zu Hause. Die anderen sind mit Japanern auf einer Safari in der Serengeti. Ich hatte mich gefreut, Micks Schwägerin wiederzusehen, Sofie ist lustig. »Aber kommt doch herein und trinkt einen Tee«, bittet Mahmoud und geht in seinem arabischen Aufzug mit Turban und Krummsäbel im Gürtel voran – alles für die Touristen. Mahmoud ist ein würdevoller Mann, der die einheimischen Angestellten der Lodge mit harter Hand führt. Wir folgen ihm auf die Veranda, die sich um das weißgekalkte Hauptgebäude zieht. Ein abgemagerter, hagerer Mann starrt uns aus dem Liegestuhl an.

»Mick?«, fragt Alison. Er lächelt, dass die Haut auf dem Schädel Falten schlägt, während er sich langsam erhebt.

»Bist du es wirklich?«, sagt Mutter.

»Ich bin es, Miss Richards«, erwidert Mick. Er gleicht einer Leiche. Vorsichtig umarmen wir ihn nacheinander. »Keine Sorge«, sagt er und drückt mich an sich. »Ich bin nicht aus Zucker.«

»Wie viel Kilo hast du abgenommen?«, will Alison wissen.

»Sechzehn«, antwortet Mick. »Erst lag es am Denguefieber: zwei Wochen lang vierzig Grad Fieber, roter Ausschlag am ganzen Körper, heftige Muskelschmerzen und innere Blutungen. Im Krankenhaus von Arusha mussten sie das Fieber mit Eis senken und einen Flüssigkeitstropf setzen, weil ich vollkommen dehydriert war.«

Mick zündet sich eine Zigarette an und raucht langsam, sogar seine Finger sind dünn. Gut, dass er ziemlich füllig gewesen ist, sonst läge er jetzt sechs Fuß unter der Erde.

»Aber durch den Tropf habe ich mir Typhus eingefangen. Ich schwitzte, kotzte und habe mich beinahe zu Tode geschissen. Das Krankenhaus hätte mich fast umgebracht. Meine Mutter hat mich dann nach Hause geholt und eine Krankenschwester angeheuert, um mich zu pflegen.«

»Hier krank zu werden, ist gefährlich«, sagt meine Mutter und schüttelt den Kopf. Wohl wahr. Die europäischen Berater werden nach Hause geflogen, wenn sie krank sind. Von unseren Eltern kann sich keiner eine Krankenversicherung leisten, allerdings wissen wir, wie man die Ärzte besticht.

»Und wie geht's jetzt weiter?«, erkundigt sich Alison.

»Ich muss zu einer Nachprüfung in die Schule, dann kehre ich nach Europa zurück«, sagt Mick. »Ich weiß nur nicht so genau, wohin.« Durch seine Mutter, die eigentlich Österreicherin ist, aber mit einem Deutschen verheiratet war, besitzt Mick einen deutschen Pass. Mick spricht kein Deutsch, und sein Stiefvater ist Franzose. Sein richtiger Vater kam aus England, ist aber bereits vor vielen Jahren an schwarzer Malaria gestorben.

»Komm mich besuchen, wenn du in Europa bist«, sagt Alison.

»Gern.« Mahmoud bringt Tee und Kekse. »Leider haben wir keinen Platz für euch«, fügt Mick hinzu. »Heute Abend kommt eine ganze Gruppe Japaner.«

»Nein, nein, das ist auch nicht nötig«, sagt Mutter. »Wir haben verabredet, im Arusha Game Sanctuary zu übernachten.«

Alle hier im Land wohnenden Weißen sind alte Freunde, die sich gegenseitig Übernachtungsmöglichkeiten anbieten, wenn sie umherreisen. Das Arusha Game Sanctuary gehört Angelas Familie, die aus Italien kommt. Angela ist ebenfalls zwei Klassen über mir, ich kenne sie schon seit meiner Kindheit – sie ging mit Mick in eine Klasse der griechischen Schule von Arusha, bevor sie beide ins Internat von Moshi kamen. Ich hätte allerdings lieber in der Lodge übernachtet.

»Und du, Samantha?«, fragt Mick.

»Na ja, ich werde wohl im Arusha Game Sanctuary bleiben, bis die Schule beginnt. Es hat keinen Sinn, mit Mutter zurück nach Tanga zu fahren.«

»Besuch mich«, sagt Mick. »Für dich haben wir immer Platz.«

Abschied

Nach dem Tee fahren wir ins Arusha Game Sanctuary, das von Angelas Mutter betrieben wird. Wie im Baobab Hotel gibt es ein Restaurant und Bungalows für die Gäste. Zusätzlich unterhalten sie noch einen kleinen Zoo mit allen möglichen Tieren, von Vögeln bis zu Löwen.

Angela ist bei Freunden in Arusha, aber ihre Mutter ist zu Hause und zeigt uns unsere Zimmer. Natürlich kann ich bleiben, bis die Schule wieder beginnt, sagt sie. Ich gehe mit Alison zum Schwimmen ins nahegelegene Hotel Tanzanite, aber es ist unangenehm – viel zu viel Chlor im Wasser.

Wir trinken Cola, rauchen Zigaretten, reden nicht viel.

»Du musst nicht traurig sein«, sagt Alison.

»Bist du doch auch«, antworte ich.

Sie nickt.

Am nächsten Morgen bringen wir Alison zum Flughafen, der auf halbem Weg zwischen Arusha und Moshi liegt. Ich sehe Mutter an, dass sie gestern Abend zu viel getrunken hat.

»Ich rede mit eurem Vater«, sagt sie. »Mal sehen, ob Samantha und ich dich Weihnachten besuchen können.«

»Ja«, sagt Alison und schweigt. Es sieht nicht so aus, als gäbe es genug Geld für die Flugtickets. Durch die Abflughalle fliegen Schwalben.

Wir verabschieden uns von Alison am Check-in. Mutter weint. Alison beißt die Zähne zusammen, ich räuspere mich und schlucke meine Spucke hinunter.

»Und du machst keine Dummheiten, wenn ich weg bin«, flüstert Alison mir ins Ohr. Sie lässt mich los und geht, dreht sich aber noch einmal um. »Ihr geht doch nach oben und winkt?«, fragt sie mit dünner Stimme. Ich schlucke erneut, Mutter nickt, und Alison verschwindet durch die Türen. Wir gehen über die Treppen auf die große Aussichtsplattform auf dem Dach.

»Ich werde sie vermissen«, sagt Mutter.

»Ja«, sage ich und zünde mir eine Zigarette an.

»Du sollst nicht rauchen, Samantha.«

»Gerade jetzt schon«, entgegne ich.

»Okay.« Wir warten schweigend und blicken auf die Passagiere, die sich zum Flugzeug begeben, bis Alison aus dem Gebäude unter uns kommt.

»Wiedersehen, Alison, pass auf dich auf!«, ruft Mutter.

»Mach keine Gefangenen, bring sie alle um!«, schreie ich.

Alison sagt nichts; sie wirft uns eine Kusshand zu, winkt und bleibt an der Kabinenöffnung des Flugzeugs stehen. Hinter ihr bildet sich eine Schlange, während sie ein letztes Mal zu uns herüberblickt. Dann ist sie fort. Wir bleiben schweigend stehen und versuchen, sie durch die kleinen Fenster des Flugzeugs zu entdecken, aber vergeblich. Trotzdem stehen wir noch da und winken, als das Flugzeug sich in Bewegung setzt. Wir warten, während es zur einzigen Start- und Landebahn rollt, wendet und beschleunigt. Wir winken, als es abhebt. Wir sind häufig von hier abgeflogen. Wir wissen, dass man die Menschen auf der Aussichtsplattform sehen kann, wenn die Maschine startet. Wir wissen, dass Alison darin sitzt, nach uns Ausschau hält und daran denkt, wann sie wieder zurückkommen wird.

»Mutter, du kannst mich einfach an der Hauptstraße absetzen«, sage ich auf der Rückfahrt vom Flughafen. Mutter will nach Osten in Richtung Tanga, während ich zum Arusha Game Sanctuary muss, um dort die zwei Tage bis Schulbeginn zu verbringen.

»Nein, ich fahre dich zurück.«

»Ich kann doch einen Bus nehmen. Dann kommst du zu vernünftigen Zeiten nach Hause.«

»Okay«, willigt sie schließlich ein und gibt mir etwas Geld. »Aber denk dran anzurufen, Samantha.« Ich umarme sie und steige aus; sehe ihr nach, als sie davonfährt. An einem Holzschuppen esse ich gegrillte Kassava mit Senfdressing, trinke Tee. Springe in einen Bus nach Arusha, sitze eingeklemmt mit einem Massai-Mädchen auf dem Schoß und einem Zicklein zwischen den Füßen, bis ich am Arusha Game Sanctuary aussteige.

Großwildjäger

Angela ist zurück. Sie sonnt sich im Garten hinter dem Haus. Ich weiß nicht viel über sie, nur dass sie ziemlich zäh ist und sich auf der Schule von niemandem etwas gefallen lässt. Als sie auf die Schule in Arusha ging, war sie Heimschläferin, im Internat in Moshi wohnt sie in einem anderen Haus als ich. Angela ist dünn, aufgeschossen, schmalbrüstig und hat eine Hakennase. Alison hat immer gemeint, Angela »sei nicht ganz richtig im Kopf«. Ich gehe zu ihr.

»Hey, Angela«, begrüße ich sie. Sie schiebt die Sonnenbrille hoch und betrachtet mich. Ihre Augen sind rot, als hätte sie geweint.

»Ich habe mich mit meiner Mutter gezankt«, erklärt sie.

»Worüber?«

»Sie behauptet, ich würde mit ihrem Freund flirten.«

»Tust du es denn?«

»Ein bisschen.« Sie setzt die Sonnenbrille wieder auf. »Er ist Großwildjäger, aus Arusha. Italiener.«

»Und der Freund deiner Mutter«, sage ich.

»Im Moment. Aber das hält nicht lange.« Was soll ich dazu sagen?

»Gehst du mit schwimmen?«, frage ich sie. Sie will nicht, also gehe ich allein. Als ich zurückkomme, ist Angela verschwunden, und ihre Mutter weiß auch nicht, wo sie ist – offensichtlich ist es ihr aber auch egal. Ich esse etwas, gehe zu Bett und weine. Ich vermisse Alison. Wäre ich doch mit Mutter zurück nach Tanga gefahren. Ich will nicht in die Schule.

Das Perlentor

Am nächsten Morgen ist Angela nicht da; ich gebe ihrer Mutter Bescheid, dass ich zur Mountain Lodge fahre, Mick besuche und morgen den Bus zur Schule nehme.

Die Mountain Lodge liegt nur zwei Kilometer von der Hauptstraße entfernt, aber es geht ziemlich weit den Mount Merus hinauf. Ich kann diese Strecke durchaus laufen, denn es ist Vormittag, und das Arusha-Gebiet liegt relativ hoch; hier ist es noch immer kühl. Ich nähere mich der Lodge. Zwischen den Bäumen sehe ich die Garage, in der Micks Bultaco-Motorräder und ein Beach-Buggy mit platten Reifen stehen. Vor der Lodge läuft ein Bach den Berg herab, und direkt an der Brücke gibt es zwei Becken, Forellenteiche. Mick steht dort neben einem Arbeiter, der mit einem Netz an einer langen Bambusstange Regenbogenforellen herausfischt. Er hat mich noch nicht gesehen. Sein Oberkörper ist nackt, mager.

»Mick!«, rufe ich. Er blickt auf und lächelt. Kommt zu mir auf die Brücke, ringt nach Atem und legt mir den Arm um die Schulter.

»Hilfst du einem kranken Mann nach Hause?«, fragt er.

»Klar.«

»Alison – ist sie abgereist?«

»Ja. Angela war zu Hause, aber … ich kenne sie doch gar nicht richtig.«

»Wildes Mädchen«, sagt er.

»Bist wohl scharf auf sie?«

»Nein, ich kann sie nicht ausstehen«, erwidert Mick. »Ein zu dreckiges Mundwerk.«

Wir sind am Haus. Mahmoud serviert Mittagessen und Tee auf der Veranda. Wir rauchen.

»Ich muss mich ein bisschen hinlegen«, entschuldigt sich Mick. »Ich bin noch immer nicht ganz wiederhergestellt. Aber du kannst gern mitkommen.« Er blinzelt mir zu.

»Das könnte dir so passen», antworte ich und bleibe sitzen.

»Aber du bleibst doch bis morgen, oder?« Ich nicke. Er geht ins Haus. Ich sehe mir den Garten an. Ich bin fünfzehn Jahre alt. Mick ist siebzehn. Ich bin noch immer Jungfrau. Ich gehe ins Haupthaus. Im Parterre gibt es ein Kaminzimmer und einen Speisesaal für die Touristen, voller Jagdtrophäen und Felle. Die Familie wohnt im ersten Stock. Ich gehe die Treppe hinauf. Die Tür zu Micks Zimmer steht einen Spalt offen. Ich gehe darauf zu.

»Komm rein«, fordert er mich auf, und ich gehe hinein. Es geschieht sehr behutsam, sehr schön. Ich bekomme eine Gänsehaut, als er mich auszieht. Wir sind vorsichtig, bis Mick die Hände und die Zunge an dieser besonderen Stelle einsetzt – das ist mehr als schön. Er hebt den Kopf und sieht mich an.

»Das Perlentor«, sagt er.

Rauchen am Morgen

Erster Schultag. Um sieben Uhr dreißig renne ich von meinem Haus, Kiongozi, zum Speisesaal. Die Internatsschüler sind nach Alter und Geschlecht auf die Häuser verteilt. Einige Häuser stehen ein Stück von der Schule entfernt, aber Kiongozi liegt direkt am Spielplatz der jüngeren Schüler. Immer komme ich erst im letzten Moment mit strubbeligen Haaren und den Büchern unter dem Arm los, mir bleibt dann lediglich eine Viertelstunde zum Frühstücken.

»Wie geht's dir, Samantha?«, erkundigt sich Shakila, die den Speisesaal bereits verlässt. Sie ist die Tochter eines Professors, der eine Privatklinik in Dar betreibt. Shakila ist zwei Klassen über mir; sie war meine Vertrauensschülerin, als ich nach der vierten Klasse aufs Internat geschickt wurde. Den neuen Schülern wird ein älterer Schüler zugeteilt; er soll sie einweisen und ihnen zeigen, wie man sein Bett macht, aufräumt und die Hausaufgaben erledigt. Obwohl es vier Jahre her ist, dass Shakila meine Vertrauensschülerin war, erkundigt sie sich noch immer hin und wieder, wie es mir geht.

»Gut. Und dir?«

»Auch gut«, erwidert sie. Wieso fragt sie? Weil Alison abgereist ist. Ich bin jetzt allein auf der Schule. Zum ersten Mal habe ich weder meine Eltern noch Alison in meiner Nähe. Der Speisesaal ist halb leer; die größeren Jungen im Kijoto und die Mädchen in Kilele und Kipepeo haben ihre eigenen Küchen fürs Frühstück, und die ältesten Jungen aus dem Kijani-Haus und die aus Kishari essen in der Schule.

Ich entdecke Panos, der zusammen mit Tazim, Truddi und meiner Zimmerkameradin Gretchen an einem Tisch sitzt. Wir alle fangen heute in der achten Klasse an. Panos schlingt Brot hinunter und gießt ein Glas Saft hinterher – ein Mulatte, dessen griechischer Vater eine Tabakfarm bei Iringa betreibt. Aus den Augenwinkeln sehe ich Jarno, einen Finnen, der mich hinter den bleichen Dreadlocks, die er sich wachsen lässt, mit pissgelben Augen anstarrt.

»Bist du okay, Samantha?«, will Tazim wissen.

»Natürlich ist sie okay«, sagt Panos. »Du siehst doch, sie isst.«

Panos kenne ich seit sieben Jahren, seit ich 1976 auf der Schule in Arusha angefangen habe. Panos ist bärenstark, rund wie eine Tonne und hasst Bücher. Um sieben Uhr fünfundvierzig müssen wir den Speisesaal verlassen haben, die erste Stunde beginnt um acht.

»Zigarette?«, fragt Panos, ohne mich anzusehen, während er aufsteht und prüfend den Raum überblickt.

»Klar«, murmele ich mit vollem Mund.

»Bei Owen«, sagt er und geht. Owen ist der Rektor, dessen Wohnhaus schräg hinter dem Speisesaal liegt. Es war Panos' Idee, direkt hinter seinem Haus zu rauchen, dort vermutet niemand eine Regelverletzung. Owen ist bereits im Büro und seine Frau im Lehrerzimmer. Ich laufe Panos zwischen den Bäumen nach und blicke dabei auf den Kilimandscharo. Die Schneekappe auf dem Gipfel Kibos ist noch immer deutlich zu sehen; erst am Vormittag, wenn die Sonne in den Regenwäldern unterhalb des Gipfels das Wasser verdampfen lässt, wird der Berg von Wolken verhüllt sein. Ich bin nie dort oben gewesen, obwohl man ihn mit der Schule besteigen kann – mich interessiert es nicht. Aber Panos ist oben gewesen, obwohl er sich bis Gilman's Point ein paar Mal übergeben musste und die Umrundung des Kraterrands bis zum höchsten Punkt, Uhuru Peak, nicht geschafft hat. Bevor der erste Weiße den Berg bestieg, glaubten die Afrikaner, die weiße Krone bestünde aus Silber.

Panos ist an den dichten Büschen hinter Owens Haus stehengeblieben.

»Bist du okay?«, fragt er.

»Ich habe keine Lust mehr, hier zu sein.«

»Was du nicht sagst.« Wir zünden die Zigarette an, rauchen so hastig, dass uns schwindlig wird, teilen uns ein Big G-Kaugummi, um den Geruch zu vertreiben, und schlendern zu den Klassenräumen; fünf vor acht. Alles ist überschwemmt von irgendwelchen Gören – Tagesschülern. ISM heißt die Schule: International School of Moshi. Zwölf Klassen kann man hier besuchen, dann ist man reif für die Universität.

Die Tagesschüler wissen nichts vom Leben. Jeden Nachmittag kehren sie nach Hause zurück, um sich von Mami und Papi den Hintern abwischen zu lassen. Die meisten Internatsschüler sind Weiße – Kinder von Diplomaten, Leuten, die in der Entwicklungshilfe arbeiten, oder Familien, die Landwirtschaft oder etwas Touristisches in Tansania betreiben. Es gibt aber auch schwarze Internatsschüler, Söhne und Töchter von korrupten Geschäftsleuten oder Politikern. Und unter den Tagesschülern finden sich jede Menge Inder. Die Schule hat irgendwann als christliche Schule angefangen, als einige weiße Christen das große Krankenhaus KCMC bauten, das Kilimanjaro Christian Medical Center; angeblich das beste Krankenhaus des Landes. Es unterrichten noch immer sehr viele gläubige Lehrer, aber die Schule besuchen auch eine Menge Hindus, Sikhs und Muslime. Zumindest müssen wir keine Uniformen tragen wie auf der Schule in Arusha.

Die erste Stunde beginnt. Ein weiterer vergeudeter Tag in meinem Leben.

International Mick

Am ersten Tag herrscht in den Pausen ein großes Durcheinander, alle begrüßen sich. Ich suche Panos' Freund Christian, aber er ist nicht zur Schule gekommen. Christian wohnt auf der Zuckerplantage TPC südlich von Moshi. Vor knapp einem Jahr starb seine kleine Schwester bei einem Autounfall, vielleicht ist die Familie nach Europa zurückgekehrt? Hinterher ging er mit Shakila, aber das hat nicht funktioniert, außerdem wurde er für eine Woche suspendiert, weil er ständig und überall Zigaretten geraucht hat.

Savio kommt in der großen Pause auf mich zu und erkundigt sich nach Mick. Mir wird ganz heiß, als ich Micks Namen höre. Savio ist kräftig gebaut, Goa und Katholik aus Arusha.

»Er kommt bald, er muss zur Nachprüfung.«

»Bist du das, Mick?« Savio schaut mir über die Schulter, ich drehe mich um. Tatsächlich kommt Mick den Gang entlang.

»Savio, Mann!«, ruft er. »Samantha!«

»Meine Fresse, bist du dünn geworden«, erwidert Savio und klatscht ihn mit fünf Fingern ab. Er stellt sich neben Mick und zieht sein T-Shirt hoch. Mick ebenfalls. Savio hat einen Bauch, Mick ist abgemagert. Wir grinsen. Shakila kommt und umarmt Mick. Bevor er krank wurde, sind die beiden letztes Jahr zusammen gegangen.

»Du bist zurück«, lächelt Shakila. Ein Stück entfernt steht Tazim mit einem betrübten Gesichtsausdruck – sie hat Mick mal geküsst, aber es wurde nichts daraus.

»Ich bin nicht zurück«, sagt Mick. Ich schlucke.

»Was ist denn los?«, will Savio wissen.

»Die wollen für mich keine Nachprüfung im November organisieren. Stattdessen soll ich die zehnte Klasse wiederholen«, erklärt Mick.

»Arschlöcher«, sagt Savio.

»Und was willst du machen?«, frage ich ihn.

»Ich bin derjenige, der geht.«

»Wohin?« Die Frage kommt von Savio.

»Deutschland.«

»Was willst du denn da?«

»Ich kenne einen Deutschen, der sich auf der Technischen Hochschule in Köln einschreibt, und dann werde ich mit den Examenspapieren meines Kumpels dort auftauchen.«

»Cool«, meint Savio.

»Und wovon willst du leben?«

»Ich hab von meiner österreichischen Großmutter ein bisschen was geerbt, außerdem kann ich Gebrauchtwagen aufkaufen, reparieren und mit Profit wieder verscheuern.« Mick hat Motorräder zerlegt und repariert, bevor er auf ihnen fahren konnte. Und zwar auf die afrikanische Art – nur mit vorhandenem Material.

»Sprichst du denn deutsch?«

»Es reicht ein deutscher Pass«, grinst Mick. »Außerdem kann ich zwei Bier bestellen.« Aziz kommt dazu, ein schleimiger Inder aus Micks und Savios Klasse. »Hast du Arusha-*bhangi* dabei?«, flüstert Aziz Mick zu. Aziz raucht viel zu viel von dem Kraut.

»Nein«, sagt Mick.

»Sei ein Kumpel, Mick. Ich weiß, dass du was hast«, quengelt Aziz, der ständig mit irgendetwas zu handeln versucht.

»Verpiss dich«, erwidert Mick. Ich wünschte, er würde mich küssen.

Scheißding

Stunde um Stunde vergeht. Dann schleppe ich endlich meine Tasche am Riemen hinter mir her; den Betonflur entlang, der unter einem Vordach vor den Klassenräumen verläuft, damit wir während der Regenzeit nicht im Schlamm waten.

»Samantha«, sagt Mr. Harrison hinter mir. Ich bleibe stehen. Stehe still, ohne mich umzudrehen. Antworte nicht. »Geh ordentlich mit deiner Tasche.« Langsam drehe ich mich um.

»Wie geht man denn ordentlich?«

»Heb sie hoch«, sagt Mr. Harrison.

»Das bestimme immer noch ich. Das ist meine Tasche.«

»Aber es sind die Bücher der Schule.«

»Sind Sie sicher?«

»Willst du gern mit ins Büro?« Ich zucke die Achseln. Was soll ich machen? Das Gesicht verlieren? Ich bleibe stehen und drehe mich wieder um. Ein Haufen Schüler beobachtet uns. Dann zeigt sich ein Lächeln auf Harrisons Lippen. Er geht auf mich zu, nimmt mir den Riemen aus der Hand und legt ihn mir über den Kopf, greift nach meinem Arm und hebt ihn an, bis er auf der Tasche liegt, die nun an dem Schulterriemen zwischen meinen Titten hängt.

»So«, sagt Harrison und klopft mir auf die Schulter, bevor er ins Lehrerzimmer geht, ohne sich umzudrehen. Ich bleibe einen Moment stehen. Dann ziehe ich mir den Riemen über den Kopf und stelle die Tasche wieder auf den Betonboden.

»Samantha«, sagt Gretchen und schüttelt den Kopf.

»Willst du das Scheißding etwa tragen?«, frage ich sie und schleife die Tasche weiter hinter mir her. Plötzlich spüre ich einen Ruck – Svein hat der Tasche einen so heftigen Tritt versetzt, dass sie gegen die Wand fliegt. Den Riemen halte ich noch in der Hand.

»Idiot!«, rufe ich und wirbele die Tasche herum. Svein springt zur

Seite, ich verfehle ihn, doch dann schwinge ich die Tasche noch einmal über dem Kopf und knalle sie Svein in den Nacken.

»Samantha!«, ertönt Mr. Thompsons Stimme – der stellvertretende Schulleiter. Alle bleiben stehen. Ich drehe mich um und sehe ihn an. »Ins Büro!«, befiehlt Thompson mit einer Kopfbewegung. »Du auch, Svein!« Svein protestiert. Ich zucke die Achseln, gehe zum Büro. Die Tasche schleppe ich über den Betonboden hinter mir her.

Silberkreuz

Beim Lauftraining der Fußballmannschaft habe ich mich in Stefano verliebt. Mit ein paar Mädchen wartete ich auf die Rückkehr der Läufer vom Zehnkilometerlauf. Ich und meine Zimmerkameradinnen: Tazim, eine lebhafte und nette Goa, und die Norwegerin Truddi, die mit ihrer Freundin Diana gekommen ist. Diana ist die Tochter eines korrupten Parlamentsmitglieds, dem die Leute den Spitznamen Mr. Zehn Prozent gegeben haben.

Der Italiener Stefano taucht als Erster auf der gegenüberliegenden Seite der vierhundert Meter langen Aschenbahn auf, die um den Fußballplatz verläuft. Jetzt muss er nur noch ins Ziel. Wir feuern ihn an. Baltazar läuft direkt hinter ihm. Baltazar ist groß und kohlrabenschwarz, der Sohn des angolanischen Handelsattachés. Stefano ist klein und kräftig, er läuft mit freiem Oberkörper … nein, er hat sein T-Shirt hochgeschoben und hinter den Kopf gezogen; es bedeckt seinen Nacken, damit er sich keinen Sonnenbrand holt. Ich sehe, wie seine Brust- und Bauchmuskulatur bebt, kein Gramm Fett an ihm. Der Oberkörper glänzt vor Schweiß. Er schaut sich um und lässt Baltazar näher kommen, hält aber ein paar Meter Abstand. Stefano läuft als Erster durchs Ziel, mit erhobenen Armen. Ich sehe deutlich das dunkle Haar in seinen Achselhöhlen. Das Kreuz an der Silberkette um seinen Hals ist auf der Brust festgetapt, damit es beim Laufen nicht herumhüpft.

»Mann, er ist einfach zum Anbeißen«, sagt Truddi neben mir. Stefano läuft auf uns zu.

»Hallo, Samantha!«

»Hallo.« Er greift nach meiner Hand, führt sie an seine Brust.

»Kannst du mir das Tape abreißen?«, fragt er.

»Klar«, sage ich und fasse vorsichtig an eine Ecke, spüre seine erhitzte Haut, reiße.

»Danke«, sagt Stefano.

»Wieso nimmst du die Kette nicht einfach ab, wenn du läufst?«

»Meine Mutter hat sie mir bei meiner Geburt umgehängt«, antwortet er. Und ich finde es einfach toll.

Am Abend geben wir uns hinter den Pferdeställen einen Zungenkuss.

Sistah, sistah

»Bist du wieder gesund?«, frage ich Christian, als ich ihn Freitag treffe. Er sieht ein bisschen blass aus.

»Wieso gesund? Ich war doch gar nicht krank.«

»Und was war diese Woche?«

»Ach, alles Mögliche ... Chaos. Wir sind nach Moshi gezogen. Ich habe jetzt ein Motorrad.«

»Okay, dann kannst du mich ja mal mitnehmen. Und ich komm auch gern am Wochenende vorbei, wenn du was Ordentliches zu essen hast.«

»Natürlich«, sagt er und erklärt mir, wo er jetzt wohnt. Direkt an der Straße von der Schule in die Stadt.

Am Samstag gehe ich mit Tazim ins Stadtzentrum. Sie will zum Moshi Book Shop, um Briefpapier zu kaufen. Hinterher laufen wir durch die Kibo Arcade zu Zukar's und kaufen *samosas* und *mandazi:* eine Art Doughnut, ein Stück Teig, der in Öl gesotten und in Zucker gewendet wird. Und tansanischen Tee mit Milch und Zucker. Die anderen weißen Mädchen kommen nicht hierher: »Wir kriegen bloß Magenschmerzen, weil alles so dreckig ist«, behaupten sie.

Wir vergessen die Zeit und verpassen den Pick-up zurück zur Schule. Da wir kein Geld fürs Taxi haben, müssen wir laufen.

»Wir könnten Christian besuchen und ihn bitten, uns nach Hause zu fahren«, schlage ich vor.

»Ja, okay.« Tazim seufzt. Wir gehen zum Arusha-Kreisel. In der Nähe stehen ein paar ziemlich große Burschen, Anfang zwanzig und schwarz, insgesamt fünf. Sie haben uns längst gesehen.

»Können wir keinen anderen Weg gehen?«, fragt Tazim.

»Wir müssen hier lang.«

»Aber …«

»Die tun dir nichts.«

»Bist du sicher?« Tazims Vater ist Geschäftsmann in Mwanza, transportiert Güter über den Victoriasee nach Uganda. Sie ist in Tansania geboren, aber es gibt kaum Kontakte zwischen Indern und Schwarzen.

Wir nähern uns den Burschen. Sie fangen sofort an.

»*Sistah, sistah.*« Als wir an ihnen vorbei sind, folgen sie uns. Tazim ist vollkommen panisch, sie schnappt nach Luft und bewegt sich ganz steif. Andere Leute sind nicht in der Nähe. Einer der Burschen greift nach meinen Haaren, berührt sie. Tazim sieht aus wie eine zum Tode Verurteilte. Jetzt wird sie vergewaltigt, verstümmelt und ermordet, und dann das Ganze noch einmal von vorn, bis sie schließlich roh gefressen wird. Ich drehe mich um.

»Ich bin nicht deine Schwester. Und hör auf, mich anzufassen«, sage ich auf Swahili. Es ist unglaublich lästig, aber so ist es nun mal – sie versuchen es einfach, wollen uns verunsichern. Die Burschen grinsen, bleiben stehen. Wir gehen weiter, um eine Ecke. Tazim fängt an zu schluchzen.

»Was ist denn?«, frage ich und nehme sie in den Arm.

»Ich hatte solche Angst.«

»Das sind doch nur ein paar Idioten.«

»Ja, aber ich dachte, jetzt …«

»Du hast doch nicht etwa geglaubt, die würden uns wirklich etwas tun?«

»Doch. Das … so was kann passieren.«

Kolonialistin

Wir kommen zu dem Haus, in dem Christian jetzt wohnt. Micks Bultaco 350cc steht draußen. Mick ist hier! Nein … er ist doch nach Deutschland geflogen. Mick hat seine beste Maschine verkauft, um in Deutschland ein bisschen Geld in der Tasche zu haben.

Christian ist allein zu Hause. Er fährt Tazim sofort zur Schule. Kommt zurück und wendet mit dem Motorrad auf dem Hof. Ich sitze auf einem Stuhl vor der Tür. »Soll ich dich auch hinfahren?«

»Ja, aber ich hab's nicht eilig«, sage ich, ohne mich zu rühren.

»Okay.« Er schaltet die Zündung aus, steigt ab, klappt den Ständer herunter. »Kann ich dir etwas anbieten?«

»Zigaretten und Whisky«, sage ich. Er lacht.

»Der Alte schließt den Barschrank ab, aber Zigaretten kann ich besorgen. Cola?«

»Ja.« Er geht ins Haus. Ich folge ihm. Stehe hinter ihm, als er den Kühlschrank öffnet und eine Cola herausnimmt. »Ich will dein Zimmer sehen«, sage ich.

»Okay.« Er gibt mir die Cola, geht im Flur voraus. Der Koch steht im Wohnzimmer und bügelt. Ich stecke den Kopf hinein, grüße. Er fragt, ob wir etwas essen möchten. »Hast du Hunger?«, will Christian wissen.

»Klar.« Der Kühlschrank ist gut gefüllt.

»Ja, wir möchten etwas essen, danke«, sagt Christian in ziemlich gutem Swahili. Wir gehen in sein Zimmer. Er hat eine eigene Stereoanlage, groß. Einen ordentlichen Stapel LPs und eine Menge Kassetten. Er schaltet die Anlage ein. Eddy Grant.

»Zigaretten«, sagt er und zeigt dabei auf eine große, mit Kuhfell bezogene Trommel, die am Bett den Nachttisch ersetzt. »Bitte.«

Es sind Marlboro. Ich zünde mir eine an. Sie sind besser als die tansanischen Zigaretten, die im Hals kratzen, zu lose gedreht und zu trocken sind.

»Hmmm«, stöhne ich und lehne mich zurück, bis ich auf dem Bett liege, atme tief ein. Meine Brüste heben sich. Ich spüre, dass er hinguckt, obwohl mein Blick nur den Rauchringen folgt, die mein Mund ausstößt. »Die sind gut. Marlboro.« Er antwortet nicht. »Wo sind eigentlich deine Eltern?«

Vor ein paar Monaten gab es an der Schule ein Gerücht, Christians Mutter würde es in der Stadt mit einem anderen Mann treiben. Christian sagt noch immer nichts. Ich schaue zu ihm hinüber. Er steht am Fenster und starrt mich mit leeren Augen an, wobei er so fest an seiner Zigarette zieht, dass der Rauch seinen Kopf einhüllt.

»Meine Mutter spielt Kolonialistin bei einem holländischen Farmer am West-Kilimandscharo, und mein Vater säuft.«

»Deine Mutter ist ... ausgezogen?« Ich habe sie ein paar Mal gesehen, wenn sie in der Schule war – eine hochgewachsene, hübsche Frau mit großen Brüsten, irgendwie aristokratisch. Christian saugt den letzten Rest Nikotin aus der Zigarette und tritt an den Tisch.

»Ja. Sie ist abgehauen«, sagt er, während er die Kippe im Aschenbecher ausdrückt. »Sie glaubt, er … Ach, Scheiße, was weiß ich. Sie glaubt wohl, dieser Farmer ist irgendwie mehr als mein Vater. Mehr … Mensch. Oder Mann.«

»Und, ist er das?«

»Woher soll ich das wissen?«, entgegnet Christian. »Ich bin schließlich erst siebzehn.«

»Fährt dein Vater jetzt schwarz?«

»Schwarzfahren?«

»Hat er angefangen, schwarzen Frauen nachzusteigen?«

»Ich weiß nicht«, erwidert er.

Motorrad

Ich höre einen Land Rover in der Einfahrt, jemand tritt hart auf die Bremse. Der Motor wird abgestellt, die Tür zugeworfen. Christian sieht mich an und beginnt zu zählen: »Eins, zwei, drei, vier, fünf …« Die Eingangstür klappt, und jemand fängt an, auf Dänisch zu brüllen.

»Übersetz«, fordere ich Christian auf.

»Wie oft soll ich dir noch sagen, dass du dein Scheißmotorrad nicht mitten auf den Hof stellen sollst! Verflucht, das endet noch mal damit, dass ich es anfahre!«, wiederholt Christian, während sich Schritte nähern. Die Tür geht auf, es ist sein Vater, sauer. Bis er mich entdeckt. Er ist überrascht.

»Guten Tag«, sagt er, tritt zwei Schritte ins Zimmer und streckt die Hand aus. »Niels«, stellt er sich vor. Ich richte mich auf und schüttele seine Hand. Christian sagt irgendetwas auf Dänisch. Ich drücke meine Zigarette aus. Niels ist Mitglied des Verwaltungsrats der Schule. Sie bestimmen bei Vergehen, ob man eine Woche oder vierzehn Tage zu Hause zu bleiben hat oder ganz von der Schule geschmissen wird. Habe ich eine Raucherlaubnis? Nein. Aber das weiß er nicht, jedenfalls sagt er nichts, er sieht uns bloß an; seine fahle Haut, dieser gebrochene Ausdruck in den Augen: Suff, Kater, Müdigkeit.

»*Karibuni chakala*«, sagt der Koch auf dem Flur – das Essen ist fertig.

»Möchtest du mitessen?«, fragt Christians Vater.

»Natürlich möchte sie«, sagt Christian.

Wir gehen in die Küche, setzen uns an den Tisch, essen. Die Unterhaltung ist angestrengt. Irgendetwas mit der Schule, das Hotel in Tanga, Golf. Aber das Essen ist gut.

Hinterher fahren wir Motorrad. Ich fahre besser als Christian, aber das sage ich nicht. Wir kommen zur Lema Road. Ich habe keine Lust, zur Schule gebracht zu werden.

»Wollen wir in den Moshi Club fahren?«, rufe ich. Christian bremst und hält an der T-Kreuzung, an der die Lema Road rechts abgeht.

»Nein, keine Lust. Mein Vater wird bald hinfahren, um sich dort volllaufen zu lassen.«

»Dann lass uns einfach so herumfahren.«

»Okay.« Christian gibt Gas. Er fährt geradeaus, an der Abfahrt zum Moshi Club vorbei und die Serpentinen hinunter zur alten Eisenbrücke über den Karanga River. Die Fahrbahn besteht aus mehreren Schichten unterschiedlicher Planken, die nicht ordentlich befestigt sind; an mehreren Stellen kann man das zehn Meter unter uns fließende Wasser sehen. Christian fährt langsam, bis wir auf der anderen Seite wieder Asphalt erreichen, dann dreht er auf. Mein Körper wird nach hinten gezogen, ich verschränke meine Finger vor seinem Bauch, um mich festzuhalten. Durch den dünnen Stoff des T-Shirts fühle ich seine Bauchmuskulatur.

Sein Vater, meine Mutter. Der alltägliche Suff.

Wir fahren schnell – die Maschine und der Fahrtwind –, es hat keinen Sinn zu reden. Wir fahren an der Rückseite des Karanga Prison vorbei, und weiter in westliche Richtung. Wir begegnen einer Gruppe Strafgefangener in verwaschenen weißen Anzügen und ein paar Aufsehern. Sie tragen dunkelgrüne Uniformen und Gewehre. Die Gefangenen bessern den Straßenrand aus, unter den sich in der Regenzeit die Wasserströme graben. Wenn dann schwere Fahrzeuge darüber fahren, platzt der Asphalt auf. Weiße Gefangenenkleidung, darauf ist mitten in all dem Grün leichter zu zielen. Wenn wir weit genug fahren, treffen wir auf die Straße in Richtung Norden, zum West-Kilimandscharo, wo Christians Mutter jetzt wohnt.

Weiße Könige

Nach ein paar Kilometern führt die Straße durch ein Dorf. Christian hält vor einem Kiosk.

»Hast du Geld?«, frage ich ihn, denn ich habe keins.

»Ja.«

»Du hast immer Geld.«

»Ich klau's meinem Alten.«

»Hast du keine Angst, dass er's entdeckt?«

»Nein, dazu hat er zu oft einen Kater. Ich klaue ein paar Dollar oder ein paar Pfund, die herumliegen, und wechsle sie bei Phantom. Das ist der Schwarze mit dem kleinen Kiosk am Eingang vom Markt.«

»Der Rasta-Typ?«

»Genau.«

Wir trinken Limonade, rauchen Zigaretten.

»Die sind überhaupt nicht hier«, sagt Christian.

»Wer?«

»Meine Eltern. Die … Weißen. Das hat überhaupt nichts mit Afrika zu tun. Die bewegen sich zwischen ihrem Haus, dem Job, dem Club und den Häusern der anderen Weißen. Das Gefährlichste, was sie unternehmen, ist ein Marktbesuch mit dem Koch oder dem Gärtner an der Leine, damit er die Waren zurück zum Auto schleppen kann.«

»Was ist daran falsch?«

»Na ja … sie sind in Afrika – und sie haben nicht das Geringste mit den Afrikanern zu tun!«

»Glaubst du, sie verpassen was?«

»Tja, also …«

»Also was?«

»Dann hätten sie ebenso gut zu Hause bleiben können!«

»Nein, weil sie hier leben können wie die Könige«, widerspreche ich.

»Aber das hat nichts damit zu tun, Afrika zu helfen.«

»Hast du … deine Mutter mal gesehen?«

»Ich war mal oben – Marcus hat mich hochgefahren.«

»Und?«

»Sie ist jetzt eine weiße Farmersfrau. Superkolonialistin. Sie lebt es verdammt noch mal aus.« Er steckt sich eine weitere Zigarette an – ich glaube, um mich nicht ansehen zu müssen. Er raucht, ohne ein weiteres Wort zu sagen. Soll ich von meinen Eltern erzählen? Nein, sein Päckchen ist ohnehin schon groß genug. Er sitzt vornübergebeugt auf der Bank, die Ellenbogen auf den Schenkeln. Mit einem Mal fängt er wieder an, als würde er mit sich selbst reden: »Und ganz plötzlich zeigt es sich, dass die eigenen Eltern Idioten sind. Also, sie sind … Kinder. Dumme Kinder, lächerlich.«

»Ja«, sage ich. »Ich will jedenfalls nicht so werden, wenn ich erwachsen bin – lieber werde ich überhaupt nicht erwachsen.«

»Du sagst es«, erwidert er tonlos.

»Sie haben mich als Baby hierher geschleppt, und jetzt, nach so vielen Jahren, reden sie darüber, mich nach England zu schicken. Würdest du gern wieder zurück nach Dänemark?«

»Weiß ich nicht so genau.«

»Schwer zu sagen, wie es da ist, oder?«

»Kalt«, sagt er.

»Ja.« Er dreht den Kopf, schaut mich von unten an und lächelt: »Willst du mal fahren?«

»Na klar.« Jetzt liegen seine Finger auf meinem Bauch. Ich lenke das Motorrad auf die Lema Road; wenn man schnell genug fährt, knallen die Reifen nicht in die Schlaglöcher – man fliegt geradezu darüber hinweg.

Der Fluss

Samstagnachmittag sitze ich mit Panos an der Flussböschung und rauche.

»Benimmt Stefano sich anständig?«, erkundigt sich Panos.

»Anständig?«

»Setzt er dich unter Druck?«

»Nein.«

»Okay«, sagt Panos.

»Wieso fragst du, ob er mich unter Druck setzt?«

»Ich kenne Stefano schon mein ganzes Leben. Wenn er sich nicht wie ein totales Arschloch aufführt, ist das immer so eine Art Gotteswunder«, erwidert Panos und geht.

Als ich zurück zum Kiongozi-Haus gehe, treffe ich Stefano am Fußballplatz, auf dem ein paar Typen kicken. Er streichelt meine Hüfte, küsst mich.

»Wir sehen uns heute Abend, Schatz«, sagt er.

»Ja.« Aus den Augenwinkeln bemerke ich, dass Truddi uns anstarrt.

»Und dann werden wir's uns gemütlich machen«, fügt er hinzu. Ich antworte nicht. »Ich will nicht, dass du dich ständig mit Panos und Christian herumtreibst.«

»Panos ist mein Freund.« Die Tabakfarm von Panos' Eltern grenzt an die Farm von Stefanos Eltern.

»Ja, aber jetzt bist du mit mir zusammen«, erklärt er.

»Ja, ja, natürlich.«

Während des Abendessens im Speisesaal stellt sich Owen neben mich, legt seine Hände auf den Tisch und beugt sich vor, bis er mir ins Gesicht sehen kann. Um uns herum verstummen alle, um zuhören zu können.

»Samantha«, sagt er. »Ich habe dich heute auf diesem Motorrad gesehen. Du bekommst eine Verwarnung. Und beim nächsten Mal Hausarrest.« Er sieht mich an, ich sehe ihn an.

»Okay«, antworte ich und blicke wieder auf meinen Teller, spieße ein Stück Bratkartoffel mit der Gabel auf, stecke es in den Mund, kaue. Owen steht noch immer neben mir. Ich würdige ihn keines Blickes. Ich werde ihm nicht seine kleinen machtgeilen Eier schaukeln.

»Beim nächsten Mal Hausarrest.«

»Okay.« Er verschwindet.

Eine Verwarnung, weil ich Motorrad gefahren bin. Wie banal.

Hormone

»Komm schon, Samantha. Nur ein bisschen anfassen«, quengelt Stefano. Wir liegen im Dunkeln auf dem Fußballplatz, die Lichter der Schule sind nur zu ahnen.

»Warum?«

»Ich liebe dich, wenn du es tust.«

»Nur, wenn ich es mache?«

»Nein, aber … komm schon.«

»Soll ich … mit der Hand?«

»Ja, fass ihn an.«

»Ich will ihn aber nicht anfassen.«

»Warum nicht. Er ist sauber.«

»Fass ihn doch selbst an.« Ich will lieber eine Zigarette.

Ich setze mich mit dem Rücken zu ihm. Wieso kann Stefano mich nicht einfach umarmen? Mir einen Kuss geben? Er denkt nur daran, wie er mich flachlegen kann, wie er an meine Titten kommt, wie er mich dazu bringt, seinen Schwanz anzufassen. Das hat nichts mit Gefühlen zu tun, das weiß ich genau. Er hat es nicht unter Kontrolle.

»Eine Zigarette«, sagt er, kuschelt sich in dem ausgedörrten Gras des Fußballplatzes an mich und holt eine Zigarette aus der Tasche. »Okay, hier«, er fasst um mein Handgelenk.

»Wo ist sie?«

»Mann, ich will sie dir doch gerade geben.« Er führt meine Hand.

»Iiih!« Sein steifer Schwanz an meinen Fingern; er hat sich die Hose heruntergezogen, das Geräusch hatte ich gehört. Ich stehe auf. Stefano lacht.

»Herrgott, Samantha, komm schon. Du hast es versprochen.«

»Davon habe ich nichts gesagt.« Ich bleibe mit verschränkten Armen stehen. Natürlich habe ich das nicht versprochen – Wunschdenken. »Zünd mir die Zigarette an.« Wieso kann er nicht einfach ein bisschen nett zu mir sein? Das brauche ich. Ich habe niemanden, mit dem ich reden kann. Vater ist ständig auf seinen sogenannten Geschäftsreisen, und Mutter geht in Tanga allmählich vor die Hunde – und wenn sie zusammen sind, streiten sie sich. Alison ist in England, Mick in Deutschland. Er wusste, wie man es macht. Er hat mich gestreichelt, mir nette Dinge gesagt, mich erregt. Stefano ist ein Trottel.

Das Zischen des Streichholzes ist weit zu hören. Ich schaue auf Stefano, der im Schein des brennenden Schwefels hockt. Er hat sich die Hose wieder hochgezogen. Jetzt hält er die Glut an die Zigarette und schüttelt das Streichholz aus, die Dunkelheit kehrt zurück. Konnte man den Lichtschein sehen? Wenn jetzt ein Lehrer erscheint, bekomme ich Hausarrest; ich habe bereits eine Verwarnung. Was dann? Aber vermutlich sieht die Glut eher aus wie ein Leuchtkäfer.

»Hier.« Er reicht mir die Zigarette und schirmt die Glut mit der hohlen Hand ab. Stefano, denke ich, Stroh im Arsch und Stroh im Kopf, aber er sieht wirklich gut aus: kompakt, stark, kohlschwarze Haare. Er geht in die Klasse über mir. Die Dunkelheit bewegt sich. Schritte. Ich lasse mich zu Boden fallen, behalte den Rauch im Mund. Stefano ist leise, legt sofort eine Hand auf die Innenseite meines Oberschenkels; jetzt kann ich nicht protestieren und mich nicht bewegen, sonst würden wir gehört. Vorsichtig stoße ich den Rauch aus. Die Dunkelheit ist undurchdringlich. Ich sehe nur die Gestalten, die sich in der Ferne im Licht bewegen. Die Schritte nähern sich.

»Er fragt ständig, ob wir zusammen gehen wollen«, sagt eine Stimme. Truddi. Wir wohnen im selben Zimmer, sie geht in die Parallelklasse, aber wir mögen uns nicht besonders.

»Aber du findest ihn doch gut, oder?«, sagt eine andere Mädchenstimme. Diana aus der Parallelklasse.

»Ja, schon, aber er kann mich doch nicht fragen, ob wir zusammen gehen wollen, er ist doch schon mit Samantha zusammen«, antwortet Truddi. Stefano zieht seine Hand von meinem Oberschenkel.

»Samantha ist so eine Nutte«, sagt Diana.

»Warte mal«, unterbricht sie Truddi. »Hier riecht's nach Rauch.«

»Verschwindet«, presse ich heraus.

»Oh, Entschuldigung.« Diana und Truddi kichern, als sie sich entfernen. Ich glaube nicht, dass sie meine Stimme erkannt haben. Ich stehe auf und ziehe noch einmal an der Zigarette. Dann hole ich aus und gebe Stefano irgendwo einen Tritt.

»Au, verflucht, Samantha!«, stöhnt er. »Blöde Psychopathin.«

»Schwein!«, erwidere ich, werfe die Zigarette auf ihn und gehe. Ich spucke über die Schulter. Die Tränen fließen. Muss einen Umweg hinter das Kijani-Haus machen, damit ich nicht vom Fußballplatz auf Kiongozi zugehe. Truddi und Diana könnten dort sein, sie würden ahnen, dass sie meine Stimme auf dem Platz gehört haben. Wir müssen bald auf den Zimmern sein.

»Hallo, Samantha«, begrüßt mich Truddi zuckersüß. »Wo kommst du denn her?«

»Das geht dich gar nichts an.« Ich schiebe mich an ihr vorbei und gehe in unser Zimmer.

Gretchen liegt auf ihrem Bett und liest, sie liest immer. Gretchen kommt aus Deutschland, sie trägt eine dicke Brille und ist klug, blass und bescheiden bis zur Selbstaufgabe.

»Hallo«, grüße ich und greife nach meiner Zahnbürste.

»Hast du dich mit Truddi gestritten?«

»Ein bisschen.«

»Wieso könnt ihr euch nicht vertragen?«

»Ach, sie ist einfach so … unglaublich perfekt.«

»Das kann man aber so nicht sagen, Samantha.«

»Ich weiß, aber … ich könnte einfach nur kotzen, wenn ich sie sehe.«

Am Sonntag bleibe ich in unserem Zimmer und warte darauf, dass Stefano jemanden bittet, mich zu holen, damit er sich entschuldigen kann. Denn die Jungen dürfen nicht in die Mädchenhäuser. Aber es kommt niemand.

Ebenezer

Von sieben bis acht Uhr abends müssen wir in unseren Zimmern Hausaufgaben erledigen. Ich erkläre unserem Hausboss Minna, dass ich in die Bibliothek muss, um für eine schriftliche Aufgabe in Gemeinschaftskunde etwas nachzusehen. Wenn ich nicht auf dem Zimmer arbeite, notiert es Minna zunächst in einer Liste, dann wird in der Bibliothek festgehalten, dass ich tatsächlich dort gewesen bin. Aber wie ich herausgefunden habe, vergleichen sie die Listen nie – ich bin jedenfalls noch nie erwischt worden.

Auf den Gängen zur Bibliothek ist niemand. Ich nehme den Breezeway, den Quergang zwischen den drei Trakten mit den Klassenzimmern, bleibe hinter der Ecke des letzten Trakts stehen und zünde mir eine Zigarette an. Verberge die Glut in der hohlen Hand, als ich Schritte auf den trockenen Blättern höre.

»*Nani?*«, fragt eine Stimme – wer? Es ist Ebenezer, einer der Wachleute.

»Ich bin's, Samantha«, antworte ich. »Komm, rauch 'ne Zigarette mit.« Er stellt sich neben mich in die Dunkelheit, ein scharfer Geruch nach altem Schweiß und Feuerholz.

»Du bist sehr schlimm«, sagt er und grinst, seine Zähne leuchten in der Dunkelheit auf.

»Ja«, sage ich und gebe ihm eine Zigarette, die er an meiner Glut anzündet. Wir unterhalten uns gedämpft über seine Familie und seine Felder. Ebenezer ist Soldat gewesen, 1979, während der Invasion Tansanias in Uganda. Als Nachtwache trägt er eine Massai-Keule im Gürtel, an der Schulter hängt ein Bogen, auf dem Rücken ein Köcher mit Pfeilen.

»Triffst du eigentlich jemand mit den Pfeilen, wenn es dunkel ist?«

»Vielleicht treffe ich. Vielleicht auch nicht. Aber der Dieb bekommt Angst, weil die Spitzen der Pfeile in Gift getaucht sind.«

»Wirklich?«

»Wirklich«, erwidert Ebenezer. »Wenn ich einen Dieb nur in den Arm treffe, kann er noch weglaufen, aber das Gift wird den Arm verfaulen lassen, und der Arzt muss ihn abschneiden.«

»Ist es tödlich?«

»Vielleicht, wenn ich ins Herz treffe«, meint Ebenezer.

»Ich habe keine Lust mehr auf Schule«, sage ich.

»Es ist wichtig, in die Schule zu gehen.«

»Ich will hier weg.«

»Das ist schade. Wenn du nicht mehr da bist, können wir keine Zigaretten mehr zusammen rauchen.«

»Okay«, lenke ich ein. »Dann bleibe ich noch ein bisschen.« Es ist wichtig, mit den Wachleuten gut auszukommen, damit sie nicht petzen, wenn man nachts unterwegs ist. Aber ich will nirgendwohin. Nach der Hausaufgabenstunde bleibe ich im Kiongozi-Haus – im Moment ertrage ich Stefano nicht.

Respekt

Im Kunstunterricht sollen wir auf unsere Hand gucken und sie mit der anderen zeichnen, aber ohne aufs Papier zu schauen. Vollkommener Schwachsinn.

»Können wir nicht nur Skizzen zeichnen?«, frage ich Miss Schwartz.

»Zeichne deine Hand, Samantha, das ist eine sehr wichtige Übung für die Auge-Hand-Koordination.«

»Skizzen sind aber spannender.«

»Da wirst du noch ein paar Jahre warten müssen.«

»Skizzen, wovon?«, will Svein wissen, einer der norwegischen Leimschnüffler.

»Nacktmodelle«, sage ich, schiebe die Brust vor und ziehe den Ausschnitt herunter, so dass der Brustansatz zu sehen ist. Von den indischen Mädchen kommen missbilligende Geräusche, die Jungen glotzen alle. Ein paar Mädchen aus den höheren Klassen haben mit uns gemeinsam Kunstunterricht, auf höherem Niveau. Eine von ihnen heißt Parminder. Sie sagt irgendetwas auf Hindi, und die anderen indischen Mädchen nicken. Sie ist ihre Anführerin, denn sie ist die Hübscheste – total feminin, Zöpfe bis zum Arsch.

»Willst du mir irgendetwas sagen, Parminder?«, erkundige ich mich.

»Tsk«, schnalzt sie.

»Es ist mein Körper, und damit kann ich machen, was ich will«, erkläre ich.

»Ich weiß, was du brauchst«, sagt Gulzar leise – ein indischer Bursche, der eine Klasse wiederholen muss, weil er nicht ganz richtig im Kopf ist. Seine Zwillingsschwester Masuma geht in die Klasse über uns. Gulzar greift sich unter dem Pult in den Schritt.

»Du solltest von etwas Großem und Harten durchgepflügt werden, ich hab so etwas für dich.«

»Halt's Maul, du schleimiger Idiot.«

»Wie viel willst du dafür haben? Für 'ne schnelle Nummer?« Gulzar hört nicht auf.

»Was sagst du da?«

»Was ist bei euch los?« Jetzt ist auch Miss Schwartz aufmerksam geworden.

»Er soll aufhören, dreckiges Zeug zu mir zu sagen.«

»Samantha, du bist selbst schuld«, sagt Miss Schwartz.

»Das heißt aber nicht, dass er mit mir reden kann, als wäre ich eine Hure.« Die anderen hören auf zu arbeiten.

»Redet anständig miteinander«, fordert Miss Schwartz uns auf. Sie hat Gulzar nicht gehört.

»Er hat mich gefragt, wie viel ich haben will, um mit ihm zu ficken.« Miss Schwartz seufzt. Ich bin noch nicht fertig: »Er glaubt, Frauen seien seine Sklaven. Seine Mutter und seine Schwestern sollen ihm von morgens bis abends den Arsch abwischen. Und er glaubt, ich wäre eine Hure, die er behandeln kann wie Dreck. Und Sie sagen, das ist in Ordnung?« Jetzt grinsen die anderen. Panos, Tazim und die norwegischen Leimschnüffler ganz offen. Gretchen versucht es zu verbergen, wahrscheinlich, weil sie meint, dass ich zu weit gehe. Die indischen Mädchen starren auf die Tische, aber ich vermute, sie genießen jede Sekunde.

»Samantha, ständig provozierst du. Du bist herausfordernd angezogen.«

»Na und?«, erwidere ich. »Irgendetwas Schönes muss es doch geben, das man sich hier angucken kann.«

»Findest du das hübsch?«, fragt Miss Schwartz.

»Fragen Sie doch Gulzar.«

»Samantha, raus!« Miss Schwartz zeigt auf die Tür.

»Was?«

»Ins Büro.«

»Wieso?«

»Hinaus.« Ich erhebe mich und verlasse den Klassenraum. Miss Schwartz geht an mir vorbei, ich folge ihr.

»Was habe ich denn getan?«

»Es ist genug jetzt«, sagt sie, ohne sich umzudrehen. Ich muss draußen warten, während sie mit Owen spricht; sie kommt heraus und schickt mich hinein.

»Wir lassen uns dein Benehmen nicht gefallen, Samantha«, erklärt er.

»Ach ja?«, erwidere ich. Er seufzt.

»Auf dieser Schule respektieren wir einander. Wir haben unterschiedliche Religionen und Kulturen, aber wir leben hier alle zusammen. Du hast die Gefühle der anderen nicht zu kränken. Ich weiß, du provozierst gern, aber du darfst es nicht übertreiben.«

»Aber ich respektiere sie doch. Ich verlange nicht, dass sie so sind wie ich, aber ich habe mir auch nicht gedacht, so zu werden wie die.«

»Du kränkst sie mit voller Absicht, Samantha. Das lasse ich nicht zu. Ist das klar?«

»Die kränken mich auch, wenn sie nicht mit mir sprechen, nur weil ich hin und wieder mal einen Jungen küsse.«

»Ja, aber du musst sie ja nicht gerade von Angesicht zu Angesicht beleidigen«, sagt Owen.

»Das mache ich auch nicht. Sie müssen nur aufhören zu glotzen. Glauben Sie, ich bin nicht beleidigt, wenn die glauben, dass sie so viel besser sind als ich, und dann nicht mehr mit mir reden? Was?«

»Sie haben eine andere Kultur. Das musst du respektieren. In dieser Schule dreht sich sehr viel darum, dass wir lernen, die Kultur des anderen zu respektieren.«

»Nein. Es geht darum, dass ich ihre Kultur zu respektieren habe, während sie meine verachten dürfen. Die indischen Mädchen halten mich für eine Hure, und die indischen Jungs behandeln mich auch so.« Darauf weiß er keine Antwort. »Aber das bin ich nicht, schließlich nehme ich kein Geld«, füge ich hinzu. Er tut so, als hätte er es nicht gehört.

»Du hast bereits eine Verwarnung, Samantha. Und bei dem kleinsten Vorkommnis bekommst du vierzehn Tage Hausarrest. Ist das klar?«

»Ja.« Er gibt mir ein Zeichen, dass ich gehen darf. Ich bin auf dem Weg nach draußen. »Und Samantha«, sagt Owen hinter mir. Ich drehe mich um. »Ja?«

»Es ist nicht sonderlich klug zu rauchen, wenn man keine Raucherlaubnis hat – und schon gar nicht hinter meinem Haus.«

»Jawohl«, sage ich und gehe hinaus. Eigenartig. Woher weiß er das? Vielleicht hat sein Gärtner geplaudert. Na ja, er hat mich gehen lassen, ziemlich cool. Bis zur Pausenglocke sind es nur noch ein paar Minuten, also gehe ich nicht mehr zurück in die Stunde. Setze mich auf eine Bank am Speisesaal. Angela kommt vorbei.

»Hey, Samantha«, sagt sie und setzt sich. »Du siehst ja so betrübt aus.« Sie legt ihren Kopf schief.

»Schwänzt du?«, will ich wissen.

»Ja«, antwortet sie lächelnd. »Du ja offenbar auch. Aber glücklich siehst du nicht gerade aus.«

»Stefano behandelt mich wie ein Stück Dreck.«

»Wenn man mit einem Köter zusammen ist, wird man eben wie eine Hündin behandelt.« Sie umarmt mich. »Aber er sieht gut aus, das muss ich zugeben«, sagt sie und steht auf.

Owen kommt um die Ecke.

»Samantha. Vierzehn Tage Hausarrest von heute ab.«

»Aber wieso?«

»Schluss jetzt. Du bist zu weit gegangen. Du weißt, dass du zurück in den Unterricht zu gehen hast. Ich werde das nicht dulden.«

»Okay«, sage ich achselzuckend.

»Zurück in den Unterricht.«

»Aber den Hausarrest habe ich doch schon bekommen«, protestiere ich. Owen holt tief Luft, in diesem Moment klingelt es.

»Vierzehn Tage«, sagt er und geht.

Idiot.

Hausarrest

Ich darf das Haus nur zu den Mahlzeiten und zum Unterricht verlassen. Die übrige Zeit habe ich im Kiongozi auf meinem Zimmer zu bleiben. Ich gehe auf die Toilette und masturbiere. Ich langweile mich und lechze ständig nach einer Zigarette. Unmöglich zu erfahren, was so läuft, wenn man nachmittags nicht vor die Tür darf. Und ich vermisse Stefano, obwohl es absurd ist. Noch nie habe ich so viele Hausaufgaben gemacht; es hilft nichts, man muss sich einfach fügen. Tazim kommt herein.

»Äh, Samantha?«

»Ja?« Ich liege auf dem Bett und lese.

»Ich muss dir unbedingt etwas erzählen.«

»Na los, sag schon.«

»Truddi und Stefano küssen sich«, berichtet Tazim. Ich vergrabe den Kopf in meinem Kopfkissen, Tazim setzt sich auf die Bettkante und streichelt meinen Rücken. »Na, na«, sagt sie.

Truddi betritt das Zimmer.

»Hey«, sagt sie und wirft sich aufs Bett, liegt auf dem Bauch, umarmt das Kopfkissen, sagt nichts.

»Und wie läuft's so mit dir und Stefano?«, erkundigt sich Tazim. Truddi antwortet beiläufig: »Er ist mir zu kindlich.« Ihre Stimme klingt nicht sonderlich überzeugend. Ich schnaube. Truddi sieht mich wütend an: »Du kannst ihn gern zurückhaben, Samantha.«

»Na, ist dir wohl nicht so richtig gelungen, was?«, erwidere ich. »Aber dieses Hin und Her ist eigentlich ziemlich erregend.« In Truddis Gesicht verwandelt sich die Wut in einen unglücklichen Ausdruck, nun vergräbt sie den Kopf im Kissen.

»Er hat sich geschnitten«, heult sie. Tazim geht zu ihr, um sie zu trösten und herauszufinden, was sie meint. Stefano hat sich selbst in die Brust geschnitten, um Truddi zu überzeugen, dass er sich umbringen wird, wenn sie ihn nicht anfasst.

»Er ist ein Psychopath«, sage ich.

»Aber ...«, beginnt Truddi.

»Ach was, schließlich ist er nicht tot.« Tazim verlässt das Zimmer, um Salomon zu suchen, den Sohn des äthiopischen Botschafters in Dar. Salomon trägt Dreadlocks und ist natürlich mehr als alle anderen ein richtiger Rasta, weil er aus Zion kommt, dem Heimatland Haile Selassies. Tazim mag ihn. Truddi geht auch, vermutlich weil sie denkt, dass ich sie auslache. Ich starre vor mich hin, hätte gern eine Zigarette. Ich könnte auf die Toilette gehen und rauchen, aber das ist zu riskant. Ich werde wohl bis zur Hausaufgabenstunde warten und wieder behaupten, zur Bibliothek zu müssen, um dann vielleicht eine Zigarette mit Ebenezer zu rauchen. Aber ich habe keine Zigaretten. Vor dem Fenster bewegen sich die Büsche.

»Samantha?«

Es ist Panos.

»Ja. Hey!« Genial. Besuch. Er hat sich durch die Büsche an der Außenwand geschlichen und hockt jetzt unter dem Fenster. Niemand kann ihn sehen, wir müssen uns nur leise unterhalten.

»Ist es auszuhalten?«

»Quatscht Stefano?«, frage ich zurück.

»Nein. Seine Lippe ist aufgeplatzt«, antwortet Panos.

»Wieso?«

Panos zuckt die Achseln. »Er hat mich beim Rugby unsauber gerempelt.«

»Und dann hast du ihm eine verpasst?«

»He, das hat richtig wehgetan.«

»Na ja, ich find's okay.«

»Ja, dachte ich auch.«

»War kein Lehrer dabei?«

»Doch, Smith«, erzählt Panos. »Aber der hat nur zugesehen. Für den ist Gewalt doch die einzig vernünftige Art zu kommunizieren.« Smith ist ein typisch englischer Unterklassenprolet. Er hat für Coventry gespielt, sagt er, und jetzt gibt er den Sportlehrer, während seine Frau Hausboss im Kilele- und Kipepeo-Haus ist.

»Ich brauche unbedingt 'ne Zigarette, Panos«, sage ich. Er steckt zwei Rex durch ein Loch im Moskitonetz.

Zöpfe

Ich habe Hausarrest und überhaupt keine Lust auf Schule. Es ist zu heiß, um im Bett zu liegen, und außerdem muss ich pinkeln. Wenn ich morgen behaupte, dass mir schlecht ist, werde ich auf die Krankenstation geschickt. Aber das will ich auch nicht, denn *mama* Hussein würde mich sofort durchschauen. Ich stehe auf und latsche zur Toilette, setze mich und will anfangen zu pinkeln, als mir einfällt, dass ich mir erst den Slip herunterziehen sollte. Betrachte meine Möse – eine deformierte Muschel mit Haaren, was ist daran so interessant? Wer weiß, ob ich je wieder glücklich werde?

Die anderen werden bald aus dem Unterricht zurückkommen. Ich gehe ins Zimmer. Greife nach meiner Haarbürste. Setze mich mit untergeschlagenen Beinen auf einen Stuhl. Starre aus dem Fenster. Presse die Bürste gegen die Innenseite meines Schenkels, bis sich Abdrücke auf der Haut zeigen. Höre Stimmen, Schritte auf dem Flur. Gretchen kommt herein.

»Hey!«, ruft sie. »Geht's besser?« Ich antworte nicht. Sie sieht mich an. Ich schaue zu ihr auf. »Na, was ist das Problem?«, fragt sie. Ich gucke wieder aus dem Fenster. Halte die Haarbürste in die Luft. Sie soll mir Zöpfe flechten, aber ich kann nicht sprechen. Gretchen nimmt mir die Bürste aus der Hand.

»Also, was soll ich machen? Dich kämmen?« Ich nicke. »Was hast du gesagt?«, fragt Gretchen.

»Ja, würdest du mich bitte kämmen?«

»Und was stellst du dir vor, wie soll es werden?«

»Wie ... na Zöpfe.«

»Okay«, sagt sie und fängt an.

»Wann fährst du?«, erkundige ich mich.

»Was meinst du?«

»Na ja, weil deine Eltern doch woanders hin müssen.«

»Ich weiß es nicht.« Nein, aber lange wird es nicht mehr dauern. »Aber wir können uns schreiben«, sagt sie. Naiv.

Die Fluktuation an der Schule ist enorm. Ich freunde mich mit jemandem an, dann ziehen sie weiter. Ich halte die Verbindung noch eine Weile aufrecht, doch dann versandet es. Und ich glaube ... daran denke ich ständig ... genauso ist es, wenn Leute sterben – es ist dasselbe. Es ist eine Art, damit zurechtzukommen. Sie sind tot. Ich habe kein Vertrauen, dass ich sie wiedersehen werde.

»Samantha, lass uns in Kontakt bleiben.«

»Ja«, sage ich. Sobald sie gefahren ist, ist sie tot. »Willst du nicht mal einen Freund, Gretchen? Ich könnte jemanden für dich finden.«

»Nein, danke«, erwidert sie.

»Wieso nicht?«

»Jungs sind Schweine.«

»Ich wusste gar nicht, dass du fluchst.«

»Ich fluche nicht.«

»Was machst du dann?«

»Ich sage nur, wie es ist.«

»Hm.«

»Ich will lieber lesen«, sagt Gretchen und fängt an zu flechten.

Freiheit

Nach vierzehn Tagen Gefängnis bin ich frei. Ich sehe mich sofort nach Panos um, der vor dem Kijana-Haus sitzt. Wir gehen spazieren und begegnen Sandeep, einem total Besessenen, der ständig lernt, weil er sich ein Stipendium in Europa oder den USA erhofft. Er sieht Panos nervös an.

»Nur ruhig«, sagt Sandeep. »Kommt nicht wieder vor.«

»Das will ich auch nicht hoffen, weder für dich noch für Mister Jones.«

»Was ist passiert?«, frage ich Panos, als wir weitergehen. Mister Jones ist Sandeeps Katze, Sally hat ihm die Erlaubnis gegeben, sie auf dem Zimmer zu halten.

»Das Mistvieh hat vorgestern in mein Bett gepisst.« Ich schaue ihn an und warte. »Na ja, ich habe ihm gedroht, die Katze umzubringen.«

»Lass uns zum Fluss gehen«, schlage ich vor.

»Warum?«

»Verdammt, um zu rauchen!«

»Klar.« Wir gehen den Fluss entlang und kriechen die Böschung hinunter, bis wir außer Sicht sind – abgesehen von den Jungen, die ihre Ziegenherden hüten und auf der Suche nach ein wenig trockenem Gras sind.

»Wir könnten schwimmen gehen«, sage ich. »Dort, wo das Wasser über die Felsen fließt, auf der anderen Seite muss es ziemlich tief sein.«

»Und uns dann totscheißen? Das Wasser ist voller Nilwürmer, ich bin dort letztes Jahr mal geschwommen.«

»Und, bist du krank geworden?«

»Vier Kilo habe ich abgenommen, ausgeschissen!«

Wir zünden die Zigaretten an, rauchen wortlos. Ich schaue vor mich hin, kenne ihn zu gut. Er will etwas sagen, kann es aber nicht.

»Was willst du mir sagen?«, frage ich. Panos wendet mir den Kopf zu und sieht mich an, dann schaut er wieder geradeaus, zieht fest an seiner Zigarette, seufzt und stößt den Rauch aus.

»Truddi«, sagt er. Ich begreife nicht, wie er dieses Gör anziehend finden kann.

»Frag sie einfach.«

»Das ist leicht gesagt. Und wenn sie nein sagt?«

»Dann ist es überstanden. Ich kann sie ja für dich fragen.« Wir müssen beide lachen.

»Ja, dann sagt sie ganz bestimmt nein«, meint Panos. Wir gehen zu Mboyas *duka*, um Limonade zu kaufen. Christian fährt mit seinem Motorrad auf uns zu.

»Ich dachte, das Motorrad ist verboten?«, wundere ich mich.

Christian zeigt auf die Erde: »Ist das hier die Schule? Nein, das ist ein privates Geschäftsgrundstück.« Er zeigt auf die Straße: »Und dies eine öffentliche Straße. Nicht Owens Straße.«

Mister Jones

Die Schneekappe des Kibo leuchtet weiß gegen den schmutzigblauen Himmel. Ich bleibe bei dem Anblick stehen, schaue hinauf. Aus der Entfernung wirkt der Berg diffus, weil so viel Staub in der Luft ist. Ein Scheißberg. Und ich stehe hier – ein Mädchen, das nichts weiß. Das herumgeschubst wird. Ich gehe in Richtung Kijana, um Panos zu finden. Vor dem Eingang sitzen ein paar Schüler auf der Bank an der Ecke des viereckigen Gebäudes, in dem die Internatsschüler der neunten und zehnten Klasse wohnen. Mitten auf dem Hof steht Philippo, einer der Gärtner, und mäht Gras mit einem slasher, einem drei Zentimeter breiten und einem Meter langen Flacheisen, dessen unterste zehn Zentimeter in einem stumpfen Winkel gebogen und geschliffen sind. Er hält den Holzgriff in der rechten Hand und hebt das Werkzeug hoch, bis es aussieht wie ein halbherziger Golfschlag, bevor er es direkt über den Boden sausen lässt. Abgeschnittene Grasbüschel fliegen durch die Luft. Mit kleinen Schritten arbeitet er sich vor, Schweißperlen zeigen sich auf seinem blauschwarzen Rücken. Obwohl er nicht mehr ganz jung ist, ist er so in Form, dass ich jeden Muskel zählen könnte. Ich zwinge mich dazu, ihm auf europäische Weise zuzunicken; ein abrupter Ruck mit dem Kopf – er grüßt auf afrikanische Art zurück, indem er ebenfalls mit dem Kopf nickt, aber weniger abrupt. Gleichzeitig hebt er dabei seine Augenbrauen. Die Aussicht, dass ich in England landen werde, bringt mich auf solche Gedanken: meine Art zu grüßen, meine herabhängenden Handgelenke, das Ausklopfen der Schuhe vor dem Anziehen, um nicht in Insekten zu treten. Der Neger in mir.

Ich klopfe an Panos' Tür.

»Ja!«, ruft er. Ich öffne die Tür. Panos sitzt auf dem Boden und ist dabei, mit Tape eine Zigarette an Mister Jones' Schnauze zu kleben.

»Ich will kein Wort hören, dass man Tiere nicht quälen darf«, erklärt er und hält die Katze eingeklemmt zwischen den Beinen. Ich hebe mit einer abwehrenden Geste die Hände.

»Die Scheißkatze des Hindus hat in mein Bett gepisst … schon wieder!«

»Und wieso hast du ihr keinen Joint gedreht?«

»Ich hab's überlegt, aber nein.«

»So viel wolltest du auch wieder nicht verschwenden, was?«, sage ich, während Panos das Tape auf Mister Jones' Schnauze presst. Die Katze versucht, sich zu befreien.

»Doch, aber ich habe Angst, Tür an Tür mit einer Katze zu leben, die zur Erkenntnis gekommen ist«, antwortet er und fügt hinzu: »Das könnte gefährlich werden.« Dann zündet er die Zigarette an. Die Nasenlöcher sind ebenfalls zugeklebt, das Tier ist gezwungen zu rauchen. Aus Mister Jones' Augen leuchtet der Wahnsinn, die Katze versucht zu husten, kleine Rauchwolken werden durch die Glut gestoßen.

Panos steckt den Kopf aus der Tür, wobei er die Katze festhält, und pfeift kurz nach dem Gärtner.

»Hey, Philippo. *Mama* Sally – *yupo*?« Er will wissen, ob der Hausboss Sally in der Nähe ist; Mister Jones zum Rauchen zu zwingen, könnte schnell zwei Wochen Hausarrest bedeuten.

Philippo lässt den *slasher* sinken, dreht sich um und grinst breit bei der Aussicht, dass Panos Unfug anstellen will.

»*Ah-ahhh, hapana*«, sagt er und schüttelt den Kopf. Svein taucht auf.

»Mann!«, ruft er begeistert aus, als er die Katze sieht, aber dann guckt er bedenklich.

»*Tsk*«, schnalzt Panos. »Ich verdiene eine Medaille, weil ich das Vieh nicht getötet habe.« Er steht auf und geht mit der Katze hinaus. Philippo fängt mit einem gluckernden gutturalen Geräusch an zu lachen, als er die Zigarette in Mister Jones' Schnauze sieht. Tansanier haben keinen Respekt vor dem Leben eines Tiers, es sei denn, es handelt sich um ein Nutztier. Wenn es nach ihnen ginge, würden alle Nationalparks dem Erdboden gleichgemacht; was ist das für eine eigenartige Idee, die Löwen frei herumlaufen zu lassen? Nur die Touristen mögen wilde Tiere – andererseits sind sie nicht sonderlich interessiert an wilden Schwarzen.

Panos packt die Katze im Nacken und am Schwanz und ruft Sandeep. Ich lehne mich gegen die Wand und sehe zu.

Als Sandeep aus seinem Zimmer kommt, lässt er den Bleistift fallen, den er quer im Mund hat. Die Luft steht still, als der Bleistift auf das Schulbuch trifft, das er stets wie festgeklebt in der Hand hält. Er fällt auf den Betonboden vor den Zimmern und rollt noch ein Stück, bevor er endlich liegenbleibt. Sandeep sagt und tut nichts, er steht unter Schock. Ein paar Jungs sind aus ihren Zimmern gekommen, Philippos Lachen hat sie neugierig gemacht.

Panos läuft auf den Rasen im Hof, lässt den Nacken der Katze los und beginnt mit einem festen Griff am Schwanz, das Tier langsam über seinen Kopf zu schwingen. Rauchringe.

»Wenn deine Katze das nächste Mal in mein Zimmer kommt«, sagt Panos ruhig, »bringe ich sie um.«

Sandeep fängt an, in seinem schlechten Englisch mit dem unüberhörbaren indischen Akzent jammernd zu betteln: »Bitte, hör auf damit. Nein, nein, nein. Panos, mein Freund, nie wieder, ich verspreche es. Lass Mister Jones bitte laufen.«

Die Katze faucht unterdrückt, der Rauch wird durch die Zigarette herausgedrückt, die einzige Möglichkeit für das Tier zu atmen.

Sandeep laufen Tränen über die Wangen, während sich das Fauchen der Katze steigert; ihre Augen rotieren im Schädel. Vielleicht erstickt sie bald. Panos lässt den Schwanz los, die Katze fliegt drei, vier Meter und schlägt auf dem Rasen auf. Sandeep ist sofort bei ihr.

»Oh, Mister Jones!«, ruft er und fällt neben dem Tier auf die Knie. »Du darfst *nie wieder* in das Haus von Herrn Panos gehen.« Er zieht das Klebeband und die halb aufgerauchte Zigarette von der Katzenschnauze. Mister Jones versucht aufzustehen und davonzulaufen, aber das Nikotin und das Kreiseln waren zu viel. Drei schlingernde Schritte, und Jones fällt auf die Seite, gibt auf. Die Katze atmet schwer, während Sandeep mit den Händen die Schnauze von Erbrochenem reinigt. Philippo schlägt sich vor Lachen auf die Schenkel; Sandeep schickt ihm einen tränenüberströmten Blick.

»Warum muss sie immer in mein Bett pissen?«, fragt Panos, als er die Tür seines Zimmers schließt.

»Die Katze liebt dich«, sage ich. Wenn Truddi wüsste, was Mister Jones auszustehen hat, nur weil Panos sich in sie verliebt hat.

Zwangstennis

Am Nachmittag haben wir Zwangssport. Ich muss Tennis spielen. Die fette Sally ist unsere Tennislehrerin. Ich gehe hin. Sally steht zusammen mit fünf Inderinnen auf dem Platz. Sie tragen Saris, lange Tücher, hochhackige Sandalen, lackierte Fingernägel, goldene Armbänder. Ihre Kultur und Kleidung muss respektiert werden. Meine Kultur besteht darin, Haut zu zeigen und Zigaretten zu rauchen – und das darf ich nicht.

Ich soll mit einem eitlen kleinen Flittchen spielen, die auf hohen Hacken herumstakst. Sie trifft keinen Ball, und sie will auch nicht treffen. Sally kann uns nicht zeigen, wie es geht, denn sie ist zu fett zum Laufen. Ich dresche auf den Ball ein, über die hohe Hecke, von der die beiden Plätze begrenzt werden, und Sally macht sich unendlich langsam auf den Weg, um ihn zu holen. Ich brauche eine Zigarette. Die indischen Mädchen warten mit ihrem Schläger in der Hand nur darauf, dass es vorbei ist. Internationale Schule – leck mich doch am Arsch.

Panos und Christian kommen vorbei. Sie setzen sich ins Gras neben dem Tennisplatz und sehen uns zu. Ich gehe zu ihnen, lasse mich auf den Rasen fallen.

»Was hast du als Sport gewählt?«, frage ich Christian.

»Badminton.«

»Okay, und mit wem spielst du?« Er zögert einen Moment.

»Masuma«, sagt er.

»Trägt sie auch Sari?«

Er lächelt.

»Nein, eine lange weiße Hose und ein weißes T-Shirt, sehr britisch.« Sally kommt zurück. Ich verabrede mich mit den Jungs hinterm Speisesaal zum Rauchen.

Nur Panos erscheint. Er sagt nicht viel.

»Was ist los?«, will ich wissen.

»Truddi«, antwortet er.

»Hast du sie gefragt?«

»Ja.«

Ich warte.

Panos zieht die Luft ein. »Nein«, sagt er.

»Und wieso?«

»Woher zum Henker soll ich das wissen? Ich habe schlechte Noten, bin dick, laufe in hässlichen Klamotten herum, irgendsowas.« Wir rauchen weiter. Panos grinst und seufzt gleichzeitig.

»Was ist?«

»Sie hat von der Sache mit der Katze gehört.«

»Das war doch nur 'ne Katze.«

»Ja, das habe ich auch zu ihr gesagt. Aber dann hat sie gesagt, ich sei der gemeinste Mensch, dem sie je begegnet ist.« Panos steht auf. »Ich muss gehen, ich schulde Sally zwei Stunden Grabenarbeit wegen unerlaubten nächtlichen Rauchens im Bett.«

Liebe

Am Abend spiele ich auf der Veranda vor dem Kiongozi Tischtennis mit Tazim. Stefano ist ins Kijana gezogen. Ich sehe ihn aus den Augenwinkeln auf der Treppe stehen. Ich spiele weiter.

»Samantha?«, sagt er. Ich schaue kurz rüber und schlage auf, spiele. »Ich würde gern mit dir reden«, sagt er. Ich spiele weiter.

»Red doch.«

»Komm schon.«

Ich gehe mit ihm.

Am nächsten Nachmittag sitze ich allein auf einer Bank vor dem Speisesaal. Er hat gebettelt. Und ich bin darauf reingefallen. Dasselbe wie immer. Er hat meine Hand genommen und auf seine Hose gelegt. Auf seinen Schwanz. »Ich habe dich so sehr vermisst, Samantha.« Ich habe Mick vermisst. Ich habe zugefasst und Stefanos Schwanz durch die Hose massiert. Ich war so glücklich, wieder in seiner Nähe zu sein. So dumm bin ich. Heute Abend kommt er wieder. Wir gehen hinter die Pferdeställe.

»Nein, ich möchte das nicht, Stefano«, sage ich, als er versucht, mir die Hose auszuziehen.

»Warum? Liebst du mich nicht?«

»Das ist … gefährlich«, sage ich, mir fällt nichts anderes ein. Ihn lieben? Wovon redet er? Er ist es doch, der mich nicht liebt. Er hält mir die Hand hin, zeigt mir drei Kondome.

»Ich habe für alles gesorgt.«

»Stefano, ich bin Jungfrau«, flüstere ich. »Ich bin nicht bereit.« Er bittet und bettelt, holt seinen Schwanz heraus, zieht ein Kondom drüber, küsst meine Brüste, fasst mir an die Schenkel. »Stefano, ich kann es dir mit der Hand machen, aber du musst mir hoch und heilig versprechen, dass du es niemandem erzählst.«

»Ja«, sagt er.

»Versprich es.«

»Ich schwöre bei meiner Mutter und der heiligen Jungfrau Maria, dass ich es niemandem erzählen werde«, sagt er und schlägt das Kreuz.

»Leg dich auf den Rücken.« Ich setze mich neben ihn auf die Erde, beuge mich über ihn und befriedige ihn, während wir uns einen Zungenkuss geben.

Hinterher ist er völlig überdreht. Aber lange hält es nicht an. Nicht weil ich glaube, dass er noch unberührt ist – in irgendeinem Schuppen wird er dafür schon mal bezahlt haben.

»Wie kommt es, dass ihr Mädchen hier bei den Pferdeställen immer williger seid?«, fragt er, als wir zurück zum Spielplatz gehen.

»Wovon redest du?«

»Es ist doch komisch, dass es viel leichter ist, euch das Höschen auszuziehen, wenn irgendwo in der Nähe ein Pferd schnaubt.« Stefano grinst.

»Du hast mir nicht das Höschen ausgezogen, Stefano.«

»Nein, aber es wird nicht mehr lange dauern.«

»Du bist blöd«, sage ich und lasse seine Hand los. Gehe ins Haus.

Pfeilspitze

Eines Abends versucht Stefano bei den Pferdeställen, seine Hand zwischen meine Beine zu zwängen. Ich schlage ihm ins Gesicht, und er drückt mich gegen die Wand, hart – und fängt an, an meinen Jeans zu reißen.

»Du kleine Nutte«, zischt er.

»Hör auf. Hör jetzt sofort auf!«, schreie ich.

»Verflucht, du hast mich nicht zu schlagen.« Er zerrt mich zu Boden. Die Pferde schnauben.

»Hilfe, Hilfe!«, schreie ich. Er hat mir die Hose aufgeknöpft und zieht den Reißverschluss herunter, aber er kann sie mir nicht ausziehen, denn dann könnte ich entkommen. Ich schnappe nach Luft. Es riecht hier eigenartig – der Geruch nach Holzfeuer?

Zuerst sehe ich nur die Pfeilspitze, deren Metall dunkel in der Dämmerung glänzt. Zwanzig Zentimeter von Stefanos Hals entfernt.

»Verschwinde hier!«, befiehlt Ebenezer. Stefanos Hände sind an meinen Armen festgefroren. Er starrt auf die Pfeilspitze. Stefano flüstert mir ins Ohr: »Sag, dass es einfach nur Spaß ist.«

Ich weine, aber lautlos.

»Sofort«, erklärt Ebenezer.

»Es ist doch nur Spaß«, sagt Stefano zu ihm.

»Erschieß ihn«, sage ich. Die Spitze zielt direkt auf Stefanos Hals, als er meine Arme loslässt und vorsichtig aufsteht, wobei die Pfeilspitze seiner Bewegung folgt.

»Du bist wahnsinnig«, sagt Stefano zu Ebenezer.

»Ja, tatsächlich«, erwidert er. Stefano verschwindet in der Dunkelheit.

»*Tsk*, ein kranker Junge«, sagt Ebenezer, und ich beginne zu schluchzen. Ebenezer hilft mir auf die Beine und legt einen Arm um meine Schultern. »Ich bringe dich zurück.«

»Ja.« Wir gehen auf die Lichter zu. Ich ziehe das T-Shirt aus meiner Hose, damit niemand den offenen Reißverschluss sieht. Glücklicherweise sitzen die Jeans so stramm, dass sie nicht herunterrutschen.

»Warte«, sagt Ebenezer, wühlt in seinen Taschen und zieht eine halb gerauchte Zigarette heraus. Er zündet sie mit einem Streichholz an und gibt sie mir. Es ist grober schwarzer Tabak vom Markt, gerollt in Zeitungspapier; es kratzt im Hals, mir wird schwindlig. Trotzdem nehme ich einen langen Zug.

»Danke«, sage ich und gebe ihm die Zigarette zurück. Wir nähern uns den Gebäuden und erreichen das schwache Licht. »Ich geh jetzt rein.«

»Ich bleibe hier stehen und passe auf, bis du an der Tür bist.«

»Danke.«

Panos sitzt auf dem Spielplatz auf dem Karussell.

»Samantha?« Ich gehe an ihm vorbei. »Was ist passiert?«, ruft er mir nach.

Nutte

Am nächsten Tag kommt Stefano in der großen Pause zu mir und entschuldigt sich.

»Nein«, erwidere ich.

»Ich kann ohne dich nicht leben.«

»Dann lass es.«

»Ich werde mich mit dem Messer verstümmeln, wenn du mich nicht mehr sehen willst.«

»Na los, mach doch.«

Er packt meinen Oberarm.

»Wir gehören zusammen.«

»Lass mich los«, fauche ich. Er fasst fester zu. In diesem Moment tritt ein Lehrer auf den Flur. Stefano lässt los und geht.

Am Abend sitze ich auf der Toilette, es gibt keinen Anlass, ich will nur in Ruhe gelassen werden. Ein paar Schülerinnen kommen herein, um sich die Zähne zu putzen.

»Habt ihr gehört, dass Samantha wieder mit Stefano zusammen war?« Es ist Diana.

»Sie ist so eine Nutte«, sagt Truddi.

»Sie ist doch keine Nutte«, widerspricht Tazim.

»Alle wissen doch, dass er viel lieber Truddi hätte«, sagt Diana.

»Und wieso ist Samantha deshalb eine Nutte?«, fragt Tazim.

»Er ist doch nur mit ihr zusammen, weil sie ... es ihm mit der Hand macht«, erklärt Diana.

»Woher wollt ihr das denn wissen?« Wieder ist es Tazim.

»Er prahlt doch bei sämtlichen Jungs damit, dass Samantha ihm einen runterholt«, sagt Truddi. »Ist doch so, Gretchen, oder?«

»Ich putze mir gerade die Zähne«, erwidert Gretchen. Ich öffne ganz leise die Toilettentür.

»Wenn du nicht so frigide wärst, Truddi«, sage ich, »dann hättest du vielleicht auch einen Freund.« Truddi schluckt und tritt einen Schritt zurück. »Du glaubst, deine Möse sei eine hübsche Blume, aber eine Blume ist doch nur hübsch, wenn jemand sie ansieht«, füge ich hinzu, als ich mit geballter Faust auf sie zugehe.

»Hör auf damit!«, schreit Diana.

»Stopp!«, höre ich es hinter mir. Minna, unser Hausboss. Ich drehe mich um. »Was machst du da, Samantha?«

»Gar nichts«, antworte ich.

»Du bekommst eine Verwarnung«, erklärt Minna.

»Ich habe nichts getan.«

»Ständig droht sie damit, mich zu verprügeln«, beschwert sich Truddi wie ein kleines Mädchen.

»Du hast sie gerade eine Nutte genannt«, sagt Tazim zu Truddi.

»So reden wir hier nicht miteinander.« Minna hält uns einen Vortrag über Mitgefühl. Wir gehen in unsere Zimmer. Truddi hat ihr Nachthemd an. Ich tue so, als wollte ich mein Bett aufschlagen, drehe mich aber um und trete ihr in den Hintern. Sie schreit: »Das sage ich Minna!«

»Was sagst du?«, fragt Tazim. »Ich hab nichts gesehen.«

»Gretchen?«, ruft Truddi. Gretchen kommt herein.

»Was ist?«

»Du hast doch gesehen, wie Samantha mich gerade getreten hat.«

»Ich war auf dem Flur«, antwortet Gretchen. »Ich habe gar nichts gesehen.«

Verdeckt

Die Atemzüge von Gretchen und Truddi klingen ruhig und gleichmäßig. Tazim kann ich nicht hören. Vorsichtig krieche ich aus dem Bett, hole meine Zigaretten und die Streichhölzer unter dem Kopfkissen hervor und schleiche auf die Toilette. Zünde mir eine Zigarette an, stehe am Fenster und puste den Rauch zwischen die Gitter und das Moskitonetz, während ich der Nachtwache zusehe, die quer über den Spielplatz geht. Es ist nicht Ebenezer. Ich höre etwas.

»Samantha?« Es ist Tazim.

»Hierher«, flüstere ich. Sie kommt. Ich reiche ihr die Zigarette.

»Irgendetwas nicht in Ordnung?«, fragt sie.

»Stefano hat versucht, mich bei den Pferdeställen zu vergewaltigen.«

»Nein!«

»Doch. Aber es ist nichts passiert.«

»Wieso meldest du es nicht?«

»Ich weiß nicht«, erwidere ich und bekomme die Zigarette zurück.

»Dann würden alle darüber reden«, überlegt Tazim.

»Ja.«

»Psst«, zischt Tazim.

»Was ist?« Tazim geht auf Zehenspitzen zur Tür. Sie bleibt stehen und horcht. »Ist da jemand?«, flüstere ich.

»Ich bin nicht sicher«, sagt Tazim. Wir rauchen noch eine Zigarette. Gehen zurück und schlafen.

Als wir am nächsten Tag nach der großen Pause zurück in die Klassen gehen, taucht Panos neben mir auf.

»Willst du ihn melden?«

»Wen? Weshalb?«, frage ich, plötzlich eiskalt. Panos antwortet nicht, sieht mich nur so eigenartig an.

»Nein«, sage ich. »Es ist nichts passiert.« Jemand muss gestern Nacht auf der Toilette gewesen sein, als wir dort rauchten. »Mit wem hast du geredet?«, will ich wissen.

»Alle reden«, sagt Panos. »Nur wissen die meisten nicht, worüber sie eigentlich reden.« Er setzt sich an sein Pult. Die ganze Stunde über bin ich unruhig. Als es klingelt, gehe ich zu ihm.

»Es ist nichts passiert«, erkläre ich noch einmal.

»Irgendetwas ist passiert«, sagt er.

»Wir sind nicht mehr zusammen. Nie wieder.«

»Er ist ein Arschloch«, sagt Panos.

»Da gebe ich dir Recht. Wer redet?«

»Diana.«

»Mit dir?«

»Mit allen, die es hören wollen«, antwortet Panos. Am Nachmittag stehe ich mit Gretchen und Tazim herum, als Truddi und Diana vorbeikommen.

»Na, wie fühlt es sich so an, ein gefallenes Mädchen zu sein?«, erkundigt sich Diana mit einem künstlichen Lachen, als sie weitergehen.

»Was?«, rufe ich. Tazim seufzt. »Was?«, sage ich noch einmal. Gretchen fasst mit einem sanften Griff nach meinem Arm: »Stefano erzählt allen, dass du mit ihm … also, das du es ganz gemacht hast. Und dass er dich deshalb verlassen hätte, weil du so billig bist.«

»*Tsk*«, stoße ich aus. »Er kann mich gar nicht verlassen, weil ich bereits fertig mit ihm bin.«

An diesem Abend bleibe ich nach den Hausaufgaben auf dem Zimmer, obwohl Truddi ebenfalls nicht hinausgeht. Zum Glück wagt sie nicht, mich anzusprechen. Tazim kommt zurück und erklärt, draußen stehe Stefano und wolle mich sehen.

»Sag ihm, dass ich nie wieder mit ihm reden werde.« Tazim überbringt die Antwort. Und ich starre in mein Buch, ohne die Worte zu erkennen, und höre, wie Truddi von ihrem Bett aufsteht und auf den Flur huscht.

»Viel Vergnügen«, sage ich bloß.

Passagier

Das Schuljahr dauert drei Semester, und das erste ist eine achtzehn Wochen lange Wüstenwanderung. Von der letzten Augustwoche bis Weihnachten. Immerhin haben wir nach sieben Wochen eine Woche frei. Ich rufe Mutter an. Sie möchte, dass ich nach Hause komme.

»Kannst du nicht zur Mountain Lodge kommen?«, frage ich sie.

»Vater ist nicht da, ich muss hier bleiben«, antwortet sie. »Und du kannst auch nicht allein in die Lodge, sie ist im Moment vollkommen ausgebucht.«

»Aber ich könnte doch einfach bei ihnen im Wohnhaus schlafen.«

»Nein, Samantha. Sie haben zu viel zu tun, um sich noch um Freunde zu kümmern.«

Eine ganze Woche allein mit ihr halte ich nicht aus. Sie ist einfach nur ein Passagier – eine tote Last –, wenn Vater sie vom Wagen schmeißen würde, wäre sie hilflos.

»Angela hat mich ins Arusha Game Sanctuary eingeladen«, lüge ich. »Ich habe einfach keine Lust, eine ganze Woche in Tanga in den Sand zu starren.«

»Na ja ...«, sagt Mutter. »Ich werde versuchen, vorbeizukommen.«

Wir verabschieden uns. Soll ich eine Woche mit Angela verbringen? Schon der Gedanke daran ist eigentlich nicht zu ertragen. Ich rufe in der Mountain Lodge an und hoffe, dass Sofie ans Telefon geht. Micks Schwägerin ist nett und wird mich sicher einladen, obwohl sie viel zu tun haben. Aber am Telefon meldet sich Pierre, ihr Mann.

»Also, wenn du gar nicht weißt, wohin, dann kannst du kommen. Aber wir alle haben im Moment sehr viel zu tun, und das ist dann ja auch nicht so spannend«, erklärt er.

»Nein, okay. Ich kann auch ins Arusha Game Sanctuary fahren.«

»Okay. Mach's gut«, verabschiedet sich Pierre. Oh nein. Ich gehe zu Angela.

»Kann ich in den Semesterferien ein paar Tage bei euch wohnen?«

»Wie lange?«

»Nur ein paar Tage.«

»Okay«, sagt sie und zuckt die Achseln. Ich weiß nicht, was das bedeutet.

Am Samstag findet im Speisesaal eine Fete statt. Ich gehe nicht hin. Ich spiele mit Gretchen Tischtennis im Kiongozi-Haus, obwohl sie hoffnungslos ist. Wo raucht man an einem solchen Abend, an dem eine Menge Lehrer zwischen den Büschen und Bäumen in der Dunkelheit herumlaufen, um Schüler aufzuspüren, die trinken, rauchen oder etwas tun, was noch mehr Spaß macht? Ich klettere über die verschlossene Pforte zum Schwimmbecken und setze mich in der hintersten Ecke an die Hecke. Ganz leise. Ich vermisse Alison.

Liebhaber

Die letzte Woche schleppt sich dahin, dann sitzen wir in einem Range Rover, der eine Dänin aus Angelas Klasse abholt; die Eltern des Mädchens unterrichten am Danish Volunteer Training Center am Usa River, und wir werden direkt am Eingang des Arusha Game Sanctuary abgesetzt. Angelas Mutter ist nicht zu Hause, aber ich bekomme einen Bungalow und esse mit Angela in einem Restaurant zu Abend. Sie sitzt wie auf Nadeln. Sie will nach Arusha, hat aber niemanden, mit dem sie fahren kann. Wir rauchen auf der Veranda, als Angelas Mutter mit ihrem Land Rover zurückkommt.

»Wo bist du gewesen?«, fragt Angela.

»Bei Sebastiano«, antwortet ihre Mutter und lächelt.

»Du könntest schon zu Hause sein, wenn ich Ferien habe und nach Hause komme.«

»Ich dachte, es wär dir egal«, erwidert die Mutter.

»Wir nehmen den Land Rover und fahren in die Stadt«, sagt Angela.

»Nein.« Ihre Mutter geht an uns vorbei zur Rezeption. »Hey, Samantha«, grüßt sie beiläufig über die Schulter.

»Hey«, sage ich hinter ihr her und schaue Angela an, die sauer zu sein scheint.

»Ich gehe schwimmen«, sage ich. »Kommst du mit.«

»Nein.«

Ich hole meine Badesachen, gehe die Treppe zum Tanzanite Hotel hinunter, springe ins Wasser und schwimme ein paar Bahnen. Viel zu viel Chlor. Ich hätte nach Tanga fahren sollen.

Am nächsten Tag fährt uns ein Fahrer nach Arusha. Wir laufen im Zentrum herum, essen Eis im Arusha Hotel und gehen ins Villenviertel nördlich der Innenstadt.

»Hier wohnt er«, sagt Angela, als wir uns einem kleinen, gepflegten Haus nähern.

»Wer?«

»Sebastiano, mein künftiger Liebhaber.«

»Der Freund deiner Mutter?«

»Das hält nicht lange.«

»Mal ehrlich, meinst du das ernst?«, erkundige ich mich.

»Hundertpro«, erwidert Angela und rüttelt am Tor, ruft den Gärtner.

»*Bwana* ist auf Safari«, ruft der Gärtner zurück.

»*Tsk.*«

Wir essen in einem indischen Restaurant zu Abend und nehmen danach ein Taxi zum Hotel Saba-Saba, in dem die beste Musik gespielt wird. Der Eintritt ist billig. Es gibt einige weiße Touristen und eine Menge Tansanier in ihren buntesten Klamotten. Wir sitzen an einem Tisch mit K.C. – Konyagi-Cola.

»Sieh dir nur die ganzen billigen Nutten an«, sagt Angela und schaut zur Bar, wo ein paar ältere weiße Männer stehen und sich mit jungen schwarzen Frauen unterhalten. Es gibt auch einige elegant gekleidete, junge schwarze Typen, die lautstark bestellen, ganze Flaschen kaufen und an jedem Arm ein Mädchen haben.

»Was sind das für Leute?«

»Aus den Tanzanit-Minen«, erklärt Angela. »Leute, die auf eine richtige Ader gestoßen sind.«

»Meinst du nicht, dass wir bald nach Hause sollten?«

»Warte noch«, sagt Angela. »Gleich wirst du aufgefordert.«

»Von wem?«

»Es gibt immer ein paar Weiße, die Angst vor Schwarzen haben.«

Und tatsächlich, kurz darauf werden wir von zwei jüngeren Weißen aufgefordert, die in Arusha irgendwelche von Deutschen gebaute künstliche Bewässerungsanlagen begutachten wollen. Nachdem wir getanzt haben, setzen wir uns wieder an den Tisch, und einer der Männer fragt, was wir gern trinken würden.

»Wir könnten auch auf unsere Zimmer gehen und die Minibar leeren«, schlägt der andere vor.

»Okay«, sagt Angela.

»Ich bin fünfzehn«, erkläre ich.

»Fünfzehn?« »Fünfzehn.«

»Dann lieber nicht«, sagt der Mann, steht auf und geht an die Bar. Der andere folgt ihm.

»Wieso hast du das gesagt?«, fragt mich Angela.

»Weil es die Wahrheit ist.«

»Mann, bist du langweilig.«

»Mag schon sein, aber ich gehe nicht mit fremden Männern auf deren Zimmer.«

»*Tsk*«, zischt Angela. »Wir hätten nur ihren Schnaps trinken und sie ein bisschen hochnehmen brauchen.«

»Du weißt nicht, wie sie sind, wenn sie hochgenommen werden.«

»Ich dachte, du seist zäh. Dein Vater pult sich doch mit den Knochen von Toten die Reste aus den Zähnen.«

»Nein, macht er nicht.« Auf dem Heimweg nehmen wir ein Taxi. Morgen werde ich zur Mountain Lodge fahren. Vielleicht ist Sofie da, ich mag sie gern.

Muskeln

Am nächsten Tag trampe ich zur Hauptstraße und will den Weg hinauf zur Mountain Lodge laufen, als Mahmoud mir entgegenkommt und erzählt, dass niemand zu Hause ist. Sie sind mit einer Gruppe japanischer Touristen in den Tarangire National Park gefahren. Er bringt mich zurück zum Arusha Game Sanctuary, dort hält Vaters Land Rover.

Ein sehr weißer Mann mit kurzgeschorenen Haaren sitzt mit einem Bier auf der Veranda. Angela sitzt auf dem Stuhl neben ihm, die Beine untergeschlagen und das Kleid über den Knien – sie beugt sich vor, dass er zwischen ihre kleinen harten Titten sehen kann, legt den Kopf in den Nacken und lacht laut über irgendeine Bemerkung von ihm. Er steht auf, als er mich sieht. Groß, hübsch, muskulös, vielleicht gerade mal dreißig Jahre alt. Sein Hemd steht auf, so dass ich das rotblonde Haar auf der mit Sommersprossen übersäten Brust sehen kann.

»Du musst Samantha sein«, sagt er.

»Ja, hey«, antworte ich und zeige auf den Land Rover. »Wo ist mein Vater?«

»Er kommt gleich«, sagt der Mann und kommt mir entgegen; die Farbe seiner Augen ein wässriges Blau. »Victor«, stellt er sich vor und streckt die Hand aus. »Dein Vater hat mich gerade vom Flughafen abgeholt.« Er hält meine Hand fest, ohne sie zu schütteln, er hält sie nur.

»Äh, bleibt ihr hier oder müsst ihr weiter?«

»Wir müssen morgen weiter, aber ich glaube, wir essen heute Abend zusammen«, sagt Victor und lässt mich los, legt mir aber seine Hand auf die Schulter. »Ich habe eine Menge von dir gehört. Dein Vater sagt, du kannst gut mit der Harpune umgehen. Ich hoffe, du zeigst es mir, wenn wir uns in Tanga begegnen.«

Angela ist ebenfalls aufgestanden. Sogar aus dieser Entfernung sehe ich, dass sie sauer ist.

»Aber gern«, sage ich. »Tja, aber jetzt will ich im Hotel Tanzanite schwimmen gehen.«

»Darf ich mitkommen?«

»Ja, natürlich«, sagt Angela. »Ich will auch hin. Brauchst du eine Badehose?«

»Nein, ich habe eine«, antwortet Victor.

Angela huscht in ihrem kleinen Bikini im Becken umher. Sie schwimmt auf Victor zu und bittet ihn, sie in die Luft zu werfen.

»Willst du auch mal, Samantha?«, fragt er.

»Nein, danke. Ich will schwimmen.« Angela tut so, als hätte sie Wasser geschluckt, und wirft sich Victor stöhnend an den Hals. Ich bin sicher, dass sie es darauf ankommen lassen würde. Victor befreit sich aus Angelas Armen.

»Ich will auch ein paar Bahnen schwimmen«, sagt er und schwimmt parallel mit mir durchs Becken. Angela versucht es ebenfalls, allerdings kann sie nicht mithalten. Schmollend steigt sie aus dem Wasser und setzt sich auf einen Liegestuhl.

»Was hältst du davon, zwei Bahnen um die Wette zu schwimmen?«, schlägt Victor vor.

»Zehn«, erwidere ich.

»Okay.« Wir fangen an. Ich schwimme schräg hinter ihm, so dass er mich ständig am Rand seines Gesichtsfelds sehen kann, und setze ihn bis zur letzten Wende unter Druck. Dann ziehe ich an ihm vorbei ins Ziel. Er nickt.

»Flott«, sagt er.

»Am längsten unter Wasser?«, frage ich.

»Auf Zeit?«

»Nein, auf Distanz.« Wir machen es. Ich schwimme vierundfünfzig Meter, Victor fünfundzwanzig.

»Wow, du bist richtig gut im Wasser«, sagt er anerkennend. Wir stehen auf der flachen Seite. Angela ist gegangen. »Was ist mir ihr?«, will Victor wissen.

»Ach, sie ist bloß sauer.«

»Sie wirkt ein bisschen hysterisch.«

»Ist sie auch«, erwidere ich und schwimme vor ihm auf die Leiter zu. Er ist unmittelbar hinter mir, als ich hinaufsteige, er muss direkt auf meinen Arsch starren. Seine Hand greift zu und fasst mir an den Oberschenkel. Was macht er? Ich halte inne und drehe mich um.

»Sie sind stark«, sagt er und lässt meinen Schenkel los, lächelt zu mir hinauf. Findet er mich attraktiv? Soll ich etwas sagen?

»Da hast du wohl Recht«, sage ich und steige aus dem Becken. Wir reden ja nur über Muskeln. Er könnte mein Vater sein, wenn er früh angefangen hätte. Aber er hat mich angefasst. Vielleicht ist er scharf auf mich? Er sieht mich von oben bis unten an, als wir zum Arusha Game Sanctuary zurückgehen, und ich kann es nicht lassen und wippe mit dem Hinterteil, obwohl ich auch rot werde. Aber das ist in der Dämmerung nicht zu erkennen. Wie es wohl ist, etwas mit einem erwachsenen Mann anzufangen? Als ich ins Zimmer komme, betrachte ich mich im Spiegel, posiere. Ich *bin* attraktiv.

Durst

Wir essen mit Vater zu Abend. Er und Victor wollen am nächsten Morgen zu den großen Seen. Später sitze ich mit Vater und Victor auf der Terrasse. Sie trinken Bier, ich trinke Cola und nehme einen Schluck aus Vaters Glas.

»Stopp!«, bremst er mich. »Läuft's gut in der Schule?«

»Alles bestens. Habt ihr von Alison gehört?«

»Deine Mutter hat mit ihr gesprochen, ihr geht es gut«, antwortet Vater und leert sein Glas. Er steht auf. »Ich muss mal das Wasser abschütten.« Ich blicke auf Victors Glas.

»Nimm einen Schluck«, fordert er mich auf. Ich trinke es aus. »Durstiges Mädchen«, sagt er. »Zigarette?«

»Ja.« Ich bekomme eine seiner Marlboros. Er gibt mir Feuer. Vater kommt mit frischem Bier zurück.

Nachts träume ich von Victor. Als ich am nächsten Morgen aufstehe, sind sie bereits aufgebrochen. Angela ist nach Arusha gefahren, ohne zu fragen, ob ich mit will. Aber am Vormittag kommt Sofie von der Mountain Lodge vorbei. Sie bringt eine Gruppe Japaner mit, deren Tagesprogramm darin besteht, im Tanzanite zu schwimmen und sich im Arusha Game Sanctuary die Tiere anzusehen.

»Samantha«, sagt sie und umarmt mich. »Ich wusste nicht, dass du hier bist.«

»Ich wollte dich auch noch besuchen.«

»Wo ist denn Angela?«

»Keine Ahnung.«

»Du fährst heute mit mir zurück«, erklärt Sofie. »Du kannst bei uns bleiben, bis du wieder zur Schule musst.«

»Sehr gern.« Sofie ist halbe Grönländerin und halbe Dänin. Sie hat mit Micks älterem Halbbruder Pierre einen viereinhalbjährigen Sohn, der Anton heißt.

Ich kenne die Familie schon, solange ich denken kann. Manchmal habe ich mit Alison die Wochenenden bei ihnen verbracht, als wir noch in Arusha zur Schule gingen. Die Mountain Lodge ist ein angenehmer Ort.

Am späten Nachmittag fahren wir mit einem Land Rover voller zwitschernder Japaner zurück. Die Männer rauchen Kette, und die Frauen sind nett und eigenartig; sie kichern und lächeln und schenken mir ständig japanische Süßigkeiten in knallbuntem Papier.

Das Feld mit den Kaffeesträuchern vor dem Hauptgebäude ist nur der Optik halber angelegt, damit die Touristen sich in vergangene Zeiten träumen können. Es wäre wirtschaftlicher, die Büsche zu roden,

Kühe darauf zu halten oder den Kaffee nach Kenia zu schmuggeln, so wie es am Kilimandscharo gemacht wird. Aber von hier aus ist es zu weit bis Kenia.

Viele Bauern haben ihre Kaffeesträucher gerodet, was inzwischen aber nicht mehr erlaubt ist. Jetzt lassen sie an der Straße vier Reihen mit Kaffee stehen, roden die Mitte des Feldes und verwenden den Boden als Viehweide oder um Bananen, Bohnen oder Mais anzubauen.

Wir überqueren den Fluss am Fischbassin, in dem die Familie Regenbogenforellen züchtet, die sie den Hotels in Arusha verkauft.

Goldmöschen

Ich spiele mit Anton, der nur Swahili, gemischt mit vereinzelten englischen Flüchen, sprechen kann.

»Gehst du mit schwimmen?«, fragt mich Sofie, als wir gegessen haben. Anton hat sie ins Bett gebracht. Es ist bereits dunkel.

»Willst du jetzt noch ins Tanzanite?«

»Nicht im Tanzanite, im Forellenteich.«

»Okay.« Der Forellenteich ist von Lampen auf einer kleinen Brücke über dem Fluss erleuchtet. Sofie hat goldene Ringe an den Zehen. Wir spüren die Fische beim Schwimmen kaum, sie weichen uns aus. Es ist total verrückt, das Wasser lebt mit silberblauen Blitzen.

Wir steigen aus dem Teich.

»Möchtest du Tee?«, fragt Sofie.

»Ja.« Wir gehen auf die breite Veranda, die sich über die gesamte Länge des Haupthauses zieht. Von hier aus sieht man die Kaffeesträucher.

Mahmoud serviert den Tee in einer alten Silberkanne auf einem arabischen Kupfertablett, in kleinen Gläsern mit Goldverzierungen. Er schenkt auf die arabische Art ein – von hoch oben. Ein Land Rover nähert sich auf dem holprigen Feldweg. Sofie horcht, dann lächelt sie.

»Ist es Pierre?«

»Ja«, sagt sie und rutscht ungeduldig auf ihrem Stuhl hin und her.

»Dann geh doch raus und begrüß ihn«, sage ich, als der Wagen hinter das Hauptgebäude fährt.

»Nein, er kommt schon.«

»Wo ist denn mein Goldmöschen?«, ruft er aus der Wohnung.

»Goldmöschen?« Ich muss kichern. Sofie schüttelt lächelnd den Kopf.

»Wir sind hier draußen!«, ruft sie. Er kommt. Sofie steht auf, sie umarmen und küssen sich. Was für ein Mist, das mitansehen zu müssen.

»Samantha«, sagt Pierre – ein wenig verlegen, glaube ich. »Hallo, ich wusste nicht, dass du hier bist.«

»Ich mach's mir gerade mit Goldmöschen gemütlich«, sage ich. Er lacht. Sofie versetzt ihm einen kleinen Stoß: »Du sollst das doch nicht sagen, wenn Leute es hören können.« Pierre grinst. Er geht ins Haus, um zu duschen. Ich schaue Sofie fragend an.

»Sie ist vergoldet«, sagt sie und lacht.

»Okay.«

»Na ja … das war damals, bevor ich Pierre in der Serengeti traf. Ich bin mit einem Franzosen nach Kenia gekommen, einem ehemaligen Soldaten. Jacques. Wir sind im Kongo gewesen, um Gold zu kaufen, das er nach Indien schmuggeln wollte, wo die Preise höher waren. Aber zuerst mussten wir nach Kenia, und der nächste Flughafen war Kigali in Ruanda. Bist du mal da gewesen?«

»Nein.«

»Tja, aber die Landschaft ist wirklich schön, tatsächlich das hübscheste Land, in dem ich je gewesen bin. Und das Gold bereitete auch gar kein Problem, bis wir ins Flugzeug sollten. Der Flughafen war glücklicherweise total primitiv, es gab keine Metalldetektoren, aber es hätte durchaus passieren können, dass man unser Gepäck durchsucht. Also hat Jacques gesagt, ich soll mir das Gold in die Scheide stecken – natürlich in einem Kondom. Und das habe ich getan, es ging durchaus, es entsprach ungefähr einem mittelgroßen Schwanz. Aber Gold ist schwer, es wog ungefähr ein Kilo, und ich war einfach nicht stark genug, um es in mir zu behalten. Mir stand der kalte Schweiß auf der Stirn.«

»Und? Ist es herausgefallen?«

»Nein, nein, ich habe eine Hosentasche zerrissen, um es festzuhalten. Ich hatte die Hände so tief in den Taschen vergraben, als hätte ich Juckreiz.«

»Hätte es sich dieser Jacques nicht auch in den Hintern stecken können?«

»Das habe ich auch vorgeschlagen. Aber er fand das gar nicht komisch.«

Die Tage in der Lodge sind schön. Doch dann geht es zurück ins Sklavenlager.

Mutters Trick

Christian darf wieder mit dem Motorrad zur Schule fahren, weil sein Vater ihn nicht zur Schule bringen kann. Vor der letzten Stunde schieben wir das Motorrad vom Parkplatz auf die Lema Road, wo uns keiner hört. Christian startet, ich springe auf, wir fahren los und biegen auf eine Seitenstraße; die Chance, hier auf einen Lehrer zu stoßen, ist gering.

»Kann ich bei dir zu Hause mal telefonieren?«, frage ich.

»Ja, natürlich«, antwortet er und fährt heim.

Als wir absteigen, erkundige ich mich, ob jemand zu Hause ist.

»Der Alte ist bei der Arbeit.«

»Ist deine Mutter noch immer bei… diesem Farmer am West-Kilimandscharo?«

»Sie ist vor ein paar Tagen geflogen«, sagt er und wendet den Blick ab.

»Von hier?«

»Nach Europa.«

»Aber was ist mit…«, setze ich an und unterbreche mich, weil ich nicht weiß, was ich ihn eigentlich fragen will.

»Ich weiß es nicht«, sagt Christian und schließt die Tür auf. »Dort ist das Telefon.« Er geht in die Küche und öffnet den Kühlschrank, schließt ihn wieder, wendet mir den Rücken zu und starrt aus dem Fenster. Ich versuche, Alisons Nummer in England anzurufen, und bekomme auch schnell eine Verbindung, aber niemand nimmt den Hörer ab. Wir fahren zum Moshi Club und setzen uns auf die breite überdachte Veranda, die am Klubhaus entlangläuft. Wir sind noch nicht alt genug, um an der Bar zu sitzen. Ursprünglich ist es ein alter englischer Klub aus der Kolonialzeit, jetzt kommen indische Geschäftsleute hierher, korrupte tansanische höhere Beamte und Politiker sowie eine Menge europäischer Berater und deren rotznäsiger Anhang.

»Bier?«, fragt mich Christian.

»Ja, klar. Aber auch eine Cola.« Er holt beides.

»Vielleicht sollten wir uns in den Billardraum setzen«, schlägt er vor. »Es könnte ein Lehrer auftauchen. Owen spielt Golf hier. Die Inder laden ihn ein, um sich in Erinnerung zu bringen, wenn an der Schule ein Bauprojekt geplant wird.«

»Nein, wir bleiben hier sitzen«, entscheide ich, verteile eine Bierflasche auf die beiden Gläser und gieße einen Schuss Cola dazu, damit das Bier dessen Farbe annimmt. Dann trage ich meine leere Bierflasche an die Bar und arrangiere die Dinge auf dem Tisch so, dass Christian vor einer Bierflasche sitzt und ich vor der Cola.

»Smart«, kommentiert Christian.

»Prost!«, erwidere ich. Er zündet eine Zigarette an und lässt mich mitrauchen. Wir reden über Fahrerflüchtige; so nennen wir die Lehrer, die in Europa oder den USA keine Arbeit mehr finden.

Dann kommen sie hierher und ärgern uns, finden aber ziemlich schnell heraus, dass sie bei diesem Gehalt nicht fett werden können. Und nach kurzer Zeit sind sie wieder verschwunden, und wir bekommen einen neuen Fahrerflüchtigen.

»Gib mir die Zigarette«, sagt Christian und weist mit einer Kopfbewegung zum Golfplatz. Owen kommt, dahinter der Caddie, der den Golf-Trolley zieht. Owen bezahlt den Jungen und zieht den Trolley das letzte Stück auf der Rampe zur Veranda selbst. Seine Sportschuhe klacken auf dem Beton, als er auf uns zukommt.

»Na, hat er Ihre Bälle geklaut?«, fragt Christian.

»Oder haben Sie sie nur verloren?«, füge ich hinzu.

»Samantha. Christian.« Owen nickt uns zu. Greift nach meinem Glas, sieht es sich an. »Okay«, sagt er. »Ich wollte nur mal sehen, Samantha.«

»Sehen Sie ruhig nach«, sage ich, nehme ihm das Glas aus der Hand und trinke. Owen sieht Christian an.

»Weiß dein Vater, dass du hier sitzt und Bier trinkst?«

»Ja«, behauptet Christian.

»Hm«, brummt Owen und verschwindet im Umkleideraum.

»Eine scharfe Nummer«, sagt Christian.

»Einer der Tricks meiner Mutter beim Mittagessen.«

Christian fährt mich zurück zur Schule, er muss zum Fußballtraining. Zwischen uns ist nichts. Ich glaube, er ist mit diesem neuen Mädchen aus Island zusammen, sie heißt Sif und sieht ein bisschen fade aus.

»Na, ist sie willig, dein kleines Mädchen?«, frage ich ihn auf dem Parkplatz.

»Von wem redest du?«

»Von Sif. Taugt sie was?«

»Das wüsstest du wohl gern?«

»Na ja, mit mir redet sie ja nicht. Vielleicht glaubt sie, ich wär hinter dir her.«

»Sif ist okay.«

»Sie macht wohl alles, worum du sie bittest?«

»Ich zwinge sie jedenfalls zu nichts.«

»Der Ruf des Fleisches«, erwidere ich und drehe mich um, damit er mein Gesicht nicht sieht. Er sieht nur meinen Arsch, mit dem ich wackele. Der ist besser als Sifs.

Pervers

Mama Kalimba hat Malaria, daher bekommen wir so eine kleine französische Zecke als Aushilfe: Voeckler. Ein Schleimer. Nicht sehr groß. Wenn er etwas erklärt, beugt er sich von hinten über uns und berührt uns. Für die indischen Mädchen ist es grässlich, aber sie wagen nicht, sich zu beschweren. Blitzschnell hören alle auf, um Hilfe zu bitten. Voeckler schleicht hinter den Mädchen herum und fasst sie an die Schultern, fragt, wie es ihnen geht. Ein richtig schleimiges Ferkel. Ich warte nur darauf, dass er es bei mir versucht. Aber das wagt er nicht. Sorgfältig wählt er die Opfer, die keinen Widerstand leisten.

Ich leihe mir von Gretchen ein Trägerhemdchen. Sie ist schmaler als ich, und ich ziehe keinen BH an, so dass der Stoff stramm über meinen Brüsten sitzt und die Warzen sich herausbohren. Damit habe ich ihn. Wir sollen eine Aufgabe lösen. Nach kurzer Zeit steht er hinter mir, legt mir die Hände auf die Schultern und streckt seinen Kopf vor, damit er ins Tal zwischen den Hügeln gucken kann. Ich zische: »Finger weg!« Alle hören es. Ruckartig richtet er sich auf. Alle starren ihn an. Die Inderinnen bekommen große Augen.

»Äh, ich wollte nur nachsehen, ob du auch alles richtig machst, Samantha«, erklärt er zögernd.

»Nur anschauen, nicht anfassen«, sage ich tonlos, wobei ich stur geradeaus schaue.

»Man ist heute wohl etwas empfindlich«, erwidert er und geht zu seinem Pult.

»Nicht nur heute«, bekommt er zur Antwort. Er stellt sich mit dem Rücken zum Pult und fummelt in seinen Papieren.

»Ihr habt noch fünf Minuten, um die Aufgabe zu beenden«, sagt er, ohne sich umzudrehen. Die indischen Mädchen lächeln mir zu. Tazim zeigt mir den erhobenen Daumen. Voeckler drückt sich um sein Pult und setzt sich; sehr beschäftigt mit seinen Papieren. Gleich wird es klingeln. Voeckler erhebt sich.

»Ihr könnt die Antworten in mein Fach legen«, erklärt er und verlässt den Klassenraum, die Schritte verhallen auf dem Flur. Es klingelt. Gretchen lächelt.

»Ach deshalb«, sagt sie und zeigt auf ihr Hemdchen.

»Was für ein Stück Scheiße«, sagt Panos.

»So macht man das«, sagt Tazim. In diesem Moment sind die anderen Inderinnen mit ihr einer Meinung, sie erweisen mir Respekt.

Rauchkanal

Religion, ich schwänze mit Christian. Nehme ihn mit zum alten Swimmingpool hinter der Karibu Hall. Die Betonwände des kleinen Beckens sind rissig, der Boden ist mit Erde, Blättern und Unkraut bedeckt. Wir setzen uns und lassen die Beine über den Rand baumeln.

»Wie sind deine Eltern?«, fragt er.

»Wieso?«

»Na ja, einfach so … also, dein Vater hat das Hotel, aber … Was ist mit deiner Mutter? Ist sie okay?«

»Eltern«, sage ich. »Sie sind bloß Restaurant, Kasse, Hotel, Transportservice und eine Pest.« Ich habe keine Lust, darüber zu reden.

»Aber was macht deine Mutter?«

»Das ist doch vollkommen egal. Sie wohnt in Tanga, eine halbe Tagesreise von hier. Das passt mir ausgezeichnet. Wo ist die Zigarette?«

Er holt die einzige Zigarette heraus, zündet sie an und reicht sie mir. Er wirkt angespannt, vielleicht hat er Angst, dass jemand kommt. Wir sitzen hier ganz allein, nur er und ich. Aber er unternimmt nichts.

»Willst du einen Recyclingzug?«, frage ich ihn.

»Einen was?«

»Komm her«, sage ich und fasse ihn um den Nacken. »Mach den Mund auf.« Er öffnet den Mund. »Rauchkanal«, sage ich und blase ihm den Rauch in seinen Mund – fast wie ein Kuss. Er zieht den Rauch ein. Direkt von mir. Ich küsse ihn, stecke meine Zunge in seinen Mund. Die Zungen bewegen sich, warm und feucht. Dann ziehe ich mich zurück. »Du bist gar nicht so schlecht«, sage ich. Er tut nichts. Ich nehme noch einen Zug. Warum unternimmt er nichts? Jetzt habe ich doch angefangen. Ich weiß nicht, was er tun soll, aber ich kann doch nicht alles allein machen. Überrasch mich. Aber er tut nichts. »Noch mal«, sage ich und blase ihm Rauch in den Mund. Er versucht, mich zu küssen.

»Hey, hör auf – ich rauche«, wehre ich ab. Doch dann küsse ich ihn noch einmal, fest, mit der Zunge in seinem Mund.

»Fühl mal«, sage ich und lege seine Hand auf meine Brust. Er streichelt sie.

»Hmmm«, er beugt sich vor und küsst meinen Hals. Ich lache. Warum sagt er mir nicht, dass er mich hübsch findet? Wie ich sehe, hüpft ihm der Schwanz fast aus der Hose. Ich lege seine Hand auf meinen nackten Schenkel, er schiebt sie sofort nach oben. Ich schiebe sie beiseite.

»Wir sind doch Freunde«, sage ich und reiche ihm den Rest der Zigarette, stehe auf. »Ich gehe zurück.« Ich schaue ihn an. Er zieht fest an der Zigarette, sagt nichts.

Ich zucke die Achseln und gehe.

Ich bekomme Malaria und friere und schwitze eine Woche auf der Krankenstation. Jetzt hänge ich dem Unterrichtsstoff noch mehr hinterher. Angela spricht nicht mehr mit mir. Ich versuche, meine Aufsätze und Abschlussarbeiten in Mathematik zu schreiben. Rauche Zigaretten mit Panos. Schwimme. Weihnachten kommt näher.

Am Nachmittag sitze ich mit Gretchen und Tazim im Zimmer. Sie machen Hausaufgaben, um gute Noten zu bekommen. Ich kämpfe nur ums Überleben.

»Wohnt dieser Christian ganz allein mit seinem Vater?«, erkundigt sich Gretchen.

»Ja.«

»Hat er eine Freundin?«

»Gretchen?«

»Ja?«

»Hast du mich gerade gefragt, ob er eine Freundin hat?«

»Ja«, sagt Gretchen und bekommt einen roten Kopf.

»Ich werde ihn fragen, ob er dich mag.«

»Nein, nein, bitte nicht«, wehrt Gretchen ab und errötet noch mehr.

»Doch, das werde ich.« Ich stehe auf.

»Nein!«, ruft Gretchen. Ich gehe hinaus. Christian ist nicht auf dem Schulgelände. Es ist bald Weihnachten. Zum ersten Mal in meinem Leben Weihnachten ohne Alison. In ein paar Tagen werde ich sechzehn, und ich habe nicht einmal einen Freund. Ich drehe mich um, weil ich Stefano sehe. Aus der Entfernung beobachte ich Baltazar, ich finde ihn hübsch. Aber am meisten denke ich an Victor. Ein Mann, kein Junge.

Rauchkanal II

Mein sechzehnter Geburtstag, aber niemand weiß es. Mutter hat nicht einmal angerufen. Typisch. Ich habe einen Monat vor Weihnachten Geburtstag, und es endet jedes Mal damit, dass die Geschenke zusammengelegt werden. Aber zumindest anrufen könnten sie.

Abends fällt der Strom aus. Ich rauche mit Christian hinter den Umkleideräumen am Swimmingpool. Ich stelle mich ganz dicht neben ihn, so dass wir uns berühren.

»Rauchkanal?«, schlage ich vor, meine Stimme klingt dünn.

»Samantha. Ich glaube nicht…« Er beendet den Satz nicht, zieht noch einmal an der Zigarette. Alles muss man selbst machen. Er nimmt die Zigarette aus dem Mund, und ich packe ihn, drücke meinen Mund auf seinen, aber er gibt den Rauch nicht weiter. Wir küssen uns. Dann dreht er den Kopf zur Seite, stößt den Rauch aus, und wir küssen uns noch einmal. Intensiv.

»Komm«, sage ich, denn es kommt jemand, ein anderes Paar.

Ich ziehe ihn durch die Tür zur Dusche der Jungen. Wir berühren uns. Er greift unter mein T-Shirt und küsst meine Brustwarzen. Es geht zu langsam. »Hier«, sage ich und greife nach seiner Hand, führe sie zwischen meine Beine – der Slip ist feucht. Er schiebt meinen Rock hoch, hockt sich auf die Knie, zieht das Höschen herunter und leckt mich zwischen den Beinen. Ich lege meine Finger auf die Bohne. »Genau dort«, sage ich, »die Zunge.« Ich fasse in sein Haar. »Komm her«, sage ich. Er steht auf, das Gesicht ist feucht. Schnell öffne ich seine Hose, der Schwanz hüpft heraus. »Hinein damit«, sage ich. Er geht ein wenig in die Knie, ich hebe ein Bein, spreize es ein wenig ab, fasse nach seinem Glied und führe es ins Paradies.

»Uhhhhnn«, stöhnt er, als er eindringt.

»Psst«, zische ich. Christian rutscht heraus, ich senke langsam mein Bein.

»Wer ist da drin?«, wird an der Tür gefragt. Einer der Lehrer. Ich sage nichts, während Christian rasch seine Hose hochzieht. Ich streiche den Rock glatt und bringe mein T-Shirt in Ordnung.

»He, Wachmann!«, ruft der Lehrer. »Komm mal mit deiner Taschenlampe.« Es ist Voeckler. Die Stimme kommt nicht mehr von der Eingangstür, er muss zu dem Wachmann gegangen sein. Ich hätte Christian auf den Fußballplatz oder hinter die Pferdeställe mitnehmen sollen. Aber ich wusste doch nicht, dass wir … Und der Fußballplatz ist ein Minenfeld. Mein Herz rast.

Hastig flüstere ich Christian ins Ohr: »Geh auf die Toilette.« Die Toiletten liegen genau gegenüber der Eingangstür, rechts ist der Duschraum. Er kann nicht aus der Vordertür, Voeckler würde ihn sehen, auch in der Dunkelheit. Er müsste nur in die richtige Richtung gucken. Und selbst, wenn er ihn nicht erkennen könnte, würde er mich allein im Duschraum der Jungen finden. Christian schlüpft im Dunkeln in eine der beiden Toiletten.

»Leuchte da rein«, kommandiert Voeckler. Es kommt kein Licht.

»Die funktioniert nicht«, sagt der Wachmann. Ebenezer, ich erkenne ihn an der Stimme. Vielleicht hat er gesehen, wie ich hier hineingegangen bin. Ich habe ihm im Lauf der Zeit viele Zigaretten geschenkt.

»Gib mal her«, sagt Voeckler.

»Jetzt funktioniert sie«, erklärt Ebenezer, ich sehe den Lichtkegel unter dem Spalt der Toilettentür. Ebenezer verdient so wenig, dass er seinen Job nicht für ein paar Zigaretten riskieren kann, die er irgendwann bekommen hat. Aber er hat getan, was er konnte. Ich stelle mich an die Tür und sehe, wie Voeckler Ebenezer die Taschenlampe aus der Hand nimmt und der Lichtkegel über dessen graue Bartstoppel, die fadenscheinige Kaki-Uniform und die Autoreifensandalen tanzt.

Alter Bock

»Darf ein Mädchen nicht mal in Ruhe pinkeln?« Voeckler dreht sich mit der Taschenlampe in der Hand zu mir um, blendet mich. Ich halte die Hand vor die Augen. »Lassen Sie das«, sage ich und trete aus der Tür.

»Wieso hast du nicht geantwortet, als ich gerufen habe?«

»Ich habe gepinkelt. Das ist Privatsache.« Er leuchtet auf meine Brüste. Mein T-Shirt ist verrutscht.

»Und wieso bist du auf der Jungentoilette?«

»Auf der Mädchentoilette stand jemand«, behaupte ich.

»Nein«, sagt er. »Ich bin gerade drin gewesen.«

»Tja, dann waren die ganz schön schnell. Mussten Sie auch pinkeln?«

»Werd nicht frech.«

»Ich bin nicht frech.«

»Du bist aus der Dusche gekommen, das habe ich genau gesehen.«

»Ich habe in den Abfluss gepinkelt. So, und jetzt muss ich ins Bett.«

»Du bleibst hier«, befiehlt er und geht auf die Toilettentüren zu.

»Der kranke weiße Mann hat große Lust auf mich«, sage ich auf Swahili zu Ebenezer. Seine Zähne leuchten in der Dunkelheit auf, als er lautlos lacht.

»Was sagst du da?«

»Ich rede Swahili mit dem Wachmann. Wir sind hier in Tansania. Können Sie die Landessprache nicht?«

»Pass auf«, sagt er zu mir und stößt die erste Tür auf, leuchtet hinein. Nichts. Christian muss auf der Toilette daneben sein. Obwohl wir hier standen und geraucht oder uns geküsst haben, ist es ja nicht gerade verboten … das Rauchen schon, aber wir haben ja auch gar nicht geraucht. Jedenfalls nicht hier. Aber ich habe schon genug Probleme. Wer weiß, was Christian Voeckler in ein paar Sekunden sagen wird? Voeckler stößt die andere Tür auf, richtet den Lichtkegel auf Christian. Nein. Christian ist nicht da. Wo ist er? Voeckler geht in den Duschraum. Ich lehne mich an den Türrahmen um zu sehen, was er findet. Ich höre ein leises Geräusch.

»Was?«, sagt Voeckler und dreht sich um. Ich sehe ihn verblüfft an.

»Keine Ahnung«, antworte ich. Voeckler richtet den Lichtkegel zwischen die Dachsparren des Duschraums, und in diesem Moment schleicht sich Christian an mir und Ebenezer vorbei aus den Toiletten. Er hat auf der Trennwand zwischen den beiden Toiletten gesessen. Voeckler hätte die Taschenlampe nur nach oben richten müssen.

»Samantha!«, ruft Christian von der anderen Seite des Gebäudes. »Was ist los?«

»Darf ich jetzt gehen?«, frage ich. »Mein Freund ruft mich.«

»Du bleibst hier«, sagt Voeckler.

Christian kommt um die Ecke. »Wo bleibst du denn?«

»Na ja, ich darf nicht gehen.«

»Warum nicht? Was ist los?«

»Werd nicht frech«, sagt Voeckler.

»Frech?«, entgegnet Christian. »Ich muss nach Hause, ich will Samantha nur auf Wiedersehen sagen.«

»Ihr habt... etwas Ungehöriges getrieben«, behauptet Voeckler.

»Ja, worauf du dich verlassen kannst«, sage ich, und Christian lacht. Voeckler tritt dicht an ihn heran.

»Du riechst nach Rauch.«

»Ich bin Raucher.«

»Du hast keine Erlaubnis.«

»Doch, die hab ich.«

»Du verlässt jetzt sofort das Schulgelände.«

»Warum?«

»Weil ich es sage – sonst kannst du dich morgen früh im Büro melden.« Voeckler wendet sich wieder an mich. »Und du kommst mit«, sagt er und fasst nach meinem Oberarm.

»Fass mich nicht an!«, zische ich und versuche, meinen Arm aus seinem Griff zu befreien. Er hält fest.

»Los jetzt«, befiehlt er und zieht mich mit sich. Aus der Dunkelheit kommen andere Schüler, umringen uns und beobachten die Szene.

Voeckler hat noch immer die Taschenlampe in der Hand. Er leuchtet sie an.

»Was geht hier vor?«, fragt Panos, der neben Christian auftaucht. Jetzt ist es so weit, ich fange an zu weinen und zu schreien.

»Lass mich los. Du bist ja krank! Du willst mich doch nur betatschen. Alle Mädchen sagen, dass du sie im Unterricht ständig anglotzt.«

»Was?« Voeckler lässt meinen Arm los.

»Hm«, sagt Christian und nickt.

»Das stimmt«, bestätigt auch Panos. Voeckler rückt zwei Schritte von mir ab. Oh nein, Gretchen sieht völlig verstört aus. Sie ist meine beste Freundin und wird sich vermutlich denken, dass ich irgendetwas mit Christian angestellt habe. Blöd. Voeckler leuchtet auf mich, Christian und Panos. Meine Schultern beben. Es gibt so viele Dinge, an die ich nur zu denken brauche, und schon laufen mir die Tränen – es ist nicht überzeugend, aber es ist echt.

»Ihr geht jetzt rein, alle zusammen. Anderenfalls erscheint ihr alle morgen im Büro«, sagt Voeckler und leuchtet Christian direkt ins Gesicht: »Und du verschwindest jetzt auf der Stelle.«

Christian zuckt die Achseln.

»Bis dann«, sagt er und geht. In diesem Moment taucht Tazim auf und legt mir einen Arm um die Schulter. Wir gehen zum Kiongozi-Haus.

Freunde

Am nächsten Tag am alten Schwimmbecken.

»Nein, also … ich will das nicht«, sage ich zu Christian.

»Aber … ich dachte …« Er ist sprachlos.

»Nein, es war nur …«, stammele ich, aber er hat sich bereits umgedreht und geht. Aber ich will nicht mit ihm zusammen sein, denn jetzt benimmt er sich genau wie Stefano, er will nur fummeln und ficken. Ich weiß, dass ich ihn ermuntert habe, das war ein Fehler. Ja, vielleicht liebt er mich sogar, aber was soll ich damit anfangen?

Panos sieht mich so merkwürdig an, als wir uns begegnen.

»Was ist?«

»Das war nicht unbedingt nötig«, sagt er.

»Was?«

»Christian.«

»Nein, aber …«

»Nicht notwendigerweise.«

»Nein«, gebe ich zu. Auf unserem Zimmer stopft Gretchen heulend ihre Sachen in eine Tasche.

»Was ist denn los?« Ich nehme sie in den Arm. Sie schluchzt.

»Ich muss nach Hause«, sagt sie.

»Nach Mwanza? Wieso?«

»Nach Deutschland«, schnieft sie. »Mein Vater ist krank.«

»Ist es ernst?«

»Krebs«, sagt sie. Und zwei Stunden später ist Gretchen fort, sie wird nicht wiederkommen. Ihr Vater muss sich einer langen Strahlenbehandlung unterziehen. Möglicherweise stirbt er. Gretchen ist fort. Jetzt habe ich nur noch Tazim.

Ich gehe zur Karibu Hall. Dort findet das Badmintontraining statt. Christian spielt verbissen und gewinnt fast alle Bälle, Masuma kann nicht mithalten. Er sieht mich nicht an. Als sie das Spiel beenden, geben sie sich die Hand. Christian geht an mir vorbei und setzt sich draußen auf eine Bank. Er atmet tief durch, wobei ihm die Schweißtropfen übers Kinn laufen. Ich setze mich neben ihn.

»Du hast mich gern«, sage ich.

»Ja«, antwortet er und schaut dabei in die Luft.

»Aber wir sind Freunde, Christian. Wir können nicht zusammen gehen.«

»Aber wieso hast du …«, beginnt er, dann versagt ihm die Stimme.

»Ach …«, seufze ich. »Ich brauche einen Mann.« Er sagt nichts. Schaut in die Luft. »Keinen Jungen.« Er steht auf und geht.

Alison

Ich liege im Kiongozi auf dem Bett und langweile mich. Christian redet noch immer nicht mit mir. In ein paar Tagen beginnen die Weihnachtsferien. Vier Wochen Ferien in Tanga mit meinen sterbenslangweiligen Eltern und ohne Alison. Allein der Gedanke ist nicht zum Aushalten. Im Aufenthaltsraum klingelt das Telefon. Ich horche.

»Samantha!«, ruft Truddi. Ich springe auf.

»Ja?«

»Es ist Alison«, sagt Truddi und gibt mir den Hörer. Ich reiße ihr ihn fast aus der Hand.

»Alison!«, rufe ich. »Komm nach Hause, ich vermisse dich!«

Ich höre das Knistern in der Leitung und Alisons perlendes Lachen.

»Wie ist England?«

»Ich bin nicht in England, Samantha.«

»Wo bist du dann?«

»Ich bin gestern auf dem Kilimandscharo Flughafen gelandet, mit Aeroflot. Ich hole dich ab. Wir fahren in den Weihnachtsferien nach Tanga«, höre ich Alison sagen.

»Oh, Mann, was bin ich froh. Aber … was ist mit England?«

»Ich habe das Praktikum geschmissen.«

»Wissen die Alten, dass du zurück bist?«

»Das werden sie noch früh genug erfahren«, erwidert sie. Ich stelle eine Unmenge Fragen, sie unterbricht mich. »Wir reden, sobald wir uns sehen.«

Zwei Tage später kommt sie auf einem von Micks Bultaco-Motorrädern. Ich falle ihr um den Hals.

»Alison!« Ich küsse sie auf die Wange und den Mund, drücke sie an mich.

»Ganz ruhig«, sagt sie und lächelt. Sie holt einen Mars-Riegel aus der Tasche und gibt ihn mir.

»Ich habe jede Menge Süßigkeiten dabei.« Ich küsse sie noch einmal, reiße das Papier von der Schokolade und beiße ein großes Stück ab.

»Du bist eine gute Schwester. Aber Vater bringt dich um.«

»Er hat mir nichts mehr zu befehlen.«

»Hast du ein Rückflugticket?«

»Ne.«

»Wieso hast du aufgehört?«

»Es war so steif. Die Leute sind langweilig, es ist kalt und … die wissen überhaupt nichts.«

»Und was willst du jetzt machen?«

»Lass uns erst einmal fahren«, erwidert sie. Ich stopfe mir den Rest der Schokolade in den Mund und springe auf. An der Road Junction halten wir und trinken Tee.

»Und wie läuft's in der Schule?«, erkundigt sich Alison.

»Okay«, antworte ich.

»Jungen?«

»Ich spiele ein bisschen mit ihnen«, gebe ich lachend zur Antwort, denn ich möchte ihr nicht von Stefano erzählen; und ich will auch Victor nicht erwähnen, denn sie würde mir erklären, es sei lächerlich. Und die Sache mit Christian war dumm; das braucht mir Alison gar nicht erst zu sagen, das weiß ich selbst.

Wir tauschen, auf dem schlechten Stück der Straße fahre ich; ich bin die bessere Motorradfahrerin.

Die Fahrt dauert sechs Stunden, wir sind erst in der Dämmerung zu Hause. Meine Eltern kommen heraus, und Vater starrt Alison an.

»Woher hattest du das Geld für das Ticket?«, will er wissen.

»Ist doch egal«, entgegnet Alison. »Schließlich bin ich nicht erwischt worden.«

»Nicht von deiner Tante, oder?«, erkundigt sich Mutter.

»Nein, natürlich nicht.«

»Was hast du getan?« Wieder fragt Vater.

»Bist du sicher, dass du es wissen willst?«

»Erzähl schon.«

»Ich habe einen Kiosk überfallen.«

»Wie?«

»Sturmhaube und Großvaters Luger.«

»Alison!«, entfährt es Mutter.

»Ich müsste dich durchprügeln«, erklärt Vater kopfschüttelnd und dreht sich um. Als er geht, sehe ich allerdings seinen Gesichtsausdruck, das kleine Lächeln. Bei mir wären sie überzeugt, dass ich mich verkauft hätte. Mutter starrt Alison an.

»Das hast du doch nicht wirklich getan, oder?«

»Nein, ich habe getanzt.«

»Getanzt?«

»Ja. In einem Stripclub.«

»Alison!«

Schwarze Löcher

Was soll Alison in Tansania anfangen ohne Geld, ohne Mann und ohne eine richtige Ausbildung?

»Ich finde schon was«, sagt sie, als wir mit den Alten zu Abend essen.

»Und was ist, wenn ich dich nicht versorgen will?«, fragt Vater. Natürlich wird er es tun. Sie könnte im Hotel arbeiten, denn Mutter hat die Zügel zugunsten von Gin und Tonic schleifen lassen.

Wir gehen in der Dunkelheit gemeinsam schwimmen. Hinterher sammele ich Zweige für ein Feuer. Ich frage: »Was willst du machen?«

»Einen Mann finden, der gleichzeitig ein Mensch ist.«

»Und wo gibt's so einen?«

»Keine Ahnung.«

»In England?«

»Nein, die sind kreuzlangweilig.«

»Unter den Eingeborenen?«

»Ich will mich doch nicht nur vergnügen«, erwidert Alison.

»Das Mischlingsmodell: Ricardo?« Er wohnt in Tanga und ist Mulatte; der Vater kam als Weißer nach Tansania, als 1975 in Mosambik die Portugiesen herausgeschmissen wurden.

»Er ist ein Idiot«, protestiert Alison. Ich lache. Ricardo hat letzten Sommer ständig angerufen, um Alison auszuführen. Sie hielt den Telefonhörer in der Hand und hat auf einen Zettel geschrieben, dass ich die Musik aufdrehen oder irgendetwas anstellen solle, damit sie auflegen konnte. Alison lächelt mich boshaft an. »Du kannst ihn herzlich gern haben«, sagt sie und seufzt. »Er säuft wie ein Loch und weiß selbst nicht so genau, welche Farbe er eigentlich hat. Seine Mutter ist eine Hexe. Man kann bei ihnen nicht mal eine Tasse Tee trinken, ohne dass sie allen möglichen Scheiß hineinkippt, damit man sich in ihren Sohn verliebt. Ich habe gesehen, wie sie auf dem Hof den Staub aus meinen Fußspuren aufgesammelt hat, um ihn mit irgendeiner schwachsinnigen Hexennummer zu beschwören.«

»Aber... wie willst du einen Mann finden? Hier? Die meisten pumpen in schwarzen Löchern.«

»Ja. Aber ich kann auch ein paar Dinge. Mich unterhalten zum Beispiel. Nicht alle Männer wollen eine tansanische Hure zur Frau.«

»Hast du jemanden im Visier?«

»Nein. Aber Vater hat vorgeschlagen, dass ich das Hotel wieder zum Laufen bringe, damit er es für einen guten Preis verkaufen kann. Ein Jahr habe ich ihm versprochen.«

»Verkaufen … und wo bleibe ich dann?«

»Ich weiß es nicht, Samantha.«

»Aber das ist mein Zuhause.«

»Du bist doch sowieso nicht gern hier. Und wenn du mit der Schule fertig bist, was willst du dann machen?« Die Frage führt zu einem Kälteschauer. Ich spüre nur, wie alles zusammenbricht. Wenn sie das Hotel verkaufen, was dann? Wo soll ich wohnen? Ich bin sprachlos.

»Es gibt immer noch das Haus in Dar«, sagt Alison. Vater besitzt ein kleines Haus in der Nähe des Drive-in-Kinos in Daressalaam, aber das ist total heruntergekommen. Im Augenblick wohnt Juma dort, die rechte Hand meines Vaters. Was soll ich da?

»Und wo sollen die Alten wohnen?«

»Meinst du nicht, dass sie lange genug zusammengelebt haben?«

»Na ja … Mutter meint, ich sollte in zweieinhalb Jahren nach England gehen, nach der zehnten Klasse. Vielleicht würde sie mitkommen. Aber dazu … habe ich ehrlich gesagt überhaupt keine Lust.«

»Was willst du dann? Bis zur Zwölften auf der Schule bleiben?«

»Nein«, sage ich. »Aber die können mich doch nicht mit drei Jahren hierher mitschleppen, und dann, hundert Jahre später, soll ich plötzlich nach England.«

»Du hast Recht, das ist nicht in Ordnung.« Alison öffnet die beiden Bierdosen, die ich aus dem Kühlschrank mitgenommen habe. Ich zünde ein paar trockene Palmblätter an und lege einige Zweige darüber. Das Feuer fängt an zu brennen. Ich setze mich dicht neben Alison, stecke mir eine Zigarette an und lege den Arm um sie. In England haben die Gebäude die gleichen Fenster wie die englischen Häuser aus der Kolonialzeit in Tansania. Aber England sind nicht die Tropen. Es ist saukalt dort, und man bekommt die Räume nicht warm, weil der Wind hineinpfeift.

»Und wie willst du diesen Mann finden?«, frage ich noch einmal. Alison lehnt ihren Kopf an meine Schulter.

»In den Ferien werde ich Melinda in Dar besuchen und mir den

Markt mal ansehen. Dann finde ich einen und heirate ihn nach einem Jahr. Fertig.«

»Und wenn er dich nicht heiraten will?«

»Glaubst du, das hätte er zu entscheiden?« Alison wendet mir ihren Kopf zu. Das Licht der Flammen flackert über ihr Gesicht, und ich kann ihren Blick sehen, von dem die Männer meinen, er würde alles mögliche Fantastische versprechen.

»Nein, der Mann hat nicht viel zu sagen«, bestätige ich. Alison hat mir versucht beizubringen, wie man seinen Blick verschleiert, süß, frech und lebhaft zugleich, aber ich kann meine Gesichtszüge nicht beieinander halten; ich finde es zu lächerlich. Wenn wir zusammen in Dar sind, umschwärmen die Männer Alison wie Fliegen die Scheiße. Ich werde erst interessant, wenn sie etwas getrunken haben.

Vater, Mutter, Kind

Als wir zum Hotel zurückkehren, sitzen die Alten mit ihren Drinks auf der Veranda.

»Gut, dass mein großes Mädchen gekommen ist, um unser Hotel zu retten«, eröffnet Vater das Gespräch, als wir uns setzen.

»Mutter muss mir aber dabei helfen«, erwidert Alison und sieht sie an.

»Das werde ich, Schatz«, sagt sie.

»Deine Mutter konzentriert sich auf ihren Gin Tonic«, erklärt Vater. Mutter sieht ihn an, schnauft.

»Ich habe mein Bestes getan.«

»Ja. Aber das war nicht genug.«

Mutter holt aus, trifft ihn an der Schulter. Ich halte den Atem an.

»Du dummes Schwein«, lallt sie und weint, als sie aufsteht und unsicher ins Haus schwankt.

»Geh nur und schlaf deinen Rausch aus!«, ruft Vater ihr nach.

»*Tsk*«, zischt Alison, »wieso musst du dich zulaufen lassen und dich dann so benehmen?«

»Ich muss besoffen sein, um mit der alten Vettel noch zu schlafen.«

»Diesen Mist höre ich mir nicht länger an«, erklärt Alison und erhebt sich. Ich stehe ebenfalls auf.

»Bist du auch dieser Meinung, Samantha?«

»Ja.«

»Und ich dachte, du wärst genauso abgebrüht wie dein alter Vater«, sagt er hinter meinem Rücken.

»Ja, aber ich habe noch alle beieinander«, antworte ich, als ich hineingehe.

»Hollala!«, ruft er mir hinterher. Alison hat sich bereits in das Gästebett in meinem Zimmer gelegt. Ich putze mir die Zähne.

»Wieso setzt sie ihn nicht einfach vor die Tür? Nimmt sich zusammen und führt das Hotel? Er ist sowieso nie hier. Sie hängt an ihm wie ein Säugling.«

»Samantha. Sie hat uns großgezogen. Das musste sie tun, während er das Geld beschafft hat.«

»Mit tatkräftiger Unterstützung von Kindermädchen und Dienstboten. Es ist doch nicht so, dass sie sich totgearbeitet hätte. Außerdem sind wir ziemlich früh aufs Internat gekommen.«

»Samantha, glaubst du, es gäbe so etwas wie ein Zuhause, in das man zurückkommen kann, wenn es sie nicht gegeben hätte?«

Ich sage nichts.

»Wenn du noch immer von deinem Vater beeindruckt bist, ihn gleichzeitig aber hasst, dann hast du wirklich nichts begriffen«, erklärt mir Alison.

Ich sage noch immer nichts.

»Wenn sie ihn tatsächlich hinauswerfen würde, wäre das Hotel nicht genug, es sei denn, du würdest hier in Tanga zur Schule gehen.«

»Was meinst du?«

»Dieses Hotel wirft so gut wie kein Geld ab. Jedenfalls nicht genug, um deine Schule und die Ferien in England zu bezahlen.«

»*Tsk*«, entfährt es mir.

»Außerdem trinkt sie zu viel, um sich um irgendetwas kümmern zu können.«

»Ja, und wieso macht sie das? Weil er wahnsinnig ist.«

»Sie hat Angst«, sagt Alison.

»Wovor?«

»Dass er nicht zurückkommt, wenn er losfährt. Dass er stirbt.«

»Je schneller, desto besser.«

»Das meinst du doch nicht im Ernst, Samantha?«

»Aber jetzt ist er doch da.«

»Klar, aber er fährt auch wieder.«

»Und?«

»Sie liebt ihn«, sagt Alison.

Ich antworte nicht darauf.

Es regnet die ganze Zeit. Obwohl die kurze Regenzeit vorbei sein müsste. Die lange fängt erst Ende Februar an. Aber der Regen klatscht herab, und das Wasser tropft durchs Dach des Restaurants, lässt die Tischdecken feucht werden und bildet Pfützen auf dem unebenen Betonfußboden. Weihnachten ist traurig. Keine Gäste, weder zu Hause noch im Hotel. Ich dachte, wir würden nach Daressalaam fahren, aber Vater erklärt, er hätte keine Zeit.

»Was ist mit Victor, wo feiert er Silvester?«, erkundige ich mich.

»Wieso?«, will Vater wissen.

»Ich versuche nur, mich mit dir zu unterhalten.«

»Wir reden nicht über meine Arbeit, das weißt du genau.«

»Verflucht, ja.« Nie will er über seine Arbeit sprechen.

»Und außerdem sollst du zu Hause nicht fluchen«, fügt er hinzu.

»Jesus!«, stöhne ich und gehe in mein Zimmer. Der Mann flucht selbst wie ein Schwein, wenn er wütend ist, aber wir anderen sollen die Fassade aufrechterhalten.

Alison liest auf meinem Bett ein Taschenbuch. In ihrem alten Zimmer tropft es durch die Decke. Ich setze mich an den Schreibtisch und fange mit den vier Aufsätzen an, die ich am ersten Schultag abzuliefern habe. Wenn ich nicht weiß, was ich schreiben soll, frage ich Alison. Sie diktiert, ich schreibe auf.

Silvester verbringen wir im Tanga Yacht Club. Willkommen 1984. Langweilig.

1984

Schlamm

Wieder in der Schule. Die Kleinen aus den unteren Klassen lärmen und rennen auf den Fluren herum; man muss sich nach oben boxen. Mein Blick fällt auf Christian. Weißes T-Shirt, blaue Jeans. Ich bleibe stehen, schaue ihn an. Sein Blick ist tot, als er mich von oben bis unten ansieht – oder bilde ich mir das nur ein? Ich bin nicht sicher. Eigentlich würde ich ihm gern nachgehen, bleibe aber stehen.

Es gibt keine Zigaretten bei Mboyas. Mit ein paar Schweden fahre ich nach dem Unterricht in die Stadt, behaupte, ich müsste einen kranken Klassenkameraden besuchen. Ich finde keine Zigaretten. Gehe zum Kibo Coffee House und frage einen Burschen, der dort sitzt und raucht.

»Du kannst einen Zug kaufen«, sagt er. Ich suche mir ein Taxi. Als ich zurück zur Schule komme, schaufelt Christian Erde aus dem tiefen Betongraben an der Schuleinfahrt; der Graben muss sauber sein, bevor die lange Regenzeit im Februar beginnt. Jarno hilft ihm. Ich bezahle, steige aus und stemme die Arme in die Seiten. Beide tragen weiße T-Shirts und blaue Jeans.

»Wie geht's euch, Jungs?«

»Wie sieht's denn aus?«, fragt Jarno zurück. Christian schaut mich mit einem ausdruckslosen Blick an.

»*Tsk.*« Er spuckt aus und gräbt weiter.

»Was habt ihr verbrochen?«

Jarno sieht Christian an, aber der starrt in die Luft, sagt nichts. Jarno grinst: »Christian hat jedes Mal, wenn Miss Harrison ihn etwas fragte, gesagt: ›Keine Ahnung, ist mir egal‹. Das mochte sie gar nicht.«

»Und du?«

»Hausaufgaben vergessen.«

»Und was ist mit euren Klamotten?«

»Das ist unser Stil«, erklärt Jarno. »The Carlsberg Twins.« Ich habe gehört, dass die Leimschnüffler sie so nennen, weil Christian zu Hause Carlsberg klaut. Die weißen Helfer lassen sich sämtliche Waren, die in Tansania nicht zu beschaffen sind, per Fracht kommen und bringen sie mit Bestechung durch den Zoll.

»Jarno, Christian, bis bald!«

»Okay«, sagt Jarno und belädt die Schubkarre. Christian bleibt stumm.

»Bis bald, Christian!«, rufe ich noch einmal. Er reagiert nicht. Sieht mich an. »Okay?«, frage ich.

»Okay«, antwortet er und verzieht den Mund zu einem kleinen Lächeln, dann stößt er die Schaufel in den getrockneten Schlamm am Boden des Grabens.

Verbindung

Der Unterricht ist vorbei. Ich müsste … irgendetwas tun. Was soll ich mit mir anstellen? Ich rufe in Tanga an. Bekomme eine Verbindung! Das Hausmädchen holt Alison.

»Ich will hier nicht bleiben.«

»Was ist denn los?«

»Ich halt's nicht mehr aus.«

»Hör schon auf, Samantha, so schlimm ist es auch wieder nicht.«

»Doch, ich hasse es.«

»Ich kann zu eurem verlängerten Wochenende kommen, wir könnten die Durants zusammen besuchen«, schlägt sie vor.

»Das dauert noch ein paar Wochen.«

»Komm schon, Samantha.«

»Ja, okay. Und wie geht's dir?«

»Du weißt schon … Mutter und Vater, es läuft nicht besonders gut.«

»Ist er zu Hause?«

»Ja. Ich glaube, er …« Die Verbindung wird unterbrochen. Ich versuche es noch einmal, aber ohne Erfolg.

Schwarzmarkt

Heute sind so gut wie keine Inder in der Schule. Sie haben Angst. Die Häuser der Inder, ihre Läden und Fabriken werden durchsucht, die Menschen verhaftet und ohne Gerichtsbeschluss eingesperrt.

Ich sehe Masuma in ihrer weißen Badmintonkleidung, als sie auf dem Parkplatz aus einem Auto mit Chauffeur aussteigt.

»Masuma!«, rufe ich. »Bist du okay?«

»Ich will Badminton spielen.«

»Ist bei euch irgendwas passiert?« Masuma schaut sich nervös um. »Komm«, fordere ich sie auf und fasse sie bei den Schultern. Wir gehen zur Karibu Hall. Masuma beginnt zu schniefen, reißt sich aber zusammen, keine Tränen.

»Sie waren in der Fabrik meines Vaters in Himo, allerdings haben sie nichts gefunden. Aber wir haben Nachrichten aus Kerbala, unserer heiligen Stadt. Dort hatte jemand eine Vision mit Blut und Gewalt in Afrika. Und meine Mutter hatte auch eine Vision, es war eine Kriegswarnung. Es ist sehr gefährlich im Augenblick.«

»Was ist eigentlich los?«

»Tansania hat alle Grenzen für uns geschlossen und alle internationalen Flüge gecancelt. Alle schiitischen Muslime auf der Welt haben von der Vision gehört, unsere Verwandten haben angerufen, um sich zu erkundigen, ob es uns gut geht, aber was sollen wir machen? Wir leben von der Gnade der Afrikaner, bis zu dem Tag, an dem es keine Gnade mehr gibt – und dann sterben wir.« Wieder beginnt sie zu schniefen.

»So was passiert doch nicht. Nicht in Tansania.«

»Das kannst du nicht wissen«, widerspricht Masuma. Christian ist nicht in der Karibu Hall.

»Er hat wahrscheinlich gedacht, du kommst nicht«, sage ich. Masuma schüttelt den Kopf, geht zurück zum Auto und wird nach Hause gefahren.

Im Laufe des Tages hören die Schüler von ihren Eltern in Dar, dass der Strand der Oysterbay voll ist mit Stereoanlagen, Videogeräten, Fernsehern und allen möglichen anderen Dingen, die normalerweise nur auf dem Schwarzmarkt zu bekommen sind. Die Leute schmeißen ihre

Sachen ins Meer, denn allein der Besitz beweist, dass sie gegen das Gesetz verstoßen haben. Die Behörden gehen gegen illegale wirtschaftliche Aktivitäten vor, deshalb sind sie auch so hinter den Indern her – sie betreiben einen Großteil des Schwarzmarkts.

Am Freitag wird der Unterricht eingestellt. Der Staat hat die Bevölkerung aufgefordert, für die Bekämpfung des Schwarzmarkts zu demonstrieren. Der Staat schießt sich selbst ins Knie: Verschwindet der Schwarzmarkt, wird jedem bewusst, wie hoffnungslos die sozialistische Wirtschaft ist. Wir sind natürlich nicht aufgefordert zu demonstrieren, wir sind ja Ausländer und fleißige Nutzer des Schwarzmarkts.

Waran

Alison schreibt, dass sie an dem langen Wochenende doch nicht kommen kann; im Hotel ist zu viel Betrieb, außerdem muss sie nach Daressalaam. Aber sie freut sich, dass ich in den Ferien nach Hause komme. Fuck.

»Kommst du heute Abend zur Fete, Samantha?«, fragt mich Baltazar am Freitag vor dem Speisesaal. Er ist zwei Klassen über mir. Guter Sportler. Er greift nach meiner Hand. »Ich würde gern mit dir tanzen.« Blauschwarz, sehnig. Ich sehe, dass Stefano bei Truddi steht und versucht, sich interessant zu machen. Dennoch behält er mich ständig im Auge. Ich schenke Baltazar ein Lächeln.

»Ja, klar.«

Baltazar muss zum Fußballtraining. Stefano geht an mir und Tazim vorbei.

»Na, spielst du jetzt die Matratze für die Eingeborenen«, lässt er nebenbei fallen.

»Sie hat keinen Arsch, Stefano«, gebe ich zurück.

»Wen meinst du?«, fragt Tazim.

»Truddi.« Tazim schüttelt den Kopf über mich. Wir verabreden, dass ich mir heute Abend Tazims gelbes T-Shirt leihe, dann fährt sie in die Stadt, um mit ihrem Priester zu reden und zu beichten. Ich sollte Katholik werden; Tazim muss nur erzählen, was sie angestellt hat, dann das Ave Maria beten, und alles ist wieder in Ordnung. Aber in Wahrheit stellt sie nie irgendetwas an. »Was hast du denn gemacht?«, frage ich sie.

»Es sind meine Gedanken. Ich habe hässliche Gedanken.«

»Ist das alles?«

»Und Pläne. Ich habe auch hässliche Pläne.«

»Mit Salomon?«

Sie verzieht den Mund zu einem kleinen Lächeln und geht. Ich kann Panos nicht finden, also hole ich meine Zigaretten, die ich mit Klebeband unter Truddis Bett befestigt habe – manchmal finden Zimmerkontrollen statt. Dann schlendere ich über den Fußballplatz vom Schulgelände, biege zum Fluss ab und gehe an der steilen Böschung die Treppe hinunter. Es hat einige Zeit nicht geregnet, deshalb kann ich von Stein zu Stein bis zum anderen Ufer springen, an dem ich ein Stück das Flussbett entlanggehe, bevor ich mich hinsetze und mir eine Zigarette anzünde. Ich schaue einem Waran zu, der am gegenüberliegenden Ufer einen Gecko jagt. Gefühlskalte Augen. Trockne eine Träne im Augenwinkel. Ziehe fest an der Zigarette, bis der Filter in meinen Fingern heiß und weich wird. Höre ein Stück entfernt ein Geräusch. Trete die Zigarette hastig unter meinem Schuh aus und schubse die Kippe die Böschung hinunter. Warte und beobachte die Treppe. Wahrscheinlich nur eine Frau auf dem Heimweg vom Markt … nein, Jarno, er läuft. Das T-Shirt in der Hand, die Bauchmuskeln angespannt unter der dünnen, schweißschimmernden Haut.

Mama Mbege

»Sam the man«, sagt er, bleibt stehen, lächelt und verschnauft, sein langes Haar hängt über den pissgelben Augen.

»Wohin rennst du?«

»Zum *pombe*-Haus, *Mama mbege.*«

»Du läufst dahin, um Bier zu trinken?«

»Ein paar Mal die Woche«, sagt Jarno. *Mbege* ist das einheimische, aus Hirse gebraute dickflüssige Bier, das lauwarm serviert wird. Man wird davon betrunken und satt.

»Okay.« Ich gehe mit ihm. Wir erreichen den Rand eines kleinen Dorfes und das *pombe*-Haus; *pombe* ist eine allgemeine Bezeichnung für alkoholische Getränke. Ein paar Eingeborene sitzen auf dem gefegten Hofplatz in der Hocke. Wir setzen uns auf eine der Bänke, Jarno begrüßt die Männer und die Mama, wir bekommen eine Kalabasse an einem Stock. Jarno trinkt und zündet sich eine Zigarette an. Ich probiere einen Schluck. Man kann es kaum schlucken, wenn man es nicht gewohnt ist. Ich höre ein Lachen: Ebenezer, die Nachtwache, tritt durch die Öffnung in der Hecke.

»Samantha und Jarno«, stellt er fest und nickt. »Ihr seid richtige *waswahili*.«

»Vollkommen«, erwidert Jarno und fragt die Mama nach *gongo*, einem kräftigen Selbstgebrannten. Die einheimischen Viehbauern kaufen bei der TPC Melasse, ein Restprodukt der Zuckerproduktion, um sie ins Tierfutter zu mischen. Aber in Wahrheit verwenden sie das meiste zum Brennen von Alkohol. *Gongo* – als bekäme man einen Knüppel auf den Kopf.

Bei der Fete am Abend soll es ein Barbecue am Kishari geben, dem Haus für die ältesten Jungen. Jarno ist als Jüngster gerade dort eingezogen.

»Geht's dir gut?«, erkundigt er sich mit einem Seitenblick.

»Alles okay. Legst du heute Abend auf?«

Er nickt und schaut mit einem leeren Blick durch seine Haarsträhnen. Reicht mir eine Zigarette. Um dann wieder stumm zu bleiben. Wie Finnisch kann man eigentlich sein?

»Bis nachher«, sage ich und wackele in meinen Shorts davon. Es wird schnell dunkel. Ich hole die letzten Zigaretten aus meiner Schachtel und halte die Streichhölzer bereit, um die Schachtel anzuzünden, sollte ein streunender Hund auftauchen. Hunde haben Angst vor Feuer, und die herumstreunenden Köter können Tollwut übertragen.

Jarno holt mich nicht ein, als ich am Fluss zurückgehe. Vielleicht hat er einen anderen Weg genommen. Die anderen Schüler sind schon auf dem Weg zur Fete. Ich dusche. Ziehe Jeans und Tazims gelbes T-Shirt an, streife die Flip-Flops über. Gehe zum Kishari-Haus. Aziz kümmert sich mit zwei anderen von den Ältesten um den Grill; ihnen fehlt nur das Examen, dann sind sie fertig. Ich finde Tazim. Gespielt wird irgendwelcher schlechter englischer Rock. Ich schaue durchs Fenster in den Aufenthaltsraum, aus dem die Möbel geräumt sind, damit man tanzen kann. Jarno steht nicht an der Stereoanlage.

»Und, wurden dir deine Sünden erlassen?«, frage ich Tazim.

»Ja. Jetzt kann ich von vorn anfangen.« Aber wirklich glücklich sieht sie nicht aus.

»Wurden dir auch die Sünden für deine hässlichen Pläne erlassen?«

»Nein, Gott mochte sie nicht.«

»Hast du dir gedacht, sie aufzugeben?«

»Gott bestimmt nicht alles.«

»Hat jemand Jarno gesehen?«, erkundigt sich Aziz.

»Nein, aber deswegen könnt ihr trotzdem vernünftigere Musik auflegen«, antwortet ein älteres Mädchen.

»Die ist in seinem Schrank eingeschlossen«, erwidert Aziz. In diesem Moment läuft Jarno durch die Pforte, feiner Staub auf der schweißigen Haut, breites Lächeln. Er läuft mitten zwischen die Leute. Sie lachen, klatschen, rufen: »Hier kommt Mr. *Dee-jay*, der Mann mit der Musik!« Kurz darauf sind die ersten Töne zu hören. Baltazar hat mich entdeckt, er kommt mit einem Fruchtpunch zu mir. Wir hätten eine Flasche Konyagi besorgen sollen, um ihn etwas anzureichern.

Ich bedanke mich und nehme das Glas. Ich spüre noch immer, dass ich *mbege* getrunken habe.

»Soll ich dir etwas zu essen besorgen?«, fragt mich Baltazar.

»Ja, danke«, sage ich und bin ihm wirklich dankbar. Schaue ihm nach, wie er zum Grill geht. Frisch gebügeltes, eng sitzendes Hemd. Ich probiere den Punch, es *ist* Konyagi drin.

Tanz

Später gehen wir in den Aufenthaltsraum, in dem Jarno die Musik langsam tanzbar werden lässt. Er hat sich seine Uniform angezogen. Weißes T-Shirt, blaue Jeans, das Haar über den Ohren. Die Tanzfläche füllt sich. Panos steht mit Christian an der Wand, er trägt das Gleiche wie Jarno.

Stefano tanzt mit Truddi, Diana mit einem der Leimschnüffler. Shakila steht neben Jarno und sieht sich seine Kassetten an. Viele der Ältesten tanzen jetzt, unter anderem Sharif. Er stammt aus dem Jemen, sieht aber genauso aus wie Michael Jackson; und er bewegt sich auch so. Sharif tanzt mit Katja, einer finnischen Blondine aus Jarnos Klasse. Hinterher tanzt er mit Shakila; ich sehe, wie Christians Augen ihr folgen. Stefano beobachtet mich aus den Augenwinkeln, schaut aber sofort weg, wenn ich zu ihm hinüberblicke. Baltazar zieht mich auf die Tanzfläche. Eddy Grant singt »Electric Avenue«, danach kommt eine langsamere Nummer: Hot Chocolate »It Started With a Kiss«.

Ich lehne mich an Baltazar, spüre seine sich scharf abzeichnenden Rückenmuskeln unter dem Hemd.

»Wollen wir rauchen gehen?«, fragt er, als die Nummer zu Ende ist.

»Ja.« Wir verlassen die Tanzfläche. Ich spüre, wie Stefano mich beobachtet. Wir gehen in den Garten, verschwinden durch das Tor. Baltazar zündet eine Zigarette an. Aber es ist keine Zigarette.

»Na?«, sage ich.

»Wir brauchen etwas *Jah-power*«, meint er. Ich ziehe daran.

»Ich will nicht zurück zur Fete«, sage ich.

»Wieso nicht?«

»Weil ... Stefano Lügen über mich verbreitet.«

»Ich werd ihn mir mal vorknöpfen«, erklärt Baltazar.

»Wie?«

»Ihm klarmachen, dass er Prügel bezieht, wenn er nicht damit aufhört.«

»Hier«, ich reiche ihm den Joint zurück, lehne mich an ihn.

»Du bist sehr hübsch, Samantha«, sagt er, umarmt mich, gibt mir einen Kuss und fasst mir ein wenig zu hart an den Hintern. Ich spüre sein Glied. Warum streichelt er nicht meine Brüste? Ich lasse die Hand hinuntergleiten und fasse die Hose an. Er stöhnt, zieht den Gürtel auf, den Knopf, den Reißverschluss.

»Langsam«, sage ich.

»Willst du denn nicht?«, flüstert er und greift nach meiner Hand. Ich will ihn gern spüren, aber ... er führt meine Hand, und als ich ihn anfasse, fühle ich weiche Haut; eine dünne Schicht, die sich glatt über die Außenseite des harten Glieds bewegt, wenn ich es berühre. Ich umfasse seinen Schwanz und drücke. Er macht Geräusche – wie ein Hundewelpe. Es ist grotesk. Ich ziehe an seinem Schwanz.

»Magst du es?«, frage ich ihn.

»Oh, ja.« Er zuckt, ich spüre etwas Feuchtes auf meiner Hand. Samen. »Danke«, stöhnt er und tritt einen Schritt zurück, knöpft sich die Hose zu. Danke? Hier stehe ich, vollkommen unbefriedigt. Was hat er sich gedacht, was will er dagegen tun? Ich trockne mir die Hand an einem Grasbüschel.

»Lass uns wieder reingehen«, sagt Baltazar.

»Warum?«

»Ich habe Durst«, erklärt er und geht.

Montag werden Christian und Jarno für eine Woche der Schule verwiesen. Sonntagnachmittag hat ein Lehrer sie erwischt, als sie im Moshi Hotel Bier tranken. Wird man wegen Alkoholtrinken relegiert, schauen die Leute zu einem auf. Aber man muss schon sehr blöd sein, um erwischt zu werden. Ist man nicht blöd, will man sich mit Absicht erwischen lassen. Vielleicht, um jemanden zu beeindrucken. Christian ist nicht blöd. Christian will mich beeindrucken. Aber was ist das für ein Eindruck?

Am Abend verschwinde ich mit Baltazar in der Dunkelheit. Ich bin nicht in ihn verliebt. Er ist auch nicht in mich verliebt. Aber wir küssen uns. Er legt meine Hand auf sein Glied, und ich berühre ihn. Er stöhnt und zerrt an meinen Brüsten, bis ich ihn bitte, aufzuhören. Es ist, wie es ist – belanglos. Ich gehe zurück zum Kiongozi-Haus. Truddi lehnt in der Tür.

»Mit wem warst du denn zusammen, Samantha?«, fragt sie zuckersüß. Ich bleibe stehen.

»Sam. *Sam the man*; du kannst mich Sam nennen.«

»Wieso? Das ist hässlich. Ein Name für einen Jungen.«

»Genau. Ein Mann unter Schafen.«

»Wo bist du gewesen?«, fragt Truddi noch einmal. Ich schiebe mich an ihr vorbei. Antworte nicht.

Der Finger

Montag werden alle Internatsschüler darüber informiert, dass in der Umgebung die Tollwut ausgebrochen ist. Ein paar Kilele-Mädchen wurden am Freitag auf dem Heimweg von der Fete angegriffen; eine von ihnen ist gebissen worden und in Behandlung. Bis auf weiteres werden die Internatsschüler außerhalb des Schulgeländes von einem Wachmann begleitet und haben sich in Gruppen zu bewegen, wenn sie abends zurück zu ihren Häusern gehen. Auch wenn wir uns tagsüber außerhalb des Schulgeländes aufhalten, soll das nur innerhalb einer Gruppe geschehen.

Baltazar knöpft meine Jeans auf und will einen Finger in mich stecken. Wir liegen am Abend unter den Eukalyptusbäumen am Ende des Sportplatzes. Ich schiebe seine Hand weg.

»Stopp. Nein, daraus wird nichts«, sage ich, als er mir die Hose ausziehen will.

Stefano redet nicht mehr über mich. Baltazar hat ihm gedroht. Ich rede mit überhaupt niemandem mehr richtig. Tazim flirtet mit Salomon. Salomon soll die Kirsche sprengen. So sieht Tazims hässlicher Plan aus.

Eines Nachmittags bin ich unterwegs, um Panos zu finden. Ich will ihn fragen, ob wir eine Zigarette rauchen gehen. Er ist auf dem Fußballplatz. Ich sehe seinen tonnenförmigen Körper schon von weitem. Panos ist stark. Bei den großen Jungs aus dem Kishari-Haus gibt es eine Tradition, die Jüngeren zu fangen, ihren Kopf ins Klo zu stecken und abzuziehen. Aziz hat sich den Arm gebrochen, als er es bei Panos versuchte.

Wir verschwinden in den Feldern hinter den Pferdeställen und stoßen auf Sharif, der seine Hand unter dem Rock der Finnin Katja hat. Und die Zunge tief in ihrem Hals.

»Entschuldigung«, murmele ich.

»Ich muss dir was zeigen.« Panos zieht mich zwischen den Maispflanzen bis zum Rand des Felds. Er zeigt darauf. *Bhangi* – sechs große Pflanzen.

»Wie hast du sie entdeckt?«

»Es sind meine. Ich habe sie gepflanzt.«

»Wie?«

»Man muss mit einem Stock nur ein bisschen die Erde auflockern und kurz vor der Regenzeit eine Handvoll Samen hineinwerfen, für den Rest sorgt die Natur. Es kommt von ganz allein aus dem Boden. Das einzige Problem ist die Trocknung.«

»Und wie machst du das?«

»Ich lege es auf den Dachboden über dem Zimmer meines Nachbarn, Sandeep, der mit der Katze.«

»Im Kijana?«

»Ja, eine Deckenplatte lässt sich anheben, man kann zwischen den Dachsparren herumkriechen. Es liegt über Sandeeps Bett.«

»Hast du keine Angst, erwischt zu werden?«

»Ich bin es leid, bei Emerson oder Alwyn Wucherpreise zu bezahlen. Außerdem wird im Zweifelsfall Sandeep geschnappt.« Emerson und Alwyn sind harte Konkurrenten auf dem *bhangi*-Markt der Schule.

Negerhaut

Stefano hat sich eine Lederjacke aus den fünfziger Jahren besorgt, mit einer Menge Reißverschlüsse. Abends trägt er sie ständig. Ich bin mit Baltazar zusammen. Wir stehen an den Eukalyptusbäumen am Ende des Volleyballfeldes. Stefano ist im Licht der Lampen, die am Giebel der Umkleideräume hängen, zu erkennen. Die Jungen müssen rechtzeitig wieder im Kijito-Haus sein.

»Der Idiot läuft in den Tropen mit 'ner Lederjacke rum.«

»Er ist ein Arschloch«, sagt Baltazar. Das ist richtig, aber …

Baltazar spricht ihn an, als Stefano vor uns auftaucht: »Du siehst in der Jacke aus wie 'ne Schwuchtel!« Stefano bleibt stehen. Sein Gesichtsausdruck ist in der Dunkelheit unmöglich zu erkennen.

»Weißt du, woraus diese Jacke hergestellt ist?«, fragt er.

»Schweinehaut, damit sie zu dir passt«, sage ich.

»Aus kleinen Negerkindern aus Angola!«

Baltazar zuckt zusammen, er hat mich losgelassen, entgleitet meinen Händen, rennt auf Stefano zu.

»Baltazar, nein!«, schreie ich. Stefano läuft zur Ecke des Platzes, auf den Weg zum Kishari und Kijito. Baltazar ist hinter ihm her. Baltazar ist schnell, langbeinig. Keiner der beiden sagt einen Ton, sie laufen. Ich folge ihnen. Nähere mich der Ecke des Spielfeldes. Im Licht der Gebäudelampen sehe ich sie, Baltazar ist ihm dicht auf den Fersen. Geräusche von Füßen, die wegrutschen. Stefano schreit. Ich laufe noch immer. Das Geräusch von Schlägen.

»Du dummes Schwein!«, schreit Baltazar. Die Dunkelheit bewegt sich.

»Baltazar, stopp!«, brülle ich. Er sitzt auf Stefano, der auf dem Bauch liegt. Baltazar hat Stefanos dickes schwarzes Haar gepackt und schlägt dessen Gesicht auf den von der Sonne ausgedörrten Boden. Dreht sich zu mir um.

»Willst du ihn immer noch haben? Bitte sehr.« Baltazar geht.

»Nein«, sage ich. Stefano stöhnt, stützt sich auf die Hände, kommt auf die Knie; Blut und Rotz tropfen von seinem Gesicht. Ich höre eine Gruppe Jungen vom Fußballplatz kommen. Ich laufe zurück.

»Was ist los?«, fragen sie, als ich im Licht des Gebäudes an ihnen vorbeirenne. Sie hören Stefanos Stöhnen, gehen zu ihm. Ich laufe zum Kiongozi, gehe auf die Toilette und zittere in einer der Kabinen am ganzen Leib. Stefano hat allen erzählt, ich hätte es mit ihm getrieben, als wir zusammen waren. Und Baltazar glaubt, dass ich ihn zurückweise, weil ich Stefano vermisse. Wie grotesk.

Eine halbe Stunde später werde ich von Seppo ins Büro geholt, Owen will mich ausfragen.

»Ich weiß nicht, was passiert ist«, behaupte ich. »Es war dunkel.« Stefano ist im KCMC-Krankenhaus, er hat sich die Nase gebrochen, weigert sich aber zu sagen, wer es getan hat. Baltazar steht unter Beobachtung, alle wissen, dass er es gewesen ist.

»Verschwinde«, sage ich, wenn er mit mir reden will.

Regenwurm

In der Zehn-Uhr-Pause am Vormittag werden vor dem Speisesaal für die Internatsschüler Snacks, Saft und Tee serviert. Ich nehme mir einen Doughnut und Tee. Baltazar steht mit Aziz zusammen. Ich gehe mit Tazim zu ihnen.

»Da kommt meine Frau«, sagt Baltazar, und ich lächele, wie es sich gehört.

»Hat sie dir deine Jungfräulichkeit geraubt?«, fragt Aziz. Idiot.

»Ich habe meine Unschuld schon lange verloren«, behauptet Baltazar. Ich glaube ihm kein Wort.

»Aber ist sie auch gut?« Wieder Aziz.

»Halt die Klappe«, sage ich und lasse Baltazar einen Arm um mich legen.

»Aber ihr habt's doch getan?«, erkundigt sich Aziz neugierig und tut so, als sei er entrüstet über die Möglichkeit, dass wir keinen Sex hatten.

»Natürlich«, erklärt Baltazar.

»Haben wir nicht!«, widerspreche ich und lasse ihn los – trete zwei Schritte zurück.

»Dafür muss man sich doch nicht schämen«, meint er.

»Dafür muss man auch nicht lügen.«

»Wieso willst du es denn nicht zugeben?«

»Ich habe nicht mit dir geschlafen. Und das wird auch nicht passieren.« Ich drehe mich um.

»Du bist ein beschissenes Flittchen, Sam. Und eine Lügnerin!«, ruft Baltazar mir nach. Ich drehe mich um und schaue ihn an.

»Du träumst. Dein Schwanz ist nicht größer als ein Regenwurm und dein Gehirn noch kleiner.« Ich gehe und fresse es den ganzen Tag über in mich hinein. Erst als ich unter der Dusche stehe, lasse ich die Tränen fließen.

Christian ist sauer, weil ich mit Baltazar zusammen bin. Panos wird von Truddi oder von sich selbst an der Nase herumgeführt. Die meisten Jungs haben Angst vor mir. Tazim sagt, ich sei zu zudringlich, aber genau das wollen sie doch. Sie hat angefangen, mit Salomon Händchen zu halten.

»Heute Abend passiert's«, flüstert sie mir zu, als wir unsere Hausaufgaben gemacht haben. Jetzt haben wir ein paar Stunden frei bis zur Bettruhe.

»Was?«

Tazim hebt die Augenbrauen.

»Hast du auch an Verhütung gedacht?«, erkundige ich mich.

»Ja, ja«, flüstert sie. »Wünsch mir Glück.«

»Hals und Beinbruch«, sage ich, als Tazim in die Dunkelheit geht, wo Salomon auf sie wartet. Der Papst wird sich grämen. Nicht nur, dass Tazim huren will, sie tut es auch noch mit einem Ketzer der äthiopisch-orthodoxen Kirche, die keine ordentlichen Katholiken sind. Und sie will eines dieser satanischen Kondome benutzen. Huren, Ketzer und Kondom – eine dreifache Sünde. Anderthalb Stunden später kommt Tazim zurück und stellt sich unter die Dusche. Ich gehe mit meiner Zahnbürste zu ihr. Schaue sie an.

»Das war nichts Besonderes.«

»Bist du zufrieden?«

Sie zuckt die Achseln.

»Jetzt ist es passiert«, sagt sie. »Ja.«

Ich trete nah an sie heran.

»Hat er dir die Bohne geleckt?«

»Samantha!« Tazim bespritzt mich mit Wasser.

»Das musst du ihm beibringen. Es hilft.«

Die Flur-Liste

An die Informationstafel am Speisesaal haben wir die Flur-Liste gehängt. Die Schüler der zwölften Klasse schreiben sie: Wer sieht am besten aus, wer ist der romantischste, der redseligste, der beliebteste, der athletischste, der gelehrteste Schüler? Mit wem wird man sicher Erfolg haben? Und schließlich: Mit wem landet man vermutlich im Gefängnis?

Sam the man.

Okay, ich bin die Verliererin, die ins Gefängnis kommen wird. Aber ich steh auf der Liste, ich wurde benotet. Was ist mit dem Rest? Sie bedeuten nichts, sind bloß Füllsel.

Die meisten Mädchen reden nicht mehr mit mir. Die Jungs sind sauer, weil die Mädchen nicht mit ihnen schlafen wollen und ich es doch offenbar mache – mit Stefano und Baltazar, wie sie glauben. Und die beiden sind wütend, dass ich nichts mehr mit ihnen zu tun haben will. Mädchen sind nichts für mich. Sie bauen sich eine Burg aus ausgesuchten Leuten und schotten sich gegen andere ab: wie mich. Sie kriechen so hoch wie möglich und schubsen die anderen von der Leiter, damit sie selbst oben bleiben können. Das kommt mir sehr gelegen.

Sam the man kann damit rechnen, im Gefängnis zu landen. Okay, damit komme ich zurecht. Aber das Leben könnte besser sein. Ich gebe mich mit den Leimschnüfflern und Panos ab.

Stefano kriegt Shakila herum; es liegt an der gebrochenen Nase, er tut ihr leid. Ich halte es kaum noch aus. Christian redet nicht mit mir. Und Baltazar schnappt sich ausgerechnet Angela. Panos kann nicht von Truddi lassen, obwohl er keinen Schritt weiterkommt. Und so endet es damit, dass Diana sich hinstellt und mitten auf dem Spielplatz mit Panos

Speichel austauscht, weil sie sauer darüber ist, dass Truddi sie im Stich gelassen hat, um mit diesem neuen Flittchen aus Frankreich herumzuhängen, die alle irre interessant finden, weil sie in smarten Klamotten herumläuft und eine Menge Schminke benutzt.

Jarno und Christian kommen nach einer Woche Verweis in die Schule zurück. Sie waren in Morogoro und in Daressalaam saufen.

»Es war genial«, erklärt Christian, und Jarno lächelt und nickt langsam, dass sein langes Haar ihm in die Augen fällt. Und dann gehen sie, ohne mir etwas zu erzählen. Christian hat aufgehört, sich für mich zu interessieren. Warum?

Heimtransport

In einer Woche haben wir endlich die Hälfte des zweiten Semesters hinter uns. Ich liege im Bett, mit dem Gesicht zur Wand. Ich wünschte, Alison würde nicht nach Dar fahren, sondern hierher kommen. Wir haben von Freitag bis Montag ein verlängertes Wochenende, und Mutter hat mir am Telefon erklärt, sie sei krank. Jedenfalls ist es zu weit, um bis Tanga mit dem Bus zu fahren, es geht ja nur um ein paar Tage. Vater ist auf Geschäftsreise, kein Mensch weiß, wohin. Und in Arusha gibt es niemanden, bei dem ich ohne weiteres wohnen könnte. Wen soll ich fragen? Es ist peinlich. Ich kann mich nicht durchringen, in der Mountain Lodge anzurufen, denn Mick ist in Deutschland; warum sollten sie mich bei ihnen wohnen lassen? Es endet noch damit, dass ich zu *mama* Hussein gehe, um ihr mitzuteilen, dass ich nirgendwo unterkomme. Könnte ich bei ihr wohnen? Doch dann bringe ich es nicht fertig, sie zu fragen. Ich gehe den ganzen Weg wieder zurück.

Donnerstag fährt Minna mich zur Busstation.

»Mach's gut!«, rufe ich und springe aus dem Auto in den Geruch von faulendem Abfall, der in der Sonne trocknet. Das übliche Gewimmel der Schwarzmarkthändler, Taxifahrer und Straßenverkäufer; schäbige Bauernfänger. Ja, ich bin weiß, aber alle sehen, dass ich mich auskenne und daher Zeitverschwendung bin; nur die Blödesten versuchen, mich übers Ohr zu hauen.

»Haut ab!«, sage ich zu ein paar Burschen, die mich zu einem bestimmten Bus bringen wollen, um eine mikroskopisch kleine Provision zu kassieren. Ich überprüfe alle Busse nach Tanga und finde einen fast vollen Bus, in dem es nur noch ein paar freie Plätze gibt – ich muss mich rasch entscheiden. Die Busse fahren, sobald der letzte Platz besetzt ist. Ich erwische den Gangplatz eines Doppelsitzes, auf dem bereits zwei Passagiere sitzen. Aber sie sind schlank, und es müssen drei Fahrgäste auf jeder Bank Platz finden, drei Schlanke sind also ideal. Es kann passieren, dass eine stattliche Mama mit einem Kleinkind auf dem Rücken sich als dritte Person auf die Bank quetscht, dann sitzen die beiden anderen wie in einem schweißigen Schraubstock: zwischen einem fleischigen Hintern und der Karosserie. Im Bus nach Arusha habe ich mit einem großen Kind auf dem Schoß und einem Zicklein zwischen den Füßen gesessen, das das Salz von meinen verschwitzten Füßen leckte. Ich habe Durst; ich habe so gut wie nichts getrunken, weil unterwegs nur einmal gehalten wird. Wir warten. Ein Straßenhändler schubst einen anderen beiseite, versucht, ihn zu unterbieten. Pappkartons mit Waren fliegen durch die Luft, Kekse, Saft und Nüsse landen auf dem Boden. Beide sind gerade mal Jungen. Sie prügeln sich auf afrikanische Art: totale Aggression, aber unkoordiniert. Die Arme schwingen herum, treffen aber eher zufällig und ohne Kraft. Der Bus steht in der Sonne, die Temperatur steigt, die Luft ist stickig-feucht. Fahr endlich, damit ein bisschen Wind hereinkommt. Es gibt sechsundsiebzig Sitzplätze. Ich zähle, um die Zeit totzuschlagen. Einhundertfünfundzwanzig Erwachsene plus Kinder und all das Gepäck, das nicht mehr aufs Dach passt. Ich habe nur eine Tasche dabei, die ich auf den Schoß nehmen kann.

Endlich fahren wir los, eine kleine Brise erreicht mich. Auf dem Weg aus der Stadt steigen weitere Passagiere zu, die sich in den Mittelgang drücken; gleichzeitig versucht der Schaffner durchzukommen, um das Geld einzusammeln. Ein junger Mann auf dem Mittelgang wird auf mich gedrückt, ich rieche den leicht süßlichen Gestank nach Scheiße. Ich schiebe ihn zurück. »Es reicht«, sage ich auf Swahili. Er entschuldigt sich.

»Macht nichts«, erwidere ich. Es ist schließlich nicht seine Schuld, dass er sich den Hintern nicht vernünftig waschen kann, Papier und Seife sind auf tansanischen Toiletten eine Seltenheit.

Zunächst fahren wir auf einem kleinen Stück ordentlichem Asphalt bis zur Road Junction bei Himo, dann beginnt die Hölle; die Schotterpiste ist durch Regengüsse und Schwerlastverkehr vollkommen hinüber.

Ich versuche, mich im Bus zu entspannen, an nichts zu denken. Vater ist auf Reisen und Mutter krank. Es wird nicht lustig.

Fliegende Pisse

Ein Mann kämpft sich durch den Mittelgang des Busses und quetscht sich zwei Reihen vor mir auf eine Bank, auf der bereits drei Männer sitzen. Dann ist er verschwunden. Hat er sich auf den Boden gesetzt? Ich richte mich auf. Kurz darauf taucht er mit einer Cola-Flasche in der Hand wieder auf und öffnet das Fenster. Oh, fuck. Ich strecke den Arm über meine beiden dösenden Banknachbarn und rempele einen von ihnen mit dem Ellenbogen an, weil das Fenster klemmt. Ich will es zuschieben und teile auch den Leuten hinter mir mit, dass sie ihre Fenster schließen sollen.

Ich entschuldige mich bei dem Mann, den ich angerempelt habe. Er schaut mich verblüfft an. Und dann klatscht der Urin aus der Cola-Flasche gegen die Fensterscheibe, die ich gerade geschlossen habe.

»Kannst du die Leute nicht vorwarnen, bevor du anfängst, deine Pisse aus dem Fenster zu kippen?«, rufe ich laut auf Swahili. Der Mann hat sich aufgerichtet und ordnet seine Klamotten. Wirft mir einen ausdruckslosen Blick zu, bevor er sich wieder nach hinten durchkämpft. Mehrere Frauen zischen ihm laut *»tsk«* hinterher. Wir haben Durst, während er seinen Urin auskippt.

Mein Nachbar bedankt sich, und wir fallen wieder in einen Halbschlaf, bis wir an einer Tankstelle in Mkomazi halten, ungefähr auf der Hälfte des Weges. Pinkelpause. Straßenverkäufer scharen sich um den Bus, um Snacks und Getränke zu verkaufen. Leute steigen mit lebenden Hühnern in den Bus; der Geruch wird intensiver, einige Passagiere haben getrockneten Fisch gekauft. Der Fischgeruch vermischt sich mit dem Grundgestank nach saurem Schweiß, Dreck, Apfelsinen, Scheiße und Babybrei. Wir fahren weiter, an den Usambara Mountains entlang. Am Straßenrand werden Säcke mit Holzkohle verkauft. Rauchsäulen steigen hoch oben am Berg auf; obwohl es illegal ist, wird dort Holzkohle aus frischgefällten Bäumen gebrannt. Ohne den Schatten der Bäume verdampft das Regenwasser zu schnell, und da dem Boden auch das Wurzelwerk fehlt, wird er bei kräftigen Regenschauern einfach weggespült.

Weiter auf der holprigen Straße; der Fahrer fährt ziemlich schnell und lenkt den Bus dabei um die tiefsten Schlaglöcher, um die Stoßdämpfer zu schonen. Durch Mazinde, Mombo, Maurui, Korogwe, Segera, Hale, Muheza und schließlich Ngomeni, der letzten richtigen Stadt vor Tanga. Als wir endlich die Busstation erreichen, wird es bereits dunkel. Ich nehme ein Taxi zum Baobab Hotel. Mutter schwitzt im Bett. In der Nacht träume ich, ich sei ertrunken. Ich wache im Dunklen auf, das Bett ist pitschnass. Es regnet, das Wasser ist durchs Dach gedrungen. Ich schiebe das Bett in die andere Ecke des Zimmers und lege mich aufs Sofa im Wohnzimmer, aber hier gibt es kein Moskitonetz. Ich werde bei lebendigem Leib aufgefressen. Den Tag verbringe ich mit Segeln, Schwimmen, Gin trinken und Zigaretten rauchen. Ich langweile mich Freitag, Samstag, Sonntag und nehme am Montagmorgen den Bus zurück nach Moshi. Wenn mich jemand fragt, erkläre ich, es wäre ein Superwochenende gewesen.

Erotik

Ich kann mich ohnmächtig werden lassen. Sitze in der Hocke und hyperventiliere. Svein und Rune stehen bereit, um mich aufzufangen. Ich richte mich auf, und mir wird schwarz vor Augen. Ich mag das. Ich spüre, wie ich falle, bevor ich ganz weg bin.

Liege waagerecht. Licht auf der anderen Seite der Augenlider. Spüre etwas. Eine Berührung. Schlage die Augen auf.

»Hört auf damit! Wer zum Teufel hat mir an die Titten gegrapscht?« Ich schaue auf zu Christian, der mit einem mürrischen Gesichtsausdruck neben mir steht.

»Hey, das war ich nicht.«

Svein und Rune blicken ihn böse an.

»Ich weiß, dass du es nicht warst, Christian. Du würdest so etwas nicht tun. Es war einer dieser beschissenen Leimschnüffler.«

»Wir haben nichts gemacht«, behauptet Svein. »Wir haben dich nur aufgefangen.« Rune kichert.

»Rune«, sage ich. »Du bist ein Säugling. Nur ein einziges Mal in deinem Leben hast du's mit 'ner feuchten Muschi zu tun – wann wohl?« Ich stehe auf.

»Nächstes Wochenende in Arusha«, gibt Rune zur Antwort. »Schwarze Muschi.«

»Ich glaub nicht, dass es passieren wird. Du musst dich damit abfinden, dass es damals war, als deine Mutter dich herausgepresst hat.«

Svein grinst.

»Halts Maul!«, sagt Rune. Wieder beginne ich zu hyperventilieren. Christian verzieht das Gesicht, als er sich umdreht und geht. Ich bin ihm zuwider. Vielleicht hätte er gern meine Möpse angefasst.

Winzer

Ich sitze auf der Treppe vom Kiongozi und werde hineingehen, sollte Baltazar auftauchen. Stattdessen erscheinen Panos und Gideon, Emerson Strands zwölfjähriger Bruder. Er hat gerade auf der Schule angefangen und ist so braungebrannt, dass er einem weißhaarigen Araber ähnelt.

»Frag sie«, fordert Panos ihn auf, als sie mir gegenüberstehen. Gideons Blick wandert von Panos zu mir.

»Willst du ein bisschen Wein kaufen?«

»Ernsthaft?« Woher könnte er Wein haben, es sei denn, er hat ihn bei seinen Eltern geklaut.

»Wenn ich sage, ich habe Wein, dann habe ich Wein«, antwortet Gideon mit einem durchtriebenen Schimmer in den Augen.

»Dodoma?« Das ist der einheimische Wein, der nach einer Stadt im Land benannt ist. Der Staat behauptet, dort sei der eigentliche Regierungssitz, nicht in Daressalaam. Dodoma besteht aus Staub, hässlichen Betonbauten und absterbenden Weinstöcken, deren Saft ein Loch in die Zunge brennt.

»Selbst gemacht«, erklärt Gideon.

»Du hast ...?« Er ist der Bruder des *bhangi*-Pushers Emerson. »Woraus?«

»Zuckerrohr.« Ich lache ihn aus: »Dafür ist mir mein Sehvermögen zu schade.«

Er sieht mich hochnäsig an.

»Ich sehe dich ganz deutlich.«

»Und?«

»Ich bin nicht blind geworden«, erklärt er und schaut Panos an. »Kannst du mich sehen?« Panos lächelt. »Klar und deutlich. Aber mein Kater ist auch ziemlich real.«

Okay. Ich bestelle eine Flasche. Wir verabreden, uns am alten Swimmingpool zu treffen, ich werde mit meiner Schultasche kommen.

»Wie hast du's gemacht?«, will ich von Gideon wissen, als wir uns treffen.

»Ich soll Geschäftsgeheimnisse verraten?«

»Komm schon.«

»Okay«, erwidert der Junge und erzählt mir, wie er vor drei Wochen in der Stadt auf dem Markt Zuckerrohr gekauft hat. Er hat die Stangen aufgeschnitten und das Fruchtfleisch mit Wasser, Rohrzucker und Trockenhefe in einem großen Plastikeimer vermischt, den er aus der Schulküche gestohlen hat. Den Eimer hat er auf der Bananenplantage hinter dem Speisesaal vergraben, mit einem Plastikrohr im Deckel, damit der Wein gären konnte. »Das nächste Mal braue ich Apfelwein«, sagt er.

»Alle Achtung.«

»Wie wär's mit einer Pfeife?«, erkundigt er sich.

»Du rauchst auch? Was hält denn dein Bruder davon?« Ich lache.

»Nein, Mann. Willst du eine Pfeife kaufen?«

»Eine Pfeife?«

»Ja, aus Bambusrohr, mit einem Mundstück aus rostfreiem Stahl.«

»Und was soll ich damit?«

»Getrocknete Elefantenscheiße rauchen. Was glaubst du denn?«

»Ich habe eine ausgezeichnete Meerschaumpfeife«, sage ich.

»Hast du *bhangi*?«

»Verkaufst du das auch?«

»Mein Bruder«, erwidert Gideon. Ich schenke ihm ein Lächeln.

»Mach's gut!« Ich gehe zurück zum Kiongozi-Haus. Wohin mit der Flasche? Vielleicht teilt Tazim sie sich mit mir am Wochenende, entweder hinter dem Haus oder nachts im Bad. Die Toiletten! Natürlich. Ich hebe den Deckel von einem der Spülkästen und lege die Flasche hinein; so bleibt sie schön kalt, bis wir sie trinken.

Stubengang

Ich habe Tazim nichts von dem Wein erzählt. Ich werde sie wecken, wenn alle schlafen. Als würde ich rauchen wollen. Ich liege still. Truddi steht auf, geht auf die Toilette. Leise höre ich das Spülgeräusch und ein Poltern. Kurz darauf kommt sie zurück. Ich muss noch warten, bis sie wieder schläft, aber Truddi wälzt sich unruhig hin und her. Was ist los mit ihr? Masturbiert sie? Auf dem Flur knallt eine Tür.

»Minna, Minna!«, höre ich Diana rufen. Es wird an einer Tür geklopft. Truddi springt aus dem Bett. Tazim ist ebenfalls aufgewacht. Wir gehen auf den Flur. Der Boden ist überschwemmt. Minna kommt im Nachthemd aus ihrer Wohnung, das Haar in Unordnung.

»Was ist passiert?«

»Eine der Toiletten ist kaputt«, sagt Diana. Scheiße. Minna geht in den Toilettenraum. Fast alle sind jetzt auf den Beinen. Wir folgen ihr. Der Spülmechanismus meiner Toilette ist kaputt, das Wasser läuft aus. Minna holt Seppo, der den Wasserhahn abdreht. Er fischt die zerbrochene Weinflasche aus dem Spülkasten, riecht daran.

»Wein«, sagt er. Minna dreht sich um. Guckt uns scharf an, ihr Blick bleibt prüfend an mir hängen.

»Wer hat die Flasche in den Spülkasten gelegt?« Wir schauen uns an, aber die meisten blicken auf mich.

»Es war Sam, sie hatte den Wein«, behauptet Truddi.

»Wovon redest du? Das ist nicht mein Wein.«

»Samantha«, sagt Minna. »Wenn es dein Wein war, musst du es sagen.«

»Das ist nicht meiner. Truddi ist doch nur sauer auf mich, weil es mit Stefano nicht klappt. Weil sie frigid ist.«

»Samantha!«, ermahnt mich Minna.

»Geht in eure Zimmer und bleibt dort«, greift Seppo ein. Kurz darauf kommt er mit Minna herein. Stubengang mitten in der Nacht. Minna findet meine Zigaretten, die unter Truddis Bett kleben, aber Truddi kommt davon, denn Minna ist überzeugt, dass es sich um meine handelt.

»Tja, dann musst du mich wohl bestrafen, obwohl du keine Beweise hast«, sage ich. »Alles, was hier nicht korrekt läuft, ist offenbar meine Schuld.«

»Hör jetzt auf damit, Samantha«, erwidert Minna.

»Hör du erst einmal auf, ständig deine Hand über diese Tussi zu halten.«

»So reden wir hier nicht übereinander.«

»Ich schon.«

Danach gehen Minna und Seppo in die Jungenabteilung, um dort die Zimmer zu kontrollieren.

Katzenminze

Sonntagmorgen beim Frühstück herrscht Unruhe. In der Jungenabteilung des Kiongozi wurden Zigaretten, Konyagi, Kondome, etwas *bhangi*, Pfeifen, Pornohefte, Mädchenunterwäsche und Kontaktleim gefunden; der Leim gehörte natürlich einem Norweger, sie schnüffeln ständig. Alle wollen wissen, wer die Unterwäsche hatte und wem sie gehört, denn in unsere ganze Wäsche sind Namensschildchen genäht. Gideon behauptet, es hätte sich um Truddis Höschen gehandelt, aber der Slip wurde auf der Toilette gefunden und es gibt keinen Hinweis, wer ihn gestohlen haben könnte. Ich gehe mit Panos zum Kijana-Haus. Vor den versammelten Bewohnern steht Seppo in der Tür des vierflügeligen Gebäudes.

»Ihr müsst hier draußen warten, bis Sally einen nach dem anderen holt, wir führen einen Stubengang durch.« Panos zuckt die Achseln und lehnt sich gegen die offene Metallpforte, die nachts geschlossen wird, so dass man an einer Ecke des Hofs über die Mauer klettern muss, wenn man einen nächtlichen Ausflug unternehmen will. Salomon murmelt etwas von Polizeistaatmethoden. Dann hören wir Sallys Stimme, und es wird still.

»Sandeep, du kannst deine Katze nicht hierbehalten, wenn sie ins Zimmer pinkelt«, sagt sie und tritt auf den Flur. Sandeep folgt ihr.

»Sie pinkelt nicht«, widerspricht er. »Sie ist reinlich.«

»Hier riecht es nach Katzenpisse«, sagt Sally zu ihm und schaut zu uns hinüber.

»Vielleicht liegt ja ein totes Eichhörnchen auf dem Dachboden und vergammelt, das stinkt fürchterlich«, ruft Panos ihr zu. »Ich habe gehört, wie die nachts da oben rumlaufen.«

Sally ruft Philippo, der die Deckenplatten lösen muss. Er findet drei *bhangi*-Pflanzen über Sandeeps Bett.

»Panos«, seufzt Sally.

»Was denn? Ich rauche so etwas nicht. Das ist mir zu hinduistisch. Es untergräbt die gesellschaftliche Moral, habe ich in den *Daily News* gelesen.« Die Zeitung enthält häufig Appelle an die Jugend, keine Katzenminze zu rauchen. Wir benutzen die Seiten manchmal als Toilettenpapier, wenn es keins zu kaufen gibt.

»Salomon?«, sagt Sally.

»Meins ist es nicht.«

»Ich dachte, du seist Rasta?«, grinst Panos.

»Ich bin Rasta«, erwidert Salomon. Sandeep wird hinausgeschickt, Panos ins Zimmer gerufen. Aber natürlich findet sich nichts in seinem Zimmer, es lag ja über Sandeeps Bett.

»Daran sind die Amerikaner schuld«, behauptet Salomon.

»Woran?«, frage ich.

»Das Kraut ist in den USA verboten, weil es das bevorzugte Rauschmittel der schwarzen Sklaven war, gesund und sauber. Und es segnet seine Benutzer mit göttlicher Einsicht. Der weiße Mann hat das heilige Kraut immer gefürchtet, weil er die spirituelle Welt und das natürliche Zusammensein der Menschen mit den Geistern nicht versteht. Daher zwingen die Imperialisten die afrikanischen Staaten, das Kraut zu verbieten. Eine Forderung, bevor sie uns helfen wollen, die Schäden zu überwinden, die ihre eigene Jagd auf Sklaven und der Kolonialismus auf unserem Kontinent angerichtet haben. Gleichzeitig setzt sich die Ausbeutung fort. Mit hohen Löhnen locken sie unsere besten Köpfe fort und stehlen unsere Rohstoffe, bezahlen uns aber nur ein Trinkgeld. Und statt des heiligen Krauts sollen wir unseren Geist und unsere Glieder mit babylonischen Flüssigkeiten abstumpfen.« Er redet von Alkohol. Es ist ein ewiger Strom von pseudoreligiösem Rasta-Scheiß, der aus ihm herauskommt. Ich begreife nicht, was Tazim an ihm findet.

Aufregung

Wir müssen früh auf den Zimmern sein. *Mama* Hussein – die Krankenschwester der Schule, die das Kijito-Haus leitet – kommt, um mit uns zu reden. Wir sind neugierig. *Mama* Hussein ist einer der beiden einheimischen Angestellten der Schule, natürlich abgesehen von den Gärtnern, den Köchen, dem Wachpersonal und den Putzfrauen. *Mama* Hussein ist eine Mischung aus Afrikanerin und Araberin aus Sansibar; eine stattliche Frau, alleinerziehende Mutter von zwei Söhnen und ziemlich direkt in ihrer Art.

»Ich soll euch nicht über die Fortpflanzung aufklären, über Sex, denn Sex ist hier an der Schule nicht gestattet«, beginnt sie. »Aber es könnte ja sein, dass ihr in den Ferien Sex habt, daher ist es wichtig, die Zusammenhänge zu kennen, denn den Jungs ist es egal, was passiert. Sie denken nicht, wenn sie erregt sind.« Ein paar Mädchen kichern. »Und ihr wollt doch nicht euer Leben zerstören.«

Sie erklärt es auf eine Weise, die alle verstehen. Minna kommt aus der Tür ihrer Wohnung, die den Mädchen- und den Jungentrakt im Kiongozi trennt. »Wie kannst du ihnen so etwas erzählen«, sagt sie mit hochrotem Kopf.

»Misch dich da nicht ein, Minna. Hör auf, mich zu stören«, erwidert *mama* Hussein und fährt fort. Minna zieht sich hastig zurück und wirft die Tür zu.

»Truddi«, flüstere ich, als wir in unseren Betten liegen und das Licht gelöscht ist.

»Ja?«

»Du musst aufpassen, dass du nicht schwanger wirst, wenn du deinen Slip anziehst.«

»Wieso denn?«

»Weil alle Jungen ihn als Wichsvorlage benutzt haben.«

»Du bist so blöd!«

Tazim kichert in ihr Kopfkissen.

Am nächsten Tag läuft *mama* Hussein mit einem wütenden Gesichtsausdruck herum. Seppo hat Mr. Owen von gestern erzählt, und *mama* Hussein musste zu einem Gespräch bei ihm erscheinen. Seppo – noch so ein religiöser Narr.

Besuch

Die Sekretärin des Direktors kommt in der letzten Stunde und ruft mich ins Büro.

»Was ist denn?«, erkundige ich mich, als ich mit ihr den Flur hinuntergehe.

»Ich weiß es nicht«, antwortet sie. Was habe ich getan? Zigaretten geraucht? Ja, ständig. Getrunken? Nicht seit neulich. Gestohlen? Nein. Meine Abschlussaufgabe geschrieben? Auch nicht. Vielleicht steht lediglich meine Persönlichkeit unter Anklage. Wir betreten das Büro, und dort sitzt er.

»Victor!«

»Hey, Samantha.« Er steht auf und umarmt mich kurz. »Ich bin dein Onkel«, flüstert er mir ins Ohr, bevor er laut sagt: »Ich habe ein paar Sachen von deiner Mutter für dich.«

»Okay«, sage ich und schaue Owen an. »Tja, das ist mein Onkel Victor.« Ich wende mich wieder Victor zu. »Wie lange bleibst du?«

»Ich muss nachher schon wieder fahren. Aber ich wollte dich zum Mittagessen einladen.«

»Okay.«

»Hauptsache, du bist zur Hausaufgabenstunde wieder zurück«, sagt Owen lächelnd.

»Klar.« Wir fahren in Victors Land Rover zu einem Lokal, das Golden Shower Restaurant heißt, etwas östlich der Stadt.

»Was hast du von Mutter dabei?«

»Ich kenne deine Mutter überhaupt nicht. Das war bloß eine Ausrede, um dich zu sehen. Kein Mensch weiß, dass ich hier bin.«

Was soll ich sagen? Ich frage ihn, wo er gewesen ist. In einem Trainingslager in Uganda für Tutsis aus Burundi. Wir bestellen.

»Und zwei Bier, oder?« Er sieht mich fragend an.

»Klar.«

»Na, wie läuft's in der Schule? Was machen die Jungen?«

»Das kann ich dir doch nicht erzählen«, kichere ich.

»Mich schockiert nichts.«

»Es sind Kinder.«

»Sie haben sicher alle Hände voll zu tun«, meint er. Ich werde regelrecht rot. »Nicht wahr?«

»Ja, eine Menge. So sind alle Jungen.«

»Tja«, sagt Victor und lächelt mich an.

»Bist du auch so?«

»So war ich. Aber jetzt bin ich nicht mehr so beschäftigt.« Wir essen und trinken ein Bier, rauchen Zigaretten, gehen im Garten spazieren, in dem überall kleine orangefarbene Trompetenblumen hängen. »Schmecken die gut?«, will Victor wissen.

»Aber sicher.«

Er pflückt eine, steckt sie sich in den Mund, während er mir zublinzelt, saugt und mit den Lippen schnalzt.

»Ja, der Saft ist süß.« Victor lächelt auf eine Art, dass ich den Blick abwenden muss. Als es dunkel zu werden beginnt, fährt er mich zurück zur Schule. Auf dem Parkplatz steigen wir aus seinem Land Rover. Ich gehe auf seine Seite. »Es war schön, dich wiederzusehen, Samantha. Ich hoffe, wir treffen uns bald mal in Tanga, dann kannst du mir das Tauchen beibringen.«

»Ich werd's dir bestimmt zeigen.« Ich umarme ihn, drücke ihn an mich.

»Pass auf. Du bist nur ein kleines Schulmädchen«, sagt er und lässt seine Hände auf meinem Rücken liegen, ohne sie zu bewegen. Ich pflanze meine Lippen auf seinen Mund und schiebe die Zunge heraus. Er zuckt zusammen, seine Lippen öffnen sich, doch dann lasse ich ihn los und gehe.

Ich kann ihn durchaus schockieren.

Gefängnisferien

Zwischen dem zweiten und dritten Semester haben wir nur eine halbe Woche Ferien. Ich hoffe, dass Alison zu Hause ist. Wir könnten nach Dar fahren. Aber es klappt nicht. Mutter hinterlässt eine Nachricht, dass Vater mich holen kommt. Einen Tag vor Ferienbeginn werde ich ins Büro gerufen. Vater unterhält sich mit Owen. Ich fange an zu schwitzen. Vielleicht hat Victor Vater erzählt, dass ich versucht habe, ihn zu küssen.

»Hallo, Vater.«

»Samantha, setz dich doch.«

Ich setze mich und sehe meinen Vater an, schaue auf Owen, dann wieder auf meinen Vater. Owen räuspert sich, und Vater fängt an zu reden: »Ich habe einen Brief von der Schule bekommen, in dem man sich über dein schlechtes Benehmen beklagt, über deine schlechten Noten und all die Aufgaben, bei denen du hinterherhinkst. Also, wir fahren jetzt nach Tanga, und dann hast du vierzehn Tage Zeit, deine Hausaufgaben zu erledigen.«

»Aber …«, setze ich an und breche den Satz ab.

»Ich habe die ganze Liste hier«, sagt Vater und zeigt auf einige Papiere vor sich. »Du packst jetzt, und dann fahren wir so schnell wie möglich.« Owen sitzt dabei und nickt.

»Jawohl.«

Ich schmeiße meine Klamotten in eine Tasche und meine Schulsachen in eine andere. Es klingelt, als ich zum Parkplatz gehe. Tazim kommt angelaufen. Ich erzähle ihr, was passiert ist. Tazim nimmt mich in die Arme.

»Pass auf dich auf«, verabschiedet sie sich. Im Auto sagt Vater kein Wort. Bis zur Road Junction herrscht Schweigen, dort hält er, und wir steigen aus. Er fängt an, mich anzubrüllen.

»Du undankbare Mistgöre!« Mir kommen die Tränen. Er brüllt, bis er nicht mehr weiterweiß. Dann zündet er sich eine Zigarette an und reicht mir die Packung. »Das läuft ab sofort folgendermaßen«, sagt er. »Du hast die Schule bis zur zehnten Klasse zu Ende zu bringen. Dann werden wir sehen, wie es weitergeht. In diesen Ferien wirst du alles nachholen, was du vernachlässigt hast. Alison und deine Mutter sind in Dar. Sie werden während der Ferien nicht nach Hause kommen. Du fängst um acht an und arbeitest bis zum Mittagessen. Wir essen zusammen. Dann geht es weiter von eins bis vier. Den Rest des Tages hast du frei. Wenn du all das, was auf meiner Liste steht, abgeliefert hast, kannst du Ferien machen. Verstanden?«

»Jawohl.« Wir fahren weiter. Und so kommt es. Ich stehe um sieben auf, gehe schwimmen, frühstücke und fange an. Vater renoviert das Hauptgebäude des Hotels und die vierzehn Bungalows für die Gäste. Er repariert die Dächer, mauert und kalkt, wechselt Türgriffe aus, schraubt neue Scharniere an die Fenster oder erneuert ganze Fensterpartien. Wir reden nicht viel miteinander, und ich verstehe nicht, wieso er mich beaufsichtigt. Die Tage schleppen sich dahin. Der Stapel mit den Aufsätzen und erledigten Hausaufgaben wird höher.

Juma taucht auf. Er ist Vaters rechte Hand, ein älterer Chagga mit braunen Zähnen vom vielen Fluor im Wasser des Kilimandscharo.

»*Shikamoo Mzee*«, grüße ich höflich.

»Samantha!« Er umarmt mich. »Du bist eine hübsche Frau geworden.«

»Was machst du hier? Wollt ihr arbeiten?«

»Ich soll deinem Vater bei ein paar Sachen helfen«, antwortet Juma. Ich habe bemerkt, dass Vater jeden Tag im Hafenbüro von Tanga anruft, seinen Namen nennt und fragt, ob sie schon Näheres wüssten. Ich frage besser nicht. Wir essen mit Juma auf der Veranda zu Mittag, und ich erkundige mich nach seiner Familie, der großen Tochter.

»Samantha muss jetzt arbeiten«, erklärt Vater, und ich arbeite wieder bis vier Uhr nachmittags. Ich habe das Gefühl, dass mir bald der Kopf platzt. Tatsächlich gibt es Tage, an denen ich einschlafe, sobald ich frei habe. Meist gehe ich allerdings fischen. Ich ziehe mein Bikinihöschen und ein altes T-Shirt an, damit ich mir keinen Sonnenbrand hole, und nehme mir die Harpune. Juma ruht sich im Schatten aus.

»Willst du mit, fischen?«

»Ich kann nicht sonderlich gut schwimmen.«

»Aber du kannst das Boot steuern.«

Lächelnd steht er auf. »Das mach ich gern.«

Wir fahren ein Stück hinaus, und ich springe über Bord, jage und werfe den Fang ins Boot.

»Du bist sehr tüchtig«, meint Juma.

»Wir wollen doch etwas Ordentliches zu Abend essen, wenn du zu Besuch kommst«, erwidere ich. Als ich genug habe, klettere ich zurück ins Boot. Juma dreht mir eine Zigarette, wir rauchen. Jetzt kommt's.

»Dein Vater macht sich Sorgen.«

»Muss er nicht.«

»Es ist wichtig für ihn, dass du gut in der Schule bist, damit du im Leben zurechtkommst.«

»Ich werd schon klarkommen.« Vater hat sich bei Juma über mich beschwert, das sieht ihm gar nicht ähnlich. Wir fahren zurück und liefern den Fang beim Hausmädchen ab, damit sie die Fische zum Abendessen brät. Vater und Juma fahren in die Stadt. In irgendeine Bar. Ich langweile mich zu Tode, trinke Gin und rauche. Denke an Victor und traue mich nicht zu fragen, wo er gerade ist.

Ich erledige meine Hausaufgaben. Jedes Mal, wenn ich mit etwas fertig bin, liefere ich es bei Vater ab. Er blättert darin.

»Du brauchst es nicht zu lesen.«

»Ich will bloß sehen, ob es auch das ist, wofür du es ausgibst«, erwidert er und blättert weiter. »Okay. Die nächste Aufgabe ist Gemeinschaftskunde. Du sollst beschreiben, wie das Öl die politische Entwicklung im Iran seit den dreißiger Jahren beeinflusst hat.«

»Und wie soll ich das ohne Bibliothek machen?«

»Du machst es einfach, so gut du kannst«, entgegnet er und ruft in Tanga an. Er redet mit einem alten Briten, George, der Konsul in Mombasa war und nun pensioniert ist. Am nächsten Morgen sorgt Vater dafür, dass einer der Kellner mich mit dem Land Rover in die Stadt fährt. George erweist sich als ausgesprochen hilfreich. Er setzt sich an seinen Schreibtisch, auf dem ein Lexikon und einige Ausgaben von *The Economist* liegen. Langsam diktiert er mir den gesamten Aufsatz.

»Hast du es?«, fragt er.

»Ja.«

»So, und jetzt schreibst du das einfach noch mal mit deinen eigenen Worten ab«, sagt er. »Noch etwas?«

»Nein, danke. Und, vielen Dank!«

»Freut mich immer, wenn ich behilflich sein kann.«

Holzkisten

Am Nachmittag fange ich ein paar Tintenfische und bitte Vater, sie George als Dank für seine Hilfe zu bringen. Am nächsten Tag ist Vater unterwegs, am späten Nachmittag kommt er mit einem Lastwagen voller Holzkisten zurück, die in der Garage gestapelt werden. Ich frage nicht nach.

Am frühen Morgen des nächsten Tages ist es kühl. Ich stehe auf und ziehe meine Badesachen an. Ein Lastwagen fährt hinter das Hauptgebäude des Hotels, drei Schwarze steigen aus, darunter Juma. Vater geht ihnen von der Küchentür aus entgegen. Gibt dem Anführer die Hand. Ich beobachte sie durch die Gitter und das Moskitonetz meines Zimmers. Soweit ich sehen kann, handelt es sich bei den Männern nicht um Tansanier. Normalerweise kann ich zwischen den großen Stämmen unterscheiden, wenn es keine Mischlinge sind. Die Männer tragen Militäruniformen ohne Abzeichen, und der Anführer strahlt Selbstvertrauen aus, beinahe Hochmut. Vielleicht sind es Zulus aus Südafrika. Der Afrikanische Nationalkongress, ANC, der gegen die Apartheidregierung kämpft, unterhält Trainingslager in Tansania.

»Helft mir bei den Kisten«, bittet der Anführer Vater und Juma auf Englisch. Vater und Juma tragen die Kisten aus der Garage und laden sie auf den Lastwagen. Ich verstehe nicht, was sie sagen. Der Anführer der fremden Schwarzen zeigt auf eine der Kisten, stellt eine Frage, holt einen Kuhfuß und einen Hammer aus dem Laster und bricht die Kiste auf. Vater sieht besorgt aus. Der Schwarze fängt an zu sprechen.

»Das haben wir nicht abgemacht«, sagt er laut. Vaters Antwort höre ich nicht. »Versuch nicht, uns übers Ohr zu hauen! Wenn du verschwindest, wird niemand eine Frage stellen«, erklärt der Mann. Ich warte auf eine Reaktion, aber Vater bleibt mit hängenden Schultern stehen und antwortet leise. Der Schwarze steht direkt vor ihm, und Vater lässt einfach die Arme hängen. »Das will ich dir auch geraten haben!«, sagt der Schwarze und dreht sich um. Er droht Vater, und der reagiert nicht. Er hat Angst vor dem Schwarzen. Vater wirkt alt. Der Lastwagen wird angelassen und fährt. Ich laufe aus der Verandatür zum Strand. Werfe mich in die Wellen. Vater ist nicht zu Hause geblieben, damit ich meine Aufgaben erledige. Er hat darauf gewartet, dass diese Sendung im Hafen von Tanga landet.

Als ich zurück ins Hotel komme, frühstücken wir. Kein Wort über den Lastwagen, aber Vater raucht Kette und rutscht unruhig auf seinem Stuhl hin und her. Er geht an den Schreibtisch und holt die Liste, legt sie auf den Tisch. Er zeigt drauf.

»Dir fehlen noch zwei Aufgaben. Du erledigst sie ordentlich, auch wenn ich jetzt fahren muss.«

»Du musst fort?«

»Es geht gleich los.«

»Und was wird mit mir?«

»Du hast frei bis zum Schulanfang«, erklärt Vater. »Ich rufe deine Mutter an, bevor wir fahren.« Er steckt die Hand in die hintere Hosentasche und zieht einen Umschlag heraus. Ich schaue ihn fragend an. »Die Raucherlaubnis«, sagt er. »Für die Schule. Mach's gut.«

Eine Stunde später sind sie fort. Ich schreibe die letzten Aufgaben, haue sie hin. Am nächsten Tag kommt Mutter aus Dar zurück, allerdings ohne Alison. Da die Ferien in ein paar Tagen vorbei sind, fährt mich Mutter zur Schule. Ich liefere die Aufgaben ab. Ein absurdes Gefühl, nicht damit hinterherzuhängen.

Exodus

Die wichtigsten Mädchen der Schule werden am Samstag zu einer Art Polterabend bei Parminder eingeladen, denn sie wird sich bald verloben – alle wichtigen Mädchen außer mir; ich bin schließlich kein anständiger Mensch. Shakila und Tazim sind eingeladen.

»Mach dir nichts draus«, sagt Tazim am Freitag. »Ich bleibe einfach hier.«

»Nein, das ist wirklich nicht nötig.«

»Okay«, sagt sie sofort, weil sie gern dabei wäre. »Aber dann machen wir heute Abend irgendetwas.«

»Was?«

»Es ist eine Überraschung«, erklärt Tazim. Ich hätte auch gern an dem Fest teilgenommen. Indische Mädchen, die in paillettenbesetzten Gewändern tanzen. Blumenkränze und Hennamuster in den Handflächen, lackierte Nägel und Metallarmbänder. Tee trinken und parfümierte indische Kekse essen, wobei man in ausladenden geblümten Sofas sitzt, die mit dickem durchsichtigem Plastik bezogen sind, damit der Staub sie in der Trockenzeit nicht grau werden lässt. Die Schenkel kleben daran fest, man verursacht Geräusche, wenn man aufsteht, und auf den Armlehnen, dem Rückenteil und allen Anrichtetischchen liegen kleine gehäkelte Nylondeckchen. Ich kenne das von Kindergeburtstagen in der Schule von Arusha. Indische Mädchen haben etwas Faszinierendes, während du die Jungen in der Pfeife rauchen kannst.

»Jetzt ist es so weit«, sagt Tazim Freitagabend. Sie hat Tee gekocht und irgendein Pulver in einer Tüte dabei, Henna.

»Willst du mich bemalen?«, frage ich sie.

»Ja.« Sie mischt die pulverisierte Rinde mit Tee zu einem dicken Brei. Mit einem dicken Rosenstängel will sie ihn auftragen.

»Mit einer Sahnespritze wär's einfacher.«

»Nein, das ist gut so.«

»Aber Tazim … ich will diese indischen Muster nicht.«

»Wieso nicht?«

»Das ist, als wär ich traurig, dass ich nicht eingeladen bin. Als würde ich …«

»Was willst du dann?«

Ich hole ein Stück Pergamentpapier, auf das ich den Titel der Bob Marley-LP *Exodus* gepaust habe, eigentlich wollte ich den Schriftzug auf ein T-Shirt malen. Tazim sticht mit einer Nadel Löcher ins Papier, dann legt sie es mir auf den Arm, drückt die Spitze eines orangefarbenen Filzstifts durch die Löcher und markiert den Umriss der Buchstaben.

Sie schmiert den Hennabrei auf meinen Oberarm, und ich warte, bis er eingezogen ist. Es dauert lange. Aber ich werde die ganze nächste Woche in ärmellosen T-Shirts herumlaufen: *Exodus – movement of Jah people. Oh yeah.*

Dreadlock

»Klasse!«, sagt Jarno, als er meinen Oberarm sieht.

»Danke.« Ich setze mich auf die Bank vor dem Kijana. Hier darf man rauchen, wenn man die Erlaubnis hat.

»Wieso hast du das auf dem Arm?«, will Salomon wissen.

»Weil ich es hübsch finde.«

»*Exodus* ist kein Schmuck, wir Rastafari nehmen das sehr ernst.«

»Mann, halt die Klappe von dieser Scheiße«, mischt Jarno sich ein. Salomon dreht sich zu ihm um und sieht ihn an.

»Glaubst du, deine bleichen *dreads* machen dich zu einem Rastafari?«

»Willst du mir die *dreadlocks* verbieten?«, fragt Jarno zurück, schüttelt seine kleine Löwenmähne und durchbohrt Salomon mit seinem pissgelben Blick.

»Nein. Aber es sieht total krank aus.«

»Ich bin farbenblind«, erklärt Jarno. »Und du?«

»Ich bin Rasta.«

»Und ich also nicht?«

»Auf die falsche Art. Richtige Rasta essen kein Fleisch und trinken keinen Alkohol.«

»Du isst doch Huhn?«

»Fisch und Huhn, ja. Aber keine Säugetiere. Jah hat sie wie die Menschen geschaffen.«

»War Haile Selassie göttlich, der Löwe von Judäa?«, fragt Jarno.

»Afrika wurde von den weißen Fremden übernommen«, erwidert Salomon. »Nur Haile Selassie konnte seinen Thron bewahren, als die bleichen Heuschrecken des Kolonialismus über Afrika herfielen.«

»Und auf dem Land ließ er sein Volk wie die Fliegen sterben«, widerspricht Jarno. »Das hat mit Rasta nichts zu tun.«

»Bist du Äthiopier?«

»Nein.«

»Dann hör auf, mir zu erzählen, wer wir sind.«

»Alle basteln sich ihren Gott, wie sie ihn brauchen«, sagt Jarno, spuckt auf den Boden, steht auf und geht.

Mick

Das Telefon im Aufenthaltsraum klingelt. Mutter ist am Apparat: »Mick holt dich zu Beginn der Sommerferien ab und fährt dich nach Tanga.«

»Mick?« Er geht doch auf eine Technische Hochschule in Deutschland. »Wieso ist er zurück?«

»Es ist wie bei Alison«, seufzt Mutter. »Er sagt, die hätten ihm nichts beibringen können.«

»Und was macht er jetzt?«

»Er fährt für die Lodge amerikanische Touristen auf die Luxussafaris im Ngorongoro und in die Serengeti.«

Mick ist der einzige Junge mit dem ... ich es getan habe. Ja, denn Christian zählt nicht, das hat ja nicht richtig geklappt.

»Alison hat mit ihm die Reparatur der Außenbordmotoren vereinbart«, erzählt Mutter. Alle Motoren unserer Boote sind kaputt. Wir brauchen sie, damit die Gäste fischen, tauchen oder Wasserski fahren können. Wenn überhaupt Gäste kommen; Tanga liegt ein Stück abseits der nördlichen Touristenroute.

»Ist Alison zu Hause?«

»Nein, sie ist noch in Dar, aber sie kommt sicher bald heim.«

»Okay«, sage ich, erleichtert. Ich werde nicht von den Alten abgeholt, ich muss nicht den Bus nehmen. Ich werde wie ein richtiger Mensch mit Mick fahren. Und er wird in den Ferien da sein.

Ich suche Christian, aber vergeblich. Stattdessen stoße ich auf Panos.

»Wo ist Christian?«
»Ist dir das nicht egal?«
»Was meinst du? Ist er sauer auf mich?
»Nein, wahrscheinlich gefällst du ihm viel zu sehr.«
»Aber wo ist er?«
»Nach Dänemark geflogen«, sagt Panos.
»Kommt er zurück?«
»Davon gehe ich aus.«

Am nächsten Tag versammeln sich alle Internatsschüler direkt nach dem Mittagessen mit ihrem Gepäck auf dem Parkplatz.

»Schöne Ferien, Samantha!«, ruft Truddi, als sie in den Land Rover ihrer Eltern hüpft.

»Fahr zur Hölle«, zische ich zwischen den Zähnen, lächele und nicke ihr zu. Ferien, endlich. Einige steigen in den Schulbus, der sie zum Kilimandscharo Flughafen in der Ebene zwischen Arusha und Moshi bringt. Sie werden mit ATC nach Daressalaam fliegen: Air Tanzania Cooperation oder besser Air Total Confusion. Ich hoffe, der Flieger hat Totalschaden – hoch oben in der Luft. Komm schon, Mick.

Beach Buggy

Noch bevor ich ihn sehe, höre ich, dass er den Beach Buggy fährt. Genial. Der Bus hat den Motor angelassen, und dann kommt der kleine gelbe Wagen auf den Parkplatz geschossen: ganz offen, große Auspuffrohre, vorn ein Satz zusätzlicher Nebelleuchten. Der Motor vibriert und rumpelt, er sitzt deutlich sichtbar zwischen den Hinterreifen.

»Samantha!«, ruft Mick. »Spring auf!« Er hat zugenommen, ist aber immer noch schlank. Seppo kommt und will etwas über den Wagen wissen. Mick stellt den Motor nicht ab, sondern bietet mir eine Zigarette an. Ich habe bereits meine Sonnenbrille aufgesetzt. Ich liebe es. Mick gibt mir Feuer mit seinem Benzinfeuerzeug.

»Wankelmotor, tausendfünfhundert Kubik, Fiberglas-Karosserie«, erklärt er und lässt direkt vor der Front des Busses die Hinterräder durchdrehen. Wir fahren so schnell auf die Lena Road, dass der Staub aufwirbelt.

»Der fährt ja klasse!«, rufe ich und versuche, den Wind und den Motorenlärm zu übertönen, als wir zum YMCA-Kreisel kommen, an dem wir Moshi verlassen. Sämtliche Kinder schreien und winken beim Anblick des Wagens.

»Ich habe ihn gerade überholt. Neu lackiert, den Motor komplett durchgesehen, alles.« Die Zigarette raucht sich im Wind beinahe von allein, mein Haar peitscht meinen Nacken. Ob Mick für seine Arbeit in Tanga bezahlt wird? Ich frage ihn.

»Der Aufenthalt ist gratis«, erwidert er. »Essen, Schnaps, alles.« Alles? Was ist alles? Alison und ich auch? »Außerdem bekomme ich das beste Gewehr deines Vaters, und er schuldet mir einen Hotelaufenthalt, wenn ich ein paar Touristen besorge, die gern tauchen.«

»Hast du mit Alison gesprochen?«

»Nein, meine Mutter hat mit ihr geredet. Was macht sie in Dar?«

»Sie hat gesagt, sie will dort einen Mann aufgabeln, den sie heiraten kann«, antworte ich, ohne ihn anzusehen. Ich merke, wie Mick mir den Kopf zudreht.

»Ah ja.« Vielleicht ist er enttäuscht, aber sie ist ein Jahr älter als er.

»Kann sein, dass du zu spät kommst.«

»Ach, es gibt viele Fische im Wasser«, entgegnet er. Ich kommentiere es nicht.

Der Asphalt hört auf, als wir an der Road Junction rechts abbiegen. Der feine rote Staub der Fahrbahn explodiert an den Rädern in Wölkchen.

»Willst du auf der Lodge bleiben?«

»Nein«, schreit Mick über den Motorlärm. »Ich komme mit meinem Bruder nicht klar. Aber erst muss ich mir etwas Geld beschaffen. Dann ziehe ich eine eigene Autowerkstatt für Safariveranstalter in Arusha auf. Vielleicht kann ich aus Dubai Gebrauchtwagen importieren. Ich bin dort zwischengelandet. Jede Menge guter Gebrauchtwagen, billig. Sobald die Importrestriktionen ein bisschen aufweichen, ist der Weg frei.«

Fisch am Haken

Wir kommen vollkommen verstaubt in Tanga an, biegen auf die Lehmpiste an der Küste und halten vor dem Baobab Hotel. Mutter kommt heraus. Umarmt mich und Mick.

»Douglas kommt in ein paar Tagen zurück«, berichtet sie. »Und Alison ist schon hier. Sie ist gerade schwimmen. Im Augenblick sind nicht sehr viele Gäste da, ihr bekommt jeder euren eigenen Bungalow.«

Mutter geht zur Rezeption, holt die Schlüssel und teilt mit, dass es um sechs Uhr wie immer den Sundowner auf der Terrasse gäbe. Ich werfe meine Tasche in den Bungalow und springe die kaputte Treppe zum Strand hinunter. Alison schwimmt weit draußen. Ich ziehe mich bis auf den Slip und das Unterhemd aus, werfe mich in die Wellen und arbeite mich langsam zu ihr vor.

»Hey!«, rufe ich und winke; sie schwimmt auf mich zu und umarmt mich, dass wir mit den Köpfen unter Wasser geraten. Wir plantschen. »Ist Mick auch hier?«, fragt sie.

»Er wollte sich die Motoren ansehen. Wie lief's in Dar?« Alison lächelt und zwinkert mir mit einem Auge zu, während wir strampeln, um uns über Wasser zu halten.

»Es gibt einen Fang.«

»Du lügst!«

»Ein großer Fisch ist am Haken.«

»Scheiße, das ist doch nicht wahr, oder?« Alison hebt eine Augenbraue, weil ich fluche. Vater will nicht, dass wir fluchen, und Alison ist schon genauso.

»Frans«, sagt sie. »Ein Holländer. Der neue Chef des KLM-Büros in Dar.«

»Und? Ist er nett?«

»Er ist hübsch.«

»Wann wirst du ihn wiedersehen? Wann darf ich ihn sehen?«

»Bald, Samantha. Aber ich will den Haken noch ein bisschen tiefer in ihn versenken, bevor er unsere lieben Eltern kennenlernt.«

»Klar. Vernünftig.« Wir schwimmen an Land, duschen und treffen uns auf der Veranda. Mick zeigt mit dem Finger auf sich, als er von Frans hört. »Und was ist mit mir?«

Alison lächelt: »Und was ist mit Samantha?«

»Ich will doch nicht Mick – ist doch bloß ein großer Junge!«

»Und du bist nur ein kleines Mädchen«, entgegnet Mick.

»Nein, ich bin jetzt ein großes Mädchen.« Ich fasse mir an die Brüste und ziehe einen Schmollmund.

Mick nickt.

»Hör auf, dich so zu benehmen«, sagt Mutter.

Hygiene

Ich helfe Mick bei den Motoren. Wir nehmen sie auseinander, reinigen, schmieren und justieren sie. Mick opfert den schlechtesten, um Ersatzteile für die anderen zu haben. Wir setzen den ersten Motor wieder zusammen. Probieren ihn aus. Ich stehe auf Wasserskiern. Wir tauchen mit Harpunen nach Tintenfischen und klopfen sie auf den Felsen weich.

»Fahr jetzt los, Mutter«, sagt Alison beim Mittagessen. »Du hast schöne Ferien verdient.«

»Ich muss dir doch helfen, Schatz«, sagt sie. Ihr Kater vom Vorabend ist beinahe verschwunden, aber sie sieht grässlich aus, verbraucht.

»Meine Mutter würde sich jedenfalls über Besuch sehr freuen«, erklärt Mick. Schließlich gelingt es uns, sie zu überzeugen. Sie fährt nach Arusha, um Micks Mutter auf der Lodge zu besuchen.

Wir haben das Hotel für uns. Ich arbeite mit Mick von morgens bis zum späten Nachmittag. Alison ist damit beschäftigt, Pläne zu schmieden, wie sie das Hotel zum Laufen bringt. Ständig telefoniert sie, um Absprachen mit Touristenorganisationen in Arusha zu treffen – unter anderem mit Jerome, Micks Stiefvater. Sie schafft neue Matratzen und Moskitonetze an und bringt die Maler auf Trab.

Alison ist die Geschäftsführerin und will abends die Küche leiten, um den Hotelgästen einen Restaurantbetrieb anzubieten. Sie braucht eine verlässliche Oberkellnerin, die die Kellnerinnen unter Kontrolle hat, damit die Gäste anständig bedient werden.

Die Bewerberinnen müssen den Tisch decken und Alison bedienen. Ich stehe daneben und sehe zu, als eine Frau aus dem Dorf in ihrem Kirchenkleid das Besteck an die völlig falschen Stellen legt und aus reiner Nervosität die Gläser umwirft. Sie wird fortgeschickt. Die Nächste ist eine große hübsche Frau, Ende zwanzig, Halima heißt sie. Alles wird korrekt auf dem Tisch platziert, sie weiß, was sie tut. Alison nimmt sie mit auf die Toilette des Restaurants, auf der die Brille fehlt.

»Sag mir, was hier nicht in Ordnung ist?«, will sie von Halima wissen. Eine gewöhnliche Frau würde nur sehen, dass Wasser aus dem Hahn des Waschbeckens kommt und eine Dose unter dem Wasserhahn neben der Toilettenschüssel steht, damit man sich hinterher den Hintern waschen kann. Alles in Ordnung, was will man mehr? Klopapier, Seife und ein Handtuch erwartet man auf einer tansanischen Toilette nicht. Wenn ein europäischer Tourist aber eine Toilette ohne Seife am Waschbecken sieht, fragt er sich unbewusst sofort, wie wohl die hygienischen Verhältnisse in der Küche sein mögen. Aber die Angestellten hier sind in Dorfhütten mit gestampftem Lehmboden aufgewachsen, ihnen fällt es nicht auf.

Halima schaut sich um.

»Die Brille fehlt, es steht Wasser auf dem Boden, es fehlt an Klopapier, Seife und Handtüchern. Außerdem muss hier mal ordentlich sauber gemacht werden, auch die Wände und die Decke. Vielleicht sollten Sie es streichen lassen.«

»Du bist eingestellt«, erklärt Alison.

Ich verstehe nicht, warum es so wichtig ist, das Hotel zum Laufen zu bringen, bevor Vater es verkauft. Es ging ihm bei dem Hotel doch nie um Geld. Es ist bloß ein Vorwand, damit er in Tansania wohnen kann. Ich frage Alison.

»Seine übrigen Geschäfte laufen schlecht«, sagt sie. »Er muss einen guten Preis für das Hotel erzielen. Deshalb soll es funktionieren.«

»Könntest du es nicht übernehmen und führen?«

»Nein. Ich will zu Frans nach Dar.«

»Frans, Frans, Frans«, äffe ich sie nach.

»Ich vermisse ihn.«

»Du hast ihn doch gerade erst kennengelernt.«

Sie lächelt bloß.

Mangofliegen

In der Freizeit gehen wir schwimmen; wir segeln, essen, trinken oder fahren im Beach Buggy herum. Nachts schlafe ich wie ein Stein, und morgens wache ich früh auf und gehe schwimmen. Als ich zur Böschung komme, höre ich Alison im Haus schreien. Ich laufe zurück.

»Raus, mach, dass du weg kommst, verschwinde.« Das Hausmädchen steht verschreckt an der Küchentür. Alison greift nach einem Messer auf dem Küchentisch und geht auf sie zu. Das Hausmädchen reißt die Tür auf und rennt fort.

»Und?«, frage ich. Alison dreht sich um. Gewitterwolken. Sie hebt ihren Kanga, damit ich ihren nackten Hintern sehen kann, die Beulen auf der Haut – Larven.

»*Tsk*«, schnalze ich. Die Mangofliegen legen ihre Eier in die nasse Wäsche, wenn sie draußen zum Trocknen aufgehängt wird. Wenn die Wäsche nicht ordentlich gebügelt wird, überleben die Eier und werden ausgebrütet. Die Larven bohren sich unter die Haut und wachsen. Man muss sie aus den Hautbeulen quetschen. Sie haben die Farbe von Milben.

»Du musst es machen«, sagt Alison.

»Igitt, nein.«

»Aber ich komm da nicht dran.«

»Kannst du nicht einfach warten, bis die Haut von allein aufplatzt und sie herauskrabbeln?«

»Samantha ...« Sie schlägt beide Hände vors Gesicht und schluchzt.

»Ganz ruhig«, sage ich und gehe zu ihr.

»Aber ...«, sie hat die Hände noch immer vor ihrem Gesicht, »wenn Frans jetzt kommt und ich ... habe eine Beule am Hintern. Das ist so eklig.« Ich nehme sie in die Arme.

»Ist ja gut. Ich mach es.« Ich klatsche ihr auf den Hintern.

»Aua!«

»Glaubst du, er kommt her?«

»Das hoffe ich. Ich vermisse ihn.«

»Um Gottes willen«, erwidere ich und ziehe sie ins Schlafzimmer der Alten. Setze mich breitbeinig auf ihren Rücken und fange an, die Larven aus dem Arsch zu drücken; sie stöhnt.

»Soll ich nicht eine drin lassen? Dann kann sie sich herausbohren, während ihr vögelt, zum Herrgott emporfliegen und um schönes Wetter bitten.«

»Du bist doch krank, Samantha!«, stöhnt sie ins Kissen.

»Okay. War nur 'ne Idee.«

Erziehung

Frans vermisst Alison offenbar auch. Eines Nachmittags taucht er in einem großen neuen Range Rover vor dem Hotel auf. Er ist die dreihundertfünfzig Kilometer von Daressalaam gefahren – den größten Teil über staubige Lehmpisten –, nur um sie zu sehen. Hübscher Kerl, redet nicht viel. Aber ich kann mich ohnehin nicht lange mit ihm unterhalten, denn Alison schleppt ihn sofort in ihren Bungalow.

»Was machen die jetzt?«, frage ich Mick.

»Rammeln wie die Karnickel.« Er montiert eine neue Nylonschnur an den Starter eines Motors.

Nach einer Weile kommen Alison und Frans zurück. Er bleibt bei Mick, während ich Alison helfen soll, uns etwas zu essen zu machen. In der Küche reiße ich Witze über sie, bis Mick und Frans erscheinen. Sie setzen sich mit einem kalten Bier und Cashewnüssen an den Esstisch und sehen uns bei der Arbeit zu.

»Flotte Schwestern, was?«, sagt Mick.

»Ja«, grinst Frans verlegen. Ich drehe mich zu ihm um.

»Hast du wirklich vor, mit ihr zusammenzuleben?«, frage ich mit einem Nicken in Richtung Alison.

»Ja, klar«, antwortet er. »Sie ist die Liebe meines Lebens.«

»Das bildest du dir doch nur ein. Du kennst sie doch gar nicht.«

»Und du bist nur neidisch«, sagt Mick zu mir.

»Nicht auf Alison«, erwidere ich und blinzele Frans zu. Alison steht direkt neben mir und schneidet Gemüse; ich will, dass sie sich zu mir umdreht. »Aber vielleicht bin ich neidisch auf Frans, denn meine Schwester ist ein ziemlich guter Fick.«

Alison wendet sich mir zu, um etwas zu sagen. Doch mein Arm ist schneller. PATSCH! Die Ohrfeige landet genau auf ihrer Wange; ich brülle: »Mit wem fickst du?«

»Was soll denn das?«, schreit Frans und springt von seinem Stuhl auf, der hintenüber fällt. Der Knall der Ohrfeige wird trocken von den Wänden zurückgeworfen. Er kommt auf mich zu, bleibt aber stehen, weil er sieht, dass Alison weder ihren Kopf noch die Arme, die Hand mit dem Küchenmesser oder die Füße bewegt. Sie zwinkert zweimal rasch, dann blickt sie mir in die Augen und setzt ein gleichgültiges Gesicht auf, während meine Fingerabdrücke auf ihrer sonnengebräunten Haut weiß aufleuchten. Frans steht starr und ein wenig linkisch im Raum, fassungslos.

»Du kannst es noch immer«, sagt Mick lächelnd – er hat es schon mal erlebt. Der Moment ist vorbei. Alison lächelt mich an.

»Warte nur«, sagt sie mit erhobenem Zeigefinger und wischt sich eine Träne aus dem Augenwinkel.

»Was … was ist denn hier los?«, stottert Frans.

»Ihr habt sie doch nicht mehr alle«, meint Mick.

Alison geht lächelnd auf Frans zu.

»Bleib ruhig, Schatz, ist eine Familientradition.« Sie fasst ihn um den Nacken und küsst ihn fest auf den Mund. Er sieht beunruhigt aus.

»Sich gegenseitig zu schlagen?«

»Zu trainieren, einen Schlag entgegenzunehmen, ohne zu reagieren«, sage ich.

»Aber warum?« Frans könnte es sicher nicht. Alison erklärt ihm, dass unser Vater immer dann zugeschlagen hat, wenn man es keinesfalls erwartete. Gleichzeitig hat er seine Fragen gestellt oder seine Befehle gegeben. Seine Art der Erziehung.

»Es ist wichtig, den Schlag zu empfangen, ohne daran zu zerbrechen. Er verachtet Schwäche. Wir haben uns gegenseitig trainiert«, fügt Alison hinzu.

»Aber das ist doch … Wahnsinn.«

»Unser Vater macht es ja auch nicht mehr.«

»Bei dir nicht«, sage ich. »Aber ich bin noch immer ständig in Gefahr, eine ordentliche Ohrfeige zu bekommen.«

»Und eure Mutter? Hat sie nichts dagegen unternommen?«

»Sie saß nicht auf dem Fahrersitz«, sagt Alison.

»Sie überließ die Erziehung dem Biest«, ergänze ich.

Laborratten

Nach dem Essen sitzen wir auf der Veranda, trinken Gin Tonic und rauchen uns *stoned* mit Micks Arusha-*bhangi* – beste Qualität von den Hängen des Mount Merus.

»Habt ihr mal überlegt, ob das Ganze nicht vielleicht nur eine Kulisse ist?«, fängt Alison an.

»Was soll eine Kulisse sein?«, will Mick wissen.

»Na, das alles um uns herum«, sagt Alison mit einer Armbewegung, die Himmel und Erde, das Meer, das Hotel und uns umfasst. »Die Welt und die Menschen und alles, was passiert, ist so absurd, dass es gar nicht wirklich sein kann. Ich weiß, dass ich wirklich bin. Ich bin hier, und ich versuche … mich durchs Leben zu manövrieren. Aber ständig wollen Leute mich beeinflussen und mir erzählen, was ich machen soll. Sie urteilen über mich. Und über die Dinge, die ich gerne will: Sie erzählen mir, dass es falsch ist. Und über die Dinge, die ich nicht will: das soll ich machen oder jenes. In die Schule gehen, hart arbeiten, anständig sein … alles Mögliche.«

Alison setzt einen fragenden Gesichtsausdruck auf. Ich blicke hinüber zu Frans. Er lächelt sie glücklich an, aber unter der Oberfläche spüre ich Nervosität; so hat sie sich bei den Cocktailpartys in Daressalaam natürlich nie aufgeführt. Mick räuspert sich.

»Die Leute versuchen ständig, sich gegenseitig zu manipulieren, klar. Aber davon wird die Welt nicht zu einer Kulisse.«

Alison versucht, mich zu fixieren: »Nein, aber …« Sie zeigt mit beiden Händen auf sich. »Ich bin ein biologisches Experiment, eine Laborratte. Ich bin der einzige Mensch, der existiert. Wesen haben mich gefunden und ausgedacht …« Alison wechselt in eine belehrende Stimmlage: »Dies ist eine seltene Spezies. Die Einzige ihrer Art, die wir wieder zum Leben erwecken konnten. Und nun werden wir beobachten, wie sie so ist, daher bauen wir ihr diese Umgebung und setzen sie hinein. Und um zu sehen, wie diese Rasse funktioniert, erfinden wir die merkwürdigsten Dinge und knallen sie ihr direkt vor die Fresse. Dieses Gefühl hab ich einfach.«

»Wir sind hinter dir her?«, sagt Mick.

»Ihr seid doch nur Roboter. Aber die Wesen sollten das Experiment ein bisschen lockerer angehen. Es ist zu heftig. Eltern, Schule, ein unsägliches Hotel, eine verrückte kleine Schwester und … Männer. Alles ist merkwürdig.«

»Ist es denn so schwer mit den Männern?«, will Frans wissen. Alison sieht ihn überrascht an, beugt sich vor und legte eine Hand auf seinen Schenkel.

»Nein, nicht mit dir, Schatz. Ich glaube, sie haben sich entschlossen – also, diese Wesen –, dass es mir jetzt gut gehen soll.« Sie schenkt ihm ein Lächeln. Aber genau das meint sie bei Männern. Säuglinge, eine Sekunde lang Angeber, und in der nächsten unsicher und schwach.

»Das ist ganz einfach«, mischt Mick sich ein. »Du machst einfach, was du willst, und dann können die Wesen sich überlegen, was sie davon halten.«

»Daran habe ich auch schon gedacht«, meint Alison. »Ich werd's mal ausprobieren. Moral ist ja nur ein Teil ihrer Testanordnung. Was ist mir dir, Samantha?«

»Für mich ist die Wirklichkeit wirklich real«, gebe ich zur Antwort. »Aber ich bin nicht sicher, ob das etwas zu bedeuten hat.«

»Aber es bedeutet doch etwas für dich, ob du glücklich bist, oder … in der Schule zum Beispiel.«

»Ja, das lässt sich nicht steuern.«

»Was?«, fragt Mick dazwischen.

»Na ja … Gefühle, oder?«

»Nein, aber ich hab's gern, wenn richtig was läuft«, erklärt Mick. »Und dann Sex. Am meisten beunruhigt mich, dass es dazwischen so lange Pausen gibt, in denen ich alles Mögliche andere tun muss, bevor ich wieder zum Wesentlichen zurückkommen kann: dass es richtig abgeht. Und dann Sex.«

»Mick«, seufzt Alison.

»Du weißt, was ich meine.«

»Ja, aber das ist doch nicht alles.«

»Aber fast.«

»Tja, okay«, Alison greift nach Frans' Hand. »Wir gehen.«

»Gute Nacht«, wünscht Frans und lässt uns allein, nach einem Gespräch über heftigen Sex. Ich schaue Mick an, der sich eine Zigarette anzündet.

»Wilder Sex«, sage ich.

»Du weißt, wo ich wohne«, erwidert er und leert seinen Drink mit einem Zug. Steht auf. »Und ich bin zu Hause.« Er geht auch. Ich bleibe noch einen Moment sitzen. Lösche die Sturmlaternen, trage sie hinein und schließe das Haus von außen ab. Dann gehe ich hinüber und klopfe an Micks Tür.

»Darf ich reinkommen?«

»Ja.«

Ich öffne die Tür.

»Es ist, weil … ich bin's einfach leid, allein zu schlafen.«

»Komm schon rein«, sagt Mick.

Vaters Niveau

Zwei Tage später kommt Vater. Frans ist ausgesprochen nervös, die Vorstellung einer Begegnung mit Vater behagt ihm nicht. Wir stehen vor der Veranda.

»Hm, du willst mir also meine große Tochter nehmen?«, sagt Vater.

»Ja«, antwortet Frans. »Ich hab es bereits getan.«

»Ach ja? Na dann, okay«, erwidert Vater, wendet sich Mick zu und gibt ihm einen Klaps auf den Rücken.

»Frans ist okay«, flüstere ich Alison zu.

»Sicher.«

»Mick«, sagt Vater. »Dann kann ich dir ja meine jüngste Tochter anbieten.«

»Oh Mann, hör auf damit«, protestiere ich.

»Wie laufen die Geschäfte?«, erkundigt sich Alison.

»Nicht so gut, aber es entwickelt sich was«, erwidert Vater.

»Ich hole uns etwas zu trinken.« Alison geht ins Haus, Frans folgt ihr.

»Ich habe Victor getroffen. Vielleicht kommt er in einer Woche vorbei«, sagt Vater zu mir.

»Victor!«, rufe ich aus. »Wie lange will er bleiben?«

»Nur ein paar Tage, dann müssen wir los.«

»Wohin denn?«

Vater sieht mich an. »Wieso?«

»Na ja, ich bin … einfach neugierig.« Im Hotel Tanzanite hat Victor meinen Schenkel berührt, als ich aus dem Swimmingpool stieg. Und ich habe ihn geküsst, als er mich in Moshi besuchte. Vielleicht wird... mehr passieren. »Ach, nur weil ich versprochen habe, ihm das Tauchen beizubringen.«

»Ich glaube kaum, dass dafür Zeit bleibt«, erklärt Vater. Alison bringt Bier und Limonade. Wir essen zusammen zu Mittag, dann wollen Mick und Frans fahren. Mick will nach Dar, um ein paar Ersatzteile zu beschaffen, damit sämtliche Motoren laufen. Außerdem hat er vor, sich nach einem Job zu erkundigen. Frans muss nach Hause, um zu arbeiten. Sie brechen im Konvoi auf; Mick vorn in seinem Buggy und Frans hinter ihm im Range Rover. Als sie gefahren sind, kommt mir das Hotel leer vor. Vater und Alison sitzen über der Buchführung oder diskutieren, was erledigt werden muss. Mutter kommt nach Hause; sie sieht ausgeruht aus und hat mit der Leitung des Hotels nichts mehr zu tun. Alison stellt Vater Halima vor, die sich um den Service kümmert.

»Diese Halima scheint eine tüchtige Frau zu sein«, meint er.

»Ja. Um diesen Teil muss ich mir keine Gedanken mehr machen«, sagt Alison. Obwohl Frans abgereist ist, wohnt sie weiterhin in einem der Bungalows. Ich bin zurück ins Wohnhaus gezogen, weil einige Gäste gekommen sind; eine Gruppe alter Schweizer. Ich liege allein in meinem Zimmer und kann die Alten hören, wenn sie spät aus dem Yachtklub von Tanga nach Hause kommen.

»Wenn du dich nicht benimmst, fahre ich nach Hause«, lamentiert Mutter im Wohnzimmer, sie klingt betrunken.

»Dann fahr doch!«, erwidert Vater.

»Du bist schwachsinnig.«

»Nein, du.« Das ist das Niveau.

»Du kannst mich nicht so behandeln. Ich habe deine beiden Kinder geboren.«

»Das ist lange her.«

»Du bist ein dummes Schwein!«

»Und du eine blöde alte Kuh.«

Ich ziehe mir das Kopfkissen über den Kopf. Trotzdem höre ich, wie Mutter in ihr Schlafzimmer geht, um sich in den Schlaf zu heulen. Ich sehe es vor mir, wie Vater betrunken im Wohnzimmer sitzt und mit den Augen zwinkert. Wieso hat er uns eigentlich bekommen? Alison und mich? Was will er mit uns? Schließlich höre ich ihn zu Bett gehen. Ich stehe auf. Nehme meine Decke, mein Kopfkissen und meine Zigaretten, gehe zu Alison und klopfe.

»Ich bin's.«

»Was ist?«, fragt sie schlaftrunken und öffnet die Tür.

»Die Alten sind wahnsinnig«, sage ich, als sie mich ins Zimmer zieht und die Tür schließt.

»Streiten sie sich?«

»Ja, aber sie hat sich jetzt in den Schlaf geheult und er ist besoffen umgefallen.«

»Worum ging's?«

»Um nichts, sie sitzen einfach nur da und beleidigen sich.« Ich habe mir eine Zigarette angezündet und mich auf das leere Bett gelegt. Alison raucht auch; sie bläst Rauchringe, die durch ihr Moskitonetz fliegen und auf der anderen Seite weiterschweben – leicht verwackelt. Es ist hübsch.

»Mach das noch mal«, bitte ich sie. Sie schaut mich an, prüfend, glaube ich, bevor sie noch einen dicken Rauchring ausstößt.

»Er nagelt alles, was nicht rechtzeitig auf den Bäumen ist«, sagt sie.

»Was?«

»Alle. Die ganzen jungen Kellnerinnen. Wenn sie nicht wollen, werden sie gefeuert. Und wenn er unterwegs ist, wer weiß …«

»Das ist nicht wahr.«

»Doch, es ist die Wahrheit.«

»Aber …«

»Aber was?«

Ja, was? Ich zünde mir noch eine Zigarette an. Blicke ins Moskitonetz.

»Na ja, im Augenblick hält er sich zurück«, fährt Alison fort. »Ich habe ihm gesagt, wenn ich das Hotel führen soll, dann hat er sich auf keinen Fall einzumischen. Und schon gar nicht beim Personal.«

»Hast du ihm gesagt, dass er sie nicht zu vögeln hat?«

»Nein, aber er hat die Botschaft begriffen.«

Afro

Am nächsten Tag gibt es kein Wasser. Mutter ruft mich; ich soll ihr den Rücken waschen, sie sitzt in einer Wasserpfütze in der Badewanne. Sie sieht verbraucht aus: die Brüste hängen, ihre Haut an Armen und Beinen ist von der Sonne ledrig gegerbt. Ihr Hintern ist schrumpelig, der Bauch aufgetrieben vom Suff, die Schenkelmuskulatur schlaff. Traurig.

Am Nachmittag macht sie den jämmerlichen Versuch, ein paar Jane-Fonda-Workout-Übungen durchzuführen, nach einem Buch, das Alison aus England mitgebracht hat. Aber sie bringt nicht einmal die Disziplin für die Aufwärmübungen auf. Am nächsten Tag hat sie einen noch größeren Kater, sie steht nicht vor dem Nachmittag auf. Ich soll ihr das Haar mit irgendwelchen Chemikalien kräuseln, die meine Tante ihr geschickt hat. Ich gieße ihr irgendeine Flüssigkeit über den Kopf, wickele das Haar auf Lockenwickler und gieße noch etwas anderes darüber, das die Locken fixieren soll. Sie sieht aus wie ein Pudel.

Vater kommt herein. »Versuchst du's jetzt mit 'ner Afro-Frisur?«

Sie geht ins Schlafzimmer und heult. Es ist … peinlich.

Mick ruft an und teilt mit, dass es noch ein wenig dauern wird, bis er zurückkommt. Alison fährt mit dem Auto nach Arusha, um mit Safariveranstaltern zu verhandeln. Ich könnte mitfahren, aber Mutter wäre unglücklich; als würde ich vor ihr fliehen.

Sie liegt im Bett, es geht ihr miserabel. Ich nehme eine Blutprobe und fahre ins Krankenhaus, um ihr Blut überprüfen zu lassen: Malariaparasiten. Doktor Jodha fährt mit mir zurück und verpestet den Wagen mit seinem Gestank nach Betelnüssen und Mottenkugeln. Er spuckt roten Speichel aus dem Fenster und wischt sich den Mund ab. Im Hotel verabreicht er Mutter eine Malariaspritze und eine Menge Tabletten, wobei er mit seinen rostroten Zähnen lächelt: »Ich komme morgen wieder vorbei und sehe nach Ihnen, Miss Richards.«

Doktor Jodha kommt am nächsten Tag wieder und gibt Mutter noch eine Spritze; nun müsste es helfen, aber es passiert nichts. Sie hat keinen sonderlich großen Appetit. Sondern Fieberanfälle. Die Spritzen wirken nicht. Vater trägt sie in den Wagen, ich fahre sie ins Krankenhaus. Sie wird aufgenommen und bekommt Fansidar, das wie eine Chemotherapie wirkt. Am späteren Nachmittag bringe ich ihr etwas zu essen – im Krankenhaus stirbt man den Hungertod, wenn man keine Hilfe bekommt. Sie hat den Appetit total verloren, ihr Mund ist wund, sie ist krank wie ein Hund. Hier an der Küste sind alle Mücken resistent, Chinin wirkt nicht mehr. Mutters täglicher Einsatz an der Gin Tonic-Front war umsonst.

Blutunterlaufen

Alison kommt zurück. Sie ist Feuer und Flamme und hat unzählige Pläne für die Zukunft des Hotels.

Mutter wird aus dem Krankenhaus entlassen, es geht ihr besser. Sie versucht, sich zu beschäftigen, wirkt normal.

Sie lädt die Whitesides zum Mittagessen ein. Es fängt bereits gut an, als ich morgens aufstehe und ins Bad will. Mutter reißt die Badezimmertür auf.

»Kannst du nicht abwaschen oder das Gemüse putzen? Die Whitesides kommen in drei Stunden!«

»Hol doch jemand aus dem Hotel.«

»Die kommen mir nicht in meine Küche«, erklärt sie – besessen von der Idee, dass sie eine Funktion in ihrem Dasein hat.

»Es sind nicht meine Gäste«, erwidere ich. Sie bleibt stehen und starrt mich an: »Du isst auch von dem Essen, also musst du auch helfen.«

Die halbe Nacht hat sie getrunken und nun verschlafen. Ihr Gesicht sieht aus wie ein Arschloch, das zu müde ist zum Scheißen. Es ist bitter, aber es ist nicht mein Problem.

»Ich habe meine Tage. Ich brauch ein Bad.«

Als sie geht, schreit sie: »Wo ist Alison?« Aber Alison ist früh aufgestanden und nach Tanga gefahren, um ein paar Handwerker zu finden, die eine neue Treppe für die Küstenböschung bauen können. Sie kommt zum Mittagessen zurück, das ohne Probleme verläuft.

»Du solltest dich mit diesem Mick zusammentun«, sagt Vater während des Essens.

»Verflucht, wovon redest du?«

Whitesides starren mich an.

»Sprich anständig«, ermahnt mich Mutter.

»Er ist ein guter Typ«, fügt Vater hinzu, »tüchtig.«

»Du hast dich nicht in meine Angelegenheiten einzumischen.«

»Ach ja, habe ich nicht?«

»Hört schon auf«, geht Alison dazwischen.

»Wieso sollte ich mit ihm zusammen sein?«

»Du brauchst jemanden, der dich versorgt, wenn ich keine Lust mehr dazu habe«, erklärt Vater. Ich stehe einfach auf und gehe.

»Du reagierst überempfindlich«, ruft Vater mir nach. Als ich wieder nach Hause komme, sind die Whitesides gegangen. Durch die Fenster sehe ich, dass die Alten im Wohnzimmer sitzen und trinken. Alison ist auch dabei. Sie hat ihr perfekt geplantes Leben. Erst ein bisschen Hotel, die Tochter, die das Geschäft der Eltern rettet. Dann zu einem Mann mit einem guten Job nach Dar. Tja. Ich gehe in mein Zimmer, höre Musik über Kopfhörer und blättere in Magazinen, die deutsche Touristen liegengelassen haben. Gehe ins Bett. Schlafe ein.

»Kommst du nicht zu deinen Eltern, Töchterchen?« Es ist Vater. Er steckt den Kopf durch die Tür, schaltet das Licht ein. Ich halte eine Hand vor die Augen. Seine sind blutunterlaufen.

»Ich schlafe.«

»Schlafen kannst du, wenn du alt bist. Wir reden über die Zukunft. Wir schmieden Pläne.«

»Ich gehe in die Schule, was willst du denn noch?«

»Du bist so langweilig, Samantha. Wir haben ein großes Familientreffen, komm schon.«

»Ich schlafe.«

»Ach«, knurrt er und schließt die Tür, ohne das Licht zu löschen.

Am nächsten Tag kommt Mick zurück, von einer Staubschicht überzogen.

»Ein neuer Job in Dar, in zwei Wochen«, berichtet er. Mick soll Vorarbeiter einer Baufirma werden. »Ich kann dich gerade noch zur Schule bringen, Samantha.«

»Die Schule«, entgegne ich. »Scheiße.«

»Lass uns ein bisschen herumfahren«, schlägt er vor. Wir donnern über die staubigen Straßen.

»Kommst du mit, duschen?«, fragt er, als wir wieder am Hotel halten.

»Nein, ich hab keine Lust.« Ich gehe ins Haus.

Glücksritter

Später Nachmittag. Ich laufe zum Strand, um eine Zigarette zu rauchen, weil Mutter nicht will, dass ich rauche, obwohl sie selbst qualmt wie ein Schlot. Als ich zurückkomme, hält ein kleiner Land Rover vor dem Hotel, den ich schon einmal gesehen habe. Victor! Er sitzt mit Vater auf der Veranda.

»Hey, Victor.«

»Samantha. Wie geht's?«

»Gut«, antworte ich lächelnd.

»Wir haben hier noch etwas zu besprechen«, erklärt Vater.

»Okay.« Ich gehe hinüber zur Werkstatt, wo Alison sich mit Mick darüber unterhält, wie man das Baobab Hotel zu einem festen Ort für Gruppenreisen machen kann.

»Vater hat Besuch«, sagt Alison.

»Ja, hab ich gesehen. Ich hab ihm guten Tag gesagt.«

»Was meinst du, was haben Vater und Victor vor?«

»Keine Ahnung.«

»Glücksritter«, wirft Mick ein. Alison lacht.

»Was meinst du?«

»Noch ein weißer Mann, der in Afrika nach einer Abkürzung zu Glück, Abenteuer und Reichtum sucht. Aber leicht muss es sein, arbeiten will er dafür nicht.«

»Dann ist er genauso wie wir«, erwidert Alison.

»Ja«, sagt Mick. »Aber wir wissen, dass es nicht möglich ist. Wir arbeiten.«

»Aber wir überanstrengen uns nicht«, entgegnet Alison.

»Das wird noch kommen«, meint Mick und sieht mich an.

»Was?« Ich überlege, ob Victor hier übernachten wird. Bekommt er einen Bungalow? Ich könnte mich nachts zu ihm schleichen. Aber das wage ich ja doch nicht, das weiß ich genau.

»Bald Zeit für einen Sundowner«, sagt Alison. Mick wischt sich die Hände an einem Lappen ab. Ich gehe hinaus. Victor packt irgendwelche Sachen hinten in seinen Land Rover. Vater ist nirgendwo zu sehen. Ich gehe zu Victor.

»Musst du schon wieder los?«

»Ja, leider. Aber es könnte ja sein, dass ich dich mal wieder in Moshi besuche.«

»Könnte schon sein.«

»Ich schick dir ein Telegramm, bevor ich komme. Und schreibe dir, wo ich wohne.«

»Und dann musst du abwarten, ob ich auftauche.«

»Ich glaube, das wirst du«, sagt er, als Alison und Mick aus der Werkstatt kommen.

»Hey«, verabschiede ich mich und gehe auf die beiden zu – aber langsam, denn meine Wangen brennen. Sie bleiben stehen und warten auf mich. Ich schlucke.

»Was hat er gesagt?«, erkundigt sich Alison.

»Er hat mich gefragt, ob ich wüsste, wo man hier Zigaretten kaufen kann.«

»*Tsk*«, schnalzt Mick. »Kann der Mann nicht mal Zigaretten finden?«

Alison grinst und versetzt Mick einen Stoß, der mit »was ist?« reagiert.

»Ein bisschen muffig?«, fragt sie.

»Ich bin nur diese ganzen Freibeuter, blinden Passagiere und Scheißtouristen leid«, erklärt Mick und wendet sich der Veranda und dem Sundowner zu – der täglichen Gin-Tonic-Infusion.

Internal Revenue Service

Ich komme zum Mittagessen. Ein dicker Schwarzer im Anzug sitzt mit Alison auf der Veranda und trinkt Bier. Meine Shorts und das T-Shirt sind voller Ölflecken. Alison wirft mir einen warnenden Blick zu.

»*Shikamoo Mzee*«, grüße ich höflich. Alison stellt mich vor, erklärt, der Mann sei vom IRS, Internal Revenue Service, dem Finanzamt. Ich zeige meine Hände und sage, dass ich ihm besser nicht die Hand gebe.

»Ahh, Ihre kleine Schwester ist Mechanikerin«, grinst der Mann. Auf dem Tisch liegen die Rechnungsbücher des Hotels, ungeöffnet.

»Bring uns noch etwas Bier«, bittet Alison. Ich laufe in die Küche und wasche mir die Hände, trage das Bier hinaus, öffne es, schenke ein und gehe wieder.

»Leider gibt es momentan ein paar Probleme mit dem Hotel«, erklärt Alison dem Mann.

»Wir haben alle unsere Probleme«, entgegnet der. In Tansania wird die Steuer bei einem halbjährlichen Besuch des IRS-Manns festgelegt; einer der besten Jobs, die es gibt. Kurz darauf sehe ich, wie der Mann sich in sein Auto setzt und fährt. Alison sitzt noch immer auf der Veranda.

»Alison?«, rufe ich. Keine Reaktion. Ich gehe zu ihr. Sie sitzt wie versteinert auf dem Stuhl.

»Vater schuldet eine wahnsinnige Summe«, sagt sie.

»Wie viel?«

»Sie können das Hotel konfiszieren.«

»Werden sie es tun?« Alison seufzt.

»Vielleicht. Ich habe den Kerl jetzt geschmiert, damit er vier Monate Ruhe gibt, dann wollen wir uns wieder unterhalten. Aber ... ich weiß nicht, wie Vater sich das eigentlich vorstellt.« Sie schüttelt den Kopf.

Wir reparieren die letzten Außenbordmotoren. Mick isst eine Unmenge, und er trinkt viel Bier, allmählich wird er wieder runder. Ich klopfe abends nicht an seine Tür, und er klopft auch nicht bei mir. Ich weiß nicht, warum. Er spricht nicht darüber.

»Was ist mit Mick?«, erkundigt sich Alison.

»Was soll sein?«

»Er zieht nach Dar«, sagt sie und hebt die Augenbrauen.

»Ja, aber ich will ihn nicht.«

»Wieso nicht?«

»Na ja, er arbeitet für seine Mutter. Und jetzt arbeitet er für eine Baufirma. Außerdem ist er ... schwabbelig.«

»Na und?«, erwidert Alison. »Ich arbeite für meinen Vater und habe kleine Titten.«

»Na ja ... er hat kein richtiges Interesse an mir.«

»Da bin ich aber anderer Ansicht. Allerdings zeigst du ihm nicht, dass es dir gefällt – also lässt er dich in Ruhe. Er ist ein prima Kerl.«

»Hör schon auf, Alison. Was ist bloß mit euch los? Bin ich eine Kuh, die verkauft werden muss, oder was?«

Lichtmaschine

Ich winke Alison, als Mick den Beach Buggy auf die Straße lenkt, Richtung Moshi und Schule. Alison hat uns Sandwichs geschmiert, wir haben Wasserflaschen dabei. Wir reden nicht miteinander, rumpeln nur über die Lehmpiste; Mick konzentriert sich darauf, den schlimmsten Schlaglöchern auszuweichen. Am späten Nachmittag halten wir im Schatten eines Baums, essen die Sandwichs, rauchen.

»Ich will nicht in die Schule.«

»Ist doch nur noch ein Jahr, Samantha.«

»Es ist Folter.«

Mick wirft seine Zigarette auf den Boden, tritt die Glut aus.

»Lass uns fahren«, sagt er, und wir steigen ein. Mick dreht den Zündschlüssel. Keine Reaktion.

»Was zum Henker?« Er versucht es noch einmal. Nichts. Steigt aus, geht zum Motor.

»Sag jetzt nicht, dass der Scheiß kaputt ist«, sage ich.

»Bleib ruhig, Samantha.« Er fummelt mit einem Schraubenzieher am Motor herum. Ich rauche, ohne ein Wort zu sagen, wedele Insekten weg.

»Fuck!«

»Was ist?«

»Die Lichtmaschine ist im Eimer.«

»Die Lichtmaschine?«

»Ja, das Lichtmaschinen-System. Die Batterie lädt sich nicht mehr auf, wenn wir fahren.«

»Und was bedeutet das?«

»Dass wir nicht fahren können.«

»Scheiße, Mick.«

»Was ist?«

»Wieso funktioniert dein Auto nicht einfach so, wie es sich gehört?«

Er sieht mich an. »Weil das hier Afrika ist!«

»Jesus!«

»Wir müssen per Anhalter nach Moshi fahren«, erklärt Mick und schaut über die Straße, auf der wir gekommen sind. Es ist Sonntag, hier gibt es keinen Verkehr.

»Wenn ein Bus kommt, kannst du ihn nehmen«, sagt er.

Aber es kommt kein Bus. Ein paar Jungen tauchen auf und starren uns an. Mick erklärt ihnen, dass das Auto kaputt gegangen ist. Sie fragen nach Süßigkeiten. Wir haben keine Süßigkeiten. Sie fragen nach Geld. Mick fordert sie auf zu verschwinden. Nach einer Weile taucht ein schwer beladener Pick-up aus dem Hitzedunst auf und schlängelt sich langsam auf uns zu. Wir winken, der Mann hält.

»Leider«, sagt er. »Ich kann euch nicht abschleppen. Ich hab schon viel zu viel geladen.«

»Tja, das sehe ich«, antwortet Mick.

»Wo fahren Sie hin?«, erkundige ich mich.

»Nach Himo.«

»Könnte ich mitfahren?«

»Ja«, sagt der Mann.

»Nein«, sagt Mick.

»Warum nicht?«

»So ist das einfach.«

»Wieso?«, frage ich ihn noch einmal. Mick wendet sich an den Mann im Pick-up. »Danke, dass Sie gehalten haben. Gute Fahrt.« Der Mann fährt weiter.

»Wieso konnte ich nicht mit ihm fahren?«

»Weil ich gesagt habe, ich liefere dich in der Schule ab.«

»Aber ich hätte von Himo ein *matatu* nehmen können.«

»In einer Stunde wird es dunkel, und du bist das einzige weiße Mädchen in der Umgebung, nein.«

»Ich komm schon zurecht.«

»Und wenn nicht, dann trage ich die Verantwortung.«

»Du bist nicht für mich verantwortlich.«

»Im Augenblick schon«, erwidert er. Ich setze mich auf den Beifahrersitz des Buggys. Die Dämmerung zieht auf. Mick beobachtet die Straße. »Wo sind die Zigaretten?«, fragt er.

»Ich rede nicht mit dir.«

»Hör auf, dich wie eine Rotzgöre zu benehmen.« Ein Zug nähert sich langsam auf den Schienen, die parallel zur Straße verlaufen, der Schornstein der Lokomotive stößt Dampfwolken aus. Hirten treiben ihre Herden durch die Buschlandschaft, sie wollen vor Einbruch der Nacht in ihren Dörfern sein. Allmählich wird es dunkler.

»Ich habe Durst«, sage ich. Die Wasserflaschen sind leer, wir haben nichts mehr zu essen, und bald ist es dunkel und kalt. Mick lacht.

»Was ist?«, frage ich.

»Du lässt dich vom Kopf bis zum Arsch bedienen, aber sobald dir auch nur ein kleiner Stein im Weg liegt, fängst du an, dich zu beschweren – das ist schon fantastisch, Samantha.«

»*Tsk.*« Eine halbe Stunde vergeht, es ist beinahe dunkel.

»Ein Lastwagen«, sagt Mick. Ich blicke auf. Er nähert sich. »Der ist leer«, sagt Mick.

»Woher weißt du das?«

»Das Motorengeräusch.« Er wedelt mit den Armen. Der Lastwagen hält. Mick stellt sich vor. Der Fahrer heißt Yasir. Er fährt nach Moshi. Sein junger Helfer Quasim springt heraus und legt ein paar lange Planken von der Ladefläche auf die Erde. Gemeinsam schieben wir den Buggy hinauf. Wir sitzen mit ihnen im Fahrerhäuschen und fahren durch die Dunkelheit.

»Was ein Glück, dass ihr gekommen seid«, sagt Mick.

»Ja«, antwortet Yasir. »Morgen wärt ihr nur noch Knochen.«

Alle drei lachen. Ich zünde mir eine Zigarette an. Was gibt's da zu lachen?

Der Buggy wird im Zentrum bei Chuni Motors abgeladen. Ich greife nach meiner Tasche.

»Mick. Danke für die Fahrt.«

»Schon gut.«

Ich nehme ein Taxi zur Schule.

Halima

Zurück in der Hölle. Zehnte Klasse. Die Tage schleppen sich dahin, die Wochen kriechen auf dem Boden. Die Monate sind unendlich.

Alison ruft an.

»Mutter ist fort.«

»Wohin?«

»Nach Hause«, sagt Alison.

»Was heißt nach Hause? Ins Haus nach Dar?«

»Nein, nach England. Sie ist nach England geflogen.«

»Und warum?«

»Tja, Vater hat …«, fängt Alison an. Ich unterbreche sie: »Sie hat nicht mal angerufen.«

»Die Telefone haben nicht funktioniert.«

»Hätte doch sein können, dass ich mit wollte«, sage ich.

»Du hast doch gesagt, du willst nicht nach England.«

»Könnte ja sein, dass ich meine Meinung geändert habe.«

»Samantha.«

»Ja.«

»Sie hat mitgekriegt, dass Vater mit Halima zusammen war, die neue …«

»Ich weiß, wer sie ist.«

»Sie … haben's in einem der Bungalows getrieben. Mutter hat sofort gepackt und ist aufgebrochen.«

»Und wie hat der Alte reagiert?«

»Er hat gesagt, Reisende soll man nicht aufhalten.«

»Und du?«

»Ich habe Halima gefeuert.«

»Und was willst du jetzt machen?

»Ich bleibe in jedem Fall hier, bis du in den Weihnachtsferien kommst.«

»Aber es sind noch drei Monate bis Weihnachten. Wo ist der Alte jetzt?«

»Keine Ahnung. In Dar vielleicht.«

»Was ist mit der Semesterhälfte? Wie haben eine Woche frei. Du könntest in die Mountain Lodge kommen. Hast du nicht Lust?«

»Ich habe nichts zum Fahren«, erwidert Alison.

»Du kannst den Bus nehmen.«

»Ich muss mich ums Hotel kümmern.«

Wellen

Ich will weder Tazim fragen noch in der Lodge anrufen und Sofie bitten. Es wirkt so erbärmlich, aber ich habe einfach keine Lust, bei irgendjemandem zu wohnen, ich will Alison sehen. Nur dauert es noch ein paar Wochen bis zur Semesterhälfte, und ich halte diese Schule einfach nicht mehr aus. Ich klaue eine von Truddis Levis-Jeans, verkaufe sie einem Taxifahrer in der Stadt und fahre das Wochenende allein ins Hotel Tanzanite. Mutter hat mir glücklicherweise eine schriftliche Genehmigung gegeben, dass ich die Schule an den Wochenenden verlassen darf.

Angela ist nicht im Arusha Game Sanctuary, sondern bei irgendwelchen Deutschen in Lushoto … ich bin ganz allein. Als Freitagabend die letzten Touristen verschwunden sind, verlasse ich mein Zimmer und gehe schwimmen. Danach lese ich auf dem Zimmer einen Harold-Robbins-Roman voller Gewalt, Sex, Drogen, Liebe und Verrat.

Am nächsten Tag fahre ich nach Arusha und laufe in der Stadt herum. Ich gehe zu den Strand-Brüdern, die am Wochenende zu Hause wohnen. Der ältere, Emerson, möchte, dass ich bis Sonntag bleibe, aber ich weiß, was er will, und das will ich nicht. Ich nehme einen Bus und will gerade aussteigen, um zur Mountain Lodge zu laufen, doch dann überkommt mich das Gefühl, dort wie ein Bettler zu erscheinen. Ich bleibe im Bus sitzen und steige am Hotel Tanzanite aus. Esse Hühnchen mit Fritten, nehme ein Bad, rauche Zigaretten, trinke Gin und warte auf die Dunkelheit.

Endlich haben die Touristen den Pool verlassen, ich springe hinein. Schwimme auf dem Rücken, kraule, ziehe Bahnen unter Wasser, wo es total dunkel ist – das einzige Licht kommt von den Lampen über den Eingangstüren des Umkleideraums. Ich tauche am flachen Ende wieder auf, hole Luft und sehe eine Männergestalt, die das Sprungbrett betritt, einmal aufspringt und ins Wasser klatscht. Dann ist er verschwunden. Wer war das? Wo ist er? Ich fasse an den Beckenrand hinter mir und ziehe mich hoch, als jemand nach meinen Waden greift und mich hinunterzieht. Ich schreie, als ein Körper direkt vor mir auftaucht.

»Samantha«, sagt die Stimme. Victor! Ich umarme ihn, presse mich an seinen Körper.

»Ich habe dermaßen Angst bekommen«, sage ich, schlinge meine Beine um ihn, greife nach seinem Nacken, küsse ihn fest, zittere. Seine Hände liegen unter Wasser auf mir, er fasst um meine Hinterbacken, drückt meine Schenkel.

»Du bist hübsch, Samantha. Ich habe dich vermisst.« Victor lässt seinen Daumen über meine Brustwarzen gleiten und sendet heiße Blitze in meinen Brustkasten. Ich spüre sein Geschlechtsteil unter Wasser an mir; er ist hart.

»Was spüre ich denn da, Herr Victor«, sage ich und führe meine Hand in seine Badehose, packe seinen Schwanz und drücke sanft zu. Ein Geräusch entfährt seinem Hals. »Ich habe ein Zimmer«, sage ich.

»Ja.« Wir gehen hin. Große Wellen brechen sich an der Küste, die Erde bebt, und das Wasser schäumt zwischen den Felsen, um sich dann mit neuer Kraft zu sammeln und über das Land zu stürzen.

Victor liegt auf dem Rücken. Ich habe ein Bein über ihn gelegt und fühle mich cool – so wie ich mit ihm umgegangen bin, als hätte ich wirklich gewusst, was ich tue. Wir rauchen. Er wendet mir den Kopf zu und lächelt.

»Mir ging's noch nie so gut wie in diesem Moment«, sagt er.

Ich lächele. »So geht's mir auch.«

»Ich muss dir etwas sagen.«

»Ja.«

»Dein Vater kommt morgen.« Ich lache. Er lacht.

»Was er nicht weiß, macht ihn nicht heiß.«

»Ganz genau«, erwidert Victor, dreht sich um und beißt mich ins Ohrläppchen.

Tollwut

»Hey, Vater!«, rufe ich ihm vom Liegestuhl am Swimmingpool zu. Er dreht sich zu mir um.

»Samantha? Was machst du denn hier.«

»Ich verbringe das Wochenende hier, muss aber schon bald mit dem Bus wieder zurück.«

»Hast du Victor gesehen?« Vater setzt sich auf den Liegestuhl neben mir.

»Ja, er ist gestern gekommen. Er wohnt im Arusha Game Sanctuary.«

»Okay.«

»Wollen wir heute Abend zusammen essen?«

»Nicht heute«, antwortet Vater. »Wir haben eine Besprechung.«

»Aber ich muss wieder in die Schule.«

»Ich kann heute Abend nicht. Es ist ein wichtiges Treffen.«

»Na dann.«

»Tja, leider«, sagt er und steht auf. »Ich muss sofort los.«

»Tschüss«, verabschiede ich ihn.

Der Nachmittag schleppt sich dahin. Ich packe erst, als es höchste Zeit ist, sich auf den Weg zu machen, um noch einen Bus nach Moshi zu erreichen, bevor es dunkel wird. Ich schmeiße meine Sachen in die Tasche.

»Samantha?«, höre ich draußen jemanden rufen. Vater. Ich öffne. Hinter ihm steht Victor. »Hey, Samantha.«

»Vater, Victor. Was macht ihr hier?«

»Ich bin gekommen, um meine Tochter zu sehen«, erklärt Vater lächelnd; wie mir scheint, ein wenig verlegen.

»Aber ich muss nach Moshi.«

»Ja, ja, ich fahre dich. Wir können in Moshi noch zusammen essen.«

»Fährst du mit, Victor?«

»Nein«, antwortet er. »Ich muss aufs Land. Ich wollte mich nur vergewissern, dass der alte Mann daran denkt, seine Tochter zu besuchen.« Ich muss lachen.

»Ja, ja«, seufzt Vater. »Nicht leicht, für alles Zeit zu finden.«

Victor verabschiedet sich, und Vater geht an die Bar, bis ich fertig gepackt habe. Wir fahren im Land Rover. Glücklicherweise macht der Wagen einen derartigen Lärm, dass es unmöglich ist, sich auf der einstündigen Fahrt nach Moshi zu unterhalten.

»Wo wollen wir essen?«, schreit Vater, als wir den Arusha-Kreisel am Rand von Moshi erreichen.

»New Castle Hotel, die haben eine Dachterrasse!«, schreie ich zurück und zeige ihm den Weg. Wir gehen hinauf und bestellen etwas zu essen und Bier.

»Du musst erst noch lernen, wie man es trinkt«, zieht Vater mich mit einem Lächeln auf.

»Ich weiß schon, wie man trinkt«, erwidere ich. Es fällt kein weiteres Wort. Worüber sollen wir reden, bis das Essen kommt? Über Halima? Oder Mutter?

»Alison schmeißt das Hotel ziemlich gut«, beginnt Vater und erzählt mir von diversen Änderungen und Verbesserungen. Ganz offensichtlich vermeidet er jede Andeutung, dass Mutter diese Dinge längst hätte in

Angriff nehmen sollen. Glücklicherweise werden endlich die Hähnchen und die Fritten mit Vinegar serviert. Wir essen und trinken hastig. Vater bietet mir eine Zigarette an, gibt mir Feuer. Wir rauchen.

»Ich muss sehen, dass ich zur Schule komme, bevor es zu spät wird«, sage ich. Vater nickt und zahlt. Abgang. Wir fahren die Lema Road hinunter. Wildes Hundegebell schallt durch die Nacht, es kommt näher. Vater sieht sich um. Ich beuge mich hinüber und schaue an seiner Seite hinaus: Vier Hunde kommen bellend den Wagen entlanggelaufen.

»Hunde!«, rufe ich. »Das Fenster!« Vaters rechter Ellenbogen ruht auf dem Türrahmen, das Seitenfenster ist ganz heruntergedreht. Ich schreie, als Vater den Ellenbogen zurückzieht, gleichzeitig ertönt ein dumpfer Schlag – der erste Hund springt hoch und prallt gegen die Tür, die Kiefer schnappen durch das offene Autofenster. Gebleckte Zähne, Schaum an den Lefzen. Vater greift in seine Kaki-Jacke, zieht die Pistole aus dem Schulterhalfter und bremst. Als der Hund wieder hochspringt, schießt er ihm ins Maul. Der Hinterkopf explodiert, Blut, Knochen, Hirnmasse. Hastig drehe ich mein Fenster hoch, während er noch zwei weitere Schüsse abfeuert, flucht, einen Gang einlegt und sein Fenster hochkurbelt. Eine Hundeschnauze knallt an das Seitenfenster neben mir, hinterlässt eine Spur von Geifer und Schaum.

»Tollwut«, sagt Vater, tritt aufs Gaspedal und versucht, einen vor dem Auto stehenden Hund zu überfahren. Der springt auf die Kühlerhaube. Ein räudiger Köter mit wahnsinnigen Augen. Wieder bremst Vater, sieht in die Seitenspiegel.

»Nein!«, schreie ich, aber er ist bereits halb aus dem Auto. Pumpt den Hund voll Blei. Steigt wieder ein, tritt aufs Gas. Er hupt, bevor wir das Schultor erreichen. Der Wachmann öffnet uns, wir halten auf dem Parkplatz, auf dem Owen steht und sich unruhig mit Ebenezer und einer anderen Nachtwache umsieht. Sie haben die Schüsse gehört.

»Was ist passiert?«, erkundigt sich Owen. Ich berichte, während Vater sich eine Zigarette anzündet und flucht.

»Und wer hat geschossen?«

»Ich«, erklärt Vater. »Drei von ihnen hat's erwischt.«

»Nun ja, gut, dass wir uns sehen; ich würde mich gern mal mit Ihnen unterhalten«, sagt Owen zu Vater. Er schaut Owen an, dann mich und schließlich wieder Owen.

»Geht es um sie?«

»Ja, also Samantha ist… es geht, aber sie schwänzt häufig und ist recht unruhig.«

»Das sollte nicht sein«, erwidert Vater.

»Nein, und wir sehen uns letzten Endes gezwungen, die disziplinarischen Möglichkeiten anzuwenden, die wir…«

Vater unterbricht ihn.

»Aber Sie sollten verdammt noch mal auch dafür sorgen, dass in einem Gebiet, in dem die Tollwut ausgebrochen ist, keine Schüler herumlaufen. Es mag ja sein, dass Samantha sich zusammenreißen muss, das muss sie sogar ganz bestimmt. Aber Sie ebenfalls!«

Vater starrt Owen an; es ist gleichzeitig peinlich und herrlich.

»Die Behörden haben bereits…«, beginnt Owen und wird wieder unterbrochen.

»Die Behörden? Die tansanischen Behörden? Sind Sie verrückt geworden?« Vater wendet sich von Owen ab, kommt zu mir, umarmt mich und sagt: »Benimm dich, Samantha.« Dann sucht er in seinen Taschen und reicht mir ein Päckchen Zigaretten. »Rauch lieber die.« Springt in den Wagen, hupt, fährt ab. Ich bin schon auf dem Weg zum Kiongozi; ich kann geradezu spüren, wie Owen in seinem Kopf nach irgendeiner Rechtfertigung sucht, die seine Demütigung wiedergutmacht. Es kommt nichts. Ich gehe weiter.

Dann kommt's.

»Hast du eine Raucherlaubnis, Samantha?«

»Gute Nacht«, rufe ich zurück und gehe weiter. Er hält den Mund.

Dienst an der Gesellschaft

»Wir sind privilegiert. Wir bekommen jedwede Ausbildung und alle Möglichkeiten im Leben, daher schulden wir es der Welt, und vor allem unserer unmittelbaren Umgebung, dass wir etwas davon zurückgeben. Wir haben die Stärke und Kraft dazu. Ihr verlasst diese Schule als Weltbürger und könnt euren Weg im Leben frei wählen. Unsere Nachbarn haben diese Möglichkeiten nicht.«

Owen findet einfach kein Ende. Will er sich selbst überzeugen? Er steht vor uns in der Karibu Hall und quatscht uns die Ohren voll, dass wir am Dienst an der Gesellschaft teilnehmen sollen. Wir sind kein Teil dieser Gesellschaft – außer Jarno vielleicht, den mit der übrigen Kundschaft von *Mama Mbege* ein gemeinsames Interesse verbindet.

»Es ist unsere Pflicht. Wir schulden den Einheimischen, die uns so gut aufgenommen haben, einen Beitrag, obwohl sie keinen Zugang zu den Möglichkeiten haben, die uns offenstehen.«

Man muss eine bestimmte Anzahl von Stunden als Dienst an der Gesellschaft ableisten, um das endgültige Examen in der zwölften Klasse bestehen zu können. Aber man kann bereits in der neunten Klasse anfangen, Stunden zu sammeln, damit es in den letzten beiden Jahren, in denen man unglaublich viel lernen muss, nicht zu Problemen kommt. Aber der Dienst an der Gesellschaft hat nur einen Sinn, wenn man bis zum bitteren Ende an der Schule bleibt. Halte ich es noch zwei Jahre nach der zehnten Klasse aus? Die anderen in meiner Klasse wollen den Dienst antreten, denn natürlich ist das auch eine Möglichkeit, mit den älteren Schülern herumzuhängen.

Wir können mit Kindern im Kinderheim spielen. Wir können helfen, eine Schule in *Mama Mbeges* Dorf zu bauen, oder eine neue Brücke über den Karanga River gleich neben der Schule, damit die Frauen westlich des Flusses nicht bis zur alten Karanga Bridge gehen müssen, wenn sie mit ihren Waren zum Markt von Moshi wollen. Es hatte mal eine Brücke gegeben, aber die war zu tief angelegt und wurde allmählich von den Wassermassen weggespült, als der Fluss in der Regenzeit anschwoll.

Nur solcher Mist. Wir sollen die Welt retten und fahren dabei erster Klasse. Sind wir gute Menschen, wenn wir diese Brücke bauen? Blödsinn.

Ich suche Christian, aber er ist nicht da. Krank. Die ganze Woche. Jedenfalls ist er nicht in der Schule. Ich finde Panos.

»Meine Mutter ist nach England geflogen, weil mein Vater die Kellnerinnen des Hotels fickt.«

»*Tsk.*«

Speak-easy

Sonntagnachmittag gehe ich zu Mboyas *duka*.

»Ich würd gern ein Bier im Garten trinken.«

»Manchmal kontrollieren die Lehrer den Garten«, erwidert Mboya.

»Lässt du sie denn in den Garten?«

»Nein, ich sage, das ist Privatgelände. Aber manchmal stellen sie sich an die Straße, dann sehe ich sie nicht und kann dich nicht warnen.«

»Ich nehme einfach einen Schleichweg, wenn ich gehe«, sage ich und lege Geld auf den Tresen. »Gib mir ein Bier.« Ich gehe durch den Laden in seinen Garten und setze mich an einen Tisch im Schatten. Von der Straße aus kann man nicht in den Garten sehen, denn Mboya hat einen hohen Zaun hinter die Hecke gezogen. Und es gibt einen heimlichen Hinterausgang durch ein Loch in der Hecke. Er führt in den Garten eines Hauses an der Parallelstraße. Mboya warnt uns, wenn ein Lehrer kommt – dann muss man leise sein.

Einer seiner Töchter kommt mit meinem Bier und einem Glas. Ich zünde eine Zigarette an, putze meine Sonnenbrille, höre dem schnarrenden High-Life aus Mboyas Transistorradio zu und fühle mich fast wie ein Mensch.

Als ich zum Kiongozi zurückkomme, packt Minna mich am Arm und schnüffelt an meinem Mund.

Durchhaltebier

Montagnachmittag besuche ich Christian, um die Wartezeit totzuschlagen.

»Ich bin beim Trinken erwischt worden.«

»Wann?«

»Gestern«, sage ich.

»Haben sie dich rausgeschmissen?«

»Heute Nachmittag ist eine Sitzung. Ich bekomme morgen Bescheid.«

»Und, was glaubst du?«

Ich lächle.

»Erst haben sie mich hinter dem Kiosk erwischt. Dann habe ich Minna ein despotisches Luder aus der Hölle genannt und Truddi eine schallende Ohrfeige verpasst. Ich glaube, ich werde fliegen.«

»Ganz raus?«, fragt Christian nach.

Ich zucke die Achseln. »Gibst du ein Durchhaltebier aus?«

»Aber nur mit Cola verlängert. Mein Vater kommt gleich nach Hause.«

»Ist schon okay.«

»Aber er muss zu der Sitzung in die Schule.«

»Sitzt er noch immer im Verwaltungsrat?«

»Ja.«

»Du hast ihm sicher einen etwas zwielichtigen Ruf verschafft.« Wir trinken unser Colabier, rauchen. Ein Auto hält vor dem Haus. Christians Vater kommt herein.

»Hey, Samantha.«

»Hey, *Mzee*«, erwidere ich. Er lächelt und sagt irgendetwas auf Dänisch zu Christian. Dann hebt er die Augenbrauen und sieht von Christian zu mir. »Bis bald.«

»Ja, tschüss.« Ich schaue Christian an.

»Er wusste nicht, um wen es bei der Sitzung geht«, erklärt er.

»Solange ich sein Bier trinken kann, ist es okay«, sage ich und nehme mir noch eine von Christians Zigaretten. Als Ergebnis der Sitzung bekomme ich einen vierzehntägigen Schulverweis; diese Woche sowie die Woche nach den kurzen Ferien zur Semesterhälfte – insgesamt drei Wochen ohne Schule. Der Verweis macht es allerdings nicht einfacher, dem Stoff bis zum Examen im nächsten Jahr zu folgen.

Inschallah

»Ist deine Mutter auch verreist?«, will Owen wissen, als er mir das Geld für den Bus gibt, wie er es telefonisch mit Alison besprochen hat.

»Nein.« Streng genommen ist das sogar die Wahrheit. Sie ist in England, nicht verreist. Aber das geht ihn nichts an. Owen hat natürlich Angst, dass ich in Tanga allein bin und meine Zeit nur mit saufen, rauchen, Sex und dem ganzen Wahnsinn verbringe.

»Ist die ganze Familie in Tanga?«

»Alison ist da. Und möglicherweise mein Vater. Wir wollen uns bloß entspannen, ein bisschen tauchen, Wasserski fahren und fischen.«

»Du solltest deine Nase auch in die Schulbücher stecken. Sonst verpasst du zu viel.«

»Ich werd sehen, was sich machen lässt.«

»Gib auf dich acht«, sagt er.

»Hey.« Ich gehe zum Pick-up der Schule, der mich zur Busstation fährt. Die lange Tour bis Tanga. Unerträglich.

Ich kämpfe mich rechtzeitig durch den Mittelgang und steige an einem kleinen Marktplatz am Rand von Tanga aus. Die Taxifahrer sprechen mich an, ich ignoriere sie. Bleibe einfach stehen und spüre die Luft. Ich bin wieder ich selbst, allerdings stinke ich. Ich schaue auf die Uhr. Dreihundertfünfzig Kilometer in sieben Stunden – nicht schlecht in einem Bus. Ich gehe zu einem Kiosk und kaufe mir eine Fanta.

»*Baridi*«, fragt das Mädchen, soll sie kalt sein?

»Ja.« Jedes Mal wird diese Frage gestellt, auch beim Bier. Viele Einheimische trinken Bier und Limonade lauwarm, weil sie das *mbege* gewohnt sind, das immer lauwarm serviert wird. Es ist auch eine Frage der Gesundheit. Zehn kalte halbe Liter Bier schlagen dir bei der Hitze auf den Magen, du fängst an zu schwitzen und dehydrierst. Dasselbe passiert bei Limonade. Brühend heißer Tee ist das Beste in der Hitze.

Gierig trinke ich die Fanta. Rauche eine Zigarette. Die jungen Taxifahrer hupen und winken mich zu sich. Ich schüttele den Kopf, ich bin nicht versessen auf ihre todesmutigen Fahrkünste auf der Lehmpiste zum Hotel. Ich gehe zu dem ältesten Fahrer am Halteplatz, einem alten Muslim, beinahe ein Vollblutaraber. Ich habe ihn schon oft gesehen, er ist eine Art Taxifahrerlegende. Er fährt gut und sicher und kümmert sich um sein Auto. Er kennt jede Ecke und kann wahrscheinlich von seinem Fahrzeug leben; den meisten Fahrern gehören die Wagen nicht, in denen sie fahren. Sie leihen die Autos zu einem festen Tagessatz und müssen sie den Besitzern mit gefülltem Tank zurückbringen. Die Fahrer behalten den Überschuss, wenn sie denn Überschuss erwirtschaften.

Ich grüße freundlich.

»Wollen Sie im Hotel Urlaub machen?«, erkundigt er sich.

»Es ist mein Zuhause. Ich komme von der internationalen Schule in Moshi, wir haben Ferien.«

»Ah, ja, jetzt erinnere ich mich an Sie. Sie sind die Tochter von *bwana* Douglas. Sie sind beinahe eine erwachsene Dame.« Der Mann lächelt. Ich steige ein.

»Tja«, beginne ich ein Gespräch. »Wie geht's Ihren Kindern? Wohnen sie in der Nähe?« Er ist so alt, dass er seine Kinder bald brauchen wird.

»Ja, zwei Töchter. Sie wohnen in der Nähe von Doda, wo ich mit meiner Frau lebe.« Doda liegt an der Küste, nördlich von Tanga.

»Und geht's ihnen gut?«

»Es geht«, erwidert er. »Aber es ist sehr schwer, wenn der Mann nur Fischer ist. Nicht viel Geld.«

»Haben Sie Söhne?«

»Ja. Shirazi, mein Ältester. Er ist nach Zaire gefahren, um sein Glück zu finden.«

»Zaire? Das ist weit weg. Was macht er da?«

Der Mann lacht.

»Nein, nicht das Zaire von Mobuto Sese Seko. Mein Sohn ist im Minengebiet beim Merani Township, wo nach Tansanit gegraben wird. Das ist in der Nähe von Moshi, oder? Am großen Flughafen.«

»Ja, das ist nicht so weit. Ist er Minenarbeiter?«

»Ja, eine sehr harte Arbeit. Eine schwere Arbeit unter der Erde. Wir alle hoffen, dass Allahs Lächeln auf ihm ruht.«

»Vielleicht kommt er als reicher Mann nach Hause.«

»Inschallah«, sagt der Fahrer. Wenn das Taxi sein eigener Wagen wäre, würde der Sohn nicht unter der Erde schuften. Der Fahrer verkauft mir drei Päckchen geschmuggelter Zigaretten aus Kenia – besser als die einheimischen.

Eine große Familie

Ich steige vor dem Haupteingang aus, und Alison läuft mir von der Rezeption aus entgegen und umarmt mich.

»Schön, dich zu sehen, schlimme Schwester«, begrüßt sie mich. »Ich muss mich gerade noch um die Gäste aus Deutschland kümmern, sie wollen nach Dar, aber heute Abend essen wir zusammen.«

Ich gehe durch die Hotelküche und begrüße die Angestellten. Trinke eine Limonade an der Bar, die deutschen Männer schauen auf meine Beine. Gehe ins Haus und ziehe mir den Bikini an. Schwimme eine Runde am Strand. Dusche. Esse Hühnchen mit Pommes Frites und liege wie ohnmächtig ein paar Stunden auf meinem Bett. Am Abend kann ich gerade noch zusammen mit Alison essen, bevor der Strom ausfällt. Wir setzen uns mit einer Sturmlaterne auf die Veranda, rauchen und trinken Gin Tonic.

»Willst du noch einen?«, fragt Alison.

»Ja, klar. Sonst stechen mir die Mücken noch in die Birne.«

»Natürlich.«

Es ist Chinin im Tonic, es hält die Mücken fern. Aber man muss sechs Gläser trinken: vier für die Gliedmaßen, eins für den Körper und eins für den Kopf. Wenn man mehr als sechs Gläser trinkt, gilt man als versoffen, hat Mutter immer gesagt. Wir rauchen die kenianischen Schmuggelzigaretten, die von Fischern über die Grenze gebracht werden.

»Ich muss dir was erzählen«, sagt Alison.

»Was denn?«

»Na ja … ich habe dir von Halima erzählt, oder?«

»Der Kellnerin, die Vater gevögelt und du gefeuert hast.«

»Ja. Er hat sie geschwängert.«

»Was?«

»Ja.«

»Woher weiß man, dass es der Alte gewesen ist?«

»Sie hat keinen Grund zu lügen. Man wird es sehen, wenn das Kind da ist. Außerdem hat er sie ständig gebumst, als er das letzte Mal hier war.« Alison sieht mich an. Ich hole tief Luft.

»Um Himmels willen!«

»Tja.«

»Weiß es Mutter?«

»Ja.«

»Ist er … hier mit ihr zusammen gewesen?«

»In einem der leeren Bungalows. Ich habe ihn gefragt. Er sagt, er will sie heiraten.«

»Das ist doch nicht wahr!«

»Ich fürchte schon«, erwidert Alison.

»Ich dachte, ihr hättet vereinbart, dass er sich nicht darum zu kümmern hat, wie das Hotel geführt wird. Ist es nicht ein Bruch der Vereinbarung, wenn er seinen Schwanz in deine Oberkellnerin steckt?«

»Was soll ich denn deiner Meinung nach machen?«

»Keine Ahnung. Zu Frans ziehen, vielleicht?«

»Also, ich will Frans. Aber ich will nicht angekrochen kommen und sagen, ich könnte nirgendwo sonst hin – das ist kein guter Stil. Er bekäme zu viel Macht über die Situation. Und Männer mit Macht … stinken.«

»Also bleibst du?«

»Ich weiß es nicht.«

»Und wenn er will, dass sie hier wohnt?«

»Sie hat ein kleines Haus in Tanga.«

»Aha. Und ich dachte schon, wir sollten alle eine große Familie werden. Ich habe schon immer von einer Stiefmutter geträumt, die meine große Schwester sein könnte.«

»Hör schon auf, Samantha. Aber was ist mit dir? Gibt's ein paar nette Jungs auf der Schule?«

»Nein.« Ich erzähle ihr nichts von Victor. Alison würde vollkommen ausflippen. Aber sie hat ja Frans, das ist so einfach. Ich habe niemanden.

Ein Tag der Freude

»Aufstehen.« Alison rüttelt mich wach. »Du musst mir helfen.«

»Ich hab Ferien. Hör auf!«

»Du hast keine Ferien, du bist zeitweilig suspendiert. Komm in die Küche.« Ich spritze mir Wasser ins Gesicht und schlurfe hinaus. Alison ist bereits auf dem Markt gewesen und hat Erdnüsse gekauft, die sie aus der Schale pult. Ich helfe ihr beim Rest. Sie bespritzt die Erdnüsse mit einer Salzwasserlösung und stellt sie in einer Bratpfanne in den Ofen. Dort bleiben sie fünf bis zehn Minuten, dann ist das Salzwasser verdampft und die Erdnüsse sind mit einer feinen Salzschicht überzogen. Ich muss Kokosnüsse in dünne Streifen schneiden, die in der gleichen Weise in den Ofen gestellt werden.

»Lass uns einen Gin Tonic trinken«, schlage ich vor.

»Der ist für die Gäste an der Bar.«

»Deshalb können wir uns doch einen kleinen Drink genehmigen.«

»Jetzt?«, sagt Alison. »Ich will nicht, dass du wie deine Mutter endest.«

»Sie ist auch deine Mutter.«

»Ja. Und ich lege Wert darauf, dass ich das Gegenteil von ihr mache – dann werde ich ein gutes Leben haben.« Sie backt Pfannkuchen und lässt mich den Obstsalat zubereiten. Ich habe keine ruhige Minute.

Vater kommt am späten Nachmittag. Lächelnd steigt er aus dem Land Rover. Wir gehen ihm entgegen.

»Hallo, Mädels!«, ruft er. Keine Gefahr im Verzug, er weiß von nichts, bevor er nicht den Brief der Schule gelesen hat, aber den habe ich verbrannt. Außerdem denke ich, dass der Mann überhaupt keine Ahnung hat, wann ich Ferien habe und wann ich zur Schule gehen müsste.

»Hattest du eine gute Fahrt?«, erkundigt sich Alison.

»Ja, ausgezeichnet«, antwortet er entspannt. Ich kann gerade noch denken, dass ...

»Und ihr, geht's euch gut?«, will er wissen. Alison antwortet: »Ja, alles gut ...«

KLATSCH! Blutgeschmack im Mund, Schmerzen, Lichtblitze vor den Augen.

»Du bist eine Idiotin«, zischt Vater leise, als er seine Hand zurückzieht. Ich blinzele rasch mit den Augen, um die Tränen zurückzuhalten.

»Was soll denn das?«, ruft Alison.

»Wegen Trinkens hinausgeschmissen. Das ist wirklich zu blöd.«

»Wo hat sie das wohl gelernt?« Alison hebt die Augenbrauen.

»Es sind nur vierzehn Tage«, sage ich verbissen und schlucke das Blut in meinem Mund.

»Wie kannst du so blöd sein und dich erwischen lassen?«

»Ich bin deine Tochter«, entgegne ich. »Und da du so klug bist, kann ich doch eigentlich gar nicht so blöd sein.«

»Meine guten Gene sind offenbar alle ausgespült worden. Verdünnt von deiner versoffenen Mutter.«

»Ihr hört jetzt auf der Stelle auf, sonst packe ich«, erklärt Alison.

»Ich fahre an der Schule vorbei, um meine jüngste Tochter zu besuchen, und was muss ich hören? *Tsk!*« Vater spuckt auf die Erde, geht zum Wagen und lädt ab.

Alison sagt nichts; wir zeigen keine Gefühle, wenn er in der Nähe ist. Ich schaue auf den Rücken des Mannes: »Kapierst du nicht, dass ich mich erwischen lassen wollte? Geht das nicht in deinen Schädel?«

Ich gehe, als er antwortet.

»Das wird ein Tag der Freude, wenn ich dich in ein Flugzeug nach England setze.«

Guerilla-Taktik

Am nächsten Morgen ist Vater verschwunden, und Alison geht mit zwei älteren englischen Ehepaaren auf Safari. Eigentlich wollten sie sich Dar und Bagamoyo ansehen, um dann nach Ruaha weiterzureisen, wo Panos' älterer Bruder mit ihnen auf Safari fahren wird. Im Laufe des Tages kehrt Vater mit seiner Hure zurück, Halima. Sie steigen aus. Vater schaut sich um, und ich stelle fest, dass Halimas Bauch gewölbt ist, aber noch nicht vorsteht; noch kann man nicht sehen, dass ein Same gepflanzt ist. Ich sehe nur Vater an, würdige sie keines Blicks.

»Ich will nicht, dass sie zusammen mit mir hier wohnt.«

Er kommt auf mich zu, schaut mir direkt in die Augen.

»Kein Wort mehr von dir«, sagt er. Ich spüre keine Furcht, denn ich weiß, dass er niemals zuschlägt, wenn man es erwartet. Der Schlag soll wie ein Schock sein – seine Kindererziehung ist von der Guerilla-Taktik inspiriert. Er trägt ihre Taschen und Koffer ins Wohnhaus. Jetzt kann er sie vögeln, wenn es ihm passt.

Ich packe meine Sachen und schleppe sie in einen der Bungalows. Bleibe dem Haus fern. Hole mir in der Hotelküche etwas zu essen.

Als es dunkel wird, kommt ein weiteres Auto. Ich gehe hinaus und gucke um die Ecke. Vater tritt auf die Veranda.

»Victor!«, ruft er. »Willkommen!«

»Du musst Mary begrüßen«, erwidert Victor. Neben ihm sitzt eine rundliche weiße Frau. Ich bekomme einen Kloß im Hals. Wer ist sie? Das kann er doch nicht machen. Aber wir sind ja auch nicht… jedenfalls nicht richtig. Aber wir teilen ein Geheimnis. Das darf nicht verraten werden. Ich fange an zu weinen. Ich liege auf dem Bett und überlege, ob Victor sich nachts aus dem Haus schleichen und an meine Tür klopfen wird. Es dauert lange, bis ich einschlafe.

Am nächsten Morgen klopft es früh an der Tür.

»Ja?«

»Mach die Tür auf«, ruft Vater. Ich krieche aus dem Bett, öffne. Er packt meinen Kiefer mit seiner großen Hand, die so vernarbt ist, dass sie aussieht, als wäre sie in einen Fleischwolf geraten. Früher war ich mal stolz auf seine Hände, aber da wusste ich noch nicht, wozu er sie benutzte.

»Was ist?«, frage ich, als er meinen Kopf dreht, um mir ins Gesicht zu sehen.

»Mein Kompagnon Victor und sein Mädchen Mary wohnen ein paar Tage in dem großen Bungalow. Wenn sie irgendwelche Hilfe brauchen, dann wirst du ihnen helfen.«

»Wobei?«

»Wobei auch immer. Wenn sie fischen oder tauchen wollen, egal. Du benimmst dich, während ich weg bin. Wenn ich nicht wiederkomme, bis du zurück in die Schule musst, dann nimmst du den Bus oder Alison fährt dich, sollte sie zu Hause sein. Ich will von keinerlei Ärger hören, hast du verstanden?«

»Ja.«

»Was?«

»Okay.«

»Was sagst du?«

»Okay, Vater. Ich werde mich anständig benehmen.«

»Gut.« Er lässt mein Kinn los, wühlt in seiner Tasche und gibt mir ein Bündel Geldscheine, das von einem Gummiband zusammengehalten wird.

»Mach's gut, Schatz«, sagt er und umarmt mich hastig.

»Gute Fahrt!«, rufe ich ihm nach, als er zu seinem Land Rover geht und fährt.

Pub-Hure

Ich gehe in die Hotelküche und mache mir Frühstück. Ich esse im Stehen. Zünde eine Zigarette an. Laufe zum Bootshaus, öffne das Vorhängeschloss, entferne die Kette und löse die Vertäuung des besten Speedboots. Es ist fast Ebbe, so dass ich das Boot schnell aus dem Schuppen staken kann.

»Darf ich mitkommen?«, fragt eine Stimme. Ich drehe mich um. Victor. Ich schlucke, was soll ich sagen?

»Glaubst du nicht, dass … dass du bei deiner Freundin bleiben solltest?«

Ein breites Lächeln zeigt sich auf seinem Gesicht.

»Sie ist nicht meine Freundin, Samantha. Sie ist nur ein Mädchen, das ich aus England kenne. Sie ist zu Besuch. Das hat nichts mit uns zu tun. Willst du tauchen?« Soll ich das Thema vertiefen? Wie denn?

»Nur mit Schnorchel und Flossen. Und der Harpune.«

»Darf ich mitkommen?«

»Okay. Vielleicht will deine Bekannte auch mit?«

»Ich glaube nicht«, erwidert Victor.

»Ich frag sie«, sage ich und gehe zum Hotel, denn ich will nicht, dass er die Situation dominiert.

»Okay«, lacht Victor – ein bisschen angestrengt, finde ich. Hoffe ich. Aber er bleibt beim Boot. Ich laufe die Treppe hinauf, die Alison hat reparieren lassen. Die Frau, die Mary heißt, sitzt vor dem Restaurant unter einem Sonnenschirm und trinkt Eistee. Bleich, untersetzt, rundlich, blondiertes Haar, lange pinkfarbene Fingernägel. Ein Flittchen aus einem Pub. Ich erinnere mich plötzlich, wie Mutter aussah, als ich noch ein Kind war. Ich stelle mich vor und frage, ob sie auch tauchen möchte.

»Nein, das ist nichts für eine Dame«, erwidert sie, ein wenig geziert für meinen Geschmack. Dame, um Himmels willen – ein hilfloser blinder Passagier. Ich laufe zurück. Das Wasser ist beinahe völlig abgelaufen.

Unter der Oberfläche

»Na, dann los!«, rufe ich.

»Ich schieb uns an«, sagt Victor. Er trägt Gummistiefel, damit die Korallen ihm nicht die Füße aufreißen. Zehn Meter weiter ist genügend Wasser unter dem Kiel, und ich kann den Außenbordmotor herunterklappen. Wir fahren weiter hinaus, und er fragt nach der Schule. Ich antworte so wenig wie möglich, schaue ihn mir an, wenn er wegsieht. Ein hübscher Mann, gut gebaut, schlank, braun, das goldblonde Haar auf seiner Brust ist gekräuselt und von der Sonne gebleicht. Er erzählt nicht, was er so treibt, und ich frage auch nicht danach. Ich werfe den kleinen Anker, gebe ihm eine Harpune, wir ziehen die Flossen an.

»Es gibt hier Tintenfische«, sage ich. Er lächelt.

»Ich werde tun, was ich kann, Samantha.« Wir springen über Bord, spucken in die Masken und verteilen den Speichel auf dem Glas, damit es nicht beschlägt, atmen an der Oberfläche noch einmal tief ein und tauchen. Ich bewege mich langsamer als er auf den Grund zu, verbrauche aber weniger Energie – Sauerstoff. Seine Bewegungen im Wasser sind zu hektisch, zu eckig, ohne Ruhe und Rhythmus. Man muss den Körper einsetzen wie ein Fisch. Hier gibt es eine Unmenge von Muränen, die in ihren Höhlen die Zähne zeigen – ihnen sollte man nicht zu nahe kommen. Zwischen ein paar Steinen entdecke ich einen Tintenfisch. Als ich mich langsam nähere, spüre ich eine Berührung an meinem Arm. Victor weist nach oben, er hat keine Luft mehr und steigt auf. Ich bleibe, erwische das Tier, und folge Victor mit dem an der Pfeilspitze aufgespießten Tintenfisch. Er wartet an der Wasseroberfläche.

»Meine Güte, wie du das machst«, sagt er und schwimmt dicht an mich heran. Ein merkwürdiges Gefühl mit dieser Mary an Land. Vielleicht beobachtet sie uns.

»Kannst du es mir beibringen?«

»Na klar.« Ich zeige ihm, wie man sich im Wasser gleiten lässt, mit ruhigen Flossenschlägen und geschlossenen Beinen, wie man sich die Luft einteilt. Bringe ihm bei, direkt unter der Wasseroberfläche auf dem Rücken zu schwimmen, so dass man die glitzernden Wellen von unten sehen kann – lebendiges blaues Silber im Sonnenschein.

»Das mit Mary hat nichts zu bedeuten«, sagt er, als wir mit unserem Fang zurückfahren.

»Mir ist sie egal.«

»Wieso?«

»Weil ich schärfer bin.«

»Da hast du Recht«, erwidert Victor. »Was hältst du eigentlich von der Frau, mit der dein Vater zusammen ist?«

»Ich finde das nicht in Ordnung.«

»Tja, verstehe ich. Aber du bist fast erwachsen, du kannst bald machen, was du willst. Vielleicht suchst du dir ja auch einen Mann, wie Alison.« Er zwinkert mir zu.

»Ich suche mit allem, was mir zur Verfügung steht. Aber die Ausbeute ist mager.«

Wir ziehen das Boot auf den Strand, bis ich es an einer Eisenschwelle vertäuen kann, die tief in den Sand getrieben wurde. Victor berührt mich mit seiner Hand auf dem Rücken, ganz unten. Ich drehe mich zu ihm um, lege die Arme um seinen Hals, öffne die Lippen. Wir küssen uns. Seine Hände beginnen, auf mir zu wandern.

»Stopp«, sage ich und lasse ihn los, drehe mich um und wackle davon.

»Ich freue mich, dich wiederzusehen!«, ruft er mir nach. Ich weiß nicht, was ich sagen soll, also zeige ich ihm den Finger, ohne mich umzudrehen. Den Rest des Tages sorge ich dafür, außer Sichtweite zu sein.

Der Taschenrechner

Victor und Mary fahren bereits am nächsten Morgen. Alison ist nicht da, und im Hotel geht es drunter und drüber. Ich will nicht den Einpeitscher spielen. Halima macht sich wichtig. Sie weist das Personal an, das Haus in Ordnung zu bringen – keine Ahnung, was genau sie anordnet. Vielleicht will sie die Spuren meiner Mutter tilgen. Eine läufige Hündin, die jetzt Gott spielen darf. Sie benimmt sich bereits, als würde ihr das Ganze gehören, obwohl sie nur zwölf Jahre älter ist als ich und kaum lesen kann. Aber rechnen kann sie – sie hat es sich ausgerechnet. Ihr Taschenrechner sitzt zwischen den Beinen.

Ich bleibe in meinem Bungalow, hole mir etwas aus der Hotelküche, schwimme, schlafe, lese, rauche Zigaretten und ein bisschen *bhangi*. Antworte nicht, wenn die Hure mit mir spricht.

Es gibt nur wenige Gäste, und es tut weh, mit anzusehen, wie dem Personal alles vollkommen egal ist, wenn niemand sie zur Ordnung ruft. Und ich will nicht. Wenn seine Nutte Königin spielen will, muss sie sich auch um die Dinge kümmern. Als sie einen Job wollte, konnte sie durchaus arbeiten. Aber jetzt ist sie die Geliebte des Chefs und zu fein, um noch einen Finger zu rühren. Typisch afrikanische Attitüde.

Der Mann vom Empfang holt mich, Alison ist am Telefon. Sie ruft aus Dar an. Ich erkläre ihr die Situation. Noch immer dauert es mehr als zwei Wochen, bis ich wieder in die Schule muss, denn in dieser Woche sind Semesterhälfte-Ferien, und ich bin noch eine weitere Woche suspendiert. Zurzeit sind Mitschüler in den Ferien in Dar.

»Komm her«, sagt Alison. Ich packe. Rufe ein Taxi, fahre zur Busstation und nehme den ersten Bus, der in Richtung Süden fährt. Dreihundertfünfzig Kilometer Bummelei. Der Bus hat zwei Reifenpannen, und es dauert eine Ewigkeit, die Reifen zu wechseln. Nach vierzehn Stunden komme ich vollkommen gerädert in Dar an.

Weißer Klub

Wir wohnen bei Alisons Freundin Melinda, die einen Amerikaner geheiratet hat, der bei Philip Morris angestellt ist. Er arbeitet als Tabak-Aufkäufer in der Umgebung von Iringa, seine Firma will versuchen, Tansanias Tabakfabriken zu übernehmen, wenn das politische Klima von der Nationalisierung wieder in Richtung Privatisierung umschlägt. So wird es kommen, denn dem Land geht es wirtschaftlich immer schlechter. Afrikanischer Sozialismus – die Korruption läuft Amok.

Wir gehen in den Jacht-Klub. Ich langweile mich. Alles voller Weißer, die hier wie die Grafen und Barone leben. Überall laufen ihre Rotzgören herum. Die Mütter benehmen sich, als wären sie Göttinnen, nur weil sie so ein Kind ausgeschissen haben; und die Männer kriechen und bedienen sie hinten und vorn, während sie verstohlene Blicke auf meine Brüste und Beine werfen.

»Wollen wir segeln gehen?«, frage ich Melinda – sie müssen doch so ein Scheißboot haben, wenn sie Mitglied im Klub sind, das ist doch sicher notwendig.

»Nein, ich segele nicht. Mein Mann benutzt das Boot hin und wieder«, sagt sie und wendet sich wieder Alison zu. Melinda hat ein Junges ausgeschissen, und Alison plant, den Haken ganz tief in Frans zu versenken, damit auch sie nach Daressalaam kommen und ein Junges ausscheißen kann – sie haben viel zu bereden. Ich laufe ein bisschen auf dem Platz herum, wo die Boote stehen, an den Strand und zurück zum Bar- und Restaurantbereich.

»Sam?« Ich drehe mich um. Ein sonnenverbrannter Junge in Shorts und Spiegelglassonnenbrille.

»Jarno!«

»Ja, beinahe.«

»Was machst du hier?« Er zuckt die Achseln und zeigt auf die Bierflasche, die er in den Sand gebohrt hat. Ich lächele und setze mich zu ihm. »Tja, es bleibt einem wohl nichts anderes übrig, als sich daran zu gewöhnen. Hast du eine Zigarette?«

»Ja«, sagt er und breitet die Arme aus. Er war zu Hause in Msumbe, hat sich ein paar Tage gelangweilt, nun wohnt er die letzten Tage der Semesterferien in Norads Gästehaus in Dar. Norad arbeitet für seinen

Vater. Das Haus liegt in unmittelbarer Nähe vom Drive-in-Kino. »Du musst mal vorbeikommen und mit mir essen.«

»Gibt's einen Koch?«, erkundige ich mich.

»Ja, klar. Fest angestellt. Er kauft ein und kocht. Als wäre man zu Hause, nur ohne Vater und Mutter, ist also ziemlich optimal.« Jarno ist ziemlich angetrunken, sonst könnte er so viele Worte hintereinander überhaupt nicht herausbringen.

»Gibt's auch einen Barschrank?«

»Leider nicht.« Jarno schüttelt den Kopf.

»Ist heute Abend irgendwo eine Fete?«

»Ich habe nur vom Marine's Club gehört.«

»Das ist so langweilig.«

»Weiß«, erwidert Jarno und sieht sich um. Die einzigen Schwarzen hier sind die Kellner, der Barkeeper, der Koch und der Mann mit dem Besen. »Wir kommen ins schwärzeste Afrika und landen im weißesten Klub.«

Endless Love

Am Abend fahre ich mit Jarno auf einem Motorrad, das er sich geliehen hat, ins Autokino. Zum Glück regnet es nicht, und ich muss mit diesem geilen Burschen nicht in einem geschlossenen Auto sitzen.

»Hey, Sam, Jarno!«, grüßt eine Stimme. Es ist Aziz, der meint, den Playboy spielen zu müssen, getönte Sonnenbrille trotz der Dunkelheit. »Kommt her und stellt euch hierhin, wir haben Schnaps dabei«, sagt er und erklärt uns, wo er parkt. Dann geht er zum Kiosk, um Chips zu kaufen. Jarno lässt das Motorrad an, wir fahren dorthin. In einigen Wagen wird gehupt, als wir vorbeifahren, denn der Film hat schon angefangen. Wir zeigen ihnen den Finger. In Aziz' Auto sitzen ein paar junge einheimische Mädchen; sie stammen nicht aus Msasani, dazu sind ihre Klamotten nicht teuer genug. Im Wagen daneben sitzt Diana mit ein paar italienischen Mädchen, die auf die internationale Schule in Dar gehen.

Wir plaudern ein bisschen, sehen uns den Film an. *Endless Love*, der so lächerlich ist, dass die Afrikaner in ihren Autos laut lachen. Ich lache mit. Die Romantik der Weißen mit sanfter Musik und verschwommenen Bildern. Als würde in den Menschen nicht das Tier wohnen. Das

Paar im Film sieht nicht einmal aus, als hätten sie Spaß dabei. *Uhhh* – ist das alles ernst.

»Da gibt's gar nichts zu lachen«, erklärt Diana barsch.

»Nein, das ist wirklich ein guter Film«, unterstützt sie Jarno, den ich schon mehrmals dabei erwischt habe, wie er Dianas Busen angestarrt hat. Er geht vollkommen in dem Film auf – sanft und romantisch. Begreift er denn nicht, dass Diana genommen werden will, damit sie sich selbst einreden kann, sich in den Armen des Eroberers geborgen zu fühlen?

Africana

Ich trinke ein bisschen von dem Konyagi, den Aziz mitgebracht hat. Salomon mit seinen Dreadlocks taucht auf und fragt, ob wir mit ins Africana kommen, das große Touristenhotel an der Nordküste. Dort ist heute Abend Disko – ziemlich finster, die achten überhaupt nicht darauf, wen sie hineinlassen. Die einzige andere Möglichkeit ist das Kilimanjaro Hotel am Hafen, in dem The Bar Keys spielen, aber das ist teuer. Hotel Africana, okay. Jarno versucht, Diana zum Mitkommen zu bewegen, aber sie will nicht.

Als der Film vorbei ist, fahren wir hin; eine lange Fahrt in der Dunkelheit entlang der Küste. Der Duft des Meeres.

Das Africana ist voller fetter weißer Männer mit feisten schwarzen Frauen. Die Musik ist okay, aber Jarno tanzt nicht, bevor er nicht besoffen ist; er steht nur da und wiegt sich mit geschlossenen Augen zur Musik. Aziz will, dass ich ihn in eine Ecke begleite.

»Ich hab was Gutes«, sagt er und holt eine kleine Tüte mit weißem Pulver heraus. »Kokain. Total sauber. Das bringt dich in Schwung.«

Ich würde es gern ausprobieren.

»Was soll es kosten?«

»Hey, das ist nur … wenn du probieren willst, unter Freunden. Es kostet nichts.«

»Okay.« Ich schnupfe die Bahn, die er für mich auf dem Tisch auslegt. Guter Stoff. Ich tanze. Aziz tanzt mit mir, bewegt seinen Schritt in Kreisen auf meine Hüfte zu, glaubt, er sei gut. Versucht, mich zu küssen.

»Nein, Aziz. Du hast gesagt, es kostet nichts. Auch keinen Kuss.«

»Kriege ich einen Kuss, wenn ich dir ein bisschen mehr gebe?«

»Fick dich!«

»Gern«, erwidert er.

»Du träumst.« Die Wirkung des Kokains verdampft. Eigentlich will ich schon mehr, aber nicht auf diese Weise. Ich laufe ein bisschen herum. Victor! Mein Mund verzieht sich zu einem Lächeln. Victor sitzt an einem Tisch vor der Tür. Ich nehme meinen Drink, fahre mir durchs Haar und gehe hinaus, bin fast da und will Hallo sagen, als ich aus den Augenwinkeln Mary bemerke. Kurzes hellrotes Kleid, stramm über den Titten. Ich bleibe stehen. Sie haben mich nicht gesehen. Sie setzt sich mit einem mürrischen Gesichtsausdruck, ohne ihn anzusehen. Er sagt irgendetwas, sieht müde aus, gestikuliert. Sie antwortet kurz, schüttelt den Kopf. Es sieht aus, als würde er fluchen, als er aufsteht und direkt auf die Bar zugeht. Ich mische mich unter die Gäste, kann aber nicht verschwinden. Er hat mich gesehen.

»Samantha!«

»Hey. Alles okay?«

Victor lacht und schüttelt den Kopf.

»Ich hätte mir eine anständige Frau suchen sollen«, sagt er und sieht mich unverfroren an. »So eine wie dich.«

»Du kennst mich nicht.«

»Noch nicht«, erwidert er. Ich spüre, dass ich erröte; hoffe, dass er es bei der dunklen Beleuchtung des Raums nicht bemerkt.

»Ist mit … Mary alles in Ordnung?«

»Ja, ja. Sie ist nur sauer, dass ich sie nicht nach England begleiten will.«

»Will sie nach England?«

»Ja, es gefällt ihr hier nicht. Hör zu, Samantha: Ich weiß nicht, warum sie mir nachgereist ist. Ich habe sie nicht eingeladen. Sie ist einfach nur eine Frau, die ich vor einem Jahr kennengelernt habe. Du kannst dich gern zu uns setzen, allerdings hättest du vermutlich nur wenig Spaß.«

»Ist schon okay.«

»Gut. Wir sehen uns ein andermal?«

»Ich warte noch immer auf das Telegramm«, erwidere ich.

»Okay.« Er greift zu den Drinks, die er bestellt hat, und geht zu Mary. Ich suche Jarno und Salomon.

»Jarno, wir fahren jetzt«, erkläre ich ihm. »Das heißt, ich fahre.« Es gelingt mir, ihm den Schlüssel abzunehmen. Obwohl er ziemlich fertig ist, spüre ich seinen steifen Schwanz an meinem Hintern, als ich uns zurück in die Stadt fahre. Ich steige vor dem Tor von Melindas Haus ab und rufe den Wachmann.

»Willst du nich' mitkommen?«

»Nein, danke. Gute Nacht.«

Lion of Zion

Zurück nach Tanga. Eine Woche tödliche Langeweile. Die Hure Halima hält Hof im Haus meiner Kindheit. Meine Schulbücher verstauben, obwohl ich in ihnen lesen sollte, um nicht allzu viel zu versäumen. Ich wohne mit Alison in dem größten Bungalow; sie ist wütend auf Vater, aber da er nicht da ist, lässt sie es an mir aus. Außerdem vermisst sie Frans. Glücklicherweise bekommt der einen Platz in einem Flugzeug zum Kilimanjaro Flughafen, Alison und er treffen sich in Arusha, und ich fahre mit einer glücklichen Alison nach Moshi.

Zurück in der Schule. Alle anderen sind bereits seit einer Woche da. Ich sehe Christians Rücken auf dem Flur. Gehe hinter ihm her und hake ihn unter.

»Hey!«, ruft er überrascht aus – die anderen glotzen wie immer.

»Wie waren deine Semesterferien?«, frage ich ihn.

»Die ganze Woche bestand mein Vater darauf, dass ich zu Hause bleibe und büffele. Der Tod.«

»Und hast du's gemacht?«

Christian grinst und zuckt die Achseln. »Ich hatte keine Chance. Er hat mein Motorrad an einem Baum im Garten angeschlossen. Manchmal hat er es freigelassen, wenn er von der Arbeit nach Hause kam.«

»Du hättest den Baum fällen können.«

»Ich hab keine Axt. Und bei dir? Suspendiert wegen Saufens. In Tanga?«

»Totlangweilig. Aber ich bin nach Dar gefahren. Das war okay. Doch die letzte Woche in Tanga, stinklangweilig.« Es klingelt. »Bis nachher!« Ich lasse seinen Arm los.

Er bleibt stehen, als ich mit dem Arsch den Gang hinunterwackele.

In der Snackpause sehe ich Salomon – er ist vollkommen kahl.

»Na, bist wohl kein Rasta mehr?«

Die Dreadlocks sind ein Symbol für die Mähne des Löwen, Lion of Zion, ohne sie ist man schwach.

»Rasta sitzt nicht in den Haaren, es ist ein inneres Gefühl«, behauptet er und fügt hinzu: »Meine Kopfhaut hat gejuckt, sie mussten ab.« Er geht.

Aziz grinst boshaft.

»Was ist?«, will ich von ihm wissen.

»Salomon hat geschlafen, als sein Vater ihm die *dreads* abgeschnitten hat. Als er aufwachte, war er nur noch auf einer Seite Rasta.«

»Der äthiopische Botschafter steht nicht so auf Rasta, was?«

»Nein«, bestätigt Aziz.

Auf dem Flur treffe ich Jarno, der ein trauriges Gesicht zieht, obwohl er seine Dreadlocks noch hat. Diana hat sich in den Ferien in einen amerikanischen Marine verliebt. Ich erzähle Panos nichts davon, denn inzwischen küsst sie wieder ihn.

Telegramm

Eine Sekretärin holt mich mitten in Geschichte aus dem Unterricht. Was habe ich nun wieder verbrochen? Im Büro sitzt Owen mit einem ernsten Gesichtsausdruck.

»Für dich ist ein Telegramm gekommen.« Ich lächele. Er sieht überrascht aus. »Hast du ein Telegramm erwartet?« Mir wird klar, dass er schlechte Neuigkeiten vermutet: ein Unglück, einen Todesfall, einen Unfall.

»Ja.« Ich reiße das Telegramm auf. ›Bin im YMCA. V.‹ »Meine Kusine hat eine Tochter zur Welt gebracht, sie wird Samantha heißen.« Ich schenke Owen ein Lächeln.

»Herzlichen Glückwunsch.«

»Danke.« Ich wedele mit dem Telegramm durch die Luft, als ich das Büro verlasse. Nach der letzten Stunde lasse ich das Mittagessen ausfallen. Ich laufe sofort auf den Parkplatz, höre aber, wie Christian sein Motorrad anlässt. Ich warte, bis er gefahren ist, und lasse mich von ein paar

Deutschen mitnehmen, die in der Nähe der Polizeischule wohnen. Das letzte Stück bis zum YMCA laufe ich. Victor ist nirgendwo zu sehen.

»Mein Onkel wohnt hier«, behaupte ich an der Rezeption. »Victor Ray, welche Zimmernummer hat er?« Der Hotelangestellte gibt mir die Nummer, ich fahre in den dritten Stock und finde das Zimmer. Ich spüre ein eigenartig träges Gefühl in meinen Beinen, alles ist bereit. Ich klopfe. Victor öffnet, nackter Oberkörper und Boxershorts, er tritt aus der Tür.

»Samantha!«, ruft er und hebt mich hoch. Ich liege in seinen Armen, er beugt seinen Kopf hinunter und küsst mich. »Jetzt werde ich dich dorthin tragen, wo du hingehörst!«

»Ja«, sage ich, als er mich aufs Bett legt.

»Ich habe dich vermisst«, sagt er und beginnt, mich auszuziehen. Küsst jedes Stück nackte Haut, das er entblößt; kleine Wasserzungen, die sich den Strand hinauflecken, bis sie allmählich wachsen, die Wellen sich endlich brechen und den ganzen Körper ins Meer saugen.

Zurück zur Schule fahre ich mit einem Taxi und benehme mich, als wäre nichts geschehen. Alles so wie immer. Niemand kann mir Victor ansehen. Es ist mein Geheimnis. Es ist schön.

Privatperson

Christians Vater ist verreist, und Christian schwänzt ständig. Geht auf die Toiletten und raucht. Wird erwischt und bekommt eine Verwarnung.

Freitag ist Fete im Kilele-Haus. Ich gehe mit Tazim hin. Es ist ein bisschen langweilig, bis ich ein Motorrad höre. Christian. Er hält auf der Straße vor dem Zaun, steigt ab und zündet sich eine Zigarette an. Ich trete an den Zaun. Es ist keine gewöhnliche Zigarette.

»Hey, Samantha. Willst du 'n bisschen *bhangi*?« Er kommt zum Zaun und steckt das Ende des Joints durch den Maschendraht.

Seppo hat ihn entdeckt, kommt aus dem Tor und erklärt: »Christian. Du hast augenblicklich vom Schulgelände zu verschwinden. Montag um acht Uhr erscheinst du im Büro bei Owen.«

»He, du bestimmst nicht, was ich mache. Ich bin ein Mann auf der

Straße, der sein Kraut raucht. Ich bin eine Privatperson. Du hast keinerlei Rechte mir gegenüber.«

Christian nimmt noch einen Zug, zieht ihn tief in die Lungen und sieht Seppo dabei direkt an, dann bläst er den Rauch in seine Richtung. Seppo geht auf ihn zu. Christian hebt seine Faust, der Joint sitzt zwischen Zeige- und Mittelfinger.

»Wenn du mich anfasst, fasse ich dich auch an«, sagt er. Seppo bleibt stehen. Christian lacht, steckt den Joint in den Mund, setzt sich aufs Motorrad und fährt, bis die Dunkelheit ihn verschluckt.

Ich frage ihn am Montag. Er soll eine Woche suspendiert werden, aber sie können seinen Vater nicht erreichen, darum kann er bis auf weiteres am Unterricht teilnehmen. Der Schulleitung ist erst jetzt klar geworden, dass er allein zu Hause wohnt, wenn sein Vater unterwegs ist. Und was macht Christian ohne Aufsicht? Irgendwann erreichen sie seinen Vater, der Christian bei irgendwelchen Schweden unterbringt. Außerdem hat sein Vater zu einem Treffen in der Schule zu erscheinen, sobald er wieder in Moshi ist. Eigentlich müsste Christian hinausgeschmissen werden, aber sein Schulgeld wird in ausländischer Valuta bezahlt. Die Schule kann es sich nicht leisten, weitere Einnahmen zu verlieren.

Eine Woche später kommt Christian als Internatsschüler ins Kijana.

»Das war die Scheißforderung, weil der Alte so oft unterwegs ist«, sagt er. »Entweder er meldet mich als Internatsschüler an, oder sie nehmen mich gar nicht mehr.«

»Das nächste Mal, wenn irgendetwas los ist, fliegst du.«

Christian grinst. »Ganz genau.«

»Du musst es doch nicht auch noch provozieren.«

»Nein, aber es ist ein gutes Gefühl, wenn man Herr über die Situation ist.«

»Ja, aber es wäre langweilig, wenn du nicht mehr da wärst.«

»Hier darf man doch sowieso nichts«, sagt er. »Wie im Gefängnis.«

Ich gehe ins Kilele und lege mich in meinem neuen Zimmer aufs Bett, starre an die Decke. Ich bin aus dem Kiongozi ausgezogen und wohne jetzt bei den ältesten Mädchen, weil ich mich ständig mit Truddi gestritten habe.

Das Kilele ist das bessere Haus. Ich teile das Zimmer mit Adella, einem Mädchen aus Uganda, das so gut wie nicht spricht. Ihre Eltern und zwei ältere Brüder wurden von Idi Amin ermordet. Adella und ihr kleiner Bruder sind nach Tansania geschickt worden, sie sollten überleben. Idi Amin hat den Rest ihres Klans umgebracht. Sie und ihr jüngerer Bruder sind hier mit einem Stipendium, das die Exilgemeinde des Stammes in Europa bezahlt. Ich mag sie gern. Wenn abends das Licht gelöscht ist, setzt sie sich an den Schreibtisch und dreht einen Joint. Bevor sie ihn anzündet, drückt sie ein Handtuch unter den Türspalt, damit kein Rauch hinausdringt. Wir rauchen schweigend. Es ist sehr gemütlich.

Normalerweise achte ich jetzt auf meine Sachen und provoziere keinen Ärger.

Hosendieb

Es ist mein siebzehnter Geburtstag. Am Nachmittag muss ich zum Zwangstennis. Sally lässt mich mit einer kleinen indischen Göre spielen, die Naseen heißt. Sie stolziert auf ihren hohen Hacken herum und trifft keinen Ball. Ich ziele absichtlich auf sie, um ihr Angst zu machen.

»*Mwizi, mwizi!*« Der Schrei kommt von den Lehrerwohnungen am anderen Ende des Spielfelds. Ich werfe meinen Schläger beiseite und laufe zusammen mit einigen anderen Schülern hin. In einem der Gärten stehen zehn, zwölf Männer und Frauen, Köche und Hausmädchen aus den Lehrerwohnungen und einige Gärtner der Schule. Sie schreien und treten auf einen Mann ein, der auf der Erde liegt. Mein Englischlehrer, Mr. Cooper, kommt angerannt.

»Stopp! Aufhören!«, brüllt er. Widerstrebend wird von dem Mann abgelassen, die Leute treten ein wenig zur Seite. Der Mann liegt zusammengekrümmt auf der Erde, blutet aus Wunden am Kopf und im Gesicht. »Was macht ihr denn da?«, ruft Cooper. Ein Hausmädchen bückt sich und hebt ein Paar Jeans vom Boden auf.

»Er hat versucht, deine Hose von der Wäscheschnur zu stehlen«, sagt sie auf Swahili.

»Was sagt sie?«, will Cooper wissen. Ich übersetze. Der Mann am Boden blutet aus dem Mund, vielleicht hat er innere Blutungen.

»Ihr seid doch verrückt«, sagt Cooper auf Englisch und schüttelt den Kopf.

»Wir haben deine Jeans gerettet«, erwidert das Hausmädchen stolz. An der Busstation kann man sie für einen Monatslohn verkaufen. Ich erkläre es Cooper. Owen ist dazugekommen, Cooper bittet ihn, den Pick-up der Schule zu holen.

»Ja, er muss zur Polizei gebracht werden«, sagt ein Gärtner auf Englisch.

»Er muss ins Krankenhaus«, widerspricht Cooper.

»Erst zur Polizei«, beharrt der Gärtner. Cooper antwortet nicht.

Der Pick-up kommt, der malträtierte Dieb wird fortgebracht. Die Schläger im Garten jubeln vor Begeisterung über ihre gute Tat.

Fisch

Im Speisesaal sitzt Panos an einem Tisch mit dem Katzenfreund Sandeep und Adella. Ich gehe zu ihnen. Auf dem Speiseplan steht Fisch – eine Seltenheit im Landesinneren, denn es gibt kaum Kühltransporter in Tansania. Nil-Barsch aus dem Victoriasee. Es riecht gut. Ich lade meinen Teller voll und reiche die Schüssel weiter an Sandeep, probiere einen Löffel. Es schmeckt auch gut.

»Nein, danke«, lehnt Sandeep ab.

»Isst du keinen Fisch?«

»Ich bin aus Bukoba.«

»Ja«, sage ich, »am Victoriasee. Esst ihr in Bukoba keinen Fisch?«

»Nicht nach Idi Amin. Danach wollte meine Mutter uns nie wieder Fisch essen lassen.« Sandeeps Vater ist Inder, und Idi Amin hat alle Inder aus Uganda herausgeschmissen, aber Sandeeps Mutter ist eine Schwarze – er ist der einzige Mensch, dem ich bisher begegnet bin, der ein halber Schwarzer und ein halber Inder ist.

»Ja und, was hat Idi Amin mit Fisch zu tun …?«, setze ich an, dann wird es mir klar. Idi Amin: Massenmörder. Er bestückte Tiefkühltruhen mit den Köpfen seiner Opfer, um sie jederzeit herausholen und mit ihnen reden zu können. Er brachte dreihunderttausend Menschen um. Unzählige Leichen wurden in den Victoriasee geschmissen, die Krokodile feierten Partys, der Fischbestand wuchs. »Kannibalismus?«

»Fast«, sagt Sandeep. »Willst du einen Fisch essen, der einen Mann gefressen hat?« Ich schiebe meinen Teller zur Seite.

»Das ist doch lange her«, meint Panos.

»Wie schmeckt ein Ugander?«, frage ich.

»*Tsk*«, schnalzt er und steckt die Gabel in einen weiteren Bissen. Ich schaue hinüber zu Adella. Sie isst nur Huhn, kein anderes Fleisch. Sie sieht vollkommen panisch aus. Panos hält das Stück Fisch in die Luft und schaut es sich an: »Gut, dann hat der Fisch eben Idi Amins Feinde gefressen, Männer von Ehre, gute Leute. Diese Männer schmecken gut.« Er steckt das Stück in den Mund, kaut. Adella lacht hysterisch, dann beginnt sie zu weinen und heftig zu husten; sie steht abrupt auf und stürzt aus dem Speisesaal. »Was ist denn los?«, erkundigt sich Panos.

»Ihre Eltern wurden von Idi Amin ermordet«, sage ich und schaue auf seinen Fisch. Panos nickt.

»Gute Leute«, erklärt er und isst weiter.

Später am Abend krieche ich in Adellas Bett und nehme sie in den Arm. Sie weint noch immer, doch allmählich beruhigt sie sich und erzählt.

»Wir wurden nachts von einem Fischer aus Port Bell fortgebracht. Es war dunkel und windstill. Er ruderte vom Strand weg, dann startete er den Motor und steuerte nach den Sternen und dem Licht an der Küste. Nur mein Bruder und ich waren im Boot, und ich hatte Angst, weil ich den Fischer nicht kannte. Er hatte seine Bezahlung bekommen, er hätte uns einfach über Bord schmeißen können. Mein Bruder schlief ein, aber ich hielt mich wach. Nach einer langen Zeit wurde es am Horizont allmählich grau, es war früh am Morgen. Und dann stieß das Boot auf irgendetwas Großes, und der Fischer drosselte die Geschwindigkeit. Ich fragte, ob es ein Krokodil gewesen sein könnte, denn ich konnte nichts sehen, das Wasser war noch immer dunkel. Er sagte, ich solle meine Augen schließen, aber ich wollte meine Augen nicht zumachen, weil ich Angst vor ihm hatte. Doch das Boot stieß weiterhin an Dinge, und es roch so merkwürdig, und er fragte, ob ich meine Augen noch immer geschlossen hätte, und ich sagte, ja. Dann wurde es heller, und gleichzeitig erhöhte er das Tempo, die Hindernisse wurden vom Bug beiseite geschoben, und ich guckte – es war hell genug. An der Wasseroberfläche schwammen überall aufgequollene Leichen, einige von ihnen halb aufgefressen von den Krokodilen und Fischen. Idi Amin hat gern Fische gefüttert.«

Adella presst meine Arme fest an ihre Brust.

»Na, na«, rede ich beruhigend auf sie ein, »es ist überstanden.«

»Ich muss dann immer an meine Familie denken«, sagt Adella. »Ich hätte dort im Wasser liegen können.«

Mutters Hund

Bald sind Weihnachtsferien. Vater ist in Uganda oder in Zaire oder ... er hat mir geschrieben, dass ich wie irgendein Bauer den Bus nach Tanga nehmen soll. Was soll das? Die Telefonleitung ist unterbrochen, und ich kann nicht einmal Alison erreichen, um mich zu erkundigen, was los ist. Ob sie da sein wird.

»Sam. Telefon!«, ruft Adella. Ich springe aus dem Bett, renne hin.

»Wer ist es?«

Adella gibt mir lächelnd den Hörer.

»Samantha am Apparat«, melde ich mich.

»Schätzchen, nennen sie dich Sam?«

»Mutter!«

»Hallo. Wie geht es dir?«

»Kommst du uns Weihnachten besuchen?«

»Nein. Ich kann nicht. Ich muss arbeiten.«

»Ach schade ... komm doch.«

»Was macht die Schule?«

»Na ja, es ist grauenhaft. Es ist eine Schule. Wieso kannst du nicht wenigstens in den Ferien kommen? Vater muss doch zahlen.«

»Ich ertrage deinen Vater nicht mehr. Es geht mir gut hier. Wenn du die Schule beendet hast, wirst du bei mir wohnen.«

»In England?«

»England ist nicht schlecht, Samantha.«

»Es ist scheißkalt, und die Leute sind ziemlich eigenartig.«

»Dann sind wir wieder zusammen«, sagt Mutter.

»Ist das etwa beschlossen? Habe ich da gar nichts mitzureden?«

»Was willst du denn sonst machen.«

Ich beantworte die Frage nicht.

»Wovon lebst du?«, will ich stattdessen wissen.
»Ich habe eine Arbeit gefunden.«
»Was für eine Arbeit?«
»Ich arbeite … in einem Hotel.« Sie seufzt. »Als Nachtportier.«
»Schickt dir Vater kein Geld?«
»Doch, aber es gibt Probleme mit dem Hotel in Tanga. Er braucht das Geld.«
»Ja. Klar hat er Probleme. Aber er spinnt doch. Und du … bist du okay?«
»Ich trinke nicht mehr.«
»Gut. Tja … ihr werdet euch also nicht wiedersehen?« In dem Moment, in dem ich die Frage stelle, wird mir klar, wie absurd sie klingt. Vater vögelt die Kellnerin.
»Wir werden uns scheiden lassen.«
»Ja, aber …«
»Wieso nennen sie dich Sam?«, will Mutter wissen.
»Samuel 15 – ein Mann unter Schafen.«
»Aber dir geht's gut in der Schule?«
»Ja. Es geht schon.«
»Ich weiß, dass ich dir versprochen habe, ein paar Sachen zu schicken, Samantha. Aber das muss noch ein wenig warten.«
»Mach dir darüber keine Gedanken, ich kann mir hier bei den weißen Mädchen was klauen.«
Mutter entschließt sich, meine Bemerkung zu überhören.
»Was soll ich in England?«, versuche ich es noch einmal.
»Du kannst mit einer Ausbildung beginnen.«
»Wozu?«
»Man kann hier alles Mögliche studieren.«
»Du weißt doch genau, dass ich nicht gerade ein Bücherwurm bin.«
»Oder etwas Praktisches, eine Lehre. Das wird sich zeigen, wenn du erst einmal hier bist«, meint Mutter. »Hast du einen netten Freund?«
»Nein. Hast *du* einen netten Freund?«
»Nach deinem Vater habe ich von Männern genug. Ich überlege, ob ich mir einen Hund anschaffe.« Wir lachen. Dann hat sie kein Geld mehr, um noch länger zu telefonieren.

Seychellen

Ich werde ins Büro gerufen. Wieso? Ich bin seit mehreren Wochen nicht mehr aufgefallen, jedenfalls bin ich nicht entdeckt worden.

Fuck. Vater steht im Büro.

»Samantha«, sagt er und umarmt mich. »Es ist so lange her, dass die Familie zusammen war«, erklärt er Owen. »Nachdem ihre Mutter zurück nach England gegangen ist … Und ich bin ziemlich beschäftigt: Uganda, Mozambique, ständig unterwegs. Aber jetzt ist es so weit.«

»Ja«, nickt Owen verständnisvoll. Weiß er überhaupt, wovon Vater lebt? Woher mein Schulgeld stammt?

»Was ist?« Ich sehe Vater an. Owen lächelt mir zu. Was geht hier vor?

»Wir fahren in den Urlaub auf die Seychellen; du, ich und Alison. Und Frans. Wir übernachten im Tanzanite und fliegen morgen früh vom Kilimanjaro Flughafen.«

»Okay.« Ich gehe und packe. Unberechenbar zu sein, ist normal bei Psychopathen. Ab morgen sind Weihnachtsferien. Solange Alison dabei ist, ist es okay für mich.

Am nächsten Tag fährt Mahmoud von der Lodge Vater und mich zum Flughafen. Wir fliegen nach Dar, und Alison und Frans steigen zu.

Wir landen auf den Seychellen. Eine kleine Inselgruppe mitten im Indischen Ozean, tausendsechshundert Kilometer östlich von Daressalaam. Wunderhübsch ist es hier. Das Guesthouse liegt an einer Bergseite der Hauptinsel. Vater mietet einen offenen Wagen für uns, damit wir in die Stadt oder zum Strand fahren können. Eigentlich ist mir Essen egal, aber das Essen hier … wow! Alles Gute aus dem Meer. Zu Weihnachten schenkt Alison Frans einen zweitägigen Tauchkurs. In der Woche vor Silvester sind wir nur am essen und trinken oder liegen am Strand. Es ist wirklich schön.

1985

Vogelkundler

Wenige Tage nach Neujahr beginnt Frans mit seinem Tauchkurs in einem Hotel am Strand. Alison und ich liegen mit einem Gin Tonic am Swimmingpool, während ein großer Mann mit Haaren auf dem Rücken und einem Schnauzer wie ein Fahrradlenker mit Frans den Grundkurs absolviert: Kontrolle der Ausrüstung, Taucherzeichen, wie teilen sich zwei Personen unter Wasser eine Sauerstoffflasche, verschiedene Manöver. Morgen soll Frans ins Meer und ernsthaft tauchen.

Nach der Stunde fahren wir in die Stadt. Alle Rassen sind hier vertreten: Inder, Afrikaner, Araber, Weiße, sogar Chinesen. Alle haben sich seit Generationen vermischt, sie sehen fantastisch aus. Außer den Chinesen, sie halten sich für etwas Besseres und haben es daher nur mit ihresgleichen getrieben – totale Inzucht.

Wir setzen uns auf eine Dachterrasse und bestellen Drinks und Mittagessen.

»Ist Mick eigentlich noch immer in Dar?«, erkundige ich mich bei Alison.

»Ja. Er ist Chef einer Wachfirma, die unter anderem bei der KLM für die Sicherheit am Flughafen sorgt.«

»Und er ist gut«, fügt Frans nickend hinzu.

»Schön für ihn.« Mick, ich hab ihn gern, aber er ist bloß ein Junge, ein großer Kindskopf.

»Du wirst ihn sehen, wenn du uns in Dar besuchst«, sagt Alison.

»Euer Vater und Vögel, das ist doch seltsam, oder?«, wundert sich Frans. Als wir heute früh aufgestanden sind, ist Vater mit dem Mietwagen fortgefahren, seine Tasche, sein Fernglas und seinen Fotoapparat hat er mitgenommen. »Ich will Vögel beobachten«, hat er auf Frans' Frage geantwortet. Alison seufzt und lacht.

»Er ist nicht losgefahren, um sich Vögel anzusehen«, sagt sie.

»Was macht er dann?«

»Er bereitet einen Putsch gegen die Regierung vor.«

»Einen Putsch? Gegen welche Regierung?«

»Die Regierung hier auf den Seychellen.«

»Aber …«

»Im Auftrag einer Oppositionsgruppe, die im Exil lebt … soweit ich weiß, in London«, erklärt Alison.

»Aber …« Frans wirkt desorientiert.

»Er fährt herum und checkt die Bedingungen, zeichnet Karten, macht Fotos, rechnet Zeitabläufe aus. Damit er und seine Leute die Schlüsselstellungen der Insel übernehmen können – Strom, Wasser, Kommunikation, Hafen und Flughafen.«

»Sind die im Moment hier?« Frans schaut sich hektisch um, ich pruste fast los.

»Nein. Ich weiß nicht, wann es passieren wird, aber bestimmt nicht, solange wir hier sind. Es ist ohnehin nicht sicher, ob es überhaupt dazu kommt. Im Augenblick sondiert er bloß die Lage.«

»Hat er dir das erzählt?«

»Nein«, erwidert Alison. »Aber ich kann selbst denken.«

»Und es ist dir … egal?«

»Was?«

»Dass er … in so was involviert ist?«

»Das macht er schon sein ganzes Leben lang. Was soll ich deiner Meinung nach dazu sagen?«

Ich muss lachen.

»Findest du das etwa lustig?«, wendet sich Frans an mich.

»Nein, aber mach dir mal klar, dass *er* das tut und nicht *wir*«, antworte ich und zeige auf Alison und mich. »Wir versuchen nur, uns von ihm abzusetzen.«

»Riskiert er nicht, ins Gefängnis gesteckt zu werden … oder getötet?«

»Na klar. Eher noch Letzteres.«

»Aber wenn es klappt, darf er sicher hier wohnen«, meint Alison.

»Das ist doch Wahnsinn.« Frans schüttelt den Kopf.

»Vielleicht«, sagt Alison.

»Ich glaube nicht«, werfe ich ein.

»Also ist er …«, beginnt Frans.

»Ein Söldner«, beende ich den Satz für ihn. »Ja, er ist ein alter SAS-Offizier – Spezial Air Services, die britische Spezialeinheit. 1969 haben sie ihn rausgeschmissen, als er einen längeren Urlaub dazu nutzte, nach Nigeria zu reisen und während des Bürgerkriegs in der 4. Kommandobrigade für Biafra zu kämpfen.«

»Also wartet er nur auf die nächste Aufgabe?«

»Nein.« Alison erklärt es ihm. »Im letzten Jahr ging es vor allem um das Training von Wachmannschaften für die Minen in Katanga, Militärberatung und so etwas. Außerdem gehören ihm ein paar Firmen in Tansania.«

Vater kommt am Abend nicht zurück. Auch am nächsten Morgen ist er nicht da. Wir fahren zum Hotel und segeln mit dem behaarten Mann zu einem Korallenriff. Frans soll seinen ersten Tauchversuch mit der Flasche absolvieren. Alison hat sich eine komplette Ausrüstung geliehen, während ich nur mit Schnorchel, Maske und Flossen tauchen will. Das Boot hat einen Glasboden: der Sandstrand fällt hier bis zum Grund ab – Farbexplosionen. Ein riesiges Korallenriff mit unzähligen Fischschwärmen. Wir werfen den Anker. Die anderen tauchen, während ich mit einem einheimischen Burschen eine Zigarette rauche. Wir verfolgen sie durch den Glasboden. Sie tauchen zehn, zwölf Meter unter uns.

»Ich schwimme ihnen nach«, sage ich.

»Ich komme mit«, erklärt der Junge. Wir springen aus dem Boot, ziehen uns Masken und Flossen an, atmen tief ein und tauchen. Gleiten ruhig durch das Wasser, Luft sparen. Frans reißt die Augen auf, als er mich sieht. Ich winke ihm zu und schwimme ein bisschen um ihn herum, bevor ich wieder ans Licht steige.

Frauen und Kinder

Als wir zum Guesthouse zurückkommen, ist Vater zurückgekehrt. Abends lädt er uns in das beste Restaurant der Stadt ein; wir sitzen draußen und schauen über die Stadt und das Meer. Alison fragt Vater, wie es gewesen ist, als wir noch Säuglinge waren.

»Was meinst du?«

»Ich will wissen, wie es ist, Babys zu haben.«

»Es war hart«, erwidert er.

»Was weißt du denn schon davon«, werfe ich ein.

»Du warst doch damals noch beim Militär, oder?«, fügt Alison hinzu.

»Ja, schon.« Kein Wort, dass er rausgeschmissen wurde, weil er als Söldner nach Biafra ging.

»Aufgezogen hat uns doch Mutter«, sage ich.

»Ja, und eure Mutter hat es mir auch schwer gemacht mit euch als Kleinkindern«, grinst er und wendet sich Frans zu. »Wenn Frauen Kinder bekommen, findet man erst heraus, wer sie eigentlich sind. Alles, was vorher da war, verschwindet. Die Kinder ändern ihren Charakter und ihre Persönlichkeit vollkommen. Dann gehört sie nicht mehr dir, sondern ihnen.«

»So schlimm ist es wohl auch wieder nicht«, sagt Alison.

»Und es ändert sicher auch den Mann«, füge ich hinzu.

»Ja, aber nicht so viel. Der Mann kann nicht stillen, er bleibt außen vor. Aber was sich verändert, ist das Verhältnis zwischen Mann und Frau. Es liegt am Schlafmangel. Wenn die Frau ein halbes Jahr ohne Schlaf gelebt hat, fällt die Schale der Zivilisation ab und das wirklich Ungeheure erscheint. Nicht zu schlafen ist Folter, die meisten zerbrechen daran.« Wieder schaut er Frans ins Gesicht. »Du ahnst nicht, auf was du dich da einlässt«, sagt Vater. Frans lächelt und erwidert nichts. »Eure Mutter wurde fast wahnsinnig«, fügt Vater hinzu.

»Und trotzdem hast du jetzt noch eins gemacht?« Er sieht mich verständnislos an. »Halima«, helfe ich ihm. Kann der Idiot sich nicht mal daran erinnern, wen er begattet hat?

»Afrikanische Frauen sind nicht so. Die arbeiten, bis die Wehen einsetzen, und dann arbeiten sie weiter, bis das Kind kommt; nicht dieses ganze Gewinsel.«

»Oh, Mann, jetzt halt aber die Klappe!«, sagt Alison.

»Ist doch wahr.«

»Hör auf mit deinem blöden Gequatsche über Frauen, solange Frans dabei ist; ich will nicht, dass das auch noch abfärbt.«

»Nur die Ruhe«, meint Frans. »Ich bin nicht wie dein Vater.«

»Nein«, sagt Vater. »Das bist du nicht.«

Alison faltet die Hände und schaut zum Himmel: »Danke, Gott. Amen.«

»Was hättest du eigentlich getan, wenn Alison sich so jemanden wie dich ausgesucht hätte?«, frage ich ihn.

»Alison ist meine Tochter«, sagt er und schaut sie an. »Ich glaube also nicht, dass sie so dumm wäre, sich jemanden wie mich auszusuchen.«

»Wieso ist dein Kumpel nicht auch hier?«, erkundigt sich Alison.

»Mein Kumpel? Juma?«

»Nein, nicht Juma. Dieser Victor.«

»Warum sollte ich ihn hier dabei haben?«

»Es sieht so aus, als wären die Seychellen genau das Richtige für dich und für ihn.«

»Du redest, als würdest du etwas davon verstehen.«

»Ja, ich bin nicht so dumm«, erwidert Alison. »Was treibt er?«

»Vermutlich ist er in Angola.«

»Und wovon lebt er?«

Vater senkt den Kopf und schaut sie unter zusammengezogenen Augenbrauen an.

»Da wirst du ihn schon selbst fragen müssen.«

»Und wovon lebst du?«, fragt Frans nach.

»Das ist meine Sache«, entgegnet Vater.

Familienoberhaupt

Alison und Frans steigen in Daressalaam aus; ich wünschte, ich könnte bei ihnen bleiben. Das Flugzeug startet wieder. Wir nähern uns dem Kilimandscharo.

»Holt uns jemand ab?«, frage ich Vater.

»Du nimmst einfach ein Taxi zurück zur Schule.«

»Ich muss aber noch nicht zur Schule, ich habe noch über eine Woche Ferien.«

»Ja, aber du kannst nicht mitkommen. Mahmoud kommt mit dem Land Rover zum Flughafen, ich muss sofort zum Victoriasee.«

»Ich kann doch in der Mountain Lodge bleiben, bis die Schule anfängt.«

»Nein«, lehnt Vater ab. »Wir können nicht ständig ihre Gastfreundschaft ausnützen.«

»Aber vielleicht ist niemand in der Schule.«

»Es gibt ein paar Schüler, die in den Ferien dort bleiben. Ich habe mit der Schule gesprochen.«

»Aber ...«

»Nein«, unterbricht er mich. Idiot. Was will er am Victoriasee? Bei Shinyanga wird nach Diamanten gegraben, aber das sind kleine Fische. Gold, Diamanten und Kupfer in Zaire. Kupfer in Sambia. Die ganze Gegend: Unruhen und Kriegshandlungen – in Zaire, Uganda, Ruanda. Zu viele Menschen, gute Ackererde, Mineralien. Vielleicht muss er die Wachmannschaft für eine Minengesellschaft trainieren, oder einen Trupp unwissender Dorfbauern, die für den jüngsten Stammeskrieg ausgehoben wurden, an Waffen ausbilden. Die aufständischen Soldaten können weder lesen noch schreiben. »Das Schwierigste, was die in ihrem Leben bisher bedient haben, ist eine Sturmlaterne«, behauptet Vater immer. Er unterrichtet sie im Gebrauch und der Pflege von Waffen, außerdem in den Grundformen von Taktik. Ich soll nicht nach seiner Arbeit fragen – und auch nicht darüber reden. So sind die Regeln meiner Erziehung. Er schlägt mich, wenn ich es tue. Nicht sofort, sondern wenn ich es am wenigsten erwarte. Aber vielleicht ist das inzwischen überstanden, immerhin bin ich fast erwachsen.

»Was willst du dort?«

»Nur ein paar Geschäfte«, antwortet er. Wenn er von seinen Geschäftsreisen nach Hause kommt, erzählt er ein bisschen, aber immer nur harmlose Sachen. Ich gähne. Brauche eine Zigarette. In der Schule reden wir auch nicht über die Arbeit unserer Eltern.

»Wieso fragst du danach? Ist doch vollkommen egal. Sie sind einfach alt. Ich hab damit nichts zu tun.« Die Leute sind beleidigt, wenn man sie fragt – ich bin beleidigt. Die skandinavischen Jungen meinen alle, sie seien Rastafari, Afrikaner. Rasta – was soll das? Eine Entschuldigung fürs *bhangi*-Rauchen? Ein Trupp blasser Jamaikaner mit ungepflegten Haaren und positiven Vibrationen, die Afrika für fantastisch halten? Aber wir sind nach wie vor nur die Beifahrer unserer Eltern. Wir sind Kinder. Ich bin hierher geholt worden, als ich drei Jahre alt war. Wir haben von dem Wissen gelebt, das meine Eltern aus England mitgebracht haben. Wir sind keine Afrikaner. Und jetzt sagt Vater, ich soll nach der Schule zurückgehen. Es ist absurd. England ist ein fremdes Land.

Vater sitzt im Flugzeug und versucht, wie ein Zivilist auszusehen:

hellblaues Hemd und eine Hose mit Bügelfalten. Was glaubt er eigentlich, wo er ist? Ehemaliger SAS-Soldat, britische Elitetruppe. Und jetzt Söldner, Geschäftsmann und Familienoberhaupt. Ein Schurke mit Herz? Er steht stets um fünf Uhr morgens auf, um »etwas vom Tag zu haben«, wie er sagt. Das ist kein Problem, denn der Abend beginnt vor sechs mit einem Sundowner, und um zehn hat er die Dämonen so gründlich ertränkt, dass er fertig ist. Vorwärts, vorwärts. Denkt er jemals an etwas anderes als die konkreten Projekte, mit denen er sich beschäftigt? Ich will so nicht sein. Alles, was er in seinem Leben tut, ist falsch. Es kommt nichts Gutes dabei heraus.

Sturz

Taxi vom Flughafen, eine Woche zu früh. Was soll ich in der Schule? Hoffentlich ist Adella da. Ich bringe den Fahrer dazu, um die Stadt herumzufahren, zum Markt, bitte ihn zu warten. Gehe zu Phantom in dem kleinen Kiosk am Eingang und muss ihm einen Wucherpreis anbieten, bevor er zugibt, etwas zu haben, das er mir in Zeitungspapier verpackt überreicht.

Mein Hausboss im Kilele ist Missis Smith. Sie hat nichts davon gehört, dass ich kommen würde, und Adella ist auch nicht da. Missis Smith seufzt: »Du kannst im Speisesaal zu Abend essen, dort bekommen um halb sieben die Nachtwachen ihr Essen. Frühstück und Mittagessen kriegst du bei uns.« Verflucht, ich will nicht bei Familie Smith essen.

»Ich will Ihnen nicht zur Last fallen«, sage ich. »Sagen wir einfach, Ihr Koch gibt mir einen Teller.«

»Okay, ich sage ihm Bescheid.«

Ich bin ganz allein im Kilele. Ich setze mich hinter das kleine *kibanda* im Garten, ein paar Schüler treiben es dort miteinander. Drehe einen Riesenjoint und rauche, bis meine Zunge sich grün anfühlt. Lege mich ins Bett. Es ist kein gutes *bhangi*, ich werde müde und lustlos, der Motor stottert. Lasse die Finger über die Mauer gleiten, als ich den Flur zur Toilette hinunterwackele. Setze mich. Merkwürdiges Gefühl … Scheiße … ich habe mein Höschen nicht heruntergezogen. Oh nein!

»Verfluchte Scheiße!« Ich fange an zu schluchzen. Heule, als ich hinauswanke, schlage die Toilettentür wieder und wieder gegen die Wand. Sie bricht, der obere Teil splittert. Ich lehne mich dagegen, fasse an den Türgriff und versuche, mir den Slip auszuziehen, ohne mir die Beine mit Scheiße zu verschmieren. Ich habe Scheiße an den Fingern, und mir versagen die Beine, der verschmierte Slip hängt mir um die Knöchel, ich sinke zu Boden. Jemand kommt. Missis Smith – der Gärtner muss mein Heulen gehört haben. Es ist so demütigend.

»Malaria«, sage ich, denn Malaria kann einen total fertigmachen und ist normal in der Region Tanga – die harte Variante. Damit kann man nicht klar denken.

Weiße Menschen

Missis Smith schafft mich unter die Dusche, holt ein Handtuch für mich. Danach fährt sie mich in die Krankenstation zu *mama* Hussein.

Mama Hussein stützt mich auf dem Weg ins Behandlungszimmer, legt mich auf ein Bett. Sie fasst mir an die Stirn, schaut mir in die Augen, misst meine Temperatur.

»Du bist high«, konstatiert sie. Keine Malaria. »Wieso hast du dich so zugedröhnt, Samantha?«

»Ich musste einfach … mal aus meinem Kopf heraus.«

»Aber wieso? Ist dein Kopf denn kein guter Ort?«

»Nein, es ist so … verwirrend. Weil meine Mutter nach England abgehauen ist, und mein Vater …« Ich fange wieder an zu weinen, ich erzähle zu viel. »Nach der zehnten Klasse will er mich nach England schicken, und seine Nutte zieht bereits bei uns zu Hause ein.«

»Seine Nutte?«

»Eine Kellnerin vom Restaurant, die er fickt.«

»Wieso nennst du sie eine Nutte? Sie ist auch ein Mensch. Vielleicht mögen sie sich.«

Ich schaue *mama* Hussein an: »Wie soll ich sie denn deiner Ansicht nach nennen? Eine Träumerin?«

»Du sollst also nach der Zehnten nach England. In einem halben Jahr?«

Ich seufze: »Ja.«

»Und was sollst du da?«

»Sterben.«
»Was meinst du?«
»Sie ermorden mich.«
»Wer?«
»Die weißen Menschen.«
»Welche weißen Menschen?«
»Die Engländer. Die weißen Menschen in England.«
»Und warum?«
»Weil ich … weil ich zu schwarz bin.«
»Du bist weiß«, erwidert *mama* Hussein. »Sie werden dir den Neger nicht ansehen.«
»Außen bin ich weiß. Aber innen … ganz grau.«
»Was hast du vor?«
Ich zucke die Achseln. Ich weiß es nicht.

Nebel

Mama Hussein behält mich bei sich. Ich denke an Victor, aber was hilft das? Ich weiß nicht, wie ich ihn erreichen kann. Ich weiß nicht, was ich tun werde, wenn ich ihn treffe. Ich weiß überhaupt nichts. Ich hole mir eine Erkältung und bekomme Durchfall. Nach einer Woche darf ich zurück ins Kilele. Es fängt an zu regnen. Es stürzt herunter. Alles wird feucht. Der Schweiß perlt bereits aus den Poren, wenn man morgens zu fest in den Toast beißt. Die Handtücher werden nicht mehr trocken. Alles riecht nach altem Schimmel – stockfleckig.

Heute sollten die Internatsschüler zurückkommen, aber es sind nicht sehr viele. Wie sich herausstellt, sind alle, die aus Dar kommen sollten, am Flughafen gestrandet, weil der Präsident das Flugzeug für eine Reise nach Kampala brauchte; und die anderen Maschinen sind kaputt.

Die Schule beginnt am nächsten Tag, die Klassenzimmer sind halb leer. Am späten Nachmittag tauchen die anderen auf. Tazim hat lange nicht mit mir gesprochen. Nun redet sie wieder mit mir, als wäre nichts geschehen. Ich frage sie nicht. Ignoriere sie. Und dann ist wieder normaler Unterricht, alle lernen wie die Verrückten; die Examen stehen vor der Tür. Tazim und Salomon haben Probleme miteinander, sie läuft wieder zum Priester. In einigen Wochen bekommen wir Lernferien bis zum Examen. Es ist kaum auszuhalten. Ich kann mich einfach nicht zusammenreißen. Zu lernen, zum Examen zu gehen … das sagt mir gar nichts. Irre nur wie im Nebel umher.

Zum Tode verurteilt

Die Lernferien kommen näher. Christian wohnt jetzt bei den ältesten Schülern im Kishari, weil es dort einen freien Platz gab. An einem Wochenende bricht Panik unter den Lehrern aus, die für ihn verantwortlich sind. Christian ist verschwunden. Natürlich ist er bei Marcus, seinem einheimischen Freund in der Stadt. Als er am Sonntagnachmittag zurückkommt, hat man eine Sitzung im Büro einberufen. Es ist erst ein paar Monate her, seit er Internatsschüler wurde. Jetzt wird er rausgeschmissen. Endgültig.

»Die letzte K.C. des zum Tode Verurteilten!«, ruft Christian und trinkt Konyagi-Cola aus einer Cola-Flasche. Wir stehen vor Mboyas und haben ein paar kleine Plastiktüten mit Konyagi gekauft, den wir nach ein, zwei Schlucken in die Cola-Flasche gießen. Nur, um die Cola ein bisschen zu verlängern, damit's einen Kick gibt. Diana und Truddi sitzen auf einer Bank und starren uns an. Wir setzen uns so weit wie möglich von ihnen entfernt auf den Hof. Die Bultaco unter den Bäumen im Schatten gibt beim Abkühlen des Motors klickernde Geräusche von sich. Es ist Samstag. Christian fährt morgen mit seinem Vater nach Shinyanga. Dann soll er nach Dänemark fliegen. Er wird im Keller seiner Tante wohnen und in einigen Monaten in der elften Klasse in Dänemark von vorn anfangen.

»Du wirst es schon schaffen«, sage ich.

»Ja.« Er zündet eine Zigarette an und hält sie mir mit zwei Fingern hin, damit ich einen Zug nehmen kann. »Ich freue mich darauf, von hier weg zu kommen und mein eigenes Leben zu leben.«

Er gibt mir noch einen Zug, und ich puste einen dicken Rauchring über ihn. Christian hebt die Hand und steckt den Zeigefinger hindurch.

»Das könnte dir so passen«, sage ich.

»Ich bin da schon mal gewesen«, erwidert er. Ich boxe ihn gegen die Schulter. Auf der Bank verzieht Truddi das Gesicht: »Ihr seid doch krank!«

»Halt die Schnauze!«, rufe ich zurück. Christian schluckt. Sein Gesicht sieht so aus, wie ich mich fühle: gequält.

»Ich lasse sie dann mal an«, sagt er und geht zum Motorrad. Aus irgendeinem Grund funktioniert der Kickstarter nicht richtig. Er schiebt die Maschine an und springt auf, dreht und fährt zurück zu mir. Ich lasse mir nichts anmerken. Jetzt ist er also auch tot. Wie Gretchen, als sie abreiste. Durch den Lärm des Motors können Truddi und Diana uns nicht hören. Christian nimmt seine Sonnenbrille ab und schaut mir einen kurzen Moment in die Augen, bevor er sie mir aufsetzt. Ich lächele. Ray-Ban. Wir umarmen uns.

»Spürst du die Leere?«, frage ich ihn.

»Ja«, sagt er mir ins Ohr. »Es ist nicht schön.«

»Nein.«

»Wir sehen uns wieder.«

»Ja«, sage ich und bin froh, dass die Sonnenbrille meine Augen bedeckt. Er lässt mich los, gibt Gas. Seine Augen schimmern. Kein Lächeln. Dann fährt er, der Motor brüllt sich durch die Gangschaltung, der Staub explodiert am Hinterrad, er ist um die Ecke, auf der Schotterpiste, außer Sicht, fort. Ich schaue in Richtung des verschwindenden Geräuschs.

»Na, Sam«, meldet sich Truddi. »Jetzt hast du bald gar keine Freunde mehr.«

Ich gehe auf sie zu. Sie sieht ängstlich aus.

»Ich habe keine Angst vor dir«, sagt sie. Ich gebe ihr eine Ohrfeige. Sie schreit.

»Du bist doch total krank!«, kreischt Diana. Ja, bin ich. Ich gehe. Zur Schule. Trete in die Erde, dass der Staub aufspritzt und meine Beine rot färbt. Was jetzt? Dann höre ich ein Motorrad. Sicher nur Osbourne. Nein, es ist Christian. Er kommt zurück. Lässt die Maschine zu Boden fallen. Hat Tränen in den Augen. Mein Blick verschleiert sich. Er schlingt die Arme um mich. Seine Stimme hackt in meine Ohren.

»Ich komme in einem Jahr zurück, in den Ferien. Das verspreche ich.«

»Ich weiß nicht, ob ich dann noch hier bin.«

»Wenn du in England bist, kann ich …«, beginnt er. Ich unterbreche ihn: »Ja, aber …« Mir versagt die Stimme. Er lässt mich los, bückt sich nach seinem Motorrad. Schiebt es an, springt auf und fährt davon.

Per Anhalter

Donnerstag teilt Panos mit, dass er am Wochenende zum Saufen nach Arusha fährt. Er kann bei den Strand-Brüdern übernachten. »Svein und Rune kommen auch mit, sie wollen in die Disko vom Hotel Saba-Saba.«

»Okay«, nicke ich. Panos hat wie ich eine schriftliche Erlaubnis, dass wir die Schule am Wochenende verlassen dürfen. Die Norweger wollen den Bus nehmen. Panos schüttelt den Kopf.

»Ich muss erst noch zwei Stunden nachsitzen.«

»Weshalb?«

»Weil ich mitten in einer Stunde abgehauen bin.«

»Wann?«

»Ach ja, davon kannst du nichts wissen. Du bist ja gar nicht erst aufgetaucht.«

»Na ja, ich war krank.«

»Krank? Ich glaub, ich spinne.«

»Es gibt so einen Zeitpunkt im Monat.«

»Diesen Zeitpunkt gibt's bei dir jede Woche.«

»Erwischen wir denn noch einen Bus?«

»Ich fahre per Anhalter«, sagt Panos. »Ich habe keine Lust, drei Massai und eine Ziege auf dem Schoß zu haben, die mir auf die Schuhe scheißt.«

Am Freitag warte ich vor der Bibliothek auf Panos, der zwei Stunden Regale putzen muss. Danach laufen wir zur Lema Road. Lachen uns an, als der erste Wagen sich nähert. Wir sind auf dem Weg. Er fährt vorbei.

»Faschist!«, ruft Panos. Kurz darauf kommt ein Pick-up angescheppert. Wieder halten wir eine Hand mit den Handflächen nach unten und winken, so fährt man in Afrika per Anhalter. Er hält nicht, fährt aber so langsam, dass wir hinten draufspringen können. Der Mann guckt verwundert durchs Rückfenster seiner Fahrerkabine.

»Vielen Dank!«, ruft Panos auf Swahili. Wir springen an der Kilimanjaro Road ab und laufen über den Golfplatz zur Arusha Road, wo wir schon bald von einem Parteibonzen in einem neuen Land Cruiser mit Fahrer und Aircondition mitgenommen werden. Die Unterhaltung dreht sich um die Schule und das Land. Panos erzählt von seinem griechischen Vater, einem ehemaligen Seemann, der in den Sechzigern in Dar an Land ging, weil er genug vom Meer hatte. Jetzt betreibt er eine riesige Tabakfarm bei Iringa. Die Mutter ist eine Mischung aus Engländerin und schwarzer Tansanierin; sie wurde hier geboren und arbeitet als Lehrerin. Panos erzählt, dass sein Vater nur schwer seine Gefühle ausdrücken kann. Wenn er seiner Frau sagen will, dass er sie liebt, legt er eine LP mit einem sentimentalen Liebeslied auf und fordert sie zum Tanz auf.

»Und wenn er wütend ist?«, will der Funktionär wissen.

»Da können Sie ganz beruhigt sein, er weiß schon, wie man zuschlägt.«

Wir werden am Mount Meru Hotel abgesetzt, gehen in die Stadt und kaufen etwas zu essen, bevor wir zum Haus der Familie Strand in einem Viertel für Wohlhabende südöstlich des Zentrums laufen. Es ist bereits dunkel.

»Wo schlafen wir?«, frage ich Panos.

»Ich glaube, ich falle bei den Strands ein«, gibt er zur Antwort. Dazu habe ich keine Lust – eine ganze Nacht geile Kerle abwehren.

»Was ist mit den Leimschnüfflern?«

»Die haben wahrscheinlich ein Zimmer im Arusha Hotel.«

Saba-Saba

Wir sind da. Svein und Rune sitzen im Garten, zusammen mit Emerson und Gideon Strand. Sie haben bereits ein paar Bier getrunken, Emerson dreht gerade einen Joint.

»Kommen denn keine Weiber?«, erkundigt sich Svein.

»Sam ist doch hier«, erwidert Emerson.

»Halt bloß die Klappe«, sage ich. Panos hat das erste Bier getrunken und bereits ein weiteres in der Hand. Ihm sind Mädchen egal, Hauptsache, er ist besoffen.

»Gehen wir ins Saba-Saba?«, will Rune wissen.

»Mir egal«, antwortet Panos.

»Na, klar«, erklärt Svein. Wir trinken noch ein bisschen und gehen los. Saba-Saba steht auf Swahili für 77. Es ist ein großes Konferenzhotel, das 1979 zum Treffen der Gruppe der 77 Nationen gebaut wurde. Das

Mount Meru Hotel liegt direkt daneben. Aber im 77 gibt's große Diskoabende, die größten in Arusha. Wir kommen herein, und kaum drei Sekunden später unterhält sich Svein mit ein paar Huren. Rune würde es gern bei mir versuchen, aber glücklicherweise traut er sich nicht. Emerson weiß, dass er keine Chance hat, allerdings vergisst er es, wenn er besoffen ist. Der dreizehnjährige Gideon begrabscht mich unter dem Tisch, bis ich ihm Prügel androhe. Panos kenne ich seit vielen Jahren. Ich hätte das Gefühl, als würde ich einem Bruder einen Zungenkuss geben. Außerdem ist er schwer verliebt in Diana, der Idiot; sie zieht ihn am Nasenring durch die Manege und amüsiert sich darüber mit Truddi, in die er sich vorher verliebt hatte. Ich gehe an die Bar und quetsche mich an Panos' Seite.

»Kannst du Rune um den Schlüssel zu ihrem Zimmer bitten? Sag, du willst da schlafen.«

»Wieso?«

»Ich hab keine Lust mehr auf diesen Laden.«

»Und wieso fragst du ihn nicht selbst?«

»Dann kommt er doch nur mit.«

Panos grinst. Er besorgt mir den Schlüssel und erzählt mir, dass Svein auch einen hat, ich kann also beruhigt schlafen ... Ich nehme ein Taxi, es hat keinen Sinn, allein in der Nacht herumzulaufen. Ich laufe direkt an der Rezeption vorbei – ich bin weiß, natürlich habe ich ein Zimmer. Schließe mich ein. Überlege, ob ich mich in eines der Betten legen soll, aber sie haben das Zimmer bezahlt, also nehme ich mir eine Decke und lege mich ans Fenster auf den Boden.

Tritte

»Nein, ihr müsst draußen warten«, höre ich Svein.

Wo bin ich?

»Scheiße, bin ich müde«, sagt Panos. »Ich will bloß schlafen.«

Arusha Hotel.

»Ich brauch nur zehn Minuten. Dann darfst du auch mal.«

Auf dem Boden? Mit einer Decke über mir.

»Du bist doch krank«, sagt Panos.

Was geht hier vor?

»Fang jetzt endlich an, Svein«, sagt Rune. Die Tür wird geschlossen. Ich bleibe still liegen.

»*Karibu*«, sagt Svein.

»*Lete shilingi*«, fordert eine Frauenstimme – gib mir das Geld. Wer ist das? Das Geräusch von Geldscheinen, die gezählt werden. »*Sawa*«, sagt sie, okay. Das Geräusch von … Kleidung. Die ausgezogen wird. Fuck. Ein wenig Licht dringt von einer Straßenlaterne durch die Gardinen. Ich drehe den Kopf, so dass ich unters Bett sehen kann. Vier Beine. Dann höre ich heftiges Federknirschen vom Bett an der Tür, zwei der Beine sind verschwunden.

»*Njoo bwana*«, sagt die Frauenstimme – komm, Mann. Um Himmels willen, er hat sich eine fette Mama in der Diskothek gekauft und mitgebracht. Sveins Beine verschwinden.

»*Nzuri sana*«, sagt er – sehr gut. Dieser Trottel. Was mache ich jetzt? Meine Augen haben sich an die Dunkelheit gewöhnt. Die Matratzenfedern knirschen, niemand hört, wenn ich mich bewege. Ich stütze mich auf einen Ellenbogen, hebe den Kopf und schaue auf das Bett, wo … Svein hat ihre enorme Brust im Mund, er stöhnt winselnd und stößt zu. Er verschwindet beinahe zwischen ihren gewaltigen Schenkeln.

»*Wewe, fanya kazi!*«, fordert sie ihn auf – los, mach deine Arbeit. Ja, er tut, was er kann. Ich unterdrücke ein Kichern, senke den Kopf in dem Moment, als Svein aufstöhnt. Das hat nicht lange gedauert. Er steht auf, zieht seine Unterhose an, öffnet die Tür und ruft Rune.

Svein sagt irgendetwas auf Norwegisch, als die Mama sich träge erhebt und nach ihrem Kleid greift.

»*Mmoja Mwengine*«, erklärt Svein – noch einer.

»*Sawa*«, erwidert die Mama. »*Lete shilingi ngine.*« Sie ist einverstanden, will aber mehr Geld. Svein sagt, er hätte für alles bezahlt. Sie wird laut und erklärt, er hätte nur für einen Tritt bezahlt. Zwei Tritte kosten fast das Doppelte, aber angeblich hat sie angeboten, bis zum frühen Morgen zu bleiben. Rune sagt irgendetwas auf Norwegisch, seine Stimme klingt nervös, wahrscheinlich, weil die Frau so laut redet. Offenbar hat er kein Geld mehr.

»Okay«, resigniert Svein. Die Mama zieht sich ihr Kleid über den Kopf, steckt die Füße in die Schuhe und geht. Panos kommt herein, schaltet das Licht an. Ich platze vor Lachen.

»WAS SOLL DENN DAS!«, brüllt Svein. Panos kann sich das Lachen ebenfalls nicht verkneifen.

»Also, zu allzu viel bist du ja nicht zu gebrauchen«, sage ich und schaue über die Bettkante. Svein bekommt einen knallroten Kopf. Jetzt fängt auch Rune an zu lachen.

»Was …?«, sagt Svein noch einmal. »Öhh …?« Er greift nach seinen Sachen und rennt aus der Tür, die er fest zuschlägt.

»Oh, Scheiße«, sagt Panos. »Dich habe ich vollkommen vergessen, Sam.«

»Öhm«, meldet sich Rune. »Hast du sie beobachtet?«

»Ja.«

»Tja«, sagt er. Ich berichte ihnen, wie es gewesen ist. Wieder müssen wir lachen. Rauchen eine Zigarette. Legen uns hin. Rune geht noch einmal hinaus und sucht Svein, der wieder hereinkommt und sich in das Bett legt, in dem er die Mama bestiegen hat. Perverses Schwein. Ich glaube, morgen verschwinde ich. Schlafe ein.

Mountain Lodge

Ich wecke Panos. Wir lassen die schlafenden Leimschnüffler allein, gehen zu den Strands und bekommen ein Frühstück.

»Und was hast du jetzt vor?«, erkundigt sich Panos.

»Bis morgen entweder zur Mountain Lodge oder ins Arusha Game Sanctuary.«

»Hast du die Geschichte mit Angela gehört?«, fragt Emerson. Ich zucke die Achseln. »Sie hat ihrer Mutter den Liebhaber ausgespannt, diesen italienischen Großwildjäger, und ist bei ihm eingezogen.«

»Echt?«

»Ja, keine Lüge«, behauptet Emerson. »Erst hat er das Huhn vernascht, dann das Ei.«

Panos geht mit mir in die Stadt. Ich will zu Micks Stiefvater Jerome in seinem Reisebüro.

»Ist Mick zu Hause in der Lodge?«

»Nein, er ist noch immer bei der Wachfirma in Dar. Was führt dich nach Arusha?«

»Ich war hier gestern bei einem Treffen, aber jetzt weiß ich eigentlich nicht so genau, was ich machen soll.«

»Du kannst mitkommen«, schlägt Jerome vor. »Wir haben genug Platz.« Ich sage zu, erleichtert. Wenn nichts weiter los ist, kann ich dort zumindest … abhängen. Samstag ist ein kurzer Tag im Büro; Jerome schließt um zwei, und wir fahren den Mount Merus hinauf.

»Hast du Angela gesehen?«, fragt mich Jerome.

»Nein. Warum?«

»Ach, ich bin nur neugierig.«

Huhn und Ei

In der Lodge ist eine Menge Betrieb, deshalb leihe ich mir Micks kleine Bultaco 125cc und fahre doch zum Arusha Game Sanctuary. Angela ist nicht da, ihre Mutter steht hinter der Rezeption. Ich erkundige mich.

»Ich glaube, sie ist in Arusha.«

»Wo?«, frage ich, obwohl ich weiß, dass sie vermutlich bei dem Ex-Liebhaber ihrer Mutter ist, dem italienischen Großwildjäger – einem Mann mit Appetit auf Huhn und Ei.

»Ich glaube, bei ein paar Freunden«, sagt die Mutter. Sie scheint etwas in meinem Gesicht zu lesen, denn plötzlich sieht sie aus, als würde sie sich nicht wohl fühlen. »Jetzt muss ich aber wieder an die Arbeit«, erklärt sie und dreht sich um.

Zurück in der Lodge schlafe ich eine Stunde und träume, dass ich nackt und mit gespreizten Beinen über Svein hocke, die Hände im Nacken verschränkt, während Svein die dicke Mama bumst. Und dann pisse ich auf die beiden. Erwache sehr glücklich.

Als es dunkel wird, spiele ich mit dem kleinen Anton im Garten, nach dem Abendessen sitze ich mit Sofie im Kaminzimmer. Wir öffnen die große Sansibarkiste, in der die LPs und der Plattenspieler aufbewahrt werden, das Holz riecht stark nach Kampfer. Sofie legt Klaviermusik auf. Sie erkundigt sich, wie es mir geht. Ich erzähle nicht viel, wir hören einfach nur Musik.

Am Sonntag rufe ich in Tanga an. Das Hausmädchen weiß nicht, wo Vater ist. Sie hat ihn schon mehrere Wochen nicht mehr gesehen, Alison übrigens auch nicht. Ich rufe bei Frans in Dar an.

»Vater sitzt im Gefängnis«, erzählt Alison.

»Was? Wieso?«

»Die Militärpolizei hat ihn in Arusha festgenommen, und jetzt sitzt er irgendwo in Dar. Es geht um die Seychellen.«

»Hast du mit ihm geredet?«

»Ja, er hat einen Anwalt. Er ist nicht richtig verhaftet, er wird nur festgehalten, solange sie die Sache untersuchen. Aber er riskiert, rausgeschmissen zu werden.«

»Und ...«, beginne ich einen Satz, breche aber ab.

»Er behauptet, er hätte mit seiner Familie Ferien gemacht. Ich rufe dich in der Schule an, sobald sich etwas Neues ergibt«, verspricht Alison.

»Hast du mit Victor geredet?«

»Victor? Weshalb?«

»Na ja ... vielleicht weiß er etwas?«

»Keine Ahnung, wo der steckt«, erwidert Alison. Wenn Vater des Landes verwiesen wird, verliere ich meine Aufenthaltsgenehmigung. Ich bin siebzehn und kann ohne Arbeit unmöglich im Land bleiben. Ich könnte nicht einmal heiraten, selbst wenn ich jemanden hätte, der mich heiraten wollte.

Regelbruch

In der Schule laufe ich in meinem Nebel herum. Die ältesten Schüler brechen sämtliche Regeln. Sie absolvieren bald die abschließenden Examina der zwölften Klasse und wissen, dass man jetzt nicht mehr wegen jeder Kleinigkeit fliegt; die Schule braucht einen ordentlichen Prozentsatz erfolgreicher Absolventen, um neue Schüler anzulocken. Wir hören von mehreren Fällen: Salomon ist ständig *stoned* und wird mit einer Riesentüte *bhangi* auf seinem Zimmer erwischt. Er hat schon immer geraucht, aber jetzt ist es geradezu fahrlässig. Alle wissen, dass man bei den Strand-Brüdern *bhangi* kaufen kann; sie züchten es auf der Farm ihrer Eltern in der Nähe von Arusha. Alwyn verkauft ebenfalls, sein Vater betreibt eine Rinderfarm am West-Kilimandscharo. Die Strands und Alwyn, die großen Bauern. Wie auch immer: Salomon wird erwischt, fliegt aber nicht raus. Er ist der Sohn des äthiopischen Botschafters. Aziz wird mit einem einheimischen Mädchen auf seinem Zimmer ertappt. Jarno wird schnarchend und sternhagelvoll auf dem Flachdach des Kishari-Hauses gefunden. Die Geschichten sprechen sich herum. Keiner von ihnen muss die Schule verlassen, also fangen auch die Burschen im Kijito- und Kijana-Haus an auszuflippen.

Ich werde zu einer Gardinenpredigt ins Büro gerufen.

»Du stehst in fast allen Fächern schlecht, Samantha«, beginnt Owen. »Deine Jahresnoten sind miserabel. Es ist sehr zweifelhaft, ob du es schaffst, die ganzen schriftlichen Arbeiten, die dir noch fehlen, nachzureichen und benoten zu lassen. Und wenn sie nicht vorliegen, können wir dich nicht zum Examen zulassen. Alles deutet darauf hin, dass du die zehnte Klasse wiederholen musst.«

»Jawohl, ja.«

»Was meinst du?«, fragt Owen nach. Ich weise über die Schulter nach hinten: »Ich werde sofort auf mein Zimmer gehen und mit den Aufgaben anfangen.«

»Viel Glück«, wünscht er mir.

»Ebenfalls«, erwidere ich. Und versuche verzweifelt, die Arbeiten zu erledigen. Wirklich. Aber es ist schwer.

Fünf große Sünden

Am Donnerstag werden alle Internatsschüler, die im Teenageralter sind, in die Karibu Halle gerufen. Owen spricht über Disziplin und die fünf Sünden: Sex, Glücksspiel, Drogen, Alkohol und Diebstahl.

Niemand veranstaltet Glücksspiele, worum sollten wir auch spielen? Und womit? Und richtige Drogen gibt's hier auch nicht. Alkohol, Sex und *bhangi* – ja, okay, so ein bisschen. Diebstahl … natürlich habe ich eine Jeans von Truddi aus dem Wäschehaufen geklaut, aber nicht, weil ich die Hose brauchte, ich wollte sie nur ärgern. Und als ich sie in der Stadt verkaufte, habe ich von dem Geld auch nicht viel gehabt, man kann sich hier ja nichts kaufen. Okay, ich hab's schon ausgegeben, aber es hat gedauert.

»Wir alle wollen hier zusammen leben, und die Lehrer sollen nicht die Polizei sein. Aber wenn die Schüler sich nicht untereinander kontrollieren und gegenseitig mäßigen, dann sind wir gezwungen, die Schrauben ein wenig fester anzuziehen. Ihr müsst verstehen, dass eure Eltern der Schule die Verantwortung für euch übertragen haben, und das nehmen wir im Lehrerkollegium sehr ernst. Und dieser Verfall der Disziplin, den wir in der letzten Zeit beobachtet haben, wird künftig nicht mehr toleriert werden. Es wird zu Hausarrest, Verwarnungen, Suspendierungen und – im schlimmsten Fall – zum endgültigen Verweis von der Schule kommen.«

Transport

Adella ruft mich ans Telefon im Aufenthaltsraum des Kilele.

»Ja?«

»Hey, Süße«, meldet sich Victor. »Ich bin auf dem Weg nach Kampala. Willst du mit?« Ich zögere eine Sekunde.

»Nein«, sage ich dann. »Ich habe bald Lernferien, danach kann ich endlich die Schule beenden.«

»Und wo verbringst du deine Lernferien?«

»Vielleicht in der Mountain Lodge oder zu Hause in Tanga. Aber ich glaube, eher in der Mountain Lodge.«

»Okay, Süße, ich versuche, dich auf dem Rückweg anzurufen. Dann können wir uns sehen.«

»Äh, weißt du, was mit meinem Vater passiert?«

»Entspann dich. Da passiert gar nichts. Die Leute in der Regierung brauchen ihn«, meint Victor.

»Wozu?«

»Er arbeitet in den Trainingscamps des ANC in Tansania – mit Billigung der Regierung.«

»Aber sie würden ihn doch rausschmeißen, wenn sie sicher wären, dass er irgendetwas auf den Seychellen plant, oder?«

»Nein. Jetzt wissen sie doch, was sie von ihm zu halten haben. Ich bin in einem Monat zurück und versuch, dich zu erreichen.«

»Ja, okay.«

Baltazar

Eines der indischen Mädchen erscheint zum Tennis in den richtigen weißen Klamotten: langärmliges Shirt, lange Hose und weiße Tennisschuhe. Es ist diese kleine Göre, Naseen, die eigentlich gar nicht mehr zum Tennis kam. Jetzt will sie tatsächlich spielen lernen. Die anderen Inderinnen tragen noch immer Sari und hochhackige Sandalen. Parminder, ihre Anführerin, schimpft mit Naseen. Aber Naseen ist es egal. Sie kommt auf den Platz und versucht, den Ball zu treffen.

»Das hab ich gleich gesagt«, rufe ich ihr zu.

»Was?«

»Du bist eine Tennisspielerin.« Ich schlage einen so harten Ball, dass sie sich einen Fingernagel abbricht, aber sie spielt weiter. Klasse. Aus den Augenwinkeln sehe ich Baltazar auftauchen.

»Sieht gut aus, Samantha«, sagt er auf der anderen Seite des Zauns. Er hat die Hände in den Maschendraht geflochten. Naseen sieht überrascht und verstohlen zu ihm hinüber.

»Ich weiß, dass ich gut aussehe«, erwidere ich und wippe von einem Fuß auf den anderen, während ich auf Naseens Aufschlag warte. Baltazar setzt sich ins Gras und guckt sich das Spiel an.

»Klasse«, kommentiert er, als ich mit einem scharfen Passierschlag erwidere.

»Was machst du eigentlich hier, Baltazar«, frage ich, ohne ihn anzusehen.

»Ich will dich spielen sehen.«

»Nein. Was willst du wirklich?«

»Ich möchte ... mit dir reden.«

»Dann rede.«

»Wenn du fertig bist«, sagt er. Ich zucke die Achseln und spiele weiter.

Nach Spielende gehe ich zu ihm.

»Was ist?«

Baltazar antwortet mit einer Handbewegung in Richtung Felder. »Wollen wir eine Zigarette rauchen gehen?«

»Nein. Was willst du?«

»Na ja, ich ...«, beginnt er und gerät ins Stocken.

»Ich will nicht mit dir zusammen sein«, komme ich ihm zuvor. »Niemals.«

Dann drehe ich ihm den Rücken zu und wackele davon, damit er sieht, was ihm entgeht. Trottel.

Minenfelder

Hausaufgaben, Hausaufgaben, Hausaufgaben. Panos hat keine Zeit, ein bisschen abzuhängen; er ist mit Diana zusammen, und sie hält mich für eine Psychopathin. Ich habe dermaßen viel Schulstoff nachzuholen … und dazu kommen noch all die schriftlichen Aufgaben, die ich nicht abgeliefert habe, außerdem die Arbeiten, die mir zur Korrektur zurückgegeben werden. Sie müssen angenommen werden, bevor ich mein Examen machen kann, und viel Zeit ist nicht mehr bis zu den Lernferien.

Jeder Tag ist ein Minenfeld voller Probleme. Heute kann ich mich lediglich auf die Englischstunde freuen, denn Cooper ist ziemlich cool. Doch dann erscheint Owen als Vertretung – Cooper musste als Zeuge vor Gericht, wegen des Versuchs, seine Jeans zu stehlen. Es ist drei Monate her, aber so lange hat der Dieb im KCMC um sein Leben gekämpft. Jetzt kann er vor einem Richter erscheinen.

Ich rufe Alison an, die wieder in Tanga ist, und erkundige mich, ob Vater entlassen wurde. Ja, er ist draußen, keine Probleme. »Offenbar schuldete ihm ein *bwana mkubwa* in der Regierung einen Gefallen, denn er darf im Land bleiben.«

»Vielleicht hat er sich freigekauft?«

»So viel Geld hat er zurzeit nicht.«

»Bleibst du in Tanga? Dann würde ich in den Lernferien gern kommen. Aber wenn nicht … Vaters Nutte halte ich nicht aus.«

»Mal sehen«, erwidert Alison. Ich muss abwarten. Ich pauke die Hausaufgaben, aber … wenn doch alles darauf hinausläuft, dass ich in England lande? Ich habe keine Ahnung, was ich machen soll.

Am nächsten Tag ist Cooper wieder da.

»Haben sie den Hosendieb ins Gefängnis gesteckt?«, fragt ihn Panos.

»Ja«, seufzt Cooper. »Es war ziemlich bizarr.« Er schaut über die Klasse und berichtet: »Der Richter fuhr in einem Mercedes vor, der fünf

Mal so viel kostet, wie sein offizielles Jahresgehalt beträgt. Und im Gerichtssaal konnte ich den Dieb nicht mal identifizieren. Als ich ihn ins KCMC gebracht habe, war sein Gesicht voller Blut und Staub. Im Saal aber saß ein sauberer Mann mit Krücken und Narben im ganzen Gesicht, ein Arm lag in Gips.«

»Wie lange hat er bekommen«, fragt Panos nach.

»Ein Jahr Gefängnis. Klau ein bisschen, und sie schmeißen dich ins Gefängnis; klau 'ne Menge, und sie machen dich zum König.«

»Haben Sie ihre Hose wiederbekommen«, will ich wissen.

»Nein«, erwidert Cooper mit einem schiefen Lächeln. »Das Beweismaterial war auf wundersame Weise aus dem Polizeirevier verschwunden. Vielleicht ist sie spazieren gegangen.«

Henry hebt den Arm, sein Vater ist mit dem Regionalkommissar befreundet: »Wollen Sie damit andeuten, dass die Polizei korrupt ist?« Henrys Schulgeld jedenfalls wird eindeutig durch massive Korruption beschafft.

»Ich deute überhaupt nichts an«, erklärt Cooper. »Ich erzähle nur, was passiert ist.«

Ein paar Tage später hören wir, dass Owen zu einem Gespräch mit dem Regionalkommissar musste, der ihn zurechtwies, weil seine Lehrer andeuten, das sozialistische tansanische Rechtssystem sei korrupt. Der Regionalkommissar soll damit gedroht haben, dass Cooper die klassischen vierundzwanzig Stunden zugebilligt bekäme, um das Land zu verlassen. Ein Vorgehen, das Tansania sich von der Sowjetunion abgeguckt hat. Es blieb bei der Drohung, vermutlich hat Owen beim Schulgeld einen Nachlass gewährt.

Bauernfängerei

Als ich nach der letzten Stunde zum Kilele komme, sitzt Alison auf einer Bank vor dem Haus.

»Willst du mit ins Tanzanite?«

»Ja, natürlich!« Ich umarme sie. Sie ist aus Tanga gekommen. Sonntag wird sie Frans am Kilimanjaro Flughafen treffen, sie fliegen eine Woche nach Holland, um Alison seiner Familie vorzustellen. Ich beeile mich mit dem Packen. Alison war bereits bei Owen und hat ihm mitgeteilt, dass ich das Wochenende mit ihr verbringe. Bestimmt hat Owen sich darüber ausgelassen, wie verschieden wir sind, und Alison gebeten, mir ein bisschen von ihrem Ordnungs- und Arbeitssinn zu vermitteln. Sie hat sich in der Schule immer benommen.

»Ziehst du danach zu Frans?«, frage ich sie auf der Fahrt nach Arusha.

»Ja. Also, Frans weiß noch nicht, dass ich das Tempo ein bisschen erhöhe, weil Halima bei uns eingezogen ist. Aber jetzt kann sie ja das Hotel für Vater führen. Clever genug ist sie, Samantha.«

»Was meinst du?«

»Sie hat den Alten an der Nase herumgeführt. Sie war überhaupt nicht schwanger, als sie es behauptet hat.«

»Hat sie das nur gesagt, um ins Haus zu kommen?«

»Nein, nein, sie hat's schon ein bisschen geschickter angestellt. Sie hat es gesagt, um zu sehen, wie er reagiert. Und er hat sie ins Haus geholt. Na ja, und jetzt hat sie dafür gesorgt, dass sie tatsächlich schwanger ist.«

»Wie?«

»Samantha, man kann nur einmal schwanger werden. Und als Vater dachte, Halima sei schwanger, gab es keinen Grund mehr, ein Kondom zu benutzen. Er konnte einfach abspritzen. Und so wurde sie schwanger …«

»Meine Herren … weiß Vater das?«

»Ja, er sagt selbst, dass es so ablief.«

Alison grinst.

»Findet er das lustig?«

»Na ja, so etwas respektiert er – dass sie ihn drangekriegt hat. Tja, der Mann ist schon eigenartig.«

»Findest du es denn komisch?«

Alison wird ernst.

»Mutter hat ihn verlassen. Das ist jedenfalls besser für sie.«

»Wenn es stimmt, was du sagst, und er jahrelang alles flachgelegt hat, was nicht rechtzeitig auf den Bäumen war, warum ist er dann so lange mit Mutter zusammengeblieben?«

»Er wollte uns auf einem guten Weg sehen, und sie hat dafür gesorgt.«

»Ich bin auf keinem guten Weg.«

»Nein, vielleicht nicht«, meint Alison. »Aber du kannst bei Mutter wohnen, wenn du nach England kommst.«

»Aber dazu habe ich keine Lust.«

»Ich weiß. Aber du könntest etwas lernen und hinterher wieder herkommen, so wie ich.«

»Wie?«

Alison seufzt.

»Samantha, du fragst ständig: Was passiert jetzt? Mit mir, mit dir, mit … allem. Ich weiß es nicht. Ich weiß nur, dass wir Vater nicht mehr brauchen. Er wird sicher bezahlen, wenn du bis zur zwölften Klasse in der Schule bleiben willst, und du kannst auch bei uns in Dar wohnen, wenn du Ferien hast. Aber anderenfalls fliegst du nach England. Ich freue mich jedenfalls, dass Mutter abgehauen ist. Wäre sie in Tanga geblieben, hätte die Sauferei sie umgebracht.«

Ich habe noch nichts von Victor gehört, und bald sind Lernferien.

Gegenbefehl

Vom Tanzanite fahren wir zur Mountain Lodge. Alison vereinbart, dass ich in den Lernferien dort wohnen kann.

»Ich schreibe Vater eine Notiz, damit er Bescheid weiß«, sagt sie.

Frans kommt bereits Samstagabend.

»Ich soll von Mick grüßen. Auch dich, Samantha.«

»Danke.«

»Er hat einen guten Job. Und er spart, um seine eigene Werkstatt in Arusha zu eröffnen.«

»Ich weiß.«

Am Sonntag fahre ich mit Alison und Franz nach Moshi. Sie setzen mich an der Abzweigung zum Flughafen ab. Ich stehe am Straßenrand, wo die Busse halten, und sehe ihrem Auto lange nach. Alison auf einer Spritztour nach Holland. Weit weg. Sie hat den Vogel abgeschossen. Und ich?

Einige Tage später ruft Vater an.

»Du verbringst deine Lernferien nicht in der Mountain Lodge«, erklärt er.

»Wieso nicht?«

»Du kommst nach Tanga.«

»Ich will aber nicht nach Tanga. Alison ist in Holland, und in Tanga, da ist doch nur … diese …«

»Hier geht es nicht darum, was du willst. In unserer Familie kommen wir allein zurecht und schnorren uns nicht durch die Gastfreundschaft anderer Leute. Ich habe in der Lodge angerufen und mitgeteilt, dass du nicht kommen wirst. Und wage ja nicht, trotzdem dorthin zu fahren.« Vater lässt die Worte drohend im Raum stehen. »Ist das klar?«

»Kommst du mich denn holen?«

»Nein, du kannst den Bus nehmen.«

»Aber du bist … in Tanga?«

»Ich weiß es nicht … vielleicht.«

»Wieso kann ich nicht ebenso gut in der Lodge wohnen?«

»Du tust jetzt, was dir gesagt wird!« Er knallt den Hörer auf.

Ich gehe zu Christian, aber das Haus steht leer. Sein Vater hat eine neue Arbeitsstelle in Shinyanga. Vielleicht ist Christan dort, vielleicht ist er aber auch schon nach Dänemark geflogen.

Handarbeit

Die Strand-Brüder veranstalten zum Beginn der Lernferien eine Fete im Haus ihrer Eltern. Ich gehe hin. Tazim und Truddi sind nicht da – sie sind sofort nach Hause gefahren, um zu lernen. Aber die anderen sind dort: Diana, Panos, Baltazar, Stefano und die Leimschnüffler. Musik dröhnt aus dem Wohnzimmer. Ich habe ein paar Drinks getrunken und stehe mit dem Rücken zur Wand auf der Veranda. Ich rauche etwas von dem harten Arusha-*bhangi* der Strand-Brüder – es geht direkt ins Gehirn. Baltazar stellt sich dicht neben mich, ich spüre seinen Schwanz an meiner Hüfte.

»Na, vermisst du mich immer noch?«, frage ich ihn.

»Wenn ich nicht in deiner Nähe bin, Samantha, dann ist das wider die natürliche Ordnung«, erklärt er. Ich lasse meine Hand sinken und drücke seinen Schwanz durch die Hose.

»Ja, die Ordnung der Natur ist hart.«

»Wollen wir verschwinden?«

»Hast du etwa Interesse an Handarbeit?«

»Mich interessiert alles an dir«, sagt Baltazar und saugt an meinem Ohrläppchen.

»Vergiss es.« Er fängt an, meine Schenkel zu streicheln, die Hand gleitet zum Schritt.

»Nur ein wenig Handarbeit«, bettelt er. Ich schlucke.

»Gegenseitig«, sage ich. »Erst du.«

Er steckt die Hand in mein Höschen, macht es mir mit dem Finger, versucht, mich auf den Mund zu küssen. »Nein«, wehre ich ab. »Kein Geküsse.« Ich starre in der Dunkelheit vor mich hin, genieße die Berührung, die Bewegung. Baltazar … er ist mir egal. Ich schaff es fast. Es ist genug. Ich schiebe seine Hand beiseite.

»Lass uns in den Garten gehen.«

Baltazar folgt mir. Am Ende des Gartens drehe ich mich um, er kommt zu mir, ich hole seinen Schwanz heraus, fange an, ihn zu wichsen. »Magst du das?«

»Oh ja«, stöhnt er. Ich mache weiter, er kommt nicht. Vielleicht ist er zu besoffen. Mir wird das Groteske der Situation klar: Ich stehe am Ende eines dunklen Gartens und fummele an dem steifen Glied eines Jungen herum. Fast hätte ich laut losgelacht.

Plötzlich liegen seine Hände auf meiner Schulter, er stößt mich zu Boden, ist über mir.

»Lass das!«, rufe ich und schubse seinen Oberkörper von mir. Seine Hände packen meine Arme, eine Hand greift um meine Handgelenke, die andere Hand presst sich zwischen meine Beine.

»Nein, Baltazar, hör auf!«

»Ich will mit dir schlafen.«

»Ich will nicht!«, schreie ich, lege den Kopf in den Nacken, um ihn zu beißen, aber er zieht seinen Kopf weg, zerreißt meinen Slip und spreizt die Beine mit seinem Knie. »HILFE, verdammt! HILFE!« Niemand hört mich bei der Lautstärke der Musik. Baltazar drückt mein Bein mit seiner freien Hand nach außen, ich versuche, ihm mein Knie in die Seite zu rammen, habe aber nicht genügend Kraft. Ich winde mich, so gut ich kann.

»Lieg still, du Nutte!«, zischt er und schlägt mir hart auf den Mund.

»Hör auf. Bitte.«

»Du willst es doch auch gern.« Ich spüre seinen Schwanz an meinem Schenkel, ich bin jetzt ganz trocken, kalt. Und ich sehe ... Bewegungen hinter ihm.

»Hilf mir!«, schreie ich. Die Gestalt kommt näher. Stefano. Er geht mit Shakila, aber sie ist nicht hier, soweit ich weiß. Vielleicht sind sie auch gar nicht mehr zusammen. »Hilf mir, Stefano!« Er bleibt stehen. »Hilf mir doch endlich!«, brülle ich – ein brutaler Schmerz jagt durch meinen Unterleib.

»Fick dich, Sam«, sagt Stefano grinsend.

Baltazar stöhnt: »Ich bin grad dabei, Mann.«

Stefano bleibt ungerührt stehen. Ich lasse meinen Körper schlaff werden. Baltazar pumpt mich, er fängt an, lebhafter zu werden, vergisst sich. Ich bekomme einen Arm aus seinem Griff und knalle die Handwurzel auf seinen Adamsapfel. Er fällt zur Seite, ich springe auf, zwei Schritt zurück. Baltazar umfasst seinen Hals, er bekommt keine Luft. Stefano schaut mich an. Ich weiß nicht einmal, was ich sagen soll, ich drehe mich um und renne durch die Straßen davon. Zum Mount Meru Hotel in mein Zimmer.

Es lässt sich nicht abspülen, egal, wie lange ich unter der Dusche stehe.

Baseballschläger

Kurz darauf klopft es an meiner Tür. Ich reagiere nicht.

»Sam?« Es ist Panos. »Bist du da?« Ich öffne die Tür. »Wo bist du gewesen? Was ist passiert?«, will er wissen, als er mein Gesicht sieht. Meine Unterlippe ist geschwollen.

»Ich ...« Ich beginne zu schluchzen.

»Erzähl es mir, Sam, war es Baltazar?«

»Ja.«

»Und du hast zurückgeschlagen«, sagt Panos grinsend. »Er hat richtige Halsschmerzen.« Panos kommt mit ausgebreiteten Armen auf mich zu, will sie um mich legen.

»Lass mich!« Ich wende mich ab, ein Schluchzen steigt den Hals hinauf.

»Was ist denn? Was ist passiert?«

Ich schaue ihn an: »Er hat mich vergewaltigt. Begreifst du das denn nicht, Panos? Er hat mich unten im Garten vergewaltigt. Und Stefano stand daneben und hat zugesehen. Ich habe um Hilfe gerufen, aber er hat nichts unternommen. Er hat nur daneben gestanden, als Baltazar mich auf dem Rasen vergewaltigte.« Panos sieht mich an.

»Wieso hast du mich nicht geholt?«

»Wie sollte ich dich denn holen?«, heule ich. Zwinge mich selbst, tief durchzuatmen. »Ich konnte mich nicht befreien.«

»Hinterher.«

»Panos, all diese Leute denken, ich sei eine Hure. Sie hätten gelacht. Sie hätten gesagt, es wäre meine eigene Schuld, ich hätte es verdient.«

»Bist du okay?«

»Nein.«

»Ich muss runter an die Bar und Diana holen, aber … sollen wir hochkommen?«

»Nein«, sage ich. »Geh schon und hol Diana. Ich fahre, sobald es hell wird.«

»Aber …«

»Geh einfach.« Ich schiebe ihn aus der Tür.

»Ich regele das für dich, Sam«, verspricht er. Ich antworte nicht. Er kann das nicht für mich regeln, es ist zu spät. Ich krümme mich auf dem Bett zusammen.

Anderthalb Stunden später kommt Panos zurück. Ich öffne. Diana steht auf dem Flur, ein paar Meter hinter ihm. Sie sieht blass aus.

»Baltazar ist verschwunden«, berichtet Panos. »Stefano … ich glaube nicht, dass er in der nächsten Zeit in die Schule kommen wird.«

»Was hast du getan?«

Diana sieht uns müde an: »Er hat Stefano mit einem Baseballschläger verprügelt.«

»Und was machen wir mit Baltazar?«, fragt Panos.

»Ich weiß es nicht.«

Als es hell wird, gehe ich zum Haupteingang und nehme einen Bus nach Tanga.

Streicher

»Dein Vater sagt, dass du arbeiten sollst. Du bist kein Gast des Hotels«, erklärt mir Halima. »Wenn du hier bleiben willst, musst du arbeiten.« Sie thront in einem feinen Kleid über dem schwangeren Bauch in der Küche und scheucht die Köche herum.

»Du hast mir überhaupt nicht zu sagen, was ich zu tun und zu lassen habe.« Ich packe mir etwas zu essen auf ein Tablett.

»Dein Vater sagt es.«

»Mein Vater redet viel Scheiße, das wirst du mit der Zeit auch schon noch mitkriegen.« Ich drehe ihr den Rücken zu und trage meinen Teller hinaus, zittere innerlich, die Knie beben, in der Nase bildet sich Rotz. Verflucht. Keine Briefe von Mutter. Das Telefon ist tot. Vater ist nicht zu Hause, und niemand weiß, wann er zurückkommt. Alison ist nach Dar gefahren, um bei Frans zu sein, ich bin ihr egal. Und Victor kommt auch nicht wie versprochen vorbei.

Halima teilt mir mit, dass ein Christian angerufen habe, aber jetzt sei er nach Europa geflogen. Ich schreibe ihm einen Brief. Dass ich Lust hätte, mir das Leben zu nehmen, dass ich das Leben, die Welt und alle Menschen hasse.

Ich habe Lernferien. Ich habe es versucht, ich kann nicht eine Zeile lesen. Nichts sagt mir etwas. Ich kann auch nicht essen, nur Cola trinken und Zigaretten rauchen. Mir ist übel vor Hunger. Wenn ich etwas hinunterbekomme, muss ich aufs Klo und mich übergeben. Kopfschmerzen. Ich kann nicht … ich fühle mich innerlich unsauber; ich will nicht, dass man mir Dreck in den Körper gepumpt hat, schleimig, ächzend, ätzend, hässlich. Kein Wasser, und mein Haar ist fettig, die Zigaretten sind schleimiger Tang und Diesel auf meiner Zunge. In der brennenden Sonne knirschende Ablagerungen von Salz an den Augen.

Ein Auto taucht auf dem Hof auf und hupt. Ich hebe die Gardine und schaue hinaus. Polizei. Ein Kellner kommt angelaufen. Die Polizisten fragen ihn etwas. Er zeigt auf meinen Bungalow, sie gehen in meine Richtung. Ich ziehe mir hastig eine lange Hose an. Es klopft an meiner Tür. Ich öffne.

»Was ist?«, frage ich und kneife die Augen zusammen.

»Samantha Richards?«, fragt einer von ihnen.

»Ja.«

»Wir suchen einen Panos Kloukinas. Ist er hier?«

»Nein.«

»Weißt du, wo er ist?«

»Nein.«

»Hält er sich in Tansania auf?«

»Ich weiß es nicht, vielleicht.«

»Bist du sicher? Es ist strafbar, einen Flüchtigen vor der Polizei zu verstecken.«

»Ich wüsste selbst gern, wo er ist«, erwidere ich.

»Okay«, sagt der Polizist. Stefanos Vater würde ihm weit mehr bezahlen, wenn er Panos fände, aber der Polizist hat allein mit dem Versuch ein paar Tageslöhne extra verdient. Wer weiß, was Panos an diesem Morgen getan hat? Wo ist er hin?

Ich trinke K.C. – mehr Konyagi als Cola. Die Nutte ist unterwegs. Finde mehr Konyagi. Hole die Tablettengläser aus Mutters Schrank. Bringe sie in meinen Bungalow, konzentriert, meine Beine gehorchen mir nicht richtig. Schütte die Tabletten in die Cola. Kann nicht einmal weinen. Seht, was ihr anrichtet. Das Tonbandgerät spielt Reggae. Ich schlucke. An der Wand knurrt ein Gecko, die Zikaden geben die schnarrenden Streicher, ein leichter Wind bläst, und ich sage nicht einmal auf Wiedersehen, denn es gibt nichts, was zu verabschieden wert wäre. Spüre, wie die Chemikalien ihre Wirkung entfalten, döse, die Rückenmuskeln werden bleischwer, der Rest ist graue Sahne, die zu Staub zerfällt; kann meine Arme nicht bewegen – hätte gern eine letzte Zigarette. Wie konntet ihr mir das antun? Seht ihr es jetzt? Was ihr spürt, ist das, was ihr spüren sollt; das Resultat von … Ihr wisst, dass ihr mich liebt. Ihr habt es nur vergessen. Der Körper löst sich auf, das Fleisch fällt von den Knochen, die Haut vom Fleisch, die Haare von der Haut – schweben, während das Gewicht der Knochen sich langsam durch die Matratze zwingt; das Fleisch blüht rot auf, verfaulend. Die Augen werden dunkel.

Rostrot

Brennend. Den Hals hinauf. Stäbchen klopfen in meinem Mund, ich würge im Dunklen, Galle steigt auf, ätzend. Meine Muskeln verkrampfen. Da ist eine Stimme, eine Frau.

»Sie muss das jetzt trinken.« Mein Oberkörper wird angehoben, fällt zurück in Arme, die mich auffangen. Licht sticht in meine Augen. Kühle Flüssigkeit wird mir in den Mund gegossen. Der Hals ist geschlossen, sauer. Es läuft übers Kinn, zwischen die Brüste. »Halt ihr die Nase zu.« Grobe Finger an meinem Gesicht, und ich ertrinke – kann nicht … ich muss schlucken, aber der Fluss hört nicht auf, muss ausspucken, schlucken, Luft schnappen. Werde erdrosselt, ertränkt, trinke, schlucke, atme. »Sie soll sich übergeben«, sagt die Frauenstimme. Finger stochern in meinem Hals, der sich zusammenzieht, der Magen verkrampft, Flüssigkeit schießt aus meinem Hals – saurer chemischer Gestank.

Mein Kopf ist durchbohrt von dicken rostigen Eisenstangen, der Körper schmerzt, schwer, träge, grau. Eine Hand auf meiner Stirn, der Geruch von Mottenkugeln gemischt mit einem frisch gebügelten und mit Rosenwasser getränkten Baumwollkleid. Betelnuss. Zwinge die Augenlider auseinander, Schorf löst sich; das Bett meiner Mutter, ein Inder im Anzug und Stethoskop fasst mir an die Stirn. Mundwinkel und Unterlippe leuchten rot. Doktor Jodha. Halima kommt ins Zimmer.

»*Tsk*«, schnalzt sie, dreht sich um und geht. Ich schaue ihr nach. Sie kommt wieder herein. Sieht mich an.

»Ich …«, bringe ich heraus, kein weiteres Wort.

»Du musst dich jetzt ausruhen«, sagt der Arzt. Die Zähne bräunlich, rostrot.

»Blödes Gör«, sagt Halima. »Du verschwindest hier, sobald du wieder gehen kannst.«

»Ja«, antworte ich. Sie kommt mit einer dicken Suppe, füttert mich mit einem Löffel. Ich kann ihre warme Haut riechen.

»Du glaubst, alles dreht sich um dich«, sagt sie. »Aber es gibt noch andere Menschen auf der Welt.« Ich schlucke die Suppe. Es geht um mich – es ist für mich. Aber ich kann nicht reden. Die Scheiße läuft aus mir heraus, ich weine, schließe die Augen, komme nicht damit klar, dass sie mich so sieht.

Drei Tage bleibe ich im Bett, dann kann ich mich bewegen und unter die Dusche gehen. Eine Zigarette rauchen.

»Was soll ich mit dir anfangen?«, fragt Halima.

»Ich fahre nach Dar.«

»Wann?«

»Morgen.«

»Okay. Ich fahre dich in die Stadt und kaufe dir ein Ticket für den guten Bus.« Sie steht auf. Nichts weiter. Ich gehe langsam zum Bungalow, zwinge mich, allein zu gehen und meine Sachen zu holen. Gehe zurück ins Haus. Sitze den größten Teil der Nacht auf der Veranda. Es ist das letzte Mal, das ich hier sein werde, so viel ist sicher. Auf Wiedersehen, Baobab Hotel. Halima fährt mich zum Bus.

»Pass auf dich auf, blödes Gör«, sagt sie.

»Ebenfalls, blöde Tante«, erwidere ich. Steige ein, setze mich. Fahre.

Glückwunsch

Mit dem Taxi durch Daressalaam, über die Selander Bridge auf die Msasani-Halbinsel. Korallen, Sand, das Rauschen des Meeres. An der Spitze liegt der Yachtklub. Ich fahre am Botschaftsviertel vorbei, dorthin, wo die gewöhnlichen Reichen wohnen. Es ist später Nachmittag. Ich habe Bauchschmerzen. Ich hoffe, Alison nimmt mich freundlich auf.

Wir sind da, ich gehe zur Vordertür.

»Alison?«, rufe ich. Sie kommt aus dem Garten. Strahlt.

»Samantha! Wieso hast du nicht angerufen?«

»Ich bin krank.«

»Aber, Liebes, komm doch rein. Was ist passiert?«

»Der Bauch«, sage ich. »Aber wie geht's dir?«

Alison fängt an zu kichern, schaut mich an, wendet den Blick ab, schaut mich wieder an.

Sie führt mich durch den Garten und das Haus. Frans hat alles, was man braucht: Stereoanlage, europäische Möbel, Carlsberg im Kühlschrank. Alison hat mir tolle Klamotten aus Holland mitgebracht. Wir setzen uns ins Wohnzimmer, um der Hitze zu entgehen. Sie schaut träumerisch auf ihre Hand. Ich folge ihrem Blick. Ein Ring – mit einem Tansanit-Stein.

»Hast du den in Holland gekauft?«

»Frans hat ihn mir geschenkt. Er hat den Stein in Holland schleifen lassen. Mick hat ihn besorgt.«

»Wieso hat er ihn dir geschenkt? Ist das so etwas wie ein ... Verlobungsring?«

Alison seufzt. »Sei mir jetzt nicht böse, aber ... wir haben in Holland geheiratet.«

»Nein, nein!« Ich umarme sie. »Herzlichen Glückwunsch! Das ist doch toll. Bist du glücklich?«

»Ja«, sagt Alison erleichtert. »Ja, das bin ich. Ich weiß nur ... Ich habe Mutter angerufen und es ihr erzählt, sie war ein bisschen enttäuscht. Und ich weiß, dass Vater kotzwütend wird, aber ... wenn Vater in der Kirche gestanden und mich zu Frans geführt hätte ... ich fand das einfach total krank.«

»Ist doch egal. Das war deine Hochzeit, nicht ihre.«

»Bei ihnen hat's ja auch nicht funktioniert.« Wir müssen lachen.

»Hat Frans dich über die Schwelle ins Brautbett getragen?«

Alison kichert. »Ja, das hat er tatsächlich gemacht.«

Es gelingt mir, mich nicht zu verraten, sie sieht nichts. Frans ist ein KLM-Mann. Er hätte mir durchaus ein Flugticket besorgen können. Es hätte ihn wahrscheinlich nicht einmal etwas gekostet. Er will mir Alison einfach nehmen. Und sie ist damit einverstanden. Ich verstehe ja, dass Alison ihre neue Familie nicht mit unseren Eltern besudeln will. Aber ich ... es ist ein Schlag ins Gesicht. Halt dich fern von unserer neuen Familie, wir wollen jegliche Ansteckung vermeiden. Ich frage nicht, ob Frans' Familie dabei war, natürlich waren sie es.

»Bist du schwanger?«

»Wir arbeiten daran«, erwidert sie lachend.

Schatten

Vater. Es kann nicht mehr lange dauern, bis er auftaucht, aber ich schaffe es einfach nicht, Alison zu erzählen, was passiert ist. Sie atmet tief ein. Seufzt.

»Was ist mit deinem Examen?«

»Ich kann nicht lernen.«

»Soll ich in der Schule anrufen und ihnen mitteilen, dass du krank bist? Dann kannst du es vielleicht nachmachen.«

»Ich weiß nicht.«

Frans arbeitet viel, und auch sonst lässt er mich in Ruhe. Alison ist damit beschäftigt, den Markt für Reiseagenten zu sondieren. Sie will verschiedene Spezialtouren durch Tansania organisieren, die von englischen Reisebüros als Teil größerer Reisen angeboten werden sollen. Sie setzt auf die südliche Safariroute, wo es weniger Verkehr gibt, außerdem ist die nicht so gleichförmig wie die nördliche Route. Und natürlich Sansibar.

Ich liege meist im Bett oder sitze auf einem Stuhl auf der Veranda. Nach ein paar Tagen kommt Alison aus der Stadt und schaut mich eigenartig an.

»Was ist das für eine Geschichte mit Stefano?«

»Was soll mit Stefano sein?«

»Dass Panos ihn mit einem Baseballschläger verprügelt hat?«

»Ich ... ich weiß davon nichts.«

»Doch, du weißt genau Bescheid.«

Alison hat mit Aziz geredet, der wiederum gehört hat, dass Stefano Prügel bezog, weil er irgendetwas mit mir gemacht hat. Stefano hat einen Schädelbruch, einen gebrochenen Arm und drei gebrochene Rippen; er hat seinen Geruchssinn verloren und Probleme mit den Gleichgewichtsnerven. Ich fange leise an zu weinen. Was soll ich sagen?

»Er hat versucht ... mich zu vergewaltigen.«

»Nein!«, ruft Alison und hockt sich neben meinen Stuhl, umarmt mich linkisch. Und ich weine, ich kann überhaupt nicht wieder aufhören.

»Und, ist es ihm ...?«

»Nein.« Ich schüttele den Kopf. Ich weiß nicht, ob das bedeutet, dass es ihm nicht gelungen ist, oder ob ich nicht darüber sprechen will. Warum erzähle ich nicht, dass es Baltazar war? Weil er schwarz ist und Vater ihn umbringen würde? Stefano, nun ja, bring ihn um. Streng genommen hätte Stefano mich sicher auch vergewaltigt, damals an den Pferdeställen, wenn Ebenezer nicht gekommen wäre. Aber Baltazar hat es getan, und Stefano hat zugesehen. Alison hört nicht auf zu fragen.

»Samantha, da ... ist doch nichts passiert, oder?«

»Du darfst Vater nichts davon erzählen, er bringt ihn um.«

»Ist denn etwas passiert?«

»Nein.«

Schwester

»Du bist krank!«, brüllt Vater – als wüsste ich das nicht selbst. »Du bist eine kleine kranke Mistgöre!« Er hört nicht auf, wiederholt sich. Alison steht hinter ihm und reißt entsetzt die Augen auf. Ich habe ihr von den Tabletten nichts erzählt.

»Du kannst nicht hierbleiben und deiner Schwester zur Last fallen. In unserer Familie kommen wir allein zurecht.«

»Sie kann gern hierbleiben«, widerspricht Alison, aber er hört überhaupt nicht zu.

»So habe ich dich nicht erzogen!«

»Du hast mich überhaupt nicht erzogen«, entgegne ich. »Du hast mich in Arusha ins Internat gesteckt, als ich zehn war.«

»Gegen ein Internat spricht ja wohl nichts«, erklärt der Mann, der sein gesamtes Schulleben in einem Internat verbracht und dort unfassbare Prügel bezogen hat.

»Nein, natürlich nicht. Du bist ja das beste Beispiel dafür.«

»Jetzt werd nicht auch noch frech!«

»Tja«, sage ich nur. Mich jetzt zu schlagen, wäre Kraftverschwendung; es ist lange her, dass es mich beeindruckt hat.

»Hör jetzt auf«, fordert Alison ihn auf.

»Alison wurde jedenfalls nicht dümmer von ihrem Schulbesuch«, sagt er.

»Nein, Alison ist ja auch eine Scheiß-Heilige.« Ich schaue sie an. Sie zwinkert, schluckt und wendet den Blick ab.

»Entschuldige«, sage ich zu ihr.

»Du fährst zurück und beendest die Schule«, erklärt Vater mit erhobenem Zeigefinger und den üblichen Drohgebärden.

»Vater!«, ruft Alison jetzt mit fester Stimme. »Komm mal her.« Sie dreht sich um und geht ins Haus.

»Mit dir bin ich noch nicht fertig«, zischt er mir zu und folgt ihr. Ich höre Alisons Stimme: »Sie kann jetzt nicht ins Examen; sie wird hier bei mir wohnen, bis sie sich wieder erholt hat.«

»Und was ist mit ihrem Examen? Sie kann nicht mal ein Stück Scheiße aufspießen, ohne dabei den Stock zu zerbrechen. Was glaubst du, wie sie in England zurechtkommen wird? Eure Mutter kann sie jedenfalls nicht versorgen.«

Alison ist eine Weile still.

»Sie kann nächstes Jahr zum Examen antreten«, sagt sie dann. Ich will nirgendwo antreten.

»Ich soll also noch ein weiteres Jahr Schulgeld bezahlen, weil diese Göre nicht ganz klar im Kopf ist?«

»Vielleicht kann sie ja zu einer Nachprüfung gehen. Ich werde in der Schule fragen«, schlichtet Alison. Sie könnte ihm erzählen, dass Stefano versucht hat, mich zu vergewaltigen. Ich könnte ihm erzählen, dass Baltazar es getan hat ... wie würde er reagieren?

»Alison«, sagt Vater. »Ich weiß nicht, wie lange ich noch in Tansania bin. Ich kann mich nicht mehr um sie kümmern.«

Und was passiert mit dem Samen, den er Halima eingepflanzt hat?

»Nein, aber ich bin ja hier«, erwidert Alison.

»Sie soll dir nicht zur Last fallen.«

»Sie fällt mir nicht zur Last. Sie ist meine Schwester.«

Ich denke an Panos ... was ist mit Panos und Stefano? Und Baltazar? Die anderen sind aus den Lernferien zurück und machen ihr Examen. Ob ich das je schaffen werde? Ich rufe an und habe Tazim am Apparat.

»Was läuft bei euch?«, erkundige ich mich.

»Na ja, wir gehen zum Examen.«

»Hm, und ... was ist mit Panos und Stefano? Und Baltazar?«

»Tja.« Tazim zögert. »Es gibt da die wildesten Gerüchte.«

»Und zwar?«

»Dass du Panos dafür bezahlt hast, Stefano zu verprügeln. Oder dass Baltazar dich geschwängert hat und deshalb nach Angola geflüchtet ist. Deshalb bist du auch nicht in der Schule.«

»Ist Baltazar in Angola?«

»Jedenfalls ist er aus den Lernferien nicht zurückgekommen.«

»Und Panos?«

»Die Polizei war hier und hat nach ihm gesucht. Niemand weiß, wo er ist.«

»Ah ja.«

»Sag mal, Samantha, was ist wirklich passiert?«
»Was meinst du?«
»Bei der Fete der Strand-Brüder.«
»Baltazar hat versucht, mich zu vergewaltigen.«
»Und warum hat Panos Stefano verprügelt?«
»Weil er zugesehen hat.«

Stillstand

Vater ist wieder fort. Er hat vor einigen Jahren ein kleines Haus in Dar gekauft. Es wurde instand gesetzt, vielleicht will er es verkaufen. Wie auch immer, wir sehen und hören nichts von ihm, und das ist gut so.

An den Vormittagen gehe ich ein bisschen im Viertel spazieren oder zum Strand, um im Oysterbay Hotel eine Cola zu trinken, zu rauchen und in die Luft zu starren.

Ich müsste Christian schreiben. Mir ist eingefallen, dass ich ihm geschrieben habe, als ich in Tanga war, aber seine Briefe habe ich nicht beantwortet. Er hat geschrieben, dass er kommen würde. In den Ferien. Aber ich kann nicht … Und warum soll ich mir die Mühe machen, ihm zu schreiben? Außerdem ist es mir peinlich – ich habe ihm geschrieben, dass alles vorbei sei. Aber so negativ denke ich nur, wenn ich ganz allein bin. Wenn ich irgendwo bin, wo das Leben schön ist, geht es mir gut. Dann kann ich auch gut sein. Und Christian spielt doch keine Rolle, jedenfalls kann er mir nicht helfen. Vielleicht sollte er besser zu Hause bleiben. Aber das ist mir alles so fremd, ich verdränge es. Wenn er kommt, muss ich ihm dann Gesellschaft leisten? Was will er eigentlich? Ist das gut? Nein.

Abrechnung

Alison und Frans sind mit ein paar holländischen Freunden nach Bagamoyo gefahren. Ich sitze auf der Veranda und rauche. Höre auf der anderen Seite des Hauses ein Auto. Der Koch geht hinaus und öffnet.

»Samantha, Samantha!«, ruft er. Ich gehe zur Tür. Ein vierschrötiger Mann mit pechschwarzem Haar steht vor der Tür. Fuck.

»Du musst mir erzählen, was passiert ist«, verlangt Stefanos Vater.

»Fragen Sie doch Ihren Sohn«, antworte ich und ziehe an meiner Zigarette.

»Sag es mir, jetzt!« Stefanos und Panos' Väter betreiben beide Tabakfarmen bei Iringa und Morogoro.

»Dein Sohn hat Prügel bezogen, weil er sich benommen hat wie ein Tier.«

»*Tsk*«, schnalzt Stefanos Vater und wendet den Blick ab. »Ich weiß, dass es Panos war, aber ich muss wissen, warum. Mein Sohn ist gebrochen, er will nicht mit mir reden. Und Panos ist verschwunden, ihn kann ich nicht fragen. Aber ich brauche eine Antwort.«

»Fragen Sie Ihren Sohn, er weiß genau, warum er Prügel bezogen hat.« Stefanos Vater geht einen Schritt auf mich zu.

»Du sagst es mir jetzt sofort!«, zischt er und drückt mich an die Tür – so wie Stefano mich gegen den Pferdestall gepresst hat.

»Dein beschissener Sohn hat zugeguckt, wie ich vergewaltigt wurde, verstehst du das? Ich habe um Hilfe geschrien, aber Stefano hat nur geglotzt.« Der Mann ist einen Moment stumm.

»Vielleicht konnte er nichts tun.«

»Er stand daneben und hat mich ausgelacht!«, schreie ich. Der Koch taucht auf.

»Brauchst du Hilfe, Samantha?«, erkundigt er sich. Stefanos Vater tritt einen Schritt zurück.

»Ich … ich glaube dir nicht«, sagt er. Ich fange an zu weinen.

»Er stand direkt daneben und guckte zu, als ich vergewaltigt wurde«, wiederhole ich. Der Mann dreht sich um, geht.

Blut

Wir fahren in Frans' Range Rover vom Restaurant nach Hause; träge wippend schaukelt der Wagen über die Straße, die Federung ist viel zu weich. Noch bevor er hält, springe ich aus dem Auto und übergebe mich in die Büsche neben der Einfahrt.

»Was ist denn los?« Alison hält mich von hinten, während ich spucke. Ich spüre ihren Bauch an meiner Hüfte.

»Wahrscheinlich die Krabben im Restaurant.«

»Aber sie haben ihr doch geschmeckt?«, sagt Frans.

»Ja, schon, aber durch das Curry merkt man es manchmal nicht so genau«, erwidert Alison. Sie bringt mich zu Bett. Ich trinke ein bisschen Wasser. Stehe auf und übergebe mich noch einmal. Alison steckt den Kopf aus der Wohnzimmertür, als ich von der Toilette komme.

»Alles okay«, behaupte ich und lege mich wieder hin. Überhaupt nichts ist okay. Ich habe Angst. Ein paar Stunden später schlafe ich ein.

Ich liege zusammengekrümmt im Bett. Es ist fast Mittag. Alison kommt herein.

»Was ist los, Samantha?«

»Das Blut kommt nicht.«

»Das Blut?«

»Mein Blut!«, schreie ich. »Ich habe meine Menstruation nicht bekommen!« Alison bleibt stehen und starrt mich einen kurzen Moment an, dann dreht sie sich um, geht hinaus. Ich höre nichts. Kurz darauf kommt sie wieder herein, mit tränenüberströmtem Gesicht. Sie hat draußen überlegt, was sie dazu sagen soll; soll sie mich beschimpfen, weinen oder irgendetwas anderes unternehmen? Sie ist frisch verheiratet und will gern schwanger werden. Was ist notwendig in dieser Situation? Sie hockt sich neben mein Bett und atmet tief durch. Mit einem Mal hebt sie die Hand über mein Gesicht.

»Wer war das?«, schreit sie. Aber ohne zuzuschlagen. Sie fängt an zu schluchzen.

»Ist das nicht egal?«, erwidere ich. Sie legt ihren Kopf auf meine Arme.

»Doch. Aber Vater wird dich danach fragen, und er darf es nicht wissen.«

»Ach, einer von der Schule.«

»Dieser Stefano?«

»Nein.«

»Wer?«

»Ich will nicht sagen, wer das war, weil ...«

»Weil was?«

»Weil es einfach ein Junge ist und es ein unglücklicher Zufall war, das Kondom ist geplatzt. Und ich will dieses Kind nicht, sollte Vater mich fragen.«

»Er wird nicht fragen«, meint Alison. Sie erhebt sich. »Ich werde ihm erzählen, dass du ...«

»Das mache ich selbst.«

»Nein«, erklärt sie und geht hinaus. Leise höre ich, wie sie telefoniert. Dann klappt die Tür, und das Auto wird angelassen. Ich gehe in die Küche und versuche, etwas zu essen. Kotze in die Spüle. Der Koch ist sehr besorgt.

»Es sind nur Bauchschmerzen«, beruhige ich ihn. »Nicht so schlimm.« Aber der Mann versteht vermutlich viel mehr Englisch, als er zeigt; er hat das Telefonat mit angehört. Vielleicht ist er barfuß herangeschlichen und hat auch unser Gespräch im Zimmer belauscht. Er stellt mir einen Eimer ins Zimmer. Eine Kanne Wasser, ein Glas. Ich esse noch eine Kleinigkeit. Erbreche mich wieder. Trinke etwas Wasser. Lege mich hin.

Schlechte Tochter

Ein Auto kommt zurück, es ist Alisons Wagen. Vater ist also nicht mitgekommen, er fährt nur mit seinem eigenen. Sie tritt ins Zimmer.

»Ich habe ihm eine Nachricht hinterlassen, wahrscheinlich kommt er später«, teilt sie mit.

»Ja.«

Und so ist es. Ein paar Stunden später höre ich den Land Rover. Noch bevor der Motor abgestellt ist, fängt Alison im Wohnzimmer an zu heulen. Mein Magen zieht sich zusammen.

»Was ist passiert?«, höre ich Vaters Kommandostimme im Wohnzimmer. Ich versuche, den Kloß im Hals hinunterzuschlucken, in meinem Magen rumpelt es. Das Meer braust in meinen Ohren, ich höre nicht, was Alison sagt. Seine Schritte nähern sich auf dem Flur, und als er zur Türklinke greift, lehne ich den Kopf über die Bettkante und erbreche Galle in den Eimer, spucke, schaue zu ihm auf und lasse den Kopf zurück aufs Kissen fallen. Er guckt auf mich herab, legt mir seine große raue Hand auf die Stirn. Seine Handfläche ist trocken, auf meiner Stirn steht kalter Schweiß. Ich stöhne, und ein Schluchzen entweicht meinem Mund, obwohl ich versuche, es zurückzuhalten.

»So, Schatz«, sagt er, legt sich neben mich, nimmt mich in seine Arme und hält mich fest, schaukelt mich. »Wer hat das meinem kleinen Mädchen angetan?«, fragt er mit ruhiger Stimme – viel zu ruhig, so kenne ich ihn gar nicht. Vielleicht schlägt er jetzt zu. Ich erzähle die Geschichte und schluchze an der Stelle mit dem geplatzten Kondom. »Ich werde das in Ordnung bringen«, verspricht er.

»Aber wie denn?«, heule ich. »Wenn ich nach England komme… und Mutter…« Ich komme damit einfach nicht zurecht.

»Ich kenne einen Mann… einen tüchtigen Arzt. Ganz ruhig.« Er lächelt. »Als ich Alison gesehen habe, dachte ich an etwas viel Schlimmeres. Ich dachte, dass… es möglicherweise eine ernsthafte Krankheit ist.« Ich höre nur die Pause. Er dachte, Alison sei krank. Aber es ist nur seine schlechte Tochter, die Probleme macht. »So ein Unfall kann schon mal vorkommen. Es ist nur so ungerecht, dass immer nur ihr Mädchen damit klarkommen müsst.«

Ich bin froh, dass er das sagt. Fange vor Erleichterung an zu weinen, obwohl das schwachsinnig ist, denn ich weiß genau, dass er nur so tut. Er ist ein Mann – und dieser ganze Mist läuft in einem sanften Strom aus ihm heraus. Wo lernen sie nur so etwas.

»Du hättest das gleich sagen und nicht diese Tabletten nehmen sollen«, fügt er hinzu.

»Ich… konnte nicht.«

Er streicht mir übers Haar. Nein, ich wusste ja nicht, dass ich… schwanger bin. Aber jetzt hält er die Schwangerschaft für den Grund meines Selbstmordversuchs, und das ist gut so, denn für ihn ergibt es einen Sinn. Alles ist vergeben, Hauptsache, der Fötus verschwindet aus meinem Körper.

Mulatte

Wie viele junge schwarze Mädchen hat er im Laufe der Zeit quer über den Kontinent geschwängert? Und doch sieht man so gut wie nie Mulatten in Ostafrika. Sie werden als Dreck vom Markt bezeichnet, weil ihre Hautfarbe wie Staub aussieht. Was machst du, wenn du solch ein Kind bekommst? Mit der Scham leben? Nein. Wenn Huren gebären, fahren sie nach Hause zu ihrer Familie im Dorf. Die Scham ist groß, aber in der Stadt können sie ohne einen Mann, der sie in der ersten Zeit versorgt, kein Kind zur Welt bringen. Wie bei einem behinderten Kind ersticken sie es sofort, behaupten, es wäre tot geboren, und begraben es hinter dem Haus. Niemand hat die Farbe gesehen, denn die Leiche ist in eine

Decke gewickelt. Keine Behörde sieht das tote Kind. Sie sind machtlos. Und das Kind muss sofort unter die Erde, bevor in der Hitze der Verwesungsprozess einsetzt. Meine Halbgeschwister verfaulen in der Erde. Mein Vater hat nur seine weißen Kinder behalten. Trotzdem ist es schön, von ihm getröstet zu werden. Er will mir helfen, wie es sich gehört. Vielleicht kann ich es schaffen.

»Aber in England ...«, sage ich. Meine Mutter.

»Nein«, entgegnet er. »Nicht in England. Hier. Ich kenne hier einen Arzt. Das ist kein Problem. Er ist sehr tüchtig, in England ausgebildet.« Shakilas Vater; ich weiß, dass er es ist. Wer sollte es sonst sein?

»Na ja ... ich könnte es ja auch bekommen.«

»Was bekommen?«

»Das Kind.«

Er streicht mir übers Haar.

»Dazu bist du nicht alt genug.«

»Aber ...«

»Du musst dir erst dein eigenes Leben aufbauen. Wie willst du mit einem Kind zurechtkommen, du bist doch selbst noch ein Kind.«

Er hat Recht. Wie soll ich das schaffen?

Vom Bett aus höre ich, wie Alison und Vater sich auf der Veranda unterhalten.

»Und was ist mit Halima?«, will Alison wissen.

»Sie hat das Kind verloren.«

»Und was jetzt?«

»Sie bleibt in Tanga.« Alison stellt keine weiteren Fragen. Er hat Halima bezahlt, klar – wie eine Hure. Vielleicht hat er ihr das Hotel überschrieben. Aber ist das die Wahrheit? Hat sie ihr Kind wirklich verloren?

»Samantha will nicht zurück, das weiß ich genau«, sagt Alison.

»Zurück?«, fragt Vater nach.

»Nach England.«

»Das hat sie nicht zu entscheiden.«

»Bist du sicher?«

»Ich habe die Probleme mit diesem Kind satt!«

»Sie bleibt hier bei mir, bis es ihr wieder besser geht«, erklärt Alison. Ich kann den Befehlston in ihrer Stimme hören; sehe es vor mir, wie sie ihn ansieht.

»Na, okay«, lenkt er ein. Und dann: »Glaubst du wirklich an einen Unfall?«

»Sie will mir nichts erzählen.«

»Verflucht, sie ist doch nicht blöd. Als sie vierzehn Tage suspendiert wurde, hat sie es mit Absicht getan.«

»Aber du kannst … ihr helfen?«

»Um es wegzumachen? Ja.« Eine Weile sagen beide kein Wort. »Ich will verdammt nochmal wissen, wer das war«, sagt er.

Es ist nur eine Frage der Zeit, bis er von Stefano hört. Aber Stefano hat seine Prügel bezogen, das muss reichen. Und Baltazar? Er stirbt, wenn ich Vater erzähle … wenn ich das Wort Vergewaltigung ausspreche. Vater würde es nicht für mich tun. Es würde es tun, weil es in seinem Weltbild so erledigt werden muss. Er würde es auch nicht selbst tun. Er würde bloß eine Bestellung aufgeben und dafür bezahlen, nichts Besonderes.

Waschraum

Ich hocke vor dem Lokus und kotze, als Vater kommt. Ich habe fünf Stunden gefastet, wie Vater es mir gesagt hat. Der Arzt hat ihm erklärt, es sei notwendig. Auf dem Weg zum Krankenhaus heule ich. Lasse Vater am Straßenrand anhalten. Würge Galle aus der offenen Wagentür. Es wird gehupt. Wir kommen an. Ich gehe zur Tür, krümme mich unter Magenkrämpfen zusammen, nervös.

Vater bleibt am Wagen stehen. Es ist nachmittags. Ich drehe mich um.

»Kommst du nicht mit rein?«

»Nein«, antwortet er. Die Stimme klingt belegt. Ich bleibe stehen und sehe ihn an. Er wendet den Blick ab. »Ich kann das nicht«, sagt er und zündet sich eine Zigarette an. Ich erbreche mich trocken in die Büsche an der Tür. Dann gehe ich hinein. Noch nie bin ich so nervös gewesen, im Vergleich hiermit war alles andere nichts.

Eine Krankenschwester nimmt mich am Arm und führt mich hastig über einen Flur ans andere Ende des Krankenhauses; vorbei an geschlossenen Türen von Krankenzimmern und durch ein Büro in einen Waschraum, in dem das Personal sich umzieht. Hier werde ich auf ein altes Eisenbett gelegt, abgeplatzte Farbe an den gewundenen Stangen von Kopf- und Fußende. Eine Abtreibung ist illegal. Ich habe Schmerzen im Unterleib. Glühende Ströme von Lava ergießen sich in meine Eingeweide. Shakilas Vater kommt. Ich werde zum Operationssaal geschoben. Das Krankenhaus ähnelt einem Schlachthof. Gleißendes Licht. Nackte Wände, rissiger Betonfußboden. Ich bekomme eine Maske aufgesetzt und muss von zehn rückwärts zählen.

Ich erwache im Waschraum. Draußen ist es dunkel. Abend oder Nacht? Allein. Das Licht ist eingeschaltet, ich kann Geräusche hören, aber niemand ist da. Der Kopf voller Watte, ein unangenehmes Gefühl im Unterleib, der Magen dreht sich. Das Kind ist nicht mehr in mir. Ich werfe mich auf die Seite, damit ich nicht auf die Decke spucke. Unter mir steht ein Eimer. Die Galle läuft. Davor hatten sie mich gewarnt: durch die Betäubung könnte ich mich erbrechen, darum sollte ich fasten. Das Geräusch lässt die Krankenschwester erscheinen.

»Wo ist es?«, will ich wissen.

»Was?«

»Das Kind.« Sie legt mir eine Hand auf die Stirn, fühlt meinen Puls.

»Das war kein Kind. Nur ein kleiner Same. Er ist jetzt weg.«

»Aber … ihr könnt doch nicht einfach … ich will es sehen.«

»Ich weiß nicht, wo es ist«, sagt sie. »Es ist am besten so. Jetzt ist es überstanden. Ich hole *Mzee.*« Sie geht.

Shakilas Vater kommt. »Alles in Ordnung«, verkündet er. »Es gab keine Probleme.« Es gibt eine Menge Probleme. Er lächelt mich an. »Jetzt kann es weitergehen.« Weiter?

»Weiter?«

»Ich weiß, wie schwer es ist, jung zu sein«, sagt er. »Aber du bist bereits eine Legende im Internat. Ich habe Geschichten von dir gehört, du willst dich nicht anpassen. Aber du wirst es schon schaffen, Fräulein Samantha.«

Ich versuche zu lächeln. Er tätschelt mir sanft die Wange: »Dein Vater kommt gleich, ich habe ihn angerufen. Und wenn du das Gefühl hast, dass irgendetwas nicht in Ordnung ist, kommst du direkt zu mir. Okay?«

»Ja. Danke.«

»Gut«, sagt er und geht hinaus. Shakilas Vater. Sein Reichtum ist enorm. Ihr Haus sieht nach nichts aus, das Krankenhaus ist verkommen, aber so ist das. Man darf in Tansania nicht zeigen, was man hat, es sei denn, man ist sehr mächtig. Sonst wird es nationalisiert oder einem auf andere Weise abgenommen. Und je besser etwas aussieht, desto mehr Geld fordern die Beamten, damit man die notwendigen Genehmigungen erhält. Aber der Mann hat zwei Kinder im Internat. Die Operationen müssen teuer sein. Und die Abtreibungen? Eine übliche Form der Geburtenkontrolle in Tansania. Es ist schwer, eine Spirale zu bekommen, und Antibabypillen zu beschaffen, ist fast unmöglich; und selbst, wenn es Kondome gibt, will der afrikanische Mann keinen Regenmantel tragen, wenn der Himmel sich öffnet.

Hundemedizin

Alison hat mit der Schule gesprochen. Sie haben sich darauf verständigt, dass ich nach Neujahr zurückkehre, die zweite Hälfte der zehnten Klasse noch einmal absolviere und die Schule mit dem Examen beende. Es sind noch fünf Monate. Bis dahin habe ich einfach nur frei.

Ich schlafe jeden Morgen so lange ich kann. Latsche ins Wohnzimmer, setze mich an den Esstisch und krame in ein paar Sachen, damit der Koch hört, dass ich wach bin. Er kommt herein.

»Möchtest du ein Ei?«

»Rührei. Und etwas Bacon.«

»Jawohl«, sagt er, obwohl er es hasst, Bacon zu braten – er ist Muslim. Aber der Job verlangt es. Ich gieße mir Saft ins Glas, die Kanne steht auf dem Tisch, rieche daran. Passionsfrucht aus der Dose, gemischt mit frisch gepressten Apfelsinen. Gut. Greife nach einer Scheibe Toast, aber der hat zu lange gestanden, ist in der feuchten Luft weich geworden.

»Und ein paar Scheiben frischen Toast!«, rufe ich ihm nach. Warum muss man alles sagen? Er kommt mit einem Teller. Rührei, Bacon, gebratene Tomaten. Frischer Toast. Ich stochere darin herum, bekomme etwas hinunter. Höre Alisons Wagen in der Einfahrt. Die Tür klappt.

»Mutter hat angerufen«, erzählt sie. Ich schaue sie an. Sie erwidert den Blick. »Nein. Ich habe ihr nichts gesagt. Ich habe ihr lediglich erzählt, dass du krank warst und es dir jetzt wieder besser geht.«

»Danke.«

»Was hätte ich denn sonst sagen sollen?«

»Und was hat mir gefehlt?« Falls Mutter fragen sollte.

»Malaria und Würmer.« Als wir klein waren, hatten wir in Tanga beide Würmer von den Hunden.

»Gib mir die Hundemedizin«, sage ich, und Alison lacht. Vater war nicht zu Hause, und eine Wurmkur für Hunde war das Einzige, was Mutter besorgen konnte. Zwei Tage kotzten und schissen wir bleiche Würme aus.

Rockwool

Christian hat mir geschrieben, der Brief wurde von der Schule in Moshi weitergeleitet. Er schreibt, dass er … mich liebt. »Ich will dich überall küssen und liebkosen«. Hm. Total aus der Spur. Er vermisst mich, er vermisst Tansania. In den Ferien will er kommen. Vielleicht sollte er besser zu Hause bleiben. Was will er hier? Er schreibt, er hätte eine Arbeit, er isoliert Häuser gegen die Kälte; irgendwas mit Matten, die Rockwool heißen. Sie hätten dieselbe Konsistenz wie zähe Watte; produziert würden sie, indem man Granit erhitzt, bis es flüssig wird, und dann in einer Maschine aufbläst, bis eine Masse entsteht, die wie Zuckerwatte aussieht. Die Masse wird dann zu Matten gepresst, die man auf den Dachboden legt, damit im Winter die Wärme nicht entweicht. Die dünnen Steinhärchen dringen in die Haut und jucken. Er schreibt, dass man sie nur unter der Dusche loswird, aber man muss ständig zwischen heißem und kaltem Wasser wechseln, damit die Haut sich öffnet und zusammenzieht. Er arbeitet schwarz, das heißt, er bezahlt keine Steuern. Er kennt so gut wie niemanden. Dänemark sei sehr ordentlich, reinlich und langweilig. Sein Essen muss er sich selbst kochen und auch selbst einkaufen, waschen und putzen. Er hat kein Geld. Wenn er irgendwo hin will, muss er wie ein armer Neger mit dem Fahrrad fahren. Kein Geld für ein Taxi, es reicht gerade für Zigaretten. All so'n Scheiß. Und Vater will, dass ich nach England gehe. Das ist doch alles nicht wahr.

Gleichgewicht

Man kann so viel rauchen, dass die eigenen Exkremente anfangen, nach Nikotin zu stinken. Es ist lediglich eine Frage der Ausdauer. Ich trinke heimlich aus den Flaschen im Barschrank. Dry Martini besteht aus einem halben Wasserglas Tanqueray Gin gemischt mit der Vorstellung, dass irgendwo im Land eine Flasche Vermouth existiert. Keine Olive – ich brauche kein Gemüse in meinem Drink. Der Vormittag, ich laufe im Garten herum. Nein, ich muss … raus. Suche mir eine Mütze, verberge die Augen hinter einer Sonnenbrille. Gehe im Wohngebiet spazieren, habe aber die ganze Zeit Angst, einem Bekannten zu begegnen. Seit einiger Zeit sind sie mit ihren Examina fertig, und ich habe mich lange rar gemacht. Einige von den Schülern, die in Dar wohnen, verbringen ihre Ferien sicher hier. Oder hat die Schule schon wieder angefangen? Es ist beinahe Mittagszeit, eigentlich viel zu heiß, um sich draußen zu bewegen. Ich gehe bis zum Kiosk an der Abzweigung zum Drive-in-Kino, finde einen Typen mit Dreadlocks und kaufe ein paar Joints. Gehe den ganzen Weg bis zum Wasser, menschenleer um diese Tageszeit. Setze mich und rauche. Das Meer atmet. Ich atme, die Wellen helfen mir ein wenig; wir atmen zusammen.

Liege im heißen Sand auf dem Rücken. Der Duft von Tang, toten Krebsen, Salzwasser. Die Palmen, die auch eine Art von Gras sind, ohhh … ich bin stoned, trockne aus. Wanke zum Oysterbay Hotel, durch das leere Restaurant zur Bar. Bestelle zwei Cola und eine Schachtel Sportsman. Trinke das erste Glas hastig aus. Rülpse leise. Warte. Worauf?

»Du bist hart zu deinen Männern«, sagt die Stimme. Was? Ich blicke auf. Aziz steht vor dem Tisch.

»Aziz?«

»Ja, ich bin's, du bekiffter Roboter«, sagt er und setzt sich. »Stefano hat ja ganz schön was abbekommen.«

»Er wurde verprügelt, das war weniger, als er verdient hat.«

»Ja, aber mit bleibenden Schäden.«

»Wieso?«

»Hast du nichts davon gehört?«

»Wovon?«, frage ich zurück.

»Stefano hat seinen Geruchssinn verloren, und sein Gleichgewichtsnerv ist beschädigt. Er kann nichts schmecken, und außerdem wird er nie wieder Sport treiben können. Er stolpert über seine eigenen Beine. Er kann auch kein Auto mehr fahren. Und Panos ist verschwunden.«

»Tja«, sage ich und schaue mich um. An der Bar sitzen ein paar teure Huren und warten auf weiße Fische. Aziz interessiert sie nicht, sie essen nicht gern indisch.

»Tja«, wiederholt Aziz. »Ist das alles, was du zu sagen hast?«

»Ja.«

»Und was war mit Baltazar?«

Ein Kälteschauer durchzuckt mich.

»Was soll mit Baltazar sein?«

»Wieso wurde er nach Angola geschickt?«

»Ist das so?«

»Ja. Er kam aus den Lernferien nicht zurück. Er ist auf ein Internat in Angola geschickt worden, obwohl sein Vater noch immer Handelsattaché in Dar ist.«

»Davon weiß ich nichts«, erwidere ich und denke an Panos. Wer weiß, was er gerade tut? Er muss Baltazar bedroht haben, oder Baltazar hatte Angst, dass ich zur Polizei gehen würde. Oder zu meinem Vater. Vielleicht sitzt Panos gerade auf einem Schiff nach Griechenland. Oder er ist auf dem Weg zu seiner Mutter nach England, ich glaube, er spricht kein Griechisch. Er hat mal davon geredet, einen Kurs in Landwirtschaft zu belegen, damit er Tabakfarmer werden könnte wie sein Vater. Aber jetzt kann er nie wieder nach Tansania zurück, denn Stefanos Vater ist hinter ihm her.

Aus Tanga ist ein Brief für mich gekommen. Ich meine, auf dem Umschlag Halimas Handschrift zu erkennen. In dem Umschlag liegt eine Postkarte von Panos: *Ich bin mit dem Bus rund um den Berg gefahren und mit Viehschmugglern über die Grenze bei Rongai zum Schlachthof von Oloitokitok gezogen; von dort ging es per Autostopp nach Nairobi, wo ich mir Geld von Freunden meines Vaters geliehen habe und nach Athen geflogen bin. Ich war kurz bei meinem älteren Bruder auf Lesbos, dann sind wir mit dem Schiff nach Athen, und ich bin durch Europa bis nach England getrampt. Ich wohne bei der Kusine meiner Mutter und ihrem*

Mann in London und gehe auf die Landwirtschaftsschule; ich arbeite an einer Tankstelle und bin am Arsch, aber sonst geht es mir gut. Ihr Engländer seid schon merkwürdig. Meine Mutter hat meine Adresse, falls du schreiben willst. Ruf mich an, wenn du herkommst. Jah love, Panos.

Was er für mich getan hat – es hat ihn eine Menge gekostet. Gegen seinen Willen ist er in Europa. Er lebt von der Gnade einiger entfernter Familienmitglieder. Arbeitet als Kuli an einer Tankstelle. War es seine Entscheidung? Ja, er hätte Stefano in Ruhe lassen können, aber was dann? Wie hätte er sich gefühlt? Ich habe ihn in diese Situation gebracht. Ich hoffe, Mick hat nichts von der Sache gehört, er würde mich hassen.

Alison kommt zur Tür hereingestürmt. »Ich bin … Frans und ich … wir sind schwanger!«

»Wirklich?« Ich reiße die Augen auf. Zwinge mich zu lächeln: »Herzlichen Glückwunsch!« Umarme sie, damit sie meinen Blick nicht sieht.

Abwasserleitung

Ich werde bald achtzehn, es sind nur noch anderthalb Monate bis Weihnachten, ich habe meine Mutter seit über einem Jahr nicht gesehen, und in ein paar Monaten werden sie mich zwingen, zurück aufs Internat zu gehen und den Rest der zehnten Klasse abzusitzen. Aber niemanden interessiert das. Alles dreht sich nur um Alisons Bauch. Sie sitzt auf dem Sofa und schaut ihn sich liebevoll an. Frans streichelt darüber. Er spricht mit dem Bauch. Sie kichert.

»Hier, spür mal«, sagt Alison. »Genau da, es ist gewachsen.« Wovon redet sie? Man kann nichts erkennen. Vielleicht ist es einfach nur Luft.

»Ich glaube, er wird Fußballer«, meint Frans.

»Vielleicht wird es ja ein Mädchen.«

»Dann wird sie so hübsch wie ihre Mutter«, erwidert Frans.

Ich könnte kotzen. Stehe aus meinem Liegestuhl auf der Veranda auf, ziehe meinen Bademantel enger – spüre, wie meine Knochen hervortreten, keine Polster. Ich bringe keinen Bissen hinunter. Gehe ins Haus. Frans tut so, als lese er irgendwelche Unterlagen. Alison fragt, ob ich etwas essen möchte. Sie ist glücklich. Wenn sie mich sieht, ist es ihr peinlich, dass sie so glücklich ist. Ich müsste das Muster durchbrechen.

Ich müsste es jetzt tun. Ich gehe zu ihr, lächele, lege eine Hand auf ihren Bauch und sage: »Ist es wach?«

Alison lächelt erleichtert.

»Ich glaub schon, aber im Augenblick bewegt es sich nicht. Vielleicht isst es?«

»Oder scheißt«, sage ich. Was bin ich doch saukomisch oder grob, oder will ich mich hinter diesem Versuch nur verstecken?

»Pfui«, sagt Frans.

»Na ja, aber fragt ihr euch nicht, wo die ganze Scheiße hingeht? Das Baby scheißt in meine Schwester. Das ist doch eklig!«

Alison versetzt mir einen Klaps.

»Sie fangen erst damit an, nachdem sie geboren sind. Solange sie im Bauch sind, geht es über die Nabelschnur.«

»Das ist so eine Art… Abwasserleitung?«

»Samantha…«

»Ja, okay. Ja, ich würde gern etwas essen, aber ich will gerade…« Ich zeige auf die Toilettentür. Gehe hinaus, heule, ohne ein Geräusch von mir zu geben, wasche mir das Gesicht, gehe in die Küche und zwinge mich, ein wenig zu essen.

»Samantha?«, spricht Alison mich an.

»Ja?«

»Vater hat Probleme.«

»Und?«

»Und es könnte sein, dass sie ihn bald aus dem Land schmeißen.«

»Was… heißt das?«

»Dass seine minderjährigen Kinder auch ihre Aufenthaltsgenehmigung verlieren«, antwortet Alison. Sie redet über mich.

Erbsünde

Alison backt zu meinem achtzehnten Geburtstag einen großen Kuchen, und Mutter schickt mir neue Sachen und Sandalen. Vater taucht nicht auf, es ist also richtig schön.

Eigentlich langweile ich mich, aber ich strenge mich an, um es Alison gegenüber so aussehen zu lassen, als wäre alles in bester Ordnung. Sie soll sich keine Sorgen machen. Wenn sie sich während der Schwangerschaft

Sorgen macht, könnte das auf das Kind abfärben. So etwas kann jederzeit passieren. Jeden Vormittag laufe ich zur Oysterbay. Trete wütend in den Sand. Rauche eine Zigarette. Ich trage die Ray-Ban-Sonnenbrille, die mir Christian auf die Nase gesetzt hat, kurz bevor er verschwand. Durch das gefärbte Glas sehe ich, wie das Wasser meine Fußspuren am Strand verwischt. Na und? Spurlos. Ich schwimme ein bisschen mit Brille und T-Shirt, was sollte ich damit auch machen? Wenn ich sie am Strand liegenlasse, werden die Sachen bloß von irgendwelchen Typen mitgenommen. Als ich noch ein Kind war, kam so etwas nicht vor, aber jetzt taucht immer mehr Gesindel in der Oysterbay auf. Ich verlasse das Wasser. Laufe zu ein paar Grasbüschel, an denen ich meine Schachtel Sportsman und Streichhölzer unter einer Kokosnussschale versteckt habe.

»Hallo, Samantha.« Ich bleibe stehen. Shakila sitzt auf dem umgefallenen Stamm einer Palme. Fuck, was soll ich zu ihr sagen? »Wie geht's?«, erkundigt sie sich. »Hast du Malaria gehabt?« So sehe ich wohl aus: zu dünn, ausgelaugt.

»Ja. Und Würmer. Und wie geht's dir?«

Sie zuckt die Achseln.

»Ich studiere an der Uni.«

»Okay, und heute hast du frei?«

»Ich schwänze«, sagt sie. Shakila schwänzt – die Welt steht auf dem Kopf.

»Was studierst du?«

»Medizin.«

Natürlich, wie der Vater.

»Läuft's gut?«

»Nein«, erwidert sie und zieht eine Packung Zigaretten aus ihrem Kleid, hält sie mir hin. Ich setze mich neben sie, nehme mir eine Zigarette, sehe sie fragend an.

»Mein Vater«, fügt sie hinzu und seufzt. »Die Lehrer hassen meinen Vater. Und das lassen sie an mir aus.«

»Wieso hassen sie deinen Vater?«

»Weil er früher dort unterrichtet hat. Aber dann hat er seine Privatklinik eröffnet, und das hat sie neidisch werden lassen. Und nun bekomme ich es zu spüren.«

Ich weiß, dass Shakilas Vater in England studiert hat, als Tansania unabhängig wurde. Ihre Mutter ist eine Krankenschwester aus Jamaica, die ihr Vater in London kennengelernt hat. Sie sind geschieden, die Mutter wohnt jetzt in den USA. Die Stiefmutter soll die Pest sein. Shakila wurde von der ersten Klasse aufs Internat in Arusha geschickt, auf dem ich in der dritten begann. Ich kam dorthin, weil Alison bereits dort war, außerdem war die Schule in Tanga Mist. Und Shakila und ihr kleiner Bruder wurden im Internat untergebracht, weil ihre Stiefmutter sie nicht in Dar haben wollte.

»Wie denn?«

»*Tsk*«, schnalzt Shakila. »Ich falle bei Prüfungen durch, obwohl es in Ordnung ist, was ich abliefere. Und wenn ich bei der Nachprüfung einen anderen Prüfer bekomme, der meinen Vater nicht kennt, bekomme ich Supernoten.«

»Fuck.«

»Wir haben unter den Studenten eine Unterschriftensammlung organisiert, um uns über den Unterricht zu beschweren, alle haben unterschrieben. Aber ich wurde zum Rektor gerufen, er behauptet, ich würde dahinterstecken, ich hätte die Beschwerde geschrieben. Ich würde mich für etwas Besonderes halten, weil mein Vater eine Privatklinik hat. Neid und Hass.«

»Und was machst du?«

»Ich versuche, irgendwo anders ein Stipendium zu bekommen.«

»Im Ausland?«

»Ja, klar.« Shakila gräbt ein kleines Loch in den Sand, schmeißt ihre Zigarettenkippe hinein und schüttet es zu. »Was ist mit dir? Was treibst du so?«, fragt sie mich. Vielleicht weiß sie, dass ihr Vater eine Abtreibung bei mir vorgenommen hat? Vielleicht weiß sie es aber auch nicht.

»Ich bin krank gewesen, lange. Wohne bei meiner Schwester gleich da oben.« Ich zeige hinauf zum Villenviertel.

»Ja, ich weiß, wo das ist, mit dem KLM-Mann, nicht wahr? Und dein Examen hast du nicht gemacht?«

»Nein.« Ich will nicht darüber reden, darum füge ich hinzu: »Vielleicht hol ich's noch nach, bei einer Nachprüfung.«

»Fährst du zurück nach Tanga?«

»Nein.«

»Wieso nicht?«

»Ich will nicht«, sage ich; ich habe keine Lust, über meine Mutter, meinen Vater, England ... diese ganze Scheiße zu reden.

»Und was machst du so, hier in Dar?«

»Ich langweile mich.«

»Vielleicht könnten wir ... etwas unternehmen?«

»Gehst du in den Marine's Club?«

»Ja, hin und wieder.«

»Kann sein, dass wir uns dort sehen«, sage ich. Eigentlich will ich gern, aber ... Ich weiß ja, wo sie wohnt. Ich könnte einfach vorbeischauen. Aber nicht, wenn ihr Vater zu Hause ist. Ich weiß nicht.

Marines

Ich gehe zum Filmabend in den Marine's Club in der Laibon Street. Er liegt direkt gegenüber der amerikanischen Botschaft und dem Wohnhaus des Botschafters. Soldaten wohnen im Gebäude, und am Ende des Gartens steht eine große weißlackierte Wand aus Holzplatten, auf der jeden Donnerstag ein Film gezeigt wird. An der Bar gibt es Heineken zu kaufen, das die Botschaft für den Eigenbedarf importieren darf. Mich lässt man sofort herein – junges Fleisch. Obwohl ich noch immer ziemlich dünn bin, wird mein Arsch allmählich wieder fülliger. Ich gehe ein bisschen im Garten umher und schaue mich um; Shakila ist nicht hier, ich kenne niemanden. Nur hirntote Marines, die mich gierig anstarren. Kaufe mir ein Heineken an der Bar. Vor der Holzwand steht eine Reihe Plastikstühle auf der Grasfläche. Noch hat sich niemand hingesetzt. Ich setze mich auf einen Platz in der dritten Reihe ganz außen. Trinke mein Bier. Ein Marine kommt auf mich zu – aufgepumpte Muskeln, kurzgeschorener Schädel. Er stellt einen Fuß auf den leeren Stuhl neben mir. Beugt sich vor. Nennt seinen Namen.

»Und wer bist du?«, will er wissen.

»Sam the man«, antworte ich. Er bietet mir eine Marlboro an, die ich annehme.

»Kommst du mit ins Haus? Ich hab noch Stärkeres als das hier«, sagt er und nickt in Richtung Bier und Zigaretten. Ich bin unsicher. Drehe mich auf dem Stuhl um und schaue zur Bar, die von Leuten umstanden ist.

»Willst du die einheimischen Mädchen im Stich lassen?«, frage ich ihn. Er folgt meinem Blick.

»Du gefällst mir besser.«

»Weißt du was?«

»Nein.«

»Mein Vater ist Soldat. Und das reicht mir vollkommen.«

Ein Junge geht die Stuhlreihe entlang, dem Soldaten entgegen. Er wirft sich ohne weiteres auf den Stuhl neben mich und knallt seine Füße in Tennisschuhen auf den Stuhl davor. Schaut mich an und guckt dann wieder vor sich hin, ein kleines Lächeln umspielt seine Mundwinkel.

»Was für ein Soldat?«, fragt der Marine. Ich lasse meine Zigarette auf den Rasen fallen, trete sie mit der Schuhsohle aus, sehe ihn an – der kleine Bursche, der sich neben mich gesetzt hat, irritiert ihn offensichtlich.

»Söldner«, erwidere ich.

»Wirklich? Wo?«

»Hier in Afrika. Und Typen wie dich verspeist er zum Frühstück.«

»Glaub ich nicht.«

»Das macht nichts«, sage ich, »denn ich weiß es.«

»Was für eine Ausbildung hat er denn?«

»SAS«, antworte ich. Der Soldat richtet sich ein wenig auf.

»Den würde ich gern mal kennenlernen«, sagt er.

»Tja, eigentlich lege ich darauf überhaupt keinen Wert.«

Total anders

»Marine«, sagt der Bursche, der sich neben mich gesetzt hat. »Begreifst du nicht, dass sie dir einen Korb gibt?« Der Soldat holt tief Luft, um etwas zu erwidern, verzieht dann aber nur das Gesicht, nimmt seinen Fuß vom Stuhl und geht. Ich werfe dem jungen Burschen einen gleichgültigen Blick zu.

»Ich heiße Jack«, sagt er.

»Hey, Jack, hast du eine Zigarette?«

»Natürlich, Süße, und ich hab noch mehr als nur 'ne Zigarette.« Er blinzelt mir zu.

»Wer bist du?«

»Amerikaner. Der Sohn des neuen Botschafters.«

»Tja, das erklärt wohl, warum der Fleischkopf dir keine geknallt hat.«

»Ja.«

»Willst du mir auch an die Wäsche?«, frage ich ihn direkt.

»Nein, an Frauen bin ich nicht interessiert.«

»Ich dachte mir schon so etwas ...«

»Hast du was dagegen?«

»Nein, das erleichtert das Leben.«

»Was meinst du?«

»Ich muss mir keine Sorgen machen, von dir vergewaltigt zu werden.«

»Willst du mit?«, fragt er mit einer Kopfbewegung in Richtung des Wohnhauses.

»Na, klar.« Wir gehen hinüber. Jack legt zwei Linien Kokain auf dem Küchentisch aus.

»Woher?«, will ich wissen.

»Von einem, der Aziz heißt. Die Import-Exportfirma seines Vaters arbeitet für die Botschaft.«

»Ich kenne ihn gut.« Wir nehmen jeder eine Linie. Nicht schlecht. Trinken Heineken, rauchen Marlboro, hören ABC.

»Ich will dein Zimmer sehen«, erkläre ich und fange an, das Haus zu inspizieren.

»Rechts ... rechts ... links«, sagt Jack, der mir wie ein Hund folgt. Das Zimmer: Sportmagazine voller halbnackter Männer, Plakate mit Männern, LP's mit Schwulenpop, die Klamotten im Schrank ein bisschen schrill – ein totaler Schwuler. Ich werfe mich aufs Bett und rubbele mir die Titten.

»Bist du sicher, dass du keine Mädchen magst?«

»Ich will dich nicht beleidigen. Aber so was törnt mich überhaupt nicht an.«

»Gut«, sage ich. »Wollen wir uns den Film ansehen?«

Zieh die Socke an

»Fährst du zu Micks Arbeitsstelle und lädst ihn Silvester zum Essen ein?«, bittet mich Alison.

»Kannst du nicht einfach anrufen?«

»Komm schon, Samantha. Du musst mal raus. Ein bisschen herumkommen. Er wird sich freuen, dich zu sehen.« Sie gibt mir die Adresse. Mick arbeitet inzwischen als Chefmechaniker eines großen Transportunternehmens; er ist für den Lastwagenpark verantwortlich. Im privaten Transportsektor ist viel Geld zu verdienen, denn niemand wagt es, verderbliche Waren mit den Güterzügen zu schicken, sie haben immer Verspätung. Und sollte ein Zug tatsächlich mal pünktlich ankommen, ist es keineswegs sicher, dass die Ware noch immer in den Waggons ist.

Ich fahre in die Werkstatt. Frage nach Mick. Einer der Mechaniker sagt, er sei im Büro, zeigt mir den Weg. Ich freue mich, ihn zu sehen; er steht am Schreibtisch und beugt sich über ein paar Papiere. Ich klopfe an die Glasscheibe, bis er aufblickt. Auf meinem Gesicht breitet sich ein Lächeln aus, als ich die Tür öffne.

»Samantha!«, ruft er und steht auf. »Schließ bitte die Tür.«

»Hallo, Mick.« Er steht leicht vorgebeugt hinter dem Schreibtisch, beide Handflächen auf der Tischplatte, und schaut mich an.

»Verflucht, was treibst du eigentlich, Samantha?«

»Was meinst du?«

»Plötzlich sitzt mir dein Vater im Nacken, weil er glaubt, ich hätte dich dick gemacht!«

»Nein …«

»Doch. Du musst ein bisschen besser auf dich aufpassen, Mädchen.«

Ich stemme die Hände in die Hüften. »Wer sagt denn, dass es meine Schuld war?«

»Dann such dir einen Kerl, der genug Verstand hat, sich die Socke überzuziehen, bevor er dich pumpt.«

»Aber es war doch …«

»Ja, und Panos muss dafür bezahlen. Ist in dem verdammten England gelandet.«

»*Tsk*«, stoße ich aus und gehe. Ein Klumpen im Hals. Ich gehe bis Msasani zurück zu Fuß.

»Er kann nicht«, erkläre ich, als Alison fragt.

1986

Kigamboni

Alison und Frans sind im Yachtklub. Der Koch ruft mich ans Telefon.

»Ja«, melde ich mich.

»Ich habe dich vermisst«, sagt eine Stimme.

»Victor!«

»Hey, Süße.«

»Wo steckst du?«

»Ich bin so nah, dass ich dich fast schmecken kann«, sagt er. Ich kichere. »Wir können uns sehen, wenn du willst«, fügt er hinzu.

»Wenn ich will, was meinst du damit?«

»Vielleicht bist du es ja leid, auf mich zu warten?«

»Ja, das bin ich wirklich. Aber ich will dich gern sehen. Ich langweile mich. Wo steckst du?«

»Kigamboni«, antwortet er – eine Halbinsel südlich von Daressalaam, vom Fischereihafen aus gibt's eine Fähre. In Kigamboni leben nicht sonderlich viele Leute. Ein paar kleine Hotels stehen an der hübschen Küste, allerdings gibt es so gut wie keine Gäste. Die Fährzeiten sind unsicher, und auf dem Landweg muss man einen gewaltigen Umweg ins Landesinnere fahren, bis man zum Mzinga Creek kommt, um nach Kigamboni zu gelangen. Das gehobene Bürgertum veranstaltet in diesen Hotels dennoch gern ihre Hochzeitsfeiern.

»Aber … kommst du Silvester zu Alison? Bist du eingeladen?«

»Nein, niemand weiß, dass ich in Tansania bin. Nur du.«

»Ich dachte, du bist in Angola oder England.«

»Ich war in England und in Angola, aber jetzt bin ich hier, um dich zu sehen.«

»Und was ist mit …«

»Ich bin ganz allein«, sagt Victor.

»Ich komme morgen früh, ich bin um neun bei dir.«

Alison erzähle ich, dass ich mit Shakila zu Bekannten nach Bagamoyo fahre. Am nächsten Morgen stehe ich an Bord der Fähre. Victor holt mich in dem kleinen Hafen von Kigamboni mit dem Motorrad ab. Ein langer und intensiver Kuss. Er wohnt in einem kleinen Hotel, etwas außerhalb des Dorfs. Kaum sind wir im Zimmer, beginnt er mich auszuziehen – ich bekomme eine Gänsehaut.

»Vorsichtig«, sage ich. Es ist das erste Mal seit der Vergewaltigung, und ich habe Angst, dass ich damit nicht zurechtkomme. Mein Körper ist ganz steif. »Ich bin ein wenig nervös.«

»Entspann dich«, sagt Victor. »Wir haben's nicht eilig.« Er nimmt mich in den Arm und küsst mich lange, streichelt mich am ganzen Körper, liebkost mich überall, bis ich total feucht bin.

»Leg dich auf den Rücken«, fordere ich ihn auf und setze mich auf ihn, nehme ihn vorsichtig in mir auf. Ich kann es noch. Ich habe kein Problem damit. Sein Schwanz fühlt sich brennend heiß und lebendig an, als ich ihn reite und mit den Fingern die Bohne zwischen meinen Beinen reibe.

Wir lieben uns, trinken Gin, schwimmen zusammen, fahren Motorrad, essen gegrillte Maiskolben und Fisch, lieben uns noch einmal und rauchen *bhangi*. Ich erzähle ihm, dass ich krank gewesen bin und zurück in die Schule soll.

»Was hast du mit Mary gemacht?«, will ich wissen.

»Ich hab sie in England gelassen. Afrika ist nichts für sie.«

»Und wo wirst du wohnen?«

»Ich bin in Angola, Zaire, Uganda und Tansania gewesen, es gibt viele schöne Orte. Ich muss mir noch etwas mehr Arbeit beschaffen, bevor ich mich entschließe. Eine Weile werde ich in Zaire zu tun haben. Wie lange wirst du noch in der Schule bleiben?«

»Noch ein halbes Jahr. Ich hab das Examen verpasst, weil ich krank gewesen bin, das halbe Jahr muss ich nachholen.«

»Ja, dass du krank warst, hab ich gehört. Aber jetzt bist du wieder okay?«

»Vollkommen.«

»Erzähl bitte niemandem, dass du mich getroffen hast. Es ist unser Geheimnis«, bittet Victor und berührt meinen Bauch.

»Ja, natürlich«, erwidere ich und ziehe ihn zu mir.

Barbecue

Frans kümmert sich um den Grill, während Vater damit prahlt, wie man Steaks im Busch brät. Man wickelt sie mit Fett und Kräutern in eine Folie, öffnet die Kühlerhaube, befestigt das Päckchen mit Eisendraht an der Auspuffanlage und fährt einige Minuten ziemlich schnell in der Gegend herum. Wie lange, hängt von dem Tier, seinem Alter, von der Dicke des Fleisches und der Vorliebe des Essers für blutiges Fleisch ab, außerdem ist es nicht unwichtig, ob der Motor kalt gestartet wird oder bereits warm ist.

»Das erfordert Erfahrung«, erklärt Vater. Hm ... ich halte mich zurück, beziehungsweise, ich halte einfach meinen Mund. Das funktioniert immer besser. Wir essen, trinken Bier. Ich denke an Victor, ein Schauer durchfährt mich.

»Wie läuft's mit dem Hotel?«, erkundigt sich Alison.

»Ich habe einen Käufer, aber er ist noch nicht ganz überzeugt«, erwidert Vater.

»Wieso?«, fragt Frans. »Kannst du ihm mit dem Preis nicht entgegenkommen?«

»Er hat Angst, dass der Staat es konfisziert.«

»Warum sollten die das tun?«, wirft Alison ein, obwohl sie doch damals selbst mit dem Steuerbeamten gesprochen hat. Allerdings hat sie Vater nichts von dem Besuch erzählt.

»Sie sind der Ansicht, dass ich ihnen noch ein paar Steuern schulde«, erwidert Vater. »Außerdem gibt's noch ein paar andere Sachen.« Bei »anderen Sachen« fragt man besser nicht nach.

»Und wie weit bist du mit der Renovierung deines Hauses?«, fragt Frans nach. Vaters kleines Haus in Dar, das er vermutlich auch verkaufen will. Davon gehe ich aus, es sei denn, er entdeckt sein weiches Herz und will Opa spielen, wenn Alison ihr Kind zur Welt gebracht hat.

»Kommt gut voran, ich bin bald fertig.«

»Willst du umziehen?«, will Alison wissen.

»Wieso fragst du?«

Alison zeigt mit einer fragenden Geste auf ihren Bauch.

»Nein, vor der Geburt ziehe ich nicht um«, lächelt Vater. Ich erhebe mich.

»Was ist los?«

»Ich will mir die Haare waschen.« Gehe in mein Zimmer. Rauche eine Zigarette. Wasche mir die Haare. Langweile mich zu Tode, bin aber gleichzeitig beunruhigt. Umziehen? Für ihn ist Tansania nur irgendein Land, aus dem man jederzeit wegziehen kann. Ich will aber nicht weg.

Kindersoldaten und Kannibalismus

Als ich wieder in den Garten komme, ist Frans angetrunken; es reicht, um sich nach Vaters Arbeit zu erkundigen.

»Afrika«, sagt er. »Kindersoldaten. Bist du schon mal Kindersoldaten begegnet?«

»Ja. Kindersoldaten gibt's überall.«

»Wieso?«

»Je jünger die Soldaten sind, desto besser. Junge Männer haben keine Vorstellung davon, dass sie sterben könnten. Dazu kommt eine Mischung aus Unwissenheit und Religion.«

»Aber … hast du gegen Kinder gekämpft? Auf sie geschossen?«

»Was würdest du tun, wenn ungefähr zwanzig zwölfjährige Jungen mit Macheten und AK47 auf dich zukämen? Die UNICEF anrufen? Die Burschen wissen, dass meine Kugeln sie nicht verletzen können. Das sagt der Medizinmann, und der ist eine große Autorität.«

»Aber sie sehen doch, wie ihre Kameraden fallen?«

»Ja, aber sie wissen auch, dass sie von ihren Offizieren getötet werden, wenn sie den Angriff nicht durchführen.«

»Außerdem stehen sie unter Drogen«, wirft Alison ein.

»Das waren sie tatsächlich, besoffen und bekifft. Tja, Frans, du denkst, es sind junge Bengel, die noch mit der Eisenbahn spielen. Von Grund auf gut. Diese Burschen haben gesehen, wie ihre Familien ermordet wurden. Man hat ihnen befohlen, erwachsene Frauen zu vergewaltigen, die man in ihren eigenen Dörfern gekidnappt hat. Sie wurden zum Kannibalismus gezwungen. Das sind keine Jungen mehr.«

»Kannibalismus?«

»Ja. Wenn in Zentralafrika alles zusammenbricht, kommt es zu Kannibalismus. Man isst das Fleisch seiner gefallenen Feinde, um sich deren

Kraft einzuverleiben. Versetzt man sich in ihre Realität, ergibt das absolut Sinn. Ich habe es gesehen.«

»Und was hast du gemacht?«

»Sie erschossen.«

»Aber … das Leben eines jeden Menschen ist doch etwas wert?«

Vater lacht über Frans. »Bei einigen mehr als bei anderen.« Er zeigt auf den Wachmann, der im Garten seine Runde geht. »Dein Leben ist mehr wert als das des Wachmanns. Und erzähl mir nicht, dass du anderer Ansicht bist.«

»Hör auf, mit ihm zu diskutieren«, fordert Alison Frans auf. »Er hat keine Seele.«

»Die habe ich durchaus. Vielleicht ist sie ein wenig verschattet, aber sie ist hier, wo wir sind«, erwidert Vater mit einer Armbewegung. Meint er Afrika? Oder die Welt?

»Wie hältst du dich eigentlich aus?«, stöhnt Frans. Alison steht auf und legt ihm die Hände auf die Schultern.

»Bettzeit«, sagt sie.

»Ich versteh es nicht«, beharrt Frans.

»Komm.«

»Nein, warte.«

»Vater, wieso musst du jedes Mal …«, setze ich an, unterbreche mich aber, denn es ist Zeitverschwendung.

»Ich habe bloß auf die Frage dieses Mannes geantwortet. Es ist leicht, das Herz auf dem rechten Fleck zu haben, wenn man Erste Klasse fliegt.«

Politik

»Ich …«, sagt Frans. Alison hat sich wieder hingesetzt, die brave Hausfrau. Wenn der Mann besoffen ist und nicht ins Bett will, muss er auch nicht ins Bett. »Aber wie ist es möglich, dass Unruhen in Afrika immer so … aus dem Ruder laufen. Also … so bestialisch sind, so grausam?« Frans lallt ein wenig.

»Sie sind nicht grausamer als anderswo«, entgegnet Vater.

»Kindersoldaten, Vergewaltigungen, Kannibalismus. Das ist doch … unmenschlich.«

»Nein«, widerspricht Vater. »Das ist menschlich. Glaubst du, Weiße täten so etwas nicht?«

Frans antwortet nicht. Ich bin nicht gut in Geschichte, aber es gab den Zweiten Weltkrieg.

»Es ist nur so schwer zu verstehen«, sagt Frans.

»Stell dir vor, du stammst hier aus Tansania. Du bist ein junger Mann, gesund und kräftig. Du hast kein Geld, um zu leben, weniger als einen Dollar am Tag. Du kannst weder lesen noch schreiben. Du kennst niemanden mit Beziehungen. Es gibt keinerlei Aussicht auf Arbeit. Das Einzige, was du tun kannst, ist an der Straßenecke stehen und neidisch jedem Wagen und jedem Paar eleganter Schuhe hinterherzusehen. Und dann kommt plötzlich eine Autorität, die auf den Feind zeigt, der angeblich Schuld an dieser Situation ist, und befiehlt dir, ihn zu ermorden. Man sagt dir, du hast zuerst zu vergewaltigen, und hinterher darfst du gern den Besitz des Ermordeten behalten. Was würdest du tun? Selbstverständlich vergewaltigen und morden.«

»Aber warum helfen wir aus dem Westen nicht? Wieso ändern wir nicht das System?«

»Weil das Realpolitik ist, Machtpolitik. Afrika ist durch und durch verfault von Korruption und Nepotismus. Sie haben die Rohstoffe, die wir wollen – und wir nehmen sie uns, wie es uns passt. Wir Westler sind auf einem Fest, und bei Festen ist es so, dass man sich nicht darum kümmert, wer nicht eingeladen wurde. Wie es dem gemeinen Neger geht, ist uns egal, solange wir unser Feigenblatt in Form von ein bisschen Entwicklungshilfe haben, die bei weitem nicht das aufwiegt, was wir mit der anderen Hand klauen. Wir haben sie bei den Eiern.«

»Aber der Krieg ist trotzdem so … bestialisch.«

»Es ist nicht bestialischer, mit einer Machete zu töten als mit einem Gewehr. Man ist nur näher dran. Und es ist blutiger.«

Frans erhebt sich, ohne etwas zu erwidern, geht ein wenig unsicher zur Tür. Vater ruft ihm hinterher: »Die Welt ist logisch. Sie hängt zusammen. Der Sowjetunion fehlt es an ausländischer Valuta, militärische Frachtflugzeuge werden an westliche Hilfsorganisationen als Nothilfetransporter verliehen, und die Piloten nehmen russische Waffen mit, die sie den Aufständischen verkaufen können. Welchen Aufständischen? Es gibt immer welche.«

»Gute Nacht«, sagt Alison ruhig und fasst Frans an die Schultern, geht mit ihm nach drinnen. Ich folge ihnen. Vater ist sauer, dass wir alle ins Bett gehen. Aber ich hätte ohnehin nichts davon, allein mit ihm auf der Veranda zu sitzen.

Die Schule

»In zwei Wochen gehst du wieder in die Schule«, erklärt Vater. Alles ist bereits besprochen, ich habe nichts zu sagen. Ich soll nach der Hälfte des Schuljahres wieder in die zehnte Klasse gehen – in die Klasse unter meiner alten Klasse – und mein Examen nachholen.

»Ich will nicht zurück. Alison hat die Schule in England auch geschmissen.«

»Ja, aber sie hat die zwölfte Klasse beendet. Von dir erwarte ich nur die zehnte Klasse, aber das verlange ich tatsächlich.«

Das Gefängnis wartet. Ich gehe schwimmen, kaufe eine Flasche Konyagi und setze mich mit einem Glas und Zigaretten in den Garten. Im Haus klingelt das Telefon, der Koch ruft mich.

»Ja«, melde ich mich.

»Hey, hier ist Panos«, höre ich als Antwort.

»Panos! Wo steckst du?«

»In England. Landwirtschaftsschule. Ich lerne etwas über den Boden.« Panos lacht. »Ihr Engländer seid schon eigenartig. Außerdem arbeite ich an einer Tankstelle. Ich bin einer der Unterprivilegierten.«

»Wann kommst du zurück?«

»Weiß ich nicht. Meine Mutter sagt, dass Stefanos Familie vielleicht nach Italien zurückgeht oder eine Tabakfarm in China übernimmt. Wenn sie weg sind, kann ich kommen.« Ja, Stefanos Vater würde ihn umbringen, wenn er jetzt zurückkäme.

»Panos, es tut mir leid, dass …« Panos unterbricht mich.

»Mir aber nicht. Ich wollte das Arschloch verprügeln, seit ich vier Jahre alt war.« Er lacht durch die transkontinentale Telefonverbindung.

Ich lache auch, der Konyagi hilft.

»Wie geht's dir, Samantha?«

»Ich bin krank gewesen«, erzähle ich. »Und jetzt muss ich den zweiten Teil der zehnten Klasse wiederholen.«

»Scheiße. Zieh es einfach durch, und dann komm her. Das wird cool.«

»Wo wohnst du?«, erkundige ich mich.

»Kellerzimmer. Die Temperatur würde ich eher kühl nennen.« Panos lacht.

»Aber wie lebst du? Hast du ein Auto? Wo isst du?«

Panos lacht noch immer. »Samantha, verdammt. In Europa muss man alles selber machen. Ich fahre Fahrrad, koche Spaghetti und rauche selbstgedrehte Zigaretten. Ich meine … ich habe ein bisschen darüber nachgedacht. Ich bin ein Halbschwarzer, aber ich musste erst nach England kommen, um wie ein richtiger Neger zu leben.«

»Hast du Geld?«

»Kein Geld.«

»Scheiße.«

»Na ja, es geht. Aber Samantha, ist bei dir alles okay? Ich vermisse … na, du weißt schon, eine Zigarette mit dir zu rauchen, eine K.C. zu trinken.«

»Ja«, sage ich, »geht mir auch so.«

Wartezeit

Ich warte. Worauf warte ich? Auf Victor. Ich hoffe, Victor taucht wieder auf, aber das macht er nicht, und ich will Vater nicht fragen; er darf nicht mitbekommen, dass zwischen Victor und mir etwas läuft. Die Tage schleppen sich dahin. Es endet damit, dass ich anfange, die Nase in die Schulbücher zu stecken. Natürlich kann ich dieses Examen schaffen. Wenn es sie glücklich macht. Aber ich muss mein eigenes Leben leben. Wie geht das? Mit Victor? Allerdings ist er ständig unterwegs, und will er überhaupt etwas von mir? Panos, wenn er wiederkommt? Aber Panos ist Panos. Das ist einfach zu abwegig, finde ich. Und Mick mag mich nicht mehr. Er kommt nicht vorbei, er fragt nicht, ob wir etwas zusammen unternehmen wollen. Ich weiß nicht, was ich tun soll.

Ein paar Tage vor Schulbeginn rufe ich Tazim an.

»Es wird schon gehen«, sagt sie. »Es sind doch nur ein paar Monate, dann sind schon Lernferien, und das Examen und alles ist überstanden.«

»Aber …«, wende ich ein. »Die Leute denken doch …« Tatsächlich weiß ich nicht, was sie denken. »Was reden sie so?«

»Na ja, es heißt, Panos war in dich verliebt und hat Stefano aus Eifersucht verprügelt.«

»Und was ist mit Baltazar?«

»Baltazar?«, fragt Tazim. »Was soll mit ihm sein?«

»Er … ach, nichts.« Baltazar ist nicht mehr in der Schule, er ist bereits vergessen; tot und verschwunden wie Gretchen und Christian.

Paria

Ich trage meine Tasche auf das Zimmer, das ich mit Adella teilen soll – immerhin etwas. Wir rauchen einen Joint, wie immer. Wir schlafen, sie jedenfalls. Ich überlege, ob ich meine Tasche packe, im YMCA übernachte und morgen früh einen Bus nehme. Auf der Schule scheint es eine unsichtbare Zone um mich herum zu geben: Niemand kommt mir zu nahe, und niemand redet mit mir. Im Unterricht sitze ich zwischen den Küken aus der Klasse unter mir; ich weiß nicht mal, wie sie heißen. Aber jetzt ist dies meine Klasse, und ich schlage in den Büchern Seiten auf, die ich schon einmal gesehen habe … Was soll ich damit? Ich gehe zum Kijana-Haus und setze mich auf die Raucherbank, zünde mir eine Zigarette an, mit wem soll ich reden? Man zeigt mir nicht die kalte Schulter. Die Leute lassen sich nur nicht auf mich ein. Meine Freunde sind fort. Panos ist weg. Gretchen. Baltazar und Stefano waren keine Freunde. Christian ist weg. Shakila ist in Daressalaam. Diana und Truddi gehen mir aus dem Weg wie der Pest. In einer Pause spreche ich Diana an.

»Hast du von Panos gehört?«

»Halt dich von mir fern«, erwidert sie.

»Ich will dir doch bloß erzählen …«

»Verschwinde!«, zischt Diana.

Auch Tazim meidet mich. Vermutlich denkt sie, ich übertreibe. Ich besuche sie.

»Ständig schaffst du dir eine Menge Probleme. Und du schaffst allen, die in deiner Nähe sind, Probleme. Das will ich nicht«, sagt sie und lässt mich stehen. Ich glaube, es gibt eine Menge Gerüchte über mich. Die

Leute respektieren mich oder meiden mich einfach, vielleicht haben sie Angst. In jeder Pause sitze ich auf der Raucherbank, hier gehöre ich hin. Jarno setzt sich neben mich.

»Willkommen zurück, Sam«, sagt er.

»Ja, vielen Dank.«

»Wird schon gehen.«

»So?«, frage ich. Er lächelt und zuckt die Achseln, zieht an seiner Zigarette.

Handbuch

Als Nachmittagssportart wähle ich Schwimmen. So muss ich mit niemandem sprechen, außerdem schwimme ich schneller als die meisten. Ich brauche jemanden. Gehe den weiten Weg bis zu *Mama Mbege*, aber Jarno ist nicht dort. Begegne einem Sikh aus Jarnos Klasse, Bramjot. Er lächelt und bietet mir eine Zigarette an, redet aber nicht mit mir. Am nächsten Nachmittag gehe ich ins Kishari, in dem ich mich eigentlich gar nicht aufhalten darf. Jarno sitzt in seinem Zimmer am Schreibtisch. Ich trete ein und lege mich aufs Bett. Er schaut mich an und lächelt, sagt aber nichts. Ich auch nicht. Das Lächeln erstarrt. Er bleibt sitzen.

»Christian kommt im Juni«, teilt er mit.

»Ah ja?«, erwidere ich. Jarno sagt kein weiteres Wort. Alles steht still. Ich halte es nicht aus.

»Warum tust du nichts?«, frage ich ihn.

»Was soll ich tun?«

»Ich liege hier vor dir.«

»Und was möchtest du? Was soll ich machen?«

»Es gibt kein Handbuch.«

»Was könntest du dir denn vorstellen.«

»Woher soll ich das wissen?«

»Tja, ich habe auch kein Handbuch«, sagt er und steht auf. Bleibt im Zimmer stehen.

»Dann such dir doch eins«, erwidere ich, als ich ebenfalls aufstehe und mich vor ihn stelle. Ihn ansehe. Er schaut mich an. Wir stehen uns einige Sekunden wortlos gegenüber. »*Tsk*«, schnalze ich und verlasse das Zimmer.

Gewalt

Ende März, kurz vor Schluss des Semesters, setze ich einen Punkt. In der Bibliothek. Ich lese einen Text für eine Biologieaufgabe, als Gulzar sich mir gegenübersetzt und flüstert: »Ich kann dich bezahlen, wenn du's mit mir machst.«

Ich schaue auf, um mein Gesicht zu verziehen, aber er sieht mich so erwartungsvoll an. Als ob es möglich sein könnte, als ob es tatsächlich passieren könnte ... dass die Welt so funktioniert und ich ihn für Geld anfasse. Ich könnte kotzen, bin aber bereits aufgesprungen, packe die Rückenlehne des Stuhls und schwinge ihn über den Tisch. Die Beine brechen an Gulzars Schädel ab. Er fällt rücklings von seinem Stuhl, sein Kopf knallt auf den Betonfußboden. Gulzar bleibt liegen und stöhnt, Blut läuft ihm aus einer tiefen Wunde an der Wange – ein Stuhlbein muss sie aufgerissen haben.

»Du bist ja wahnsinnig!«, schreit die Bibliothekarin und hockt sich neben Gulzar. Mr. Harrison rennt herein.

»Was ist passiert, Samantha?«

Die Bibliothekarin schaut zu ihm auf: »Sie hat ihn zusammengeschlagen. Mit dem Stuhl.« Harrison packt mit festem Griff meinen Oberarm. Schaut mich an.

»Warum hast du das getan?«

»Weil er ein Schwein ist.«

»Ins Büro!«, befiehlt Harrison und führt mich durch den summenden Kreis von Neugierigen, die in die Bibliothek gekommen sind. »Macht Platz!«, fordert er sie auf, und sie ziehen sich ein wenig zurück, um uns durchzulassen. Ich sehe Diana, Masuma, Jarno und den Lehrer Voeckler. Im Büro werde ich im Vorzimmer auf einen Stuhl gesetzt. Owen stürzt beinahe ins Zimmer.

»Jetzt ist Schluss, damit kommst du nicht durch, Samantha!«, schreit er und greift zum Telefon. Ich sehe, wie die Bibliothekarin und ein Lehrer Gulzar auf dem Weg zum Parkplatz stützen. Vermutlich wird er zum Arzt gebracht. Ich muss anderthalb Stunden im Büro sitzen, während Owen telefoniert. Harrison kommt zurück und spricht mit Owen.

»Ich muss pinkeln«, sage ich zur Sekretärin. Sie redet mit Owen.

»Komm mit«, fordert sie mich auf und begleitet mich zur Toilette.

»Ich warte hier«, erklärt sie auf dem Gang, und ich gehe hinein, zünde mir eine Zigarette an, setze mich und pinkele. Als wir zurückkommen, werde ich ins Büro gerufen.

»Du hast Glück«, sagt Owen. »Gulzars Vater will dich nicht anzeigen, aber auf der Schule hast du ab sofort nichts mehr verloren.«

»Okay. Ich gehe hoch und packe.«

»Nein«, sagt Owen. »Wir haben deine Sachen bereits gepackt. Sie liegen in meinem Wagen. Ich fahre dich in ein paar Stunden zum Bus.«

»Und was mache ich bis dahin?«

»Du kommst mit mir nach Hause zum Essen.« Ich folge Owen zu seinem Wohnhaus. Normalerweise isst er im Speisesaal, aber heute ist Essen aus der Schulküche in seine Wohnung gebracht worden. Seine Frau und seine Kinder sind nicht zu Haus, vermutlich essen sie im Speisesaal.

Wir sitzen uns am Tisch gegenüber und essen, ohne ein Wort zu sagen. Ich habe keinen Appetit.

»Kaffee?«, erkundigt sich Owen.

»Ja, danke.« Er holt eine Thermoskanne, Tassen, Zucker und eine Dose Africafé. Wir bereiten uns jeder eine Tasse zu.

»Darf ich rauchen?«

»Auf der Veranda«, erwidert Owen und geht hinaus. Ich folge ihm. Trinke den Kaffee, rauche die Zigarette. Schaue hinüber zur Schule. Dieses Leben ist vorbei.

»Hm«, sage ich.

»Was ist?«, fragt Owen.

»Wollen wir fahren?«

»Ja, brechen wir auf«, erwidert er. Nicht ein Wort fällt. Er löst ein Ticket für mich, gibt mir ein wenig Bargeld. »Viel Glück.«

»Gleichfalls«, antworte ich und steige ein. Setze mich. Warte. Ich bin draußen.

Das schwere Leben

»Hör auf zu heulen«, sagt Alison, als sie die Tür öffnet und mich sieht.

»Die haben mich rausgeschmissen«, flenne ich.

»Ich weiß. Owen hat angerufen. Wieso hast du ihn verprügelt?«

»Er wollte mir Geld geben, damit ich … ihn anfasse«, schluchze ich.

»Und?«

»Na ja … ich habe total die Beherrschung verloren.«

Frans taucht hinter ihr auf. »Du hättest ihn einfach ignorieren sollen.« Ich schaue zu Boden.

»Komm jetzt rein«, fordert Alison mich auf.

»Ich kann deinen Bauch sehen«, sage ich.

»Ja, schön, nicht?« In zweieinhalb Monaten soll sie entbinden. Ich hätte diesen Bauch haben können, noch größer. Ich rechne nach, bei mir wäre es vor einem Monat so weit gewesen. Ein kleines schokoladenbraunes Kind.

Frans ist nicht glücklich über mein Erscheinen.

Ich setze mich auf die Veranda und rauche. Wir sind mitten in der Regenzeit – fünfunddreißig Grad im Schatten bei einer Luftfeuchtigkeit von vierundneunzig Prozent –, die Zigarette geht aus, wenn ich nicht permanent ziehe.

Am nächsten Nachmittag erscheint Vater. Ich höre Alison in der Einfahrt: »Du fasst sie nicht an!«

»Nein, nein«, erwidert er.

»Wenn du ihr etwas tust, wirst du deinen Enkel niemals kennenlernen.«

»Ich tu ihr nichts«, erklärt er und wird hereingelassen. Ich sitze in der Ecke des Sofas und habe die Beine untergeschlagen. Er setzt sich neben mich. Sagt nichts. Bietet mir eine Zigarette an. Feuer.

»Lass uns was essen gehen«, sagt er.

»Okay.« Wir fahren ins Oysterbay Hotel. Was will er?

»Als ich so jung und zornig war wie du jetzt, bin ich auf die schiefe Bahn geraten«, sagt er und sieht mich an. Ich erwidere nichts. »Wie sich herausstellte, war es ziemlich schwierig … das Leben.«

»Was war so schwer daran?«

»Ich kam zum Militär, zum SAS, und wurde diszipliniert. Ich habe gelernt, mich selbst in den Griff zu bekommen.«

»Diszipliniert wozu? Neger zu ermorden?«

»Dir fehlt die Disziplin, um dein Leben zu meistern. Selbstdisziplin. Und dafür musst du selbst sorgen, Samantha.«

»Wovon redest du?«, frage ich. Vater sieht mich an, wendet den Blick ab, seufzt.

»Ich weiß es nicht. Ich versuche, dir etwas zu vermitteln.«

»Was denn?«

»Ich weiß es nicht.«

»Wer weiß es dann?«

Er sieht mich wieder an: »Du solltest anders sein als ich. Wenn du es gut haben willst im Leben, dann solltest du anders sein als ich.«

»Das ist mir klar.«

»Wirklich?«, fragt er nach. Ich antworte nicht. »Es bleibt mir nichts übrig, ich muss dich zu deiner Mutter schicken.«

»Erst, wenn Alison ihr Kind zur Welt gebracht hat, okay?«, sage ich leise.

Er sieht mich skeptisch an.

»Es sind nur noch zwei Monate bis dahin.«

»Einverstanden«, sagt er.

Geilheit

Ich wache früh auf, laufe ans Wasser und schwimme. Dann gehe ich zu Jack. Das Hausmädchen öffnet die Tür nur einen Spalt weit. Ich grüße auf Swahili und frage, ob der Junge zu Hause ist.

»Der Junge ist noch nicht aufgestanden«, sagt sie, bereit, die Tür jederzeit zuzuschlagen.

»Dann wecke ich ihn einfach.«

»Ich weiß nicht…« Sie macht ein ängstliches Gesicht.

»Du weißt, dass der Junge ein *msenge* ist, nicht wahr? Sonst hätte er doch längst versucht, dich zu begrabschen.« Sie kichert und schaut zu Boden, hebt die Hände, um ihr Lächeln zu verbergen. Ich habe ihr gerade erzählt, dass der Sohn des amerikanischen Botschafters ein kleiner Schwulenarsch ist.

»Der Botschafter sieht es gern, wenn du mich hereinlässt«, sage ich. »Er hofft, dass ich den kleinen *msenge* wieder normal mache.« Jetzt lacht sie vollkommen unverhohlen, sperrt die Tür auf und lässt mich herein. Ich gehe in sein Zimmer und werfe mich auf Jacks Bett, er wacht auf.

»Hey, Sam«, murmelt er. »Willst du frühstücken?«

»Ich will vögeln«, sage ich, greife nach seiner Hand und ziehe sie mir zwischen die Beine.

»Hör auf damit«, sagt er und grinst. Versucht, die Hand zurückzuziehen.

»Komm schon, Jack, fick mich.« Ich werfe mich auf ihn.

»Nein, Sam. Ich hab keine Lust dazu … du bist ein Mädchen.« Er kämpft, um sich zu befreien. Ich ziehe mein T-Shirt über die Brüste.

»Magst du wirklich keine Titten? Du darfst mich auch von hinten nehmen.«

»Hör jetzt auf.«

»Und wenn wir das Licht ausmachen?«

»Stopp!«

»Ein Arsch ist doch so gut wie der andere?«

»Blöde Kuh!« Er stößt mich weg. Ich stöhne.

»Mann, ich brauch's so«, jammere ich.

»Nimm dir eine Zigarette«, erwidert Jack und springt aus dem Bett. Sein Penis zeigt keinerlei Reaktion. Er geht zur Tür und ruft in seinem gebrochenen Swahili: »Bitte um Frühstück für zwei, danke!«

Wir essen. Dann fährt Jack mich nach Hause. Er will mit Flaschen tauchen, dazu habe ich keine Lust; zu viel Wasser über mir.

Die Tage und Wochen vergehen auf diese Weise mit Nichtstun. Alison spricht nicht über England. Vater will, dass ich bei Mutter wohne, sobald Alison entbunden hat. Aber ich will nicht. Ich hoffe nur, dass sich irgendetwas Neues ergibt, irgendeine Gelegenheit.

Imperialisten

Range Rover, Land Rover, Land Cruiser, Nissan Patrol, Cherokee Jeep, neue Wagen von Peugeot und Mercedes, ein Scheiß-Porsche – die Autos halten, frisch gewaschen vom Dienstpersonal, in der Einfahrt des schwedischen Botschaftsgebäudes. Frans parkt seinen blankgeputzten Range Rover.

»Wir benehmen uns anständig«, ermahnt mich Alison, als wir über den feinkörnigen Kies der Einfahrt gehen, vorbei an den Fahrern in ihren kackbraunen Uniformen, die darauf warten, dass die Herrschaften besoffen genug sind, um sich nach Hause verfrachten zu lassen.

»Selbstverständlich«, erwidere ich. Die Botschaften haben das Recht zur unbegrenzten Einfuhr von steuer- und zollfreien Waren, die Kataloge habe ich bei Christian in Moshi und neulich auch bei Jack gesehen. Dänische Firmen, die alles verkaufen: Möbel, Kleidung, Süßigkeiten, Lebensmittel, Schnaps, Schmuck, Gardinen, Toilettenpapier, Zigaretten, Zelte, einfach alles. Ein Kellner im Jackett eilt uns mit einem Tablett entgegen, auf dem langstielige Gläser mit einem Willkommensdrink stehen. Ich nehme mir ein Glas und schlendere umher. Es gibt Unmengen von Essen, und glücklicherweise ist die Party nicht formell: Man bittet einfach einen der Kellner um die Dinge, die man auf seinem Teller haben möchte, und setzt sich an einen der kleinen Tische im Garten. Wir essen. Hinterher halte ich mich an Alison, die im Garten herumgeht und die Leute begrüßt. Fackeln brennen, und in einem großen Barzelt werden Cocktails ausgeschenkt.

»Wie haben Sie Ihrem Mädchen beigebracht, so etwas zu kochen?«, fragt Alison die Ehefrau des schwedischen Botschafters.

»Oh, Maria ist sehr anstellig«, antwortet die Botschaftergattin. »Ich muss ihr die Dinge nur zwei-, dreimal zeigen, dann kann sie es.« Wir hatten Crêpe Suzette zum Dessert. Es sind doch nur Pfannkuchen. Sie reden über das Küchenmädchen wie über einen Hund, der die Tricks gut beherrscht, die man ihm beigebracht hat.

Das ganze Verhältnis zu den Dienstboten ist wie zu Hunden, denn auch ein Hund ist abhängig von seinem Besitzer, und er weiß es. Ist er nett zur Familie, bekommt er Futter. Einige haben natürlich auch Angst vor ihren Hunden. Sie glauben, sie könnten auch mal zubeißen.

Ich entferne mich, bevor die Damen sich mir zuwenden oder anfangen, über Alisons Bauch zu reden. Alison und Frans werden wegen Frans' Job bei der KLM zu unglaublich vielen Festen in Botschaftskreisen eingeladen – er kann auf den letzten Drücker noch Flugtickets besorgen.

Jede Menge Schweden sind unter den Gästen. Die Bar besteht aus langen Tischen mit gelb-blauen Tischdecken, wie die schwedische Flagge. Die Männer sind in den Vierzigern, sie sind zu dick und sehen müde aus. Einige haben schwarze Frauen, die sich im Hintergrund halten oder mit den anderen schwarzen Frauen plaudern, die ebenfalls eine weiße Giraffe geschossen haben. Und dann gibt es noch die weißen Frauen.

»Klaut Ihr Koch?«, erkundigt sich eine von ihnen.

»Ja, die klauen doch alle. Aber so lange es nicht überhand nimmt«, antwortet eine andere.

Frans taucht neben mir auf, nimmt meinen Arm und zieht mich von den plappernden Damen fort.

»Man sollte sich niemals über sein Dienstpersonal beschweren«, sagt er. »Man sollte sich auch nie über den Verkehr beschweren, wenn man hier Auto fährt, denn sonst endet es mit einem Nervenzusammenbruch oder einem Magengeschwür. Dann sollte man lieber wieder nach Hause gehen«, fügt er so leise hinzu, dass niemand sonst es hört. Frans ist okay.

»Ist doch in Ordnung mit dem Verkehr«, sage ich. Wir schlendern ein bisschen durch den Garten. Ich schnorre eine Zigarette von ihm.

Alison kommt zu uns.

»Wollen wir fahren?«, fragt Frans. Alison legt die Hände auf den Bauch.

»Allzu lange will ich nicht mehr bleiben«, sagt sie und nickt einer hübschen Einheimischen mit großen Brüsten zu.

»Ist sie noch mit dem deutschen Handelsattaché zusammen?«, will Frans wissen.

»Ja, offenbar hat sie ihn am Haken«, erwidert Alison.

»Ich hole uns noch ein paar Drinks.« Frans geht zur Bar, an der schwarze Kellner mit dunklen Hosen und Jackett bedienen.

»Am Haken?«, frage ich nach. Und Alison erzählt, dass die Frau Witwe mit zwei kleinen Kindern ist und seit drei Jahren regelmäßig auf diesen Festen auftaucht. Sie arbeitet daran, den richtigen weißen Mann zu finden, der bezahlen kann.

»Hey, Mädels!« Es ist Jack. »Wollen wir feiern?«

»Wir müssen los«, sage ich.

»Nein«, widerspricht Jack, als Frans mit unseren Drinks und einem Fruchtsaft für Alison zurückkommt.

»Ich muss auf mich aufpassen«, sagt Alison mit einem Blick auf ihren Bauch.

»Wenn Sam bleibt, verspreche ich, sie nach Hause zu fahren«, schlägt Jack vor.

»Vermutlich bist du nicht mehr ganz sicher am Steuer«, wendet Frans ein.

»Ich habe einen Chauffeur«, erklärt Jack.

»Frag Samantha, ich bin nicht ihre Mutter«, sagt Alison mit einem Lächeln.

»Na ja, klar, ich bleibe gern.« Kurz darauf verabschieden sich Alison und Frans. Jack und ich gehen auf die Toilette und pudern uns die Nase. Wir saufen wie die Fische, laufen herum, hören den Leuten zu und feixen, bis Jacks Vater uns bittet, uns ein wenig zurückzuhalten. Wir besorgen ein paar Dosen Bier und lassen uns zur Oysterbay fahren, schwimmen nackt, sitzen im Sand. Trinken, rauchen und plaudern.

Am nächsten Morgen: Zähneputzen. Kopfschmerzen wegen letzter Nacht. Alison ruft mich, sie will mich beim Einkauf und beim Friseur dabeihaben.

»Ich muss mich noch kämmen!«, rufe ich zurück. Es tut weh. Ein bisschen ist gestern noch übriggeblieben. Ich klappe den Toilettendeckel herunter, streue rasch das Pulver aus, zerhacke es mit einer Nagelfeile, rolle einen Geldschein zusammen und ziehe es in die Nase. Schaue in den Spiegel, putze mir die Nase, schüttele den Kopf. Ab ins Auto.

»Geht's dir gut?«, erkundigt sich Alison.

»Ja.«

»Du wirkst so unruhig.«

»Ich bin nur total müde, aber es geht schon.«

»Okay«, sagt sie und fragt nach gestern.

»Halb fünf war ich zu Hause.«

»Ja, dann hast du ja wirklich kaum geschlafen.«

»Schlafen kann ich, wenn ich tot bin.«

Jarno

Eines Tages hat der Koch mir einen Zettel hingehängt, als ich nach Hause komme: »Bin im Norad-Haus, schau vorbei. Jarno«

Okay. Er ging in die zwölfte Klasse. Dann muss das Examen bereits überstanden sein. Wenn ich auf der Schule geblieben wäre, hätte ich jetzt das Examen nach der zehnten. Und, gibt es einen Unterschied? Ich gehe aus dem Haus und suche nach einem Taxi. Fahre dorthin. Eine alte Yamaha 125 hält vor dem Haus, und der Koch sitzt am Eingang der

Dienstbotenwohnung und plaudert mit dem Gärtner. Ich grüße und frage.

»Er ist im Haus«, antwortet der Koch. Ich gehe hinein. Irgendein hirntoter Rock läuft, außerdem höre ich die Dusche. Ich öffne die Tür zum Badezimmer.

»Jarno?«, sage ich. Er steht splitternackt in der Badewanne.

»Was ist?« Verblüfft schaut er sich um.

»Soll ich dir den Rücken waschen?«, frage ich ihn, ich habe Lust auf Sex.

»Ja, du bist herzlich willkommen.« Hinterher gehen wir ins Bett. Er hat Kondome. Meine Brüste werden wie ein Teig geknetet. Wir machen's, und nach exakt siebenundzwanzig Sekunden kommt er; ich zähle mit, so langweilig ist es.

Er entschuldigt sich.

»Ist schon okay.«

»Überdruck«, meint er. »Beim nächsten Mal wird's besser.« Sein Schwanz wird bereits wieder steif. Er interessiert mich nicht.

»Ich muss gehen«, sage ich.

»Bleib doch noch ein bisschen.«

»Nein, ich habe eine Verabredung.«

»Ich kann dich fahren«, schlägt er vor. Wir ziehen uns an und gehen in die Küche, nehmen uns eine Cola aus dem Kühlschrank. Der Koch wendet uns den Rücken zu, schneidet Gemüse und zischt ein beinahe unhörbares *tsk*. Schüttelt ganz leicht den Kopf. Wir benehmen uns skandalös. Was geht ihn das an?

Draußen ist es zu heiß, deshalb setzen wir uns zum Rauchen ins Wohnzimmer.

»Ich glaube, Christian kommt bald«, erzählt Jarno.

»Hierher? Nach Dar?«

»Er hat mir in Morogoro geschrieben. Er hat mich gefragt, ob du tot seist…?«

Ach, Scheiße. Selbstmörderisch, ich hab ihm das geschrieben. Und ich weiß doch, dass er in mich verliebt ist, und jetzt kommt er, und dann werde ich… ich will damit nichts zu tun haben.

»Was glaubst du? Bin ich tot?«

»Auf mich wirkst du nicht sonderlich tot.«

»Das kannst du ihm dann ja erzählen.«

»Das habe ich bereits. Er freut sich, dich zu sehen.«

»Ich bin nicht sicher, ob ich da bin. Ich muss bald weg.«

»Ja, ich weiß, was du meinst«, antwortet Jarno.

»Wirklich?«

»Ja. Afrika ist nicht unsere Welt.«

»Das meine ich nicht.«

»Was dann?«

»Europa, ist das unsere Welt?«, frage ich zurück. Jarno zuckt resignierend die Achseln.

»Finnland? Willst du dort hin?«

»Militärdienst«, antwortet er. »Obligatorisch.«

»Pfui, zum Teufel.«

»Tja.« Er lacht. »Ich fange im Gefängnis an.«

»Wieso?«

»Ich hätte schon vor einer Woche da sein sollen. Die Leute von der Botschaft suchen nach mir.«

»Wissen die nicht, dass du hier bist?«

»Das werden sie sicher bald herausfinden, aber was wollen sie machen? Sie können mich nicht festnehmen. Sie müssten Tansania offiziell um Hilfe bitten, und dazu haben sie keine Lust.«

Ich stehe auf. »Ich muss los.«

Auch Jarno steht auf, kommt auf mich zu, legt eine Hand auf meine Hüfte.

»Kannst du nicht noch etwas bleiben«, bittet er leise – total klebrig.

»Wird Christian hier wohnen, wenn er kommt?«, frage ich. Jarno entfernt seine Hand.

»Ja.«

Ich überlege mir, ihn zu fragen, ob ich auch eine Weile hier wohnen könnte, aber dann würde Jarno ständig … und wenn Christian kommt, würde er … nein, das kann nicht klappen.

»Du erzählst Christian doch nichts davon, oder?«

»Natürlich nicht«, behauptet Jarno. Natürlich wird er es ihm erzählen. Ein Geheimnis ist etwas, das man einem anderen Menschen erzählt, sonst wäre es ja kein Geheimnis. Jarno kann nichts für mich tun, nur ein weiterer Passagier.

Fleischköppe

Alison und Frans wollen übers Wochenende nach Sansibar, außerdem sind einige Schüler zum Schuljahresende nach Dar zurückgekehrt. Ich telefoniere und lade ein paar Leute ein, am Samstagabend vorbeizukommen. Bespreche mit dem Koch, dass er etwas zubereitet, das ich nur aus dem Kühlschrank holen muss. Stelle Plastikbehälter mit Wasser in die Gefriertruhe, um genügend Eis für die Kühlung des Biers in der Badewanne zu haben. Ich habe die Erlaubnis. Ein ganz neues Gefühl.

Jack kommt. Aziz bringt Diana mit. Jarno und Salomon, der sich die Haare wieder hat wachsen lassen. Jack taucht mit ein paar netten Marines auf. Ein paar einheimische Mädchen, die normalerweise im Marine's Club sind. Ich gehe mit Jack und Aziz ins Badezimmer, wir wollen uns die Nase pudern.

Im Wohnzimmer reden alle darüber, was sie vorhaben. Diana will in Kanada studieren; sie erzählt, dass Tazim eventuell nach Portugal geht. Jarno muss in Finnland ins Gefängnis und zum Militärdienst, Aziz hat einen Job im Import-Export-Geschäft seines Vaters bekommen, zu mehr reichen seine Noten nicht. Salomon will an die Mailänder Universität. Die Marines müssen zurück in die USA und dort tun, was man in den USA so tut. Und die einheimischen Mädchen hoffen, dass sie mitgenommen werden. Aber sie irren sich. Und ich ... ich habe keine Ahnung. Bald sind sie alle fort. Bald sehe ich sie nicht mehr, dann sind sie tot. So tot wie Gretchen. Ich höre nichts von ihr, sie hört nichts von mir.

Ich habe zu wenig gegessen, ich werde zu schnell betrunken. Gehe in den Garten, um Luft zu schnappen und eine Zigarette zu rauchen. Jarno kommt und legt einen Arm um mich. In dem dunklen Garten läuft es mir eiskalt den Rücken hinunter. Die Erinnerung überwältigt mich: Baltazar im dunklen Garten der Strand-Brüder bei dem Fest in Arusha.

»Hör auf, mich anzufassen!«, sage ich scharf. Meine Stimme überschlägt sich ein wenig. »Mir geht es nicht so gut«, füge ich hinzu. Er lässt mich los. Die Musik aus dem Wohnzimmer wird lauter. Ich gehe wieder hinein. Salomon sitzt am Tisch und rollt Joints, ein paar Gäste tanzen. Ich will mich hinlegen. Gehe in mein Zimmer. Eines der Mädchen hat ihren Kopf in Aziz' Schritt. Er liegt auf meinem Bett. Wie ein Stempel bewegt sich ihr Kopf über seinem Schwanz.

»Raus!«, brülle ich und trete sie in den Hintern. Sie geht. Aziz bekommt auch einen Tritt. »Du dummes Schwein. Raus jetzt!«

»Nun mal mit der Ruhe«, sagt er und schubst mich weg, als ich versuche, ihn noch einmal zu treten. Er steht auf und zieht den Reißverschluss hoch. Das Mädchen hat sich verdrückt. Ich schiebe ihn zur Tür und brülle ihn an. Gehe mit ihm ins Wohnzimmer und stelle die Musik ab, damit er mich hören kann: »Verdammte Scheiße, du hast zum Ficken nicht mein Bett zu benutzen!«

Aziz dreht sich um. Alle starren uns an.

»Ich habe nicht gefickt. Mir ist einer geblasen worden, das ist ein Unterschied«, sagt er und geht in den Flur, wo Mick in der Tür steht. Er muss gerade gekommen sein. Ich hatte bei seinem Koch eine Nachricht hinterlassen. Mick schaut mich an. Aziz geht an ihm vorbei zu dem Mädchen, das auf ihn wartet. Irgendjemand stellt die Musik wieder an.

»Komm rein«, fordere ich Mick auf.

»Was läuft hier, Samantha?«, fragt er.

»Ich schmeiße das Schwein raus.«

»Wieso hast du ihn überhaupt reingelassen?«

»Es ist doch nur ... eine Fete.«

Mick schaut an mir vorbei ins Wohnzimmer: »Und diesen Pseudo-Rasta Salomon, noch so ein Idiot. Jarno, der Mann, der keinen Stock in ein Stück Scheiße stecken kann, ohne dass beides kaputt geht.« Der Ausdruck meines Vaters. »Und ein Haufen Fleischköppe aus den USA mit eingeborenen Nutten. Das ist keine Fete, das ist ein Abstieg.« Er dreht sich um und geht zur Tür.

»Mick?« Ich laufe ihm hinterher. Er setzt sich in seinen Wagen. Ich stehe auf der Fahrerseite. Er kurbelt das Fenster herunter.

»Victor«, sagt Mick. »Er schmuggelt Waffen und Drogen. Und er hat deinen Vater irgendwie in der Hand. Das ist die Situation.«

»Woher weißt du das?«, schreie ich. Er guckt mich an.

»Von deinem Vater«, sagt er, schaut sich um und setzt in der Einfahrt zurück, bevor ich noch etwas sagen kann. Auf die Straße. Er fährt davon.

Hilfe

Alison und Frans haben Gäste zum Abendessen: Holländer. Vater ist auch gekommen. Ich habe mich ordentlich angezogen. Benehme mich anständig. Wir essen am Tisch. Setzen uns auf die Couch-Garnitur. Vater steht auf und geht zur Anrichte, um seinen Drink aufzufüllen. Ich gehe zu ihm, denn wir müssen reden. Ich will wissen, was passiert, wenn ich nach England geschickt werde. Wann ist es soweit? Bleibt er hier? Über … alles Mögliche müssen wir sprechen. Ich stelle mich neben ihn.

»Vater?«

»Ja, mein Schatz?«

»Wirst du hier in Tansania bleiben … also länger, oder …?«

Zwei Flaschen fallen um, als er ausholt – der Arm kommt auf mich zu, ich zucke zurück, versuche auszuweichen. Die Faust trifft. Hart. Mitten ins Gesicht.

»Stefano hat dich also geschwängert?« Blutgeschmack im Mund. Der Schock übertönt den Schmerz vollständig. In seinen Händen sind so viele Nerven durchtrennt, dass er nicht merkt, wie hart er zuschlägt. Ich schaue ihm in die Augen und sage: »Schlag mich doch noch mal, wenn's dir so viel Spaß macht.«

Er verzieht das Gesicht. »Ich bin dein Vater. Du hättest es mir erzählen sollen. Du verstehst nichts, Samantha. Du bist ein dummes Gör.«

»Ich verstehe mehr als du.«

Er schüttelt den Kopf. Am Couchtisch herrscht tödliche Stille, ich schaue hinüber. Vater hat einen eigenartigen Gesichtsausdruck, als er anfängt zu reden: »Ich versuche, dir zu helfen. Wir sind eine Familie, wir können einander helfen.«

Ich weiß nicht genau, ob er betrunken ist, was kommt als Nächstes? Alisons Stimme klingt kalt vom Sofa herüber: »Hilft es, sie zu schlagen?«

»Ich würde nicht mal auf dich spucken, wenn dein Gesicht in Flammen stünde«, sage ich zu Vater. Die Tränen springen mir in die Augen, vollkommen unerwartet. Ich drehe mich abrupt um, ziehe die Moskitonetztür beiseite und gehe hinaus in den Garten; ich laufe ums Haus herum, während ich Alison im Wohnzimmer schreien höre: »Was tust du denn da, du beschissener Idiot! Du hast nicht in mein Haus zu kommen und dich derartig aufzuführen! Jetzt gehst du raus und entschuldigst dich! Aber sofort!«

Ich renne hastig weiter – eine Entschuldigung von ihm? Nein danke. Stefano? Nein, er hat mich nicht geschwängert, das war Baltazar. Aber ist das jetzt nicht vollkommen egal? Es ist lange her.

Als ich drei Stunden später zurückkomme, betrachte ich meine geschwollene Wange im Flurspiegel. Alison umarmt mich.

»Wo ist er?«

»Das Mistvieh ist auf dem Sofa umgekippt.« Wir gehen ins Wohnzimmer. Er schnarcht. Ich hole mir in der Küche eine Cola. Alison hat sich eine Zigarette angesteckt, obwohl sie seit Monaten nicht mehr geraucht hat.

»Er ist nicht mehr das, was er mal war«, sagt sie.

»War er es denn jemals?«

»Wir haben ein großes Problem«, fährt Alison fort und sieht mich ernst an. Ich sage nichts. »Sie werden deine Aufenthaltsgenehmigung nicht verlängern, wenn sie ausläuft.«

»Aber ...« Ich weiß nicht, was ich sagen soll.

»Vater hat Waffen für ein Trainingslager des ANC in Tansania besorgt, aber jetzt ist der letzte Deal so gut wie abgeschlossen, und die Behörden wissen, dass er irgendetwas auf den Seychellen geplant hat. Er muss also bald verschwinden, und du bekommst keine Aufenthaltsverlängerung, weil du noch minderjährig bist.«

»Aber ich bin doch achtzehn.«

»Ja, aber du hast keinen Job.«

»Den hast du doch auch nicht.«

»Aber ich bin verheiratet.«

»Soll ich etwa heiraten oder was?«

Von der Tür her höre ich Vaters Stimme: »Wenn dich überhaupt jemand haben will.«

»*Tsk*«, erwidere ich und drehe mich um.

»Verschwinde!«, sagt Alison zu Vater.

»Entschuldige, Samantha«, sagt er, geht hinaus und fährt.

Zweiunddreißig Karat

In der Bar des Kilimanjaro Hotels kommt Aziz zu uns. Setzt sich neben Jack.

»Hast du was?«, will Jack wissen.

»Massenhaft«, antwortet Aziz. Jack fummelt an Aziz' Goldarmband herum.

»Gefällt's dir?«, fragt Aziz.

»Ja. Wie viel Karat hat es?«

»Zweiunddreißig.«

»Es gibt höchstens vierundzwanzig karätiges Gold«, sage ich.

»In Indien haben wir zweiunddreißig«, behauptet er.

»Du bist doch noch nie in Indien gewesen.«

»Aber ich stamme aus Indien«, sagt Aziz.

»Nein, du stammst aus Afrika.«

»Ich stamme von indischen Handelsreisenden ab. Ich bin Hindu. Ich bin aus Indien.«

»Du bist ein Neger mit schlechter Haut«, widerspreche ich.

»Und was bist du?«

»Zu hübsch für dich.«

»Willst du was haben?«, fragt er Jack.

»Hör auf, hier etwas zu kaufen«, sage ich.

»Warum nicht?«

»Das ist mit allem möglichen Scheiß verschnitten, unter anderem mit Kunstdünger. Das ist gut für Pflanzen, aber nicht für dich.«

»Das ist nicht verschnitten. Ganz rein«, behauptet Aziz.

»Ich werde dir etwas Ordentliches besorgen«, verspreche ich Jack, obwohl ich nicht weiß, wo.

»Nur einen einzigen«, sagt Jack und steckt Aziz diskret ein paar Dollar zu. Er drückt ihm einen gefalteten Geldschein in die Hand, mitten in der Bar. So wird das gemacht. Das tansanische Geld ist nichts wert, die Gelddruckmaschine läuft, und das Kokain wird in einem zerknitterten Hundertschillingschein weitergegeben, damit man das Werkzeug direkt zur Hand hat, wenn man sich die Nase pudern will.

Aziz verschwindet. Ein großer Kellner wechselt die vollen Aschenbecher.

»Schau dir den an, sieht gut aus, oder?«

»Bleib ruhig, Jack.«

»Wir wollen heute im Marine's Club essen.«

»Hab keine Lust, dort wollen sie mir ständig an die Wäsche.«

»Ja, und ich glaube, einer von ihnen will auch mir an die Wäsche«, sagt Jack.

»Aber die sind so blöd wie Ziegelsteine.«

»Und genauso hart.«

»Du denkst auch nur an das Eine«, sage ich.

»Das stimmt, meine Süße. Du und ich, wir sind aus dem gleichen Holz.« Wir gehen zum Auto. Jack fährt.

Verkehr

»Versuchen wir, was anderes zu finden«, schlage ich vor. »Von Aziz' Zeug brennen dir die Stirnlappen durch.« Wir fahren in der Stadt herum und probieren es hier und da, fragen diskret die Barkeeper, ob man etwas für die Nase kaufen kann. Aber vergeblich. Es wird Abend, und wir haben Hunger, fahren zurück nach Upanga. Der Strom ist ausgefallen, es gibt nur das Scheinwerferlicht der Autos und Lastwagen. Der Verkehr ist dicht, man muss auf der Hut sein. Jack streift beinahe einen Fußgänger, der auf der Fahrbahn läuft – sie setzen ihr Leben aufs Spiel, nur um keinen Staub an die Füße zu bekommen.

»Aaiiihhh!«, schreit Jack plötzlich auf. Du-dumm, tönt es von den Reifen. Ich sehe noch … einen toten Mann. Wir haben gerade einen toten Mann überfahren, seine gespreizten Finger haben die Autoreifen auf dem Asphalt platt gedrückt, der Torso ist von den schweren Lastwagen zerquetscht.

»Oh, fuck!«, stoße ich aus und sehe mich um. Als ich Jack wieder ansehe, zittert er. Der kleine Schwulenarsch.

»Wieso hat den denn keiner von der Fahrbahn geholt!«, brüllt er heiser.

»Wer auf die Fahrbahn geht, wird überfahren.«

»Aber das ist doch … total krank!«

»Toter kann er nicht mehr werden, Jack.«

»Ich kann nicht mehr fahren«, sagt er.

Wir nähern uns der Selander Bridge. Fahren auf der Mittelspur, neben uns mehrere Lastzüge, an der Kreuzung müssen wir rechts abbiegen, aber es ist unmöglich, die Spur zu wechseln.

»Du musst warten, bis wir an der Kreuzung sind«, sage ich.

Der Geruch nach gammligem Tang und Kloakenabfällen dringt von dem stehenden Wasser westlich der Brücke durch die offenen Fenster. Jack biegt mit vibrierender Unterlippe auf den Kenyatta Drive und fährt sofort auf den Seitenstreifen. Er schnieft.

»Was ist?«, will ich wissen.

»Ich kann nicht mehr fahren«, stößt er hektisch aus.

»Okay.« Ich steige aus und gehe zur Fahrerseite. Sofort stehen zwei Burschen da und wollen mir Erdnüsse und Zigaretten verkaufen; normalerweise arbeiten sie an der Kreuzung, wenn der Verkehr stillsteht.

»*Toka!*«, schreie ich sie an – verschwindet! Jack rutscht umständlich auf die andere Seite, er heult theatralisch.

»Jetzt hör schon auf, den Schaltknüppel zu ficken«, sage ich. »Ich will deine Scheiße nicht an meinen Händen haben.« Durch die Tränen lacht er.

»Groß und hart«, sagt er und lässt sich auf den Beifahrersitz fallen. Ich löse die Handbremse, fädele mich in den Verkehr ein; großer Motor, gute Beschleunigung, Cherokee Jeep. Ich fahre die Oysterbay entlang. Der Wind peitscht durch die Seitenfenster.

Auch hier ist der Strom ausgefallen, die großen Villen sehen aus wie düstere Burgen, bis auf diejenigen, die über einen Generator verfügen. Auf dem Meer sind die Lichter der Frachtschiffe zu erkennen, die in der Bucht vor Anker liegen.

Appetit

»Lass uns was essen«, sage ich.

»Essen?«, wiederholt Jack. »Ich kann doch jetzt nichts essen.«

»Es ist noch nicht lange her, da hast du gesagt, du hättest Hunger.«

»Aber ... dieser Tote. Also, ich kann jetzt nichts essen.«

Ich bremse und drehe, um zum Haus von Jacks Vater an der Laibon Street zu fahren.

»Ich habe Hunger«, erkläre ich. Ich kann mich nicht erinnern, wann ich das letzte Mal so hungrig gewesen bin. Wir sind da. Der Marine's Club und die Botschaft sind hell erleuchtet; natürlich verfügen sie über ein unabhängiges Stromsystem, zumal heute der Filmabend der Marines ist. Wir werden durch das Tor in die Botschaftsresidenz gelassen, parken und gehen hinein. Es scheint niemand zu Hause zu sein.

»Also, wie gesagt, ich will nichts«, sagt Jack, als ich auf die riesige Küche zugehe.

»Und was soll ich essen?« Kochen kann ich nicht.

»Ich werd dir was machen«, sagt der indische Koch, der aus der Dienstbotenwohnung kommt. Die Wache hat ihm vermutlich erzählt, dass wir nach Hause gekommen sind.

»Was hätten Sie gern?«, fragt er auf Englisch.

»Wir kommen schon allein zurecht«, antworte ich auf Swahili.

»Das ist schon komisch, dass du diese Sprache sprichst«, sagt Jack. Was ist daran komisch? Ich habe fünfzehn Jahre hier gelebt. Die Speisekammer ist voll mit allen möglichen Konservendosen, in der Gefriertruhe liegen Fritten, Pizza, Lasagne, Torten. Jack holt Lebensmittel aus einem Kühlschrank, der einem amerikanischen Straßenkreuzer aus den Fünfzigern ähnelt; vier Menschen könnten aufrecht darin stehen.

»Bier?«, frage ich. Er dreht sich um und wirft mir eine Dose Carlsberg zu. Ich öffne sie vorsichtig, damit sie nicht spritzt. Jack ist mit einer Pfanne und dem Ofen beschäftigt; er fängt an, auf dem Küchentisch Kokain auszulegen. Da ist es so feucht, dass das Pulver klumpt. Vielleicht klumpt es, weil es voller Mist ist. Es stammt von Aziz.

»Ich probier's mal«, sagt er, als er meinen Gesichtsausdruck sieht. Er zieht eine kleine Linie in die Nase, schüttelt den Kopf, blinzelt mit den Augen. »Irgendetwas ist damit nicht in Ordnung.« Mit einer raschen Handbewegung fegt er den Rest auf den Fußboden. Schritte nähern sich, der Botschafter.

Manöver

»Hey, Sam«, begrüßt mich Jacks Vater und lächelt mit seinen großen viereckigen Zähnen; so weiß, dass sie schon künstlich wirken. Aber alle haben weiße Zähne, auch die Neger. Im Grunde ist er doch genau wie sie: Fleisch und Blut und darunter ein Skelett. Nur denkt er nicht daran. Er hofft nur, dass sein Sohn endlich Geschmack an Mädchen findet, dass so ein burschikoses Mädchen wie ich das Problem lösen kann.

»Hey, Mr. Botschafter.«

»Wie geht's?«

»Im Moment geht's mir prächtig«, erwidere ich und hebe die Bierdose.

»Ja, äh, und was treibt ihr so?«

»Sam wollte etwas essen«, sagt Jack.

»Nun ja, okay. Geht ihr rüber in den Marine's Club?«

»Vielleicht«, sage ich.

»Und wie geht's deinem Vater?«, fragt er, obwohl er ihn nur ein einziges Mal im Yachtklub begrüßt hat. Allerdings weiß der Botschafter bestimmt, wer mein Vater ist – und hat gehört, dass es allmählich eng für ihn wird.

»Er sucht einen Krieg«, antworte ich.

»Was … meinst du?«

»Sie wissen, was ich meine. Er ist Söldner. Tansania ist ihn leid, weil man glaubt, dass er irgendetwas auf den Seychellen vorhat. Außerdem schuldet er dem Staat wegen seines Hotels in Tanga eine Menge Steuern. Vielleicht schmeißen sie ihn raus.«

»Tja«, sagt der Botschafter und nickt. »Hm«, fügt er hinzu. »Und was ist mit dir, Sam? Wie geht es weiter?«

»Nach England, wie es aussieht.«

»Willst du studieren?«

Ich muss lachen. »Mein Examenszeugnis aus der zehnten Klasse kennen Sie nicht, oder?«

»Ist es schlecht?«

»Es existiert überhaupt nicht!«

»Nun ja. Aber es ist schön … dass ihr beiden euch zusammen amüsiert.«

»Und was haben Sie vor?«, erkundige ich mich und lasse meinen Blick über ihn gleiten; er trägt einen dunklen Anzug und Krawatte.

»Abendessen in der saudi-arabischen Botschaft.«

»Kein Schweinefleisch und keinen Alkohol«, sage ich.

»So schlimm wird's schon nicht werden.«

»Trinken die? Wie ungläubige Hunde?«

»Sie folgen dem Koran«, antwortet der Botschafter. »Und im Koran steht, dass man den Gebräuchen der Fremden folgen kann, wenn man unter ihnen lebt.«

»Praktisch«, erwidere ich. »Und Ihre Frau?«

»Sie ist noch immer daheim.« In den USA. Von Jack weiß ich, dass seine Mutter Alkoholikerin ist und sich zum Entzug in einer Betty-Ford-Klinik in Kalifornien aufhält. Es wird behauptet, der Botschafter sei Stammkunde bei Margot's – dem teuersten Bordell von Daressalaam.

Jack will nichts essen. Er geht ins Wohnzimmer und legt Billy Joel auf: Schwulenpop. Dann nimmt er sich eine Gabel und isst mit einem traurigen Gesichtsausdruck über die Hälfte des Essens von meinem Teller.

»Wollen wir uns den Film ansehen, Sam?«

»Okay.« Welche Alternativen gibt es? Ich habe keine Lust, bis zum Africana zu fahren, wo wir niemanden kennen, außerdem versuchen alle, in den Marine's Club zu kommen, weil er als hip gilt und es billiges Heineken gibt.

Marionetten

Wir gehen durch das Tor auf die beiden Fleischköppe zu, die den heiligen Eingang des Marine's Club bewachen.

»Sam!«, ruft Salomon. In der Nähe der Mauer tritt er aus der Dunkelheit. »Gut, dass ich dich gefunden habe.« Er nickt Jack zu.

»Ich dachte, wir wollten uns drinnen treffen?«, sage ich, kann mich aber eigentlich gar nicht daran erinnern, dass Salomon kommen wollte.

Salomon leckt an einem seiner Finger und reibt sich dann über die Haut. »Schuhwichse sitzt fest«, sagt er. »Die lassen mich nicht rein, es sei denn, ich bringe ein hübsches Mädchen mit.«

»Das liegt daran, dass du immer so ein Theater abziehst«, wirft Jack ein.

»Ich ziehe ein Theater ab? Das ist eine Botschaft, und ich versuche nur, mit den Soldaten über Politik zu reden.«

»Du beleidigst sie«, sage ich lachend.

»Nein. Ich erkläre ihnen etwas, damit sie begreifen, dass sie Lakaien der Arroganz der Macht sind. Ohne dieses Wissen sind sie bloße Marionetten, schlimmer als Hunde, denn Hunde haben zumindest eine begrenzte Intelligenz. Diese Marines müssen denken lernen.«

Die beiden Fleischköppe schauen sich nach uns um.

»Sie sind nicht hier, um zu denken«, wirft Jack ein. »Sie sind hier, um Leute umzulegen, die die Botschaft bedrohen.«

»Genau das meine ich ja«, sagt Salomon. »Die Konstruktion ist grundfalsch.«

Jack misst Salomon mit einem abschätzigen Blick.

»Du brauchst nur Bescheid zu sagen, wenn du mal Hilfe brauchst, um hereinzukommen.«

»Vielleicht ist mir diese Hilfe aber zu teuer.«

»Das weißt du erst, wenn du es ausprobiert hast«, sage ich. Wir gehen zum Eingang, und in Jacks Gesellschaft werden wir sofort durchgewunken.

Negerträume

Ich entdecke Shakila, die mit ein paar einheimischen Freundinnen und Aziz zusammensteht, der die Fleischköppe mit Pulver versorgt. Seit dem Tag am Strand habe ich Shakila nicht mehr gesehen; ich habe auch keine Lust, weil sie sicher weiß, dass ... aber es wäre unhöflich, sie zu ignorieren. Ich stelle ihr Jack vor, dann geht Jack mit Salomon an die Bar, um ein paar Heineken zu kaufen.

»Ich wusste nicht, dass du hierher kommst«, sage ich.

»Es ist erst das dritte Mal. Und es wird sicherlich nicht noch einmal vorkommen«, erwidert Shakila zornig. »Das verspreche ich dir.«

»Wieso, sie zeigen ziemlich gute Filme.«

»Die halten mich hier für so eine naive Negerin, die an den Traum glaubt. Aber ich bin nicht so«, erklärt Shakila wütend.

»Den Traum?«

Shakila zeigt mit einer Handbewegung auf drei einheimische Mädchen, die sich mit ein paar von den Fleischköppen unterhalten.

»Den Traum, dass sie mich heiraten und in die USA mitnehmen. Natürlich werden sie es nicht tun, es sind Weiße.«

Sie hat Recht, die Marines halten die einheimischen Mädchen zum Narren, die ihnen nachlaufen, weil sie heiraten und Amerikanerinnen werden wollen. Die Typen nutzen das aus. Sie wissen, wie es läuft. Sie sind gezwungenermaßen in Tansania, und alles, was sie tun können, ist, ein bisschen Spaß zu haben und zuzusehen, so schnell wie möglich wieder wegzukommen.

»Tja, ist nicht sonderlich smart, seine Zukunftspläne auf die Versprechen eines Manns zu bauen«, sage ich. »Entweder wird er zu wenig oder das Falsche tun.« Jack kommt zurück und verteilt die Bierdosen.

»Ganz genau«, gibt mir Shakila Recht.

»Was ist mit deinen Plänen?«

»Noch ist nichts entschieden«, antwortet sie. Dann beginnt der Film, und wir setzen uns. Sie zeigen *Shaft* auf der großen Leinwand im Garten. Heftig. Salomon schüttet das Heineken in sich und zündet sich einen Joint an, den er mit mir und Jack teilt; niemand sagt etwas, obwohl der Geruch eindeutig ist. Nach der Vorstellung setzen wir uns an einen Tisch im Garten: Salomon, Jack, Shakila und ich.

Die Vereinigten Staaten von Amerika

»Amerika raus aus Afghanistan«, sagt Salomon und zerquetscht die Bierdose auf dem Tisch. »Amerika raus aus dem Iran.« Er lacht und greift nach meinem Bier, trinkt es aus und zerquetscht auch diese Dose.

Einer der Marines lehnt sich mit den Händen auf der Tischplatte über den Tisch und sieht Salomon an: »Dieser Tisch gehört der Botschaft der Vereinigten Staaten von Amerika. Wir fordern Sie auf, sich anständig zu benehmen.« Salomon wiederholt den Befehl mit übertrieben amerikanischem Akzent. Der Soldat zwinkert, ein Lid zieht sich über das Auge, die Knöchel werden weiß.

»Sonst müssen wir Sie bitten, das Gelände zu verlassen.« Es ist derselbe Kerl, der versucht hat, mit mir anzubandeln, als ich Jack das erste Mal begegnet bin, glaube ich.

»Sonst müssen wir Sie bitten, das Gelände zu verlassen«, äfft Salomon ihn nach.

»Bleib ruhig, Salomon, sonst fliegst du auf dem Arsch hier raus«, sage ich. Jack nickt dem Soldaten zu und sagt: »Ist schon okay. Wir sorgen dafür, dass er sich ruhig verhält.«

»Ich kann diese Typen nicht leiden«, fängt Salomon wieder an. »Unangenehm. Unwissend und geil. Rassistisch. Sie leben nur hier, in ihrer Burg. Sie wollen mit dem Volk nichts zu tun haben. Ich vermisse *ngoma,* das richtige Afrika.« *Ngoma* bedeutet ein Fest mit Tanz, wie es traditionell auf dem Land gefeiert wird.

»Sie *dürfen* sich nicht unter die Leute mischen«, erklärt Jack.

»Nur unter die Nutten«, murmele ich.

Jack fügt hinzu: »Sie dürfen dich auch nicht verprügeln oder dich hinausschmeißen, denn du sitzt mit mir zusammen.«

»Sie haben Bob Marley ermordet«, behauptet Salomon.

»Wovon redest du?«, will ich wissen.

»Sie haben ihn in den USA mit Plutonium bestrahlt. Die CIA hat es getan, weil Bob als populärer Künstler Macht besaß, er hat das Böse auf der Welt angeprangert. Und das Böse kommt aus den USA.«

»Ich glaube kaum, dass Bob Marley viel bewegt hat«, wendet Jack ein.

»Noch zwei Scheiben nach *Uprising,* und er wäre größer als ABBA geworden. Sie haben ihm lediglich ein Staubkorn gegeben, genau wie sie John Lennon erschossen und die Schuld auf ein psychisches Wrack geschoben haben. Sie machen es ständig.«

Poontang Garden

»Ich kauf mir an der Bar noch ein Bier«, sage ich.

»Ich komme mit«, sagt Shakila. Sie sieht sich auf dem Weg um. »Wo ist Aziz?«, murmelt sie.

»Gehst du mit ihm?«, frage ich überrascht.

»Nein«, antwortet sie lachend. »Aber ich bin mit ihm gekommen, und er hat versprochen, mich und die anderen Mädchen in eine Disko in der Stadt zu fahren, wenn der Film vorbei ist. Aber jetzt sehe ich ihn nirgendwo.«

Ich kaufe uns Bier und biete ihr eine Zigarette an. Ich bin ziemlich bekifft und inzwischen auch ein wenig betrunken.

»Wir können im Haus nachsehen«, schlage ich vor.

»Ja, werden wir wohl müssen«, stimmt Shakila mir zu; das Haus ist auch die Unterkunft für einen Teil der Soldaten. Immer wieder versuchen sie, die einheimischen Mädchen dort hineinzulocken.

Wir gehen die Stufen zum Eingang hinauf.

»*Poontang garden*«, sagt ein weißer Bursche, der vor der Tür steht. *Poontang* bedeutet Fotze auf Vietnamesisch, das habe ich in einem Kriegsfilm gehört.

»Halt die Schnauze!«, erwidere ich. Im Haus ist es ziemlich dunkel, aus zwei oder drei Ecken kommt Musik. Unten gibt es einen Aufenthaltsraum und eine Küche, aber keinen Aziz; wir gehen in die erste Etage auf den Flur. Ein dünner weißer Soldat kommt aus einem der Zimmer, das Unterhemd hängt ihm aus der Hose, um den Mund zeigt sich ein verschlagenes Lächeln, das festfriert, als er uns sieht. Er drückt sich an uns vorbei, den Flur hinunter zur Treppe. Wir gehen weiter. Hören … Schreie? Ich gehe drei Schritte auf die Tür zu, reiße sie auf. Stürze mich auf den Mann in der Mitte. Ein Bett, auf dem ein Mädchen mit gespreizten Beinen liegt. Zwei Typen an den Seiten des Bettes: Jeder drückt mit einer Hand den Oberkörper des Mädchens auf die Matratze, während er mit der anderen Hand ein Bein zur Seite zieht. Der dritte Soldat pumpt sie. Ich springe ihm auf den Rücken und schlage mit der Faust an seinen Hals. Die beiden anderen lassen das Mädchen los, die sich sofort vom Bett wälzt; Shakila ist bereits bei ihr, nimmt sie in den Arm und versucht, ihre Kleider einzusammeln. Der Mann bewegt sich mit mir auf dem Rücken nach hinten, die beiden anderen kommen, um ihm zu helfen. Ich prügele auf ihn ein und versuche, mit meinem Kopf an sein Ohr zu gelangen, um ihn zu beißen. Der Rücken. Der Schmerz, als er mich gegen die Wand schmettert, ich lasse los, falle zu Boden, mir bleibt die Luft weg. Ich fuchtele mit den Armen herum, aber er hat sich zurückgezogen, um seine Hose hochzuziehen und den Gürtel zu schließen. Die beiden anderen Soldaten bleiben abwartend stehen.

»Mach, dass du wegkommst, du krankes Luder!«, schreit einer von ihnen. Meine alte Flamme. Aus den Augenwinkeln sehe ich, dass Shakila das Mädchen notdürftig angezogen hat. Ich bekomme wieder genügend Luft, um mir den Kerl anzusehen, der seine Hose zuknöpft.

»So einfach kommt ihr nicht davon! Ich gehe direkt zur Polizei.«

Er grinst. »Wir sind auf amerikanischem Gebiet, die Niggerpolizei kommt hier gar nicht erst rein.«

Zuhälter

Diskret werden wir aus dem Haus in den Garten eskortiert, durch eine Pforte geht es hinaus. Keine Chance, Jack zu erreichen. Wie könnte er uns jetzt auch nützlich sein? Shakila hält das weinende Mädchen im Arm. Wir müssen sie nach Hause bringen.

»Lasst uns zur Bagamoyo Road gehen und ein Taxi nehmen.«

»Okay«, sagt Shakila.

»Ich bin zusammen mit Aziz«, schluchzt das Mädchen. »Ihr müsst Aziz holen.«

Aziz ...?

»Wieso?«, will ich wissen.

»Aziz hat mich mit hierher genommen. Er muss mich bezahlen, ich kann nicht laufen.«

»Bezahlen?«, hakt Shakila nach.

»Für das ... was die getan haben.« In diesem Moment kommt Aziz aus dem Garten und läuft eilig auf uns zu.

»Ich werde mich um sie kümmern«, erklärt er und fasst das Mädchen an den Schultern.

»Du bist ein krankes Schwein, Aziz«, sagt Shakila.

»Wir können nicht alle einen Vater haben, der alles für uns erledigt«, erwidert er und führt das Mädchen zu seinem Auto. Shakila dreht sich um und geht über die Laibon Road zur Bagamoyo Road. Ich folge ihr.

»Sein Vater ist doch auch reich«, sage ich.

»Ja. Aber er unterstützt Aziz nicht mehr, seit er herausgefunden hat, dass Aziz schmutzige Geschäfte macht. Er hat ihn sozusagen auf Eis gelegt.«

»Und was jetzt?«

»In die Stadt«, schlägt Shakila vor. »Ein paar meiner Freunde sind im Black Star.«

»Was für Freunde?«

»Nur ein paar Leute aus Msasani, und vielleicht ein paar, mit denen ich auf die Universität gehen werde.«

Black Star

Wir finden ein Taxi und fahren ins Zentrum. Kommen zum Black Star, eine der teuren Diskotheken. Blinkende Lichter, Reggae, nigerianischer High-Life, Zaire-Rock. Ein paar Mädchen und Jungen begrüßen Shakila, die mich vorstellt. Wir werden an einen großen niedrigen Tisch gesetzt. Kaufen Drinks. Zünden Zigaretten an. Ich kenne hier niemanden.

»Wie war's im Marine's Club?«, erkundigt sich einer der Burschen an unserem Tisch.

»Totlangweilig«, antworte ich.

»Heineken?«, fragt der Typ.

»Ja. Bis zum Abwinken.«

»*Tsk*«, schnalzt er. »Was ist mit Aziz? Kommt er nach?«

»Er hat dort sicher noch zu tun«, antworte ich. »Wieso bist du nicht da gewesen?« Der Bursche sieht überrascht aus, zeigt mit einem steifen Finger auf sich: »Glaubst du, ich komme da rein? Die weißen Männer wollen unsere Mädchen für sich haben.«

»Aber Aziz war doch drin.«

»Er ist Inder. Er tut ihnen Gefallen«, meint der Bursche.

Ein hübsches Mädchen mit großen Brüsten und einem arroganten Blick lässt sich auf den Stuhl neben dem Burschen fallen, mit dem wir uns unterhalten, und starrt Shakila an: »Na, da haben wir ja unsere amerikanische Negerin.«

Shakila seufzt: »Was ist dein Problem?«

»Ich hab die Schnauze voll von dir, Papas kleiner Liebling. Von der Art, wie du dich anziehst. Und wie du redest«, sagt das Mädchen mit einer abschätzigen Handbewegung. »Du hältst dich doch für was Besseres.«

»Nein, das denke ich nicht«, erwidert Shakila. »Aber ich weiß, dass ich besser bin als du.« Shakila steht auf, sieht mich an. »Auf so was hab ich echt keine Lust. Kommst du mit?«

»Klar«, sage ich und stehe ebenfalls auf.

»Du wirst auch nicht weißer davon, dass du mit den Weißen herumziehst!«, ruft uns das Mädchen nach.

»Ignorier sie«, sagt Shakila, aber ich habe mich bereits umgedreht, bin zwei Schritte auf sie zugegangen und habe der Schlampe zwei Ohrfeigen verpasst. Sie versucht aufzuspringen, verliert aber das Gleichgewicht, und ich schubse sie hinüber zu dem Burschen. Sie fällt auf den Boden.

Ich zeige mit dem Finger auf sie: »Komm mit raus, und ich trete dir deinen Arsch zusammen!« Drehe mich um und dränge mich durch die glotzenden Menschen am Tisch, gehe über die Tanzfläche, einen kleinen Gang hinunter, an den Türstehern vorbei und hinaus an die Luft. Shakila schüttelt den Kopf, ihr Gesichtsausdruck schwankt zwischen Lächeln und Entsetzen. »Samantha, du bist ganz einfach zu heavy.«

Ich zucke die Achseln. »Glaubst du, dass sie rauskommt?«

»Nein. Sie ist bloß eine Maulheldin.«

Weißer Neger

»Wieso kann sie dich nicht leiden?«

»Sie meint, ich sei keine richtige Tansanianerin.«

»Weil deine Mutter aus Jamaica stammt?«

»Nein, weil ich auf die Internationale Schule gegangen bin und nicht mit einem afrikanischen Akzent Englisch spreche. Und weil ich Jeans trage, Zigaretten rauche und meine Meinung sage. Also, ich bin genau … wie du.«

»Jetzt hör aber auf«, erwidere ich.

Shakila lacht: »Du weißt schon, weiß. Du bist weiß. Die Weißen … wir lachen die Weißen an, weil sie etwas haben, was wir gern hätten, und wir hoffen, dass es hilft, wenn wir lächeln, aber …«

»Tja, es hilft nicht wirklich.« Ich drücke meine Zigarette mit der Schuhspitze auf dem Asphalt aus. »Am Hafen gibt's bestimmt ein Taxi.«

Wir schlendern los. Der Geruch von fauligem Tang und den Fischabfällen vom Markt auf dem Kai. Sie muss von meiner Abtreibung wissen, es würde mich überraschen, wenn nicht. Es gibt ein Taxi. Der Fahrer ruft uns. Die Türklinke ist durch die feuchte Luft mit einer fettigen Salzablagerung verschmiert.

»Fahr«, fordert Shakila den Fahrer auf.

»Wohin?«

»Msasani«, sagt sie. Offene Fenster, der Duft nach Teer, die frische Luft schlägt gegen den Körper.

»Willst du nach Hause?«, frage ich.

»Nein, zum Strand.«

»Okay.«

Sie bittet den Fahrer, am Oysterbay Hotel zu halten. Wir bezahlen, steigen aus, gehen zum Strand. Die Msasani-Halbinsel ist eine große Korallenformation. Wir laufen auf von Sand bedeckten Korallen.

»Und was machen wir jetzt, Shakila?« Sie knöpft sich ihre Bluse auf und lässt sie in den Sand fallen. Ich ziehe mein langärmliges T-Shirt über den Kopf, so dass die Brüste frische Luft bekommen. Wir streifen die Schuhe ab, ziehen unsere Jeans aus. Shakila öffnet ihren Büstenhalter. Ich ziehe mein Höschen aus, laufe ins Wasser. Wir schwimmen.

»Herrlich ist das«, sage ich.

»Ja.« Es fängt an aufzufrischen. Das Mondlicht ist noch kräftig genug, dass wir sehen können, ob am Strand jemand kommt. Hier ist es vollkommen menschenleer. Der Strand steigt vom Meer aus an, so dass man die Straße vom Wasser aus nicht sehen kann. Die Kronen der Palmen werden schwach erleuchtet, wenn ein Auto vorbeifährt. Shakila geht aus dem Wasser, schwarz zeichnet sie sich auf dem blassen Sandstrand ab. Ich folge ihr. Wir ziehen uns mit dem Rücken zueinander Höschen und Bluse an. Dann holt sie etwas aus ihrer Tasche und dreht sich mit einer halb vollen Flaschen Konyagi in der Hand zu mir um, schraubt den Verschluss ab, nimmt einen Schluck, reicht sie mir. Ich trinke, während ich uns Zigaretten anzünde.

»Gehst du nach England?«

»Ich will nicht, aber ich weiß nicht, wie ich es vermeiden kann. Was ist mit dir. Ein Stipendium?«

»Noch ist nichts entschieden … aber mein Vater setzt alle Hebel in Bewegung.«

Ich setze mich auf meine Jeans, damit ich nicht überall voller Sand bin; der Wind frischt weiter auf und trocknet uns.

»Fuck! Wieso muss das alles so … schwierig sein?«

»Ich weiß es nicht«, sagt Shakila. Der Strand ist nachts schön. Die Palmenblätter rascheln trocken im Wind. Ich erinnere mich an den Biologieunterricht: Eine Palme ist eine Grassorte, die Kokosnüsse sind die Samen.

»Kommst du oft hierher?«

»Zum Schwimmen? Ja. Normalerweise gehen wir schwimmen, wenn wir in der Stadt sind. Aber diese blöde Kuh hat es wirklich auf mich abgesehen.«

»Wieso eigentlich?«

»Ihr Vater ist auch Arzt, allerdings unterrichtet er an der Universität für ein mieses Gehalt, während mein Vater reich ist. Und das ist dann meine Schuld.«

»Irre«, sage ich. Wir sitzen eine Weile, ohne ein Wort zu sagen.

Sturm

»Au!«, ruft Shakila und reibt sich die Schenkel, durch den Wind stechen die Sandkörner regelrecht. Wir stehen auf, ziehen unsere Hosen an, gehen zur Straße. Zwei Autos kommen mit hoher Geschwindigkeit aus Richtung Süden. Aziz' Peugeot und ein Jeep: Die Fleischköppe aus den USA haben ein Boot im Yachtklub, auf das sie Mädchen einladen, wenn sie der Ansicht sind, dass sie ihre Höschen ausziehen werden. Aziz bremst so scharf, als er uns im Scheinwerferlicht sieht, dass die Bremsen des Wagens hinter ihm nicht rechtzeitig greifen und das Auto nach rechts ausbricht, um an Aziz' Wagen vorbeizukommen. Doch auf dem Asphalt liegt eine feine Sandschicht und der Jeep gerät ins Rutschen – wir springen zurück. Der Jeep kommt von der Fahrbahn ab und prallt gegen eine Palme. Aus der verbeulten Kühlerhaube schlagen Flammen. Ich packe Shakila und zerre sie zurück, als auf der Fahrerseite die Tür aufspringt. Der Fahrer fällt in den Sand und kriecht von dem Auto fort; er ist es – meine alte Flamme. Benzingeruch. Aziz ist aus seinem Peugeot gestiegen, er steht wie gelähmt da und glotzt nur, während das vergewaltigte Mädchen vom Rücksitz aus zusieht. Shakila versucht, sich aus meinem Griff zu befreien und zu dem Jeep zu laufen.

»Nein«, sage ich und halte sie fest. »Der explodiert.« In diesem Moment hören wir ein heftiges Sausen in der Luft, die Flammen schließen den Jeep ein und flackern wie eine Feuersäule in den Himmel, hoch oben schmiegen sie sich um die Palmenblätter. Die Blätter entzünden sich trocken knisternd, Funken fliegen auf und ähneln in der Dunkelheit einem Schwarm Feuerfliegen. Auf dem Beifahrersitz des Jeeps … ein brennender Mensch. Der Wind bringt die Palme zum Schwanken, das Feuer wird weitergetragen, von Palme zu Palme, Feuer im Himmel. Die Flammen sind schön, der Wind trägt sie, bläst sie hoch hinauf. Der Soldat liegt schluchzend im Sand und blickt auf seinen sterbenden Kameraden.

Shakila reißt sich los und läuft zu dem Soldaten, hockt sich neben ihn. Ich sehe Aziz an, dessen Augen entsetzt aufgerissen sind, als sich unsere Blicke begegnen. Er springt in seinen Wagen, startet und fährt rasch davon. Ich gehe zu Shakila. Lege meine Arme um ihre Schultern.

»Wir müssen hier weg«, sage ich und schaue auf den Soldaten, eine lange Wunde leuchtet rot auf seiner rußigen Wange. Dann werfe ich einen Blick auf das Oysterbay Hotel, ob irgendjemand uns beobachtet, aber dort ist niemand.

»Er ist okay«, sage ich. »Los jetzt.«

»Wir müssen doch auf die Polizei warten«, protestiert Shakila.

»Nein. Ich will nicht mit der Polizei reden.« Ich zerre sie hoch, lege einen Arm um sie, führe sie über die Straße auf den Seitenstreifen, hinunter zum Villenviertel.

»Warum nicht?«

»Meine Aufenthaltserlaubnis. Vielleicht ist sie ungültig.« Shakila sieht mich an. Ich zucke die Achseln. »Mein Vater hat ein paar Probleme mit den Behörden.«

»Der Söldner?«

Die ersten Regentropfen fallen schwer auf uns herab, dann öffnet sich der Himmel und es gießt.

Assistenz

»Samantha, du musst aufstehen«, sagt Alison.

»Wieso?«, murmele ich, schlaftrunken, verschwitzt und mit schwerem Kopf. »Warum ist die Klimaanlage abgeschaltet?«

»Stromausfall.«

»Scheißland«, sage ich und setze mich auf, reibe mir übers Gesicht. Stehe auf. Alison steht in der Tür. Ich wanke auf sie zu.

»Es gibt auch kein Wasser«, sagt sie.

»Ahhrrr.« Ich lehne meinen Kopf an ihre Schulter. »Was soll ich machen?«

»Dich in jedem Fall anziehen, bevor du dich an den Frühstückstisch setzt. Und heute bitte auch einen BH, damit du nicht aussiehst wie ein Hippie.« Sie watschelt mit ihrem dicken Bauch den Flur hinunter. »Wir müssen Holzkohle kaufen.«

»Aber ich will zum Strand.« Ich will die verkohlten Palmen sehen.

»Du musst fahren«, sagt sie. Ich ziehe mich an. Sie will nicht allein fahren, weil sie bald entbinden wird; außerdem muss sie den Sitz ganz zurückschieben, um Platz für ihren Bauch zu haben, und dann sind ihre Arme zu kurz, um das Lenkrad zu erreichen. Ich frühstücke. Zwinge mich, ein Stück Papaya zu essen, ein weichgekochtes Ei und einen Toast, der wie Holzkohle schmeckt, dazu trinke ich Kaffee und Saft. Zünde mir eine Zigarette an. Was soll ich machen? Ach ja, fahren.

»Hat Vater mit dir über das Flugticket geredet?«

»Wieso, willst du mich gern loswerden?«

»Nein, aber …« Sie beendet den Satz nicht. Ich kann nicht ewig bei ihr herumhängen. Aber es ist angenehm, und allein der Gedanke an England und was ich da soll … ich bin verwirrt, und ich habe einfach keine Lust. Ich will auf Feten gehen und Alkohol trinken, so viel ich will. Und Männer, die mich gierig anstarren. Einige von ihnen sind total neben der Spur. Ich würde ihnen gern sagen, dass es okay ist, nur sollten sie doch besser wieder nach Hause fliegen. Nur, ich will nicht weg. Ich bin hier zu Hause. Allerdings kann ich meine Aufenthaltserlaubnis nicht verlängern.

»Nein, ich habe nicht mit Vater gesprochen. Ich habe ihn nicht mehr gesehen, seit er mich geschlagen hat und total besoffen auf dem Sofa eingeschlafen ist.«

»Na gut. Lass uns fahren.« Alison geht hinaus. Ich rauche auf, ziehe mir die Schuhe an und gehe zur Garage. Der Gärtner und der Koch laden eine Holzkiste ins Auto. Sie können sie kaum tragen.

»Was ist das denn?«

»Ich soll sie für Vater vor dem Africana abliefern«, sagt Alison.

»An wen?«

»Victor Ray, ehemals SAS, kennst du ihn?« Ich wende den Blick ab, damit sie nicht sieht, wie ich rot werde. Victor ist zurück, das ist fantastisch.

»Ich habe ihn mal kennengelernt.«

»Wann?«

»Ich habe ihm in Tanga guten Tag gesagt, als Mick die Außenbordmotoren reparierte.« Meine Güte, das ist über anderthalb Jahre her. Jetzt bin ich schon so lange scharf auf ihn, habe ihn aber nur ein paar Mal gesehen, das ist doch verrückt. Und jetzt wollen mich alle nach England verfrachten. Was soll ich bloß machen?

»Ah ja«, sagt Alison. »Er hat mit Vater zu tun. Ich möchte gar nicht wissen, worum es geht.«

»Waffen für den ANC?«

»Vielleicht. Oder irgendwas in Zaire.«

»Victor Ray. Cooler Name, finde ich.«

»*Tsk*. Das ist nicht sein richtiger Name. Victor Ray – *victory*. Falscher Name und sicher auch ein falscher Pass.«

»Was ist in der Kiste?«, frage ich und versuche, sie anzuheben. Schwer.

»Keine Ahnung«, erwidert Alison sauer. Waffen. Viele weiße Söldner haben ihre Basis in Dar, weil Tansania immer eines der friedlichsten tropischen Länder in Afrika gewesen ist. Sie sind Inhaber irgendwelcher Unternehmen, die als Erklärung für ihren Aufenthalt herhalten müssen. Und sie verdienen eine Menge Geld. Mein Vater ist überall dabei gewesen: Biafra, Angola, Mosambik, Kongo und vor allem in Rhodesien, bevor es zu Simbabwe und Sambia wurde. Aber in den letzten paar Jahren lief es nicht mehr so gut. Die Geschäfte gehen schlecht, es gibt keine Kriege mehr, in denen teure Söldner gebraucht werden. Bis auf die südafrikanischen Soldaten, die vom Apartheid-Regime finanziert werden und in ihren Nachbarländern kämpfen. Zuletzt hat Vater als Militärberater in Uganda gearbeitet, aber das ist auch vorbei.

Panik

Palmen und Mangobäume an der Straße in Richtung Norden; die wenigen Bananenplantagen sehen aus, als wären sie von der Hitze versengt. Wir halten und kaufen zwei Säcke Holzkohle am Straßenrand. Das Africana sieht beschissen aus. Wir schicken einen Jungen nach Victor. Er kommt. Groß, schick. Offenes Hemd, behaarte Brust, braungebrannt, scharf sich abzeichnende Muskeln, lange Glieder, wasserblaue Augen und von der Sonne gebleichtes, ungepflegtes Haar.

»Alison, Samantha. Schön, euch zu sehen. Kommt, lasst uns etwas trinken.«

»Ich habe deine Kiste mitgebracht«, sagt Alison.

»Fuck! Kann die nicht noch ein bisschen bei euch stehenbleiben?«

»Mein Mann fragt bereits, was das ist.«

»Er weiß doch, wen er geheiratet hat, oder?«

»Ja. Frans hat mich geheiratet. Nicht meinen Vater.«

»Okay«, sagt Victor und öffnet den Kofferraum. Er hebt die Kiste heraus, packt sie sich auf die Schulter, setzt sich in Bewegung. »Aber jetzt kommt, lasst uns was trinken.«

Wir folgen ihm. Alison setzt sich unter einen Sonnenschirm neben dem Schwimmbecken. Ich hätte meine Badesachen mitnehmen sollen, aber ich kann ja auch in BH und Slip schwimmen. Ich ziehe meine Shorts und das T-Shirt aus, springe hinein. Victor kommt zurück und setzt sich. Nein. Das hätte ich nicht tun sollen, ich bin noch immer zu dünn. Ein Kellner kommt mit Limonade und Bier. Ich steige aus dem Swimmingpool. Alison guckt mich vorwurfsvoll an. Ich schaue an mir herab. Unter dem nassen Höschen zeichnet sich dunkel mein Busch ab. Ich hoffe, meine Hüften und das Schambein sehen nicht allzu knochig aus. Ich gehe rasch zum Tisch. Victor guckt, erst auf meine Titten, dann auf den Schoß. Ich setze mich, schlage die Beine übereinander. Ja, das hast du dir so gedacht. Er lächelt. Victor. Er fragt. Ich erzähle ihm, ich hätte die Schule beendet.

»Willst du in England studieren?« Ich muss lachen.

»Ich bin vorm Examen abgehauen, also, ich werde wohl kaum studieren. Nein, ich will Schönheitsexpertin werden, na ja, das ist nur jemand, der andere Leute schminkt, aber es klingt imponierender, findest du nicht?«

Ich quatsche einfach über meinen letzten Einfall. Tatsächlich habe ich überhaupt keine Lust, irgendjemanden zu schminken. Er sieht mir direkt in die Augen, und ich fummele mit meinen Händen und stecke mir eine Zigarette an, weil ich die Zigarette im Aschenbecher vergessen habe, die ich mir gerade angezündet hatte. Und ich überlege, ob er meine Möse durch das Höschen sehen kann, ob sie schön ist, und was ist mit den Titten? Er nimmt sich ein paar Cashewnüsse aus einer Schale auf dem Tisch, wirft sie sich in den Mund und kaut mit leicht geöffneten Lippen, so dass ich Speichel, Zunge und Zähne sehen kann. Dieser Mund hat mich zwischen den Beinen aufgefressen, und ich möchte, dass er es noch einmal macht. Er ist mindestens fünfunddreißig; er könnte mein Vater sein – fast. Als ich ihn zum ersten Mal traf, hielt ich Stefano für einen Gott, diese kleine Pissnelke. Victor nimmt die zweite Zigarette aus dem Aschenbecher, als wäre es vollkommen normal, und unterhält sich mit Alison. Der Klang seiner Stimme wirkt gleichzeitig beruhigend und erregend. Gern würde ich die Augen schließen und einfach nur zuhören. Ich fühle mich schwach. Idiotisch. Alison steht auf, um zur Toilette zu gehen. Zwei schwarze Mädchen an der Bar beobachten Victor und mich, sie sind auf der Jagd nach einem weißen Fisch. Ich zeige mit der Hand auf sie und sehe Victor dabei an.

»Welche von den beiden ist deine?« Er folgt meinem Blick, dann sieht er wieder mich an.

»Keine. Ich mag nur dünne weiße Mädchen mit einem hübschen Busch.«

»Diese Mary war nicht besonders dünn.«

»Das ist ja das Problem«, sagt er. Ich werde rot und will ihn fragen, wo sie ist. Und wann wir uns sehen. Doch Alison kommt zurück.

»Wir müssen los«, sagt sie, und schon, als wir zum Parkplatz gehen, vermisse ich ihn; ich werde panisch, weil ... wann werde ich ihn wiedersehen? Ich würde gern weinen, ich möchte, dass er mich umarmt, nur ein bisschen. Was passiert jetzt? Victor begleitet uns nach draußen. Wir verabschieden uns, steigen ins Auto, fahren. Wie komme ich heute Abend hier raus? Und ist diese Mary wirklich aus dem Spiel?

»Hatte er nicht eine Freundin?«, frage ich Alison.

»Doch. Mary. Sie ist in England, um ihr Kind zur Welt zu bringen.« Ein Kälteschauer durchfährt mich.

»Ihr Kind?«

»Ja, sie kommt ungefähr einen Monat nach mir nieder.« Alisons Stimme klingt gereizt. Aber ich war vor vier Monaten in Kigamboni, und ich hatte zwei Tage Sex mit Victor, ständig. Ich hatte seinen Schwanz im Mund. Und Mary war damals bereits ... im dritten Monat. Natürlich hat er es gewusst. Ich starre auf die Fahrbahn, während Alison fortfährt: »Und mir graut schon davor, dass sie hierher kommt und wir als zwei frisch gebackene Mütter zusammen spazieren gehen sollen. Diese Mary ist wirklich eine Pub-Hure. In ihrem Schädel findet sich nicht ein einziger eigenständiger Gedanke.«

Ich zwinge mich zum Reden, damit Alison nicht merkt, dass mit mir etwas nicht in Ordnung ist. Damit sie mir nicht den Kopf zuwendet und sieht, dass meine Züge entgleist sind.

»Kann sie ihr Kind nicht hier zur Welt bringen? So wie du?«

»Sie will nicht in einem Negerkrankenhaus gebären«, faucht Alison. »Engländer.«

Türschwelle

Das Taxi fährt auf der dunklen Straße in Richtung Norden, der Wind kommt vom Hafen und riecht nach Salz und Tang. Alles ist dunkel, kein Strom. Erst am Africana ist Licht. Sie müssen ihren eigenen Generator haben. Es ist nahezu menschenleer. Victor schwimmt Bahnen im Pool. Ich stelle mich an den Rand, bis er mich sieht.

»Samantha! Du bist gekommen?«

»Du …«, mir versagt die Stimme, als er sich elegant mit den Armen auf den Rand schwingt, direkt neben mich. Tropfend steht er auf.

»Komm«, sagt er und hebt mich hoch; ich sehe, dass die Kellner hinter der verlassenen Bar uns beobachten. Victor geht los, trägt mich wie eine Braut über die Schwelle seines Bungalows. »Ich habe dich vermisst, Samantha. Es gibt keine anderen Mädchen, die mich glücklich machen können.«

»Aber …«, stammele ich, als er mich in der Dunkelheit aufs Bett legt. Er beugt sich herab und küsst mich.

»Kein Aber«, sagt er und knöpft meine Bluse auf – meine Brustwarzen summen.

»Mary«, bringe ich heraus. Ich hatte damit gerechnet, dass er bei dem Namen zusammenzucken würde, aber er reagiert kaum, öffnet den letzten Knopf, streichelt meine Brüste, drückt eine Brustwarze vorsichtig zwischen seinen starken Fingern und küsst sie. Er spricht langsam und ruhig, als er meine Shorts öffnet: »Ich gehe nicht davon aus, dass sie zurückkommt. Es war ein Fehler, dass ich sie geschwängert habe. Ich bin nicht einmal sicher, dass es mein Kind ist. Und sie weiß genau, dass es vorbei ist.«

Er zieht mir die Shorts und mein Höschen gleichzeitig aus und vergräbt sein Gesicht zwischen meinen Schenkeln. Wir lieben uns.

Razzia

Durch den Lärm, den Victor veranstaltet, wache ich früh auf. Er packt. Ich sehe mich im Zimmer um. Es stehen Waffen herum, ein Gewehr und zwei Maschinengewehre. Die Holzkiste ist verschwunden.

»Ich muss los, ein Job«, sagt er. Ich steige aus dem Bett und umarme ihn von hinten, lege meine Wange an seine Schulter und lasse meine Hand über die Haare auf seiner Brust gleiten.

»Guten Morgen, du Schöne«, sagt er. Ich gehe ins Bad. Die Maschinengewehre und das Gewehr liegen auf dem Bett, als ich fertig bin. Es klopft.

»Wer ist da?«, ruft Victor laut.

»Polizei. Aufmachen!«

»Leg dich da drauf«, sagt Victor leise und zeigt auf die Waffen auf dem Bett. »Du bist wach.« Er wendet sich der Tür zu. »Ich komme schon.«

Ich bin nackt, und der kantige Stahl fühlt sich an meinen Schenkeln, meinem Hintern und meinem Rücken kalt und hart an. Victor steht neben der Tür, bereit zum Öffnen, während ich mich zurechtlege und die Decke über mich und die Waffen ziehe. Mein Nacken liegt auf dem Kissen am Kopfende, und ich halte die Bettdecke direkt über meine Brüste. Victor öffnet die Tür. Die Polizisten kommen herein und starren mich an, ich bin nackt unter der Decke, und das können sie sich sehr wohl vorstellen. Sie schauen sich um, wollen Victors Papiere sehen. Durchwühlen seine Taschen. Ich sage nichts. Die Polizisten sehen nicht, wie jung ich im Verhältnis zu Victor bin, denn ich bin weiß, und den meisten Afrikanern fällt es schwer, das Alter von Weißen zu schätzen.

»Gibt es ein Problem?«, fragt Victor.

»Wir untersuchen etwas«, antwortet einer der Polizisten und sieht sich um, er hat nichts gefunden.

»Dann lassen Sie uns rausgehen, damit meine Frau sich etwas anziehen kann«, sagt Victor.

Sie verlassen das Zimmer. Ich stehe auf, arrangiere die Decken so, damit die Waffen nicht zu sehen sind, und ziehe mich an. Vollständig bekleidet zünde ich mir eine Zigarette an, als Victor wieder das Zimmer betritt.

»Sie kommen eigentlich nur, um geschmiert zu werden«, sagt er.

»Ist jemand hinter dir her? Wirst du rausgeschmissen?«

»Nein. Aber es könnte sein, dass jemand sich verplappert hat.«

»Wer?«

»Das könnten alle möglichen Leute sein. Du vielleicht?« Er grinst.

»Nein, ich würde dich am liebsten hier behalten. Und warum?«

»Vielleicht war es Alison, weil sie dich nicht bei mir sehen will.«

»Alison weiß nicht, dass wir zusammen sind.«

»Vielleicht dein Vater?«, überlegt Victor.

»Warum sollte er dich loswerden wollen?«

»Weil er mir Geld schuldet«, antwortet Victor. »Oder damit ich mich von seiner Tochter fernhalte.« Wieder lächelt er, während er langsam ans Bett kommt.

»Er weiß es auch nicht«, sage ich.

»Bist du sicher?«

»Ja, sonst hätte er mich verprügelt.«

»Wirklich?«

»Ich glaub schon.«

Gastfreundschaft

Victor ist unterwegs, möglicherweise mehrere Wochen. Vielleicht hat Mick ihn bei der Polizei angezeigt. Ich denke häufig darüber nach. Mick.

Meine Schwester hat eine Menge Leute zum Abendessen eingeladen. Ich habe Jack eingeladen.

»Kommt noch jemand, den ich kenne?«, frage ich Alison. Hauptsächlich, um zu erfahren, ob Vater auftaucht.

»Ich habe Vater gesagt, er könnte Victor mitbringen.« Victor! Vielleicht ist er bereits zurück.

»Wieso willst du Victor sehen?« Ich weiß, dass Alison es nicht mag, dass wir von Vaters Geschäften gelebt haben. Victor treibt dasselbe. Und Alison mochte es auch nicht, dass wir als Kinder unseren Vater kaum gesehen haben. Darum hat sie einen sesshaften Mann geheiratet. Sie sieht Frans so oft, wie sie möchte, und so wird es dem Kind auch gehen.

»Ja, es war blöd, ihn einzuladen«, erwidert Alison wütend. »Aber ich kann nicht einfach nur mit den Frauen von Frans' Freunden reden, ich meine ... die sind einfach nur langweilig.«

»Was ist mit Mick?«

»Er konnte nicht.«

»Wieso nicht?«

Alison sieht mich an: »Glaubst du, es könnte daran liegen, dass du ihm gegenüber immer so abweisend bist?«

Ich sage nichts dazu, sondern frage: »Und Vater?«

»Ich weiß es nicht, Samantha. Ich ... du wohnst hier, also musst du damit leben, wer kommt, und wenn du das nicht kannst, dann ...« Sie rollt mit den Augen, zuckt die Achseln, dreht sich um und watschelt in die Küche. Die Gastfreundschaft verbraucht sich.

Stillstand

»Mein Vater schickt mich nach Hause«, erzählt mir Jack vor dem Haus. Er will nicht mit hereinkommen, obwohl er zum Abendessen eingeladen ist; die Gäste kommen in einer halben Stunde.

»Aber wieso?«

»Dieser Marine als Barbecue in der Oysterbay.«

»Aber das war doch nicht deine Schuld.«

»Nein, aber ich kenne die Jungs. Nehme Drogen mit ihnen. Hänge mit ihnen herum, trinke. Er hält auch nichts davon, dass ich mit Männern ins Bett gehe.«

»Das geht ihn doch gar nichts an.«

»Er ist der Botschafter der USA in Tansania«, sagt Jack. »Und ich bin sein Sohn in einem Land, in dem Homosexualität gesetzlich verboten ist. Und es sieht nicht besonders gut aus, dass der Vater meiner besten Freundin ein Söldner ist, der die Machtübernahme auf den Seychellen plant, deren Sicherheit von Tansania garantiert wird.«

»Es tut mir leid, Jack.«

»Mir auch«, sagt er, umarmt mich, geht zum Auto, setzt sich auf den Rücksitz und fährt. Ich gehe ins Haus.

Alison schickt mich zu einem indischen Laden, weil sie vergessen hat, Knabberzeug zu kaufen. Als ich zurückkomme, unterhält sich Victor mit Frans auf der Veranda. Soll ich hinausgehen und ihn ansprechen? Was soll ich sagen? Ich gehe ins Wohnzimmer, bitte den Koch um einen Gin Tonic, zünde mir eine Zigarette an und wippe auf den Fußballen, während ich auf meinen Drink warte. Wie packe ich es an? Eine Hand landet auf meiner Hüfte. Ich drehe den Kopf und puste Rauch aus. Victor. Er lehnt sich neben mir an die Bar.

»Und welche Unterwäsche trägst du heute, Samantha?«

»Wieso glaubst du, ich hätte überhaupt welche an?«, erwidere ich, ziehe an meiner Zigarette und blicke ihn direkt an. Aus den Augenwinkeln sehe ich, wie der Koch mir den Drink hinstellt; ich greife danach und trinke, wobei ich Victor weiterhin in die Augen schaue.

Wir werden zu Tisch gebeten. Ich sitze Victor gegenüber. Soll ich es tun? Oder ist das zu billig? Na und, dann bin ich eben billig. Ich könnte den Fuß über den Boden gleiten lassen, ihn das Hosenbein hinaufführen, seinen Schenkel entlang, bis meine Zehen ihr Ziel erreicht haben.

Die Tür geht auf, und Vater kommt herein – ich lasse den Fuß, wo er ist, auf dem Boden. Stillstand.

Umzug

Wie stelle ich es an, Victor wiederzusehen? Ich weiß nicht, wo er wohnt. Die Luft im Haus ist dick und zäh, alle Geräusche erreichen mich von ganz weit her, wie durch Morast oder Watte. Alison ist schwanger, träge und müde. Sie sagt es nicht, aber ich weiß es genau. Sie ist es leid, dass ich hier bin. Und wenn sie mit Frans glücklich ist, wenn sie über das Kind reden … hören sie auf, sobald ich das Zimmer betrete. Weil ich die Abtreibung hatte. Und wenn sie ihren Bauch streichelt und sagt, das Kleine strampelt – dieser ganze Mist –, gehe ich. Es gehört sich nicht, aber ich kann ihre Freude nicht mit ansehen, ich halte es nicht aus. Warum bin ich so?

»Vaters Haus ist fertig«, erzählt sie.

»Ach ja? Verkauft er es?«

»Nein«, sagt sie. »Wir haben darüber geredet … Vater meint, du könntest eine Weile darin wohnen.«

»Wann hast du mit ihm geredet?«

»Ich habe ihn heute Morgen gefragt. Es ist nur für eine kurze Zeit. Ich kann nicht … im Augenblick passiert so viel, und …« Sie hält inne.

»Ich werde nicht mit Vater zusammenwohnen.«

»Nein, nein, er wird nicht dort wohnen. Ich glaube, er hat sich in einem Hotel einquartiert oder … na, jedenfalls hat er hier irgendwo etwas gefunden.«

»Was?«

»Eine Frau. Du kannst dort allein leben«, sagt Alison. »Juma und seine Tochter wohnen in der Dienstbotenwohnung.«

»Okay. Dann ist es in Ordnung«, willige ich ein. »Natürlich. Tatsächlich würde ich auch gern ein bisschen allein sein.«

Alison fährt mich zu Vaters Haus, nachdem ich gepackt habe. Auf dem Weg reden wir nicht viel. Das Haus liegt weiter vom Meer entfernt, im billigsten Teil von Msasani. Juma öffnet das Tor für uns.

»Samantha! *Karibu sana*«, sagt er lächelnd, dass ich seine braunen Zähne sehen kann. Seine Tochter wohnt bei ihm; sie kann meine Köchin sein und die Wäsche waschen, das müsste gehen. Juma führt uns durchs Haus. Es sieht gut aus, frisch gestrichen, neues Badezimmer, neue Elektroinstallationen, Klimaanlage. Wir verabschieden uns vor der Tür.

»Und wie soll ich hier wegkommen?«, will ich wissen.

Alison seufzt. »Vater hat gesagt, er besorgt dir ein Motorrad.«

»Cool.«

»Du bist jederzeit bei uns willkommen«, sagt sie, bevor sie fährt. »Das weißt du doch, oder?«

Geburtstag

Ich wohne in Vaters Haus, allein. Ich habe kein Transportmittel. Was soll ich machen? Ich trinke Konyagi und rauche, bis mir schlecht wird, höre meine Kassetten auf dem kleinen Recorder. Langweile mich. Noch immer ist ein Handwerker da, der die Außenmauer repariert, der Sockel ist an einigen Stellen verwittert. Ich stehe in der klimatisierten Luft des Hauses und schaue ihm zu: In der gleißenden Sonne haben sich Schweißperlen auf seinem nackten Oberkörper gebildet, und das Handwerksgerät liegt in einem Eimer Wasser, damit er sich nicht die Finger verbrennt, wenn er danach greift.

Ein paar Abende später taucht ein Taxi am Tor auf. Juma kommt an die Tür.

»*Mzee* hat ein Taxi nach dir geschickt. Deine Schwester bekommt ihr Kind.« Ich springe ins Auto, fahre hin. Es hat angefangen. Vater sitzt wortlos da und trinkt Kaffee, starrt seltsam vor sich hin, wendet aber den Blick ab, wenn ich versuche, ihm in die Augen zu sehen. Dann kommt das Kind. Ein Junge. Vater schreit auf, Frans hat Tränen in den Augen. Shakilas Vater tritt mit Schweiß auf der Stirn aus dem Schlafzimmer. Ich lächele. Gehe hinein und schaue es mir an – ein rosa Klumpen, der sich bewegt. Mein Gesicht bleibt reglos. Alle sind glücklich. Ich gehe in den Garten. Rauche und spucke. Das hätte ich sein können.

Am nächsten Tag zwinge ich mich, ein Taxi zu nehmen und ein Geschenk abzuliefern. Ich schaue mir das Kind an, gebe alberne Töne von mir. Vater kitzelt den Kleinen unterm Kinn und trägt ihn stolz durchs Wohnzimmer. Alison setzt sich neben mich.

»Er benimmt sich der neuen Generation gegenüber wie ein Mensch«, bemerke ich.

»Ja, eine hat er übersprungen.«

»Ach, hört schon auf«, brummt Vater.

»Das ist doch eigenartig«, sage ich.

»Mädchen. Es mag sein, dass ich nicht immer der beste Vater war, den man haben kann. Wenn ihr gute Eltern sein wollt, dann wollt ihr sicher anders sein als ich. Aber ich bin euer Vater und … ich liebe euch. Und ich liebe diesen kleinen Burschen hier.«

Er prustet dem Baby auf den nackten Bauch, es fängt an zu schreien, und Alison steht auf, um es Vater abzunehmen. Es ist albern und nicht zum Aushalten. Was ist mit ihm? Ein alter Trottel.

»Hast du mit Mutter gesprochen?«, erkundige ich mich bei Alison.

»Ja«, seufzt sie. »Sie hat kein Geld für ein Ticket.«

»Kann Frans ihr keins besorgen?«

»Nur für seine engsten Familienangehörigen, sonst bekommt er Probleme.«

»Aber du schenkst ihr doch ein Ticket, Vater. Oder?«

»Sie bekommt sowieso keinen Urlaub«, erwidert er.

»Also nicht?«

»Er hat kein Geld«, wirft Alison ein.

»Ich habe Schulden«, erklärt Vater. Bei Victor, denke ich. Vielleicht wird mein Ticket nach England mit Victors Geld bezahlt. Denn zu Frans' engsten Familienangehörigen gehören offenbar weder Mutter noch ich, obwohl er mit Alison verheiratet ist. Ich behaupte, ich hätte eine Verabredung, und gehe.

Mitbewohner

Zwei Tage später kommen Alison und Frans auf dem Weg in den Yachtklub mit dem Baby vorbei.

»Wieso willst du nicht mit?«, will Alison wissen.

»Nein, ich habe heute einfach keine Lust.« Sie fahren wieder. Ich gehe an den Barschrank und greife zur Gin-Flasche. So. Und Zigaretten. Setze mich auf die Veranda. Scheiße.

Ein Land Rover bremst auf der gegenüberliegenden Seite der Straße. Vater? Jemand hupt. Juma ruft: *»Shikamoo Mzee!«* Es ist Vater.

Ich erhebe mich, gehe in die Küche und schütte Eiswürfel in eine Kanne, damit ich ihm Wasser anbieten kann. Ich will mich nicht streiten. Die Tür geht auf.

»Samantha!« Ich trete in den Flur. Vater und Victor stehen im Wohnzimmer, Victor mit ein paar Taschen. Was?

»Hey, Samantha!«, begrüßt er mich.

»Hey!«, grüße ich zurück.

»Victor muss eine Weile hier wohnen«, erklärt Vater. »Er muss sich ein wenig bedeckt halten, bis wir ein paar Fäden entwirrt haben.«

»Aha.«

»Ja, im Africana gibt es zu viele Augen und Ohren«, fügt Victor hinzu.

»Du kannst natürlich zu Alison ziehen, wenn du willst«, sagt Vater, »obwohl das im Moment sicher nicht so gut wäre.«

»Nein, nein, das ist schon okay.«

»Dann kann Victor auch ein bisschen auf dich aufpassen, damit du nicht völlig vor die Hunde gehst.« Den Köder schlucke ich nicht.

»Und was ist mit dem Motorrad?«

»Ich hole nachher meins, das kannst du gern benutzen«, mischt Victor sich ein. Vater lächelt, zufrieden mit dem Arrangement und meiner

Reaktion, alles ist gut. Begreift dieser Mann denn gar nichts? Vermutlich ist es ihm egal, dass ich ein Verhältnis mit Victor habe. Warum sollte es ihm auch nicht egal sein? Ich bin ihm doch egal. Victor holt weitere Taschen aus dem Wagen. Vater legt den Arm um meine Schulter.

»Du kannst gern mit ihm herumziehen und mit ihm flirten. Aber denk dran, dass er in England eine Frau hat, die hochschwanger ist.«

»Ich bin keine Idiotin.«

»Es tut mir leid, Samantha, aber ich schulde dem Mann ein bisschen Geld und muss ihm diesen Gefallen tun.«

»Ist schon in Ordnung. Hast du mit Mutter geredet?« Ich hoffe noch immer, dass sie hierher kommt, um sich ihr Enkelkind anzusehen, dann könnten wir wenigstens zusammen zurückfliegen.

»Sie kann nicht kommen«, erwidert er.

»Ist okay«, sage ich. Victor kommt mit seinen Taschen.

»Gut.« Vater klatscht in die Hände und schaut sich um. »Dann will ich mal weiter.«

Ich zeige Victor das leere Schlafzimmer und erkläre ihm, dass er Juma Geld zum Einkaufen geben kann, wenn er etwas braucht. Und dass Jumas Tochter um acht das Frühstück auf den Tisch stellt; wenn er früher aufstehen will, muss er ihr Bescheid sagen.

»Hast du ein Bier?«, fragt er. Wir setzen uns auf die Veranda. Trinken Bier. Seine Bewegungen sind präzise, er sieht mich ruhig an, mit etwas zusammengekniffenen Augen.

»Was ist?«, frage ich und kichere.

»Ist es okay für dich, wenn ich hier wohne?«

»Ja, Hauptsache, du erwartest nicht, dass ich das Hausmütterchen spiele, denn das mache ich bestimmt nicht.«

»Es würde dir auch nicht stehen«, erwidert Victor. »Du hast vermutlich andere Qualitäten.«

Kurz darauf sucht er sich ein Taxi, um sein Motorrad zu holen.

Ich laufe den weiten Weg bis zum Meer und schwimme. Gehe zurück. Lasse die Dusche das schmierige Gefühl von Salz und Schweiß abspülen. Wasche mir die Haare. Höre das Motorrad kommen. Schlinge mir ein Handtuch um den Kopf und ein anderes um den Körper. Gehe durchs Wohnzimmer in Richtung Küche, ohne zur Seite zu sehen, wo er auf dem Sofa sitzt.

»Hey!«

»Ach, hallo. Hast du das Motorrad für mich geholt?«

Er lacht: »Das ist nicht für dich. Aber du kannst es dir leihen, wenn du gut bist.«

»Wie gut denn?«, entgegne ich, während ich in die Küche gehe. Als ich zurückkomme, sitzt er nicht mehr im Wohnzimmer. Ich gehe auf den Flur zu meinem Zimmer, als er in Boxershorts und einem Handtuch über der Schulter aus dem anderen Zimmer tritt. In dem engen Gang gehen wir aufeinander zu. Sein Geruch, seine zähen Muskeln unter der gebräunten Haut, das blonde, gekräuselte Haar auf seiner Brust, das sich über den Bauch bis zum Geschlechtsteil fortsetzt.

»Ich muss unter die Dusche. Wollen wir dann im Yachtklub essen?«

»Können wir nicht ins Oysterbay Hotel fahren?«

»Nein, ich muss dort mit jemandem reden, der ein Boot kaufen will«, sagt er und drückt sich an mir vorbei.

»Wenn du bezahlst«, sage ich und bekomme einen elektrischen Stoß, als seine Hand auf meinen Arsch klatscht.

»Abgemacht!«, sagt er und geht ins Badezimmer.

»Hey!«, rufe ich ihm nach.

Liebhaberin

Einen Tag später gehen wir in ein indisches Restaurant. Victor rückt mir den Stuhl zurecht.

»Ich bin sofort zurück, Samantha«, sagt er und geht an die Bar, wo er mit Aziz' Vater redet, der am Hafen Waren durch den Zoll schmuggelt. Ich trage ein eng sitzendes Kleid, das mir gerade über die Knie reicht. Keinen Slip. Ich bin nervös, weil Alison auch in dieses Lokal geht. Aber sie ist gerade niedergekommen, die Chance ist nicht sehr groß. Victor kommt zurück an den Tisch. Wir trinken Bier, während wir aufs Essen warten. Er fragt nach meinen Plänen.

»England ist nichts für mich«, antworte ich. »Ich will hier irgendwas machen, ich verstehe die Leute, weiß, wie alles funktioniert. In England … meine Mutter arbeitet als Nachtportier in einem Hotel und wohnt in einer kleinen Wohnung. Ich bin zu sehr Afrikaner, um dort leben zu können. Oder: Natürlich könnte ich dort leben, aber ich habe keine Lust dazu!«

»Du hast Recht. Dort kann man nicht wirklich frei leben. Du siehst das völlig richtig.«

Ich kann die Frage genauso gut direkt stellen: »Und was ist mit Mary?«

Victor seufzt. »Ich weiß es nicht. Sie findet es ziemlich gut hier, aber nur, wenn alles für sie erledigt wird. Sie kommt nicht allein zurecht. Sie wird nervös.«

»Aber kommt sie hierher, wenn sie ihr Kind bekommen hat?«

»Ich bin nicht sicher. Sie will, dass ich nach Hause komme.«

»Und, willst du?«

»Nein. Ich will hier bleiben.«

»Das will ich auch.«

»Du verstehst das, Mary nicht. Du weißt, wie man sich hier benehmen muss. Du bist das richtige Mädchen für Afrika.«

Ich streife meine hochhackigen Schuhe unter dem Tisch ab und fange an, meinen Fuß sein Bein hochzuschieben.

»Und was heißt das?«

»Ich will dich haben«, sagt Victor.

»Willst du mich als deine Geliebte?«

»Ja.«

»Warum?« Mein Fuß auf dem Weg zu seinem Schritt.

»Weil du fantastisch bist. Du bist unglaublich hübsch, nicht einfach nur schön, sondern ... du hast eine Menge Power. Das mag ich.«

»Ich bin nicht sicher, ob mir das reicht«, sage ich. »Geliebte zu sein.« Ich schaue ihn an, als mein Fuß auf seinen steifen Schwanz trifft. Das Essen kommt. Ich ziehe meinen Fuß zurück. Victor stöhnt auf. Ich beginne zu essen. Kaue mit leicht geöffnetem Mund.

Es passiert nach der Rückkehr aus dem Restaurant. Victor hat sein Hemd geöffnet, sitzt am Couchtisch. Zieht einen Umschlag aus der Hemdtasche, öffnet ihn und klopft mit einem Finger darauf, das Pulver rieselt auf die Tischplatte. Ich setze mich in einen Sessel, trinke einen Schluck Cola. Ich habe mein Kleid ausgezogen und mir ein *kanga* umgebunden – bin nackt unter dem Stoff. Victor reicht mir seine angezündete Zigarette über den Tisch, zieht einen Geldschein aus der Tasche und rollt ihn zusammen.

»Um uns einzustimmen«, sagt er lächelnd.

»Klar«, antworte ich, rauche.

»Willst du etwas?«

»Ja, natürlich.«

»Ich wusste nicht, dass du so was nimmst.«

»Ich nehme mehr, als du glaubst.«

»Komm her«, fordert er mich auf. Ich setze mich neben ihn aufs Sofa. Er gibt mir den Schein. Ich ziehe eine Linie. Lasse mich gegen die Rückenlehne fallen, wo sein Arm liegt. Seine Hand greift nach meinem Nacken, massiert ihn.

»Das ist gut«, sage ich. Reiche ihm den Schein.

»Das Beste«, sagt er und beugt sich über den Tisch. Dann setzt er sich auf dem Sofa zurück, wendet sich mir zu, legt eine Hand auf meinen Schenkel, küsst mich, nimmt mich – einfach so.

Sansibar

Ich erwache in meinem Zimmer. Victor muss mich im Laufe der Nacht hinübergetragen haben, damit das Mädchen nicht sieht, dass ich in seinem Bett liege. Sie würde es Juma sagen. Der es wiederum Vater erzählen würde. Ich stehe auf. Niemand im Haus, aber auf dem Esstisch liegt ein Zettel, eckige, sorgfältige Buchstaben: »Bin gegen Mittag zurück«, steht dort. Ich frühstücke ein wenig, gehe ins Bad.

»Wir fahren nach Sansibar«, erklärt er, als er zur Tür hereinkommt.

»Nach Sansibar? Was wollen wir dort?«

»Keine Fragen. Wir müssen los, zwei Übernachtungen, pack eine Tasche.«

»Ich glaube, ich muss Alison anrufen.«

Victor geht in den Flur.

»Du erzählst ihr nicht, dass du mit mir nach Sansibar fährst, es würde ihr nicht gefallen.«

»Nein«, erwidere ich lächelnd. Ich erreiche Alisons Koch. Erzähle ihm, dass ich zwei Tage nach Morogoro fahre und Jarno besuche.

»Können wir aufbrechen?«, fragt Victor.

»Wann geht das Flugzeug?«

»Wir fahren mit dem Schiff.«

Ich schmeiße ein paar Sachen in eine Tasche. Mit einer dhow vom Hafen nach Sansibar, schön. Ich setze mich hinten aufs Motorrad, doch Victor steuert in die falsche Richtung.

»Womit fahren wir?«, schreie ich.

»Mit einem Speedboot!«, schreit er zurück. »Vom Yachtklub aus!«

Zwanzig Minuten später sitzen wir in einem großen Schlauchboot mit zwei kräftigen schwarzen Außenbordern; das Militär verwendet diesen Typ Motor. Wir donnern über die Wasseroberfläche. Es sind etwa fünfzig Kilometer vom Hafen in Dar bis Sansibar.

»Willst du das Boot verkaufen?«, überschreie ich das Pfeifen des Windes.

»Ja, ich muss es heute abliefern. Wir fliegen zurück.«

»Wolltet ihr es auf den Seychellen einsetzen?«

»Exakt.«

»Ärgerlich, dass es aufgeflogen ist.«

»Wir hätten es durchziehen sollen, obwohl die Politiker kalte Füße bekommen haben«, erwidert er. »Wir hätten uns dort einrichten können.«

»Aber wenn die tansanischen Kräfte wussten, dass ihr kommen würdet ...«

»Auf die Idee sind die erst gekommen, als dein Vater mit einer Linienmaschine dorthin geflogen ist. Vorher hätten acht bis zehn Leute mit zwanzig einheimischen Unterstützern gereicht, die gesamte Inselgruppe einzunehmen – Strom, Wasser, Radio, Zeitung, Telegraf, Hafen und Flughafen mit dem ersten Schlag, ganz einfach.«

»War es gutes Geld?«

»Ja. Und wir hätten hinterher dort wohnen können.«

»Und hättet in Tansania alles verloren«, gebe ich zu bedenken.

»Das passiert ohnehin.«

»Was meinst du?«

»Sie haben euer Hotel nationalisiert und andere Dinge auch. Möglicherweise wird dein Vater des Landes verwiesen.«

»Und was ist mit dir?«

»Mich kennen sie nicht. Aber ich überlege, mich in Sambia niederzulassen, nahe der Grenze zu Zaire.«

Wir fahren zwischen kleine Inseln in der Menai Bay und landen am Strand einer Bucht nördlich von Bweleo. Treffen einen Araber, der Victor für das Boot bezahlt. Sein Helfer fährt uns in die Stadt.

In einem Restaurant in Stone Town essen wir zu Abend, dann gehen wir zurück ins Hotelzimmer. Victor besorgt an der Bar Gin Tonic. Ich bin bereits angetrunken. Er fährt mit einem Eiswürfel über meine Schenkel und Schamlippen. Ich ziehe sein Gesicht zwischen meine Beine. Die Bartstoppel kratzen, als er mich mit seiner heißen Zunge öffnet. Funken schlagend stößt sie in mich.

Danach liegen wir auf dem Bett und rauchen.

»Wir wären ein gutes Team«, sagt Victor.

»Ja. Aber ich weiß nicht, was Vater davon halten würde.«

»Was er nicht weiß, macht ihn nicht heiß.«

»Er ist nicht blöd. Er entdeckt das meiste.«

»Er ist bald außer Landes«, erwidert Victor.

»Woher willst du das wissen?«

»Niemand schuldet ihm mehr einen Gefallen.«

Gifttträume

Zurück in Daressalaam. Alison besucht mich mit dem Baby. Victor sitzt am Esstisch, raucht und sieht irgendwelche Papiere durch.

»Komm rein«, bitte ich. »Möchtest du etwas trinken?«

Alison begrüßt Victor und folgt mir in die Küche.

»Ich möchte, dass du zurück zu uns ziehst«, sagt sie leise.

»Aber wieso? Mir geht es bestens hier.« Ich öffne den Kühlschrank.

»Es ist besser, du wohnst bei uns.«

»Erst schmeißt du mich raus, und jetzt willst du … *tsk.*« Ich drehe ihr den Rücken zu und schenke uns Saft ein, damit sie mein Gesicht nicht sieht.

Alison flüstert fast: »Glaubst du, ich bin blöd, kleine Schwester? Glaubst du, ich sehe nicht, wie du mit ihm flirtest?«

»Das ist nur Spaß.«

»Bist du dir darüber im Klaren, was passiert, wenn Vater es mitbekommt?«

»Er wird doch nicht sauer, nur weil ich ein bisschen flirte.«

»Du wirst in die nächste Maschine nach England gesetzt.«

»Das werde ich doch sowieso, wenn es nach dem Willen des alten Arschlochs geht.« Ich drehe mich zu ihr um. Alison sieht wütend aus.

»Mary ist in England, um ihr Kind zu bekommen. Hinterher kommt sie hierher. Was, glaubst du, wird dann passieren?«, fragt sie.

»Alison. Ich glaube überhaupt nichts. Sie ist in England, nicht hier. Vielleicht kommt sie. Vielleicht werde ich nach England geschickt. Vielleicht ist alles möglich. Was soll ich deiner Meinung nach tun?«

»Du benimmst dich dumm«, erwidert sie. Es stimmt ja auch nicht, was ich ihr erzähle. Ich … weiß es einfach nicht. Aber Victor hat gesagt: »Ich glaube kaum, dass sie hierher kommen wird. Es gefällt ihr hier nicht.«

Und ich denke … dass ich hier bin.

Christian

Victor hat mir erzählt, er hätte die Möglichkeit, in Goma zu arbeiten; er wird einige Tage fort sein, um es herauszufinden. Ich bin allein zu Haus. Goma. Er fährt hin. Was soll ich machen? Fühle mich bereits einsam. Das Motorrad hat er glücklicherweise hier gelassen, ich fahre damit zu Jarno in Norads Haus. Er wohnt noch immer dort, ist gerade aufgestanden.

»Christian ist gestern angekommen, er ist unterwegs, um nach dir zu suchen, glaube ich.«

»Ach ja«, sage ich. Jarno legt mir die Hände auf die Hüften.

»Kommst du mit ins Bad?«

»Hör auf mit dem Scheiß! Was glaubst du, würde dein guter Freund Christian davon halten?«

Jarno antwortet nicht. Christian – er hat geglaubt, ich würde Selbstmord begehen.

Ich gehe mit Jarno in den Yachtklub. Sehe Alisons Auto auf dem Parkplatz. Gehe hinein. Fuck, sie sitzt mit Christian an einem Tisch. Sie sind sich nie begegnet. Irgendjemand muss ihm erzählt haben, dass sie meine Schwester ist. Aber sicher hat er ihr nicht erzählt … was ich ihm alles geschrieben habe. Wir umarmen uns. Er fragt nach allen möglichen Dingen, erzählt eine Menge, und ich spüre, dass er gern mit mir allein wäre, also bleibe ich sitzen. Alison lädt uns alle zu einem Gartenfest ein, um das Baby zu feiern. In zwei Tagen.

»Angela kommt auch«, sagt Alison lächelnd.

»Angela?«, frage ich.

»Ja, sie ist in den Ferien in Dar. Es ist schön, sie mal wiederzusehen.«

Ich halte den Mund. Ich finde es nicht schön. Ich erkundige mich, wie spät es ist, und erkläre: »Ich muss los, hab 'ne Verabredung.«

»Was machst du morgen?«, erkundigt sich Christian.

»Ich kann nicht. Ich habe eine Verabredung«, behaupte ich. Alison sieht mich eigenartig an, sagt aber nichts.

»Wie komme ich denn jetzt zurück?«, will Jarno wissen.

»Ich werde euch fahren«, sagt Alison. »Dann kann ich euch auch gleich zeigen, wo wir wohnen. Es liegt auf dem Weg.«

»Wir sehen uns dort«, sage ich und gehe zum Motorrad. Fuck.

Mutter

Am nächsten Tag sitze ich wie auf Nadeln. Was ist, wenn Christian herausgefunden hat, wo ich wohne? Wenn Alison es ihm erzählt hat? Oder … was passiert, wenn Victor zurückkommt? Das Telefon klingelt, ich lasse das Mädchen abnehmen. Sie soll sagen, ich sei nicht zu Hause, es sei denn, es ist Victor. Es ist nicht Victor. Es ist Christian, Alison oder Vater. Ich wühle meine Unterlagen durch, finde Mutters Nummer. Rufe an.

»Ich habe eine Affäre mit einem Mann«, erkläre ich ihr. »Ich weiß nicht, was ich tun soll.«

»Einem … Mann?«

»Ja, er ist deutlich älter als ich.«

»Wie alt?«, will Mutter wissen.

»Ist doch egal, seine Frau ist schwanger.«

»Samantha«, Mutter seufzt schwer. »Ist er … weiß?«

»Ja. Er ist …« Ich weiß nicht weiter, denn was ist er?

Mutter sagt: »Es ist dumm von dir.«

»Du darfst es niemandem erzählen!«

»Dann musst du mir versprechen, es zu beenden.«

»Ich weiß nicht, ob ich das kann«, erwidere ich.

»Du kannst es. Und bald bist du ja hier bei mir«, sagt sie sanft. Ich ersticke an ihrer Sanftheit und dem Gedanken an England: Kälte und Regen. Ich muss es plötzlich tun, mitten in einem Satz, den ich selbst ausspreche, dann wird sie glauben, die Verbindung sei unterbrochen.

»Aber Mutter, ich werde dafür sorgen, dass ...« Meine Hand drückt die Gabel herunter. Ich weiß nicht, warum ich es ihr erzählt habe. Vielleicht weil es anderthalb Jahre her ist, seit ich sie gesehen habe. Und plötzlich war sie am Telefon so nah ... schließlich ist sie meine Mutter.

Pulvermischung

Victor kommt wieder zurück.

»Ich muss noch mal zu Bimji, ein paar Dinge abholen.« Bimji ist Aziz' Vater, der Hafenagent. Er sorgt für sämtliche Zulassungen und Papiere, wenn man irgendetwas ein- oder ausführen will. Er sorgt vor allem dafür, dass die richtigen Behördenvertreter geschmiert werden.

»Ich will mit.«

»Das ist nichts für dich.«

»Drogen?«, sage ich.

Er sperrt die Augen auf.

»Woher hast du das?«

»Das habe ich gehört.«

Victor lächelt: »Ich muss wissen, wo du das gehört hast?«

»Ich will nicht, dass er Probleme bekommt«, sage ich.

»Okay.«

»Mick.«

»Hm. Er hatte nicht sehr viel Glück, als er noch selbst die Nase im Trog hatte.«

»Ich will mit«, wiederhole ich.

»Es ist nicht ganz ungefährlich«, warnt Victor. Ich zucke die Achseln. Wir fahren am nächsten Nachmittag. Ich soll in Bimjis Büro bleiben, während er und Victor ins Hafengebiet gehen. Eine halbe Stunde später kommen sie mit einer Holzkiste von der Größe zweier Bierkästen zurück. Erledigen den letzten Papierkram. Laut den Frachtpapieren auf der Kiste handelt es sich um Gewürze.

»Ist es Heroin?«, frage ich, als wir wieder im Auto sitzen.

»Zerbrich dir nicht den Kopf.«

»Doch, tue ich.«

»Es ist Kokain. Das meiste geht nach Europa, aber auch hier gibt es einen Markt.«

»Kokain? Woher?«

»Asien. Ich habe eine neue Route aufgebaut. Die Zöllner in Europa checken nichts, was aus Afrika kommt.«

»Und was passiert damit?«

»Ich verpacke es in großen Dosen mit Cashewnüssen. Die Dosen werden nach Deutschland und Holland geschickt.«

Wir fahren nach Hause. Ich folge Victor in die Küche. Er schickt das Mädchen fort, öffnet die Kiste, nimmt ein paar Plastiktütchen mit weißem Pulver heraus.

»Der Rest muss verpackt und morgen weiterverschickt werden.«

»Und das behältst du?«

»Für den einheimischen Markt, damit ich ein bisschen Geld zum Leben habe.«

»Du willst es verkaufen?«

»Ich verkaufe es komplett an einen Burschen, mehr habe ich nicht damit zu tun«, sagt er und nimmt eine Geschmacksprobe.

»Perfekt«, sagt er und greift nach einer großen Schüssel.

»Was machst du?«

»Es muss noch gestreckt werden.«

Victor zieht dünne Plastikhandschuhe an und nimmt sich eine Tüte mit einem anderen weißen Pulver, das er mit dem Kokain vermischt. Ich habe davon gehört, man kann es mit zerbröselten Kopfschmerztabletten, Kartoffelmehl, zerstoßenem Glas oder Kunstdünger strecken – mit allem Möglichen.

»Wie fühlst du dich, wenn du Drogen verkaufst?«

»Es ist eine Ware«, antwortet Victor, unterbricht seine Arbeit und sieht mich an. »Samantha. Dein Vater begreift es nicht. Es gibt keine lukrativen Kriege mehr. Es läuft nicht mehr nach den alten Regeln; wenn es Unruhen gibt, geraten sie außer Kontrolle. Früher waren es Soldaten, Einheiten. Jetzt sind es ganz gewöhnliche Bauern aus den Dörfern mit Macheten und Kalaschnikows in den Händen. Sie brauchen uns nicht.

Das ist vorbei. Und das hier …«, er weist mit einer Handbewegung über den Küchentisch, »… ist das neue Geschäft. Wenn wir zuschlagen, können wir wachsen, wenn nicht, können wir verschwinden.«

»Aber das sind … Drogen.«

»Ist es besser, zu töten oder andere im Töten zu unterrichten, als ein paar Drogen von einem Ort zum anderen zu schaffen?«

Ich antworte nicht.

Am nächsten Tag ist Victor beschäftigt. Er fährt zu einem Geschäftspartner in der Stadt. Das Kokain wird mit den Cashewnüssen in große Blechdosen verpackt, die versiegelt, mit Etiketten und den korrekten Exportpapieren versehen werden müssen, bevor er sie Bimji zurückbringt. Wir lieben uns, als er am Abend wieder nach Hause kommt, aber er wirkt … abwesend.

»Irgendetwas nicht in Ordnung?«

»Nein, nein, mir geht nur so viel im Kopf herum. Ich muss das Zeug abliefern, das ich gestreckt habe.«

»Wo?«

»Ich treffe den Burschen bei Margot's.« Victor schaut auf seine Uhr. Margot's, das teuerste Bordell der Stadt, dort werden Botschaftsangestellte, ausländische Experten, Politiker und Geschäftsleute bedient.

»Fahren wir los«, sage ich.

»Du kannst nicht mitkommen, Samantha.«

»Wir ziehen das zusammen durch. Natürlich komme ich mit. Ich werde im Auto warten.«

»Okay.« Victor zieht sich an. Ich würde gern fragen, lasse es aber: Wollte er den Service nutzen, den Margot's anbietet?

Farbe

Die Wache am Tor von Margot's ist intelligent. Kein Typ, der für das übliche Kleingeld arbeitet, er hat eine Schule besucht und ist ordentlich gekleidet.

»Ich verspreche dir, sie bleibt die ganze Zeit im Wagen«, antwortet Victor auf seine Frage. Der Wachmann beugt sich vor und schaut an Victor vorbei, auf mich: »Sind Sie damit einverstanden, Fräulein?«

»Ja«, antworte ich, und der Wachmann gibt seinem Kuli ein Zeichen, das Tor zu öffnen, bevor er selbst wieder in das kleine Wächterhäuschen geht. Wir fahren die kiesbestreute Einfahrt hinauf, die Ränder sind mit Muscheln eingefasst. Die Villa ist groß und gepflegt, auf der üppigen Rasenfläche sind hübsche Blumenbeete angelegt. Victor steigt aus, als ein uniformierter Türwächter die Treppe herunterkommt.

»Soll ich Ihren Wagen hinter dem Haus parken?«, fragt er. Klar, damit die Leute das Auto von der Straße aus nicht sehen können; schließlich bezahlt man bei Margot's fürs Pumpen.

»Nein«, antwortet Victor und greift nach seiner Schultertasche, »ich muss gleich wieder los.« Der Türwächter lässt ihn ein. Ich zünde mir eine Zigarette an. Rauche sie bis zum Filter. Er ist noch immer nicht zurück. Ich öffne die Wagentür, steige aus, strecke mich. Der Türwächter beobachtet mich. Ich gehe zur Treppe, steige die Stufen hinauf. Der Türwächter unternimmt nichts, offenbar bestimmt die Torwache die Auswahlkriterien. Allerdings steht noch ein weiterer kräftiger Typ vor der Tür. Er sieht aus wie der Rausschmeißer. Ich würde gern hinein, mir den Laden ansehen.

»Was versteckt ihr da drinnen?«

»Das ist nichts für dich«, sagt er.

»Habt ihr alle Größen und Farben?«

»Nicht deine Farbe«, erwidert er mit einem Schmunzeln. Ich könnte versuchen, einfach hinzugehen und die Tür zu öffnen. Vielleicht würde er nicht wissen, was er machen soll, weil ich weiß bin. Selbstverständlich ist er bereit, eine Weiße aufzuhalten, aber bestimmt würde er zögern, denn man weiß nie, welche Konsequenzen es haben könnte – wer ist ihr Mann, wer ist ihr Vater? Ist es gefährlich, Hand an sie zu legen? Aber vermutlich ist im Foyer ohnehin nicht viel zu sehen. Möglicherweise ist mein Vater da drin.

»Kann eine Dame sich hier auch ein bisschen Unterhaltung kaufen?«

»Nein, es ist ausschließlich für Männer.«

»Aber vielleicht möchte ich ja ein Mädchen kaufen, mit dem ich ein bisschen spielen kann. Werden Mädchen mit diesem besonderen Interesse bei Margot's nicht bedient?«

Er grinst und schaut sich nervös um.

»Okay«, sage ich, zucke die Achseln und biete ihm eine Zigarette an, die er in die Tasche steckt.

»Danke. Ich heb sie mir für später auf.«

»Mach's gut«, sage ich und schlendere zurück zum Auto.

»Ebenfalls«, wünscht er.

Erwachsen und Kind

Das Gartenfest bei Alison und Frans. Ich fahre mit Victor hin. Ein paar Straßen vorher fährt er an den Rand und hält. Er wendet sich mir zu und küsst mich.

»Sei einfach cool«, sagt er. »Kannst du das?«

»Ja, sicher«, erwidere ich. Wir fahren das letzte Stück. Christian und Jarno sind bereits da – weißes T-Shirt, blaue Jeans und ein Carlsberg in der Hand. Auch Angela ist gekommen. Und Vater.

Ich müsste Victor zu Christian und Jarno mitnehmen und ihn wie jemand ganz Normalen vorstellen. Aber … ich kann nicht. Ich will nicht zu ihnen gehen. Ich will nicht mit Christian reden. Ich glaube, er durchschaut mich. Es gibt Unmengen von Essen, Bier und Alkohol. Vater kümmert sich um den Grill. Victor geht zu ihm, sie werden laut. Ich könnte kotzen. Christian starrt mich an, gleich wird er zu mir kommen. Ich gehe auf die Toilette. Bleibe dort eine Weile sitzen, aber es geht nicht ewig. Ich gehe wieder hinaus. Alison kommt auf mich zu.

»Ist irgendetwas nicht in Ordnung?«

»Ich hab bloß meine Tage, fühle mich ein bisschen unwohl.«

»Ach, das geht vorbei.« Sie stellt Victor Christian und Jarno vor. Ich ziehe mich ein wenig zurück, an die Hausecke, wo der Kinderwagen steht. Als würde ich mir unglaublich neugierig das schlafende Baby ansehen. Christian kommt. »Er erinnert dich an deinen Vater, was?«, sagt er mit einem Nicken in Victors Richtung.

»Nein. Die beiden sind sehr verschieden.«

»Er könnte dein Vater sein.« Woher weiß er … Mir wird klar, dass Christian betrunken ist, sehr sogar.

»Ist er aber nicht«, sage ich. »Und es wäre auch kaum möglich. Dann hätte er schon sehr früh anfangen müssen.« Wieso antworte ich überhaupt?

»Er benutzt dich doch nur«, fährt Christian fort.

»Würdest du doch auch tun, wenn du die Möglichkeit hättest«, fauche ich ihn an.

»Na toll!«, sagt Christian und geht wieder.

Victor steht mit Angela an der Bar und lacht. Ich gehe zu ihnen. Angela legt ihren Arm um meine Schulter und führt mich in den Garten, ans entgegengesetzte Ende.

»Es mit einem erwachsenen Mann auszuprobieren, kann eine sehr lehrreiche Erfahrung sein, Samantha«, sagt sie mit einer zuckersüßen Stimme. »Erfahrung zählt. Aber du musst dir darüber im Klaren sein, dass du nicht mit ihm rechnen kannst.« Ich schiebe ihren Arm von meiner Schulter.

»Bleib mir vom Hals!«, antworte ich und schaue mich im Garten um. Christian redet jetzt mit Victor und … was soll ich bloß machen? Wo soll ich hingehen und mit wem über was und warum reden? Ich nähere mich von hinten und höre Christian fragen: »Und wann kommt deine Frau nach?«

»Keine Ahnung. Der Geburtstermin ist übermorgen, aber es kann sein, dass es länger dauert. Und dann braucht es sicher ein paar Wochen, bis sie mit dem Baby fliegen kann.«

Wieso nennt er Mary seine Frau und sagt, sie käme hierher? Mir gegenüber hat er doch immer behauptet, sie seien nicht mehr zusammen und er würde nicht glauben, dass sie kommt?

Ich laufe zum Haus und zwinkere hastig mit den Augen, um die Tränen zurückzuhalten; ich gehe ins Wohnzimmer, durch den Flur, greife nach der Klinke zum Badezimmer, es ist abgeschlossen. Ich höre, wie von innen geöffnet wird. Und jetzt fließen die Tränen, ich verschwinde hinter der nächsten Tür. Frans' und Alisons Schlafzimmer. Alison sitzt neben der Wiege, in der das Baby liegt, daneben eine zusammengerollte Windel. Alison hat es gerade gefüttert und ihm den Hintern abgeputzt, und ich … schluchze. Sie sieht mich gleichzeitig kühl und liebevoll an. Ich schlage meine Hände vors Gesicht.

Alptraum

»Du kleine Idiotin«, sagt sie. »Was glaubst du, wird passieren, wenn seine Frau herkommt? Kannst du mir das sagen?«

»Sie ist nicht seine Frau. Er liebt mich«, bringe ich zwischen den Händen heraus.

»Er belügt dich«, erwidert Alison ruhig. »Ich kann einfach nicht glauben, dass du so dumm bist. Aber vielleicht irre ich mich ja auch. Du lässt dich von ihm ficken und träumst davon, mit ihm bis zum Ende eurer Tage in Afrika glücklich zu werden! Natürlich belügt er dich. Seine Frau wird kommen und mit einem Kind im Arm dastehen – und dann bist du draußen!«

»Er will sich von ihr scheiden lassen«, sage ich … glaube aber nicht wirklich daran.

»Hat er das gesagt?«

»Ja.«

»Aber er muss noch ein bisschen warten, weil seine Frau ja gerade niederkommt, und das wäre nicht fair, wenn er jetzt einfach anrufen und es ihr sagen würde, das verstehst du doch, oder … und so weiter und so fort«, äfft Alison Victor nach und sieht mich an. Ja. Oh nein.

»Es ist nicht sicher, dass sie herkommt.«

»Erklär mir, warum?«, verlangt Alison.

»Sie ist nur eine, mit der er eine Weile zusammen gewesen ist, und dann wurde sie schwanger, das war eine Panne, aber sie hat darauf bestanden, das Kind auszutragen. Sie sind nicht einmal verheiratet.«

»Es war keine Panne«, widerspricht Alison. »Sie sind seit fünf Jahren verheiratet.«

»Nein!« Was sagt sie da bloß?

»Doch.«

Ich friere.

»Und Vater? Was glaubst du wohl, was er mit Victor und dir anstellt, wenn er erfährt, dass ihr miteinander vögelt? Was meinst du, lass mich deine erstbeste Vermutung hören.«

»Aber … das weiß er doch genau.«

»Er ist dein Vater, aber du kennst ihn immer noch nicht«, sagt Alison kopfschüttelnd.

Ich antworte nicht. Vater hat mir doch Victor vorgestellt. Was glauben denn die Leute, was ich mit dem Mann hätte machen sollen? Ich starre Alison an. Vater weiß es nicht. Alison nickt.

»Ganz genau«, sagt sie. »Und du sorgst besser dafür, dass er nicht herausfindest, was du so treibst.«

»Aber …« Ich breche den Satz ab.

»Geh jetzt und wasch dir dein Gesicht.«

Ich komme aus der Schlafzimmertür, Christian lehnt an der Wand im Flur.

»Ich stehe Schlange vorm Klo«, sagt er, ohne mich anzusehen. Er hat mehrere Minuten hier gestanden und alles mit angehört. Ich gehe zurück ins Schlafzimmer. Wische mir die Augen aus, höre, wie die Toilettentür aufgeht; jemand kommt heraus, Christian geht hinein. Ich hake Alison unter, wir gehen zusammen zurück in den Garten. Glücklicherweise wird es allmählich dunkel. Ich bin innerlich eiskalt. Setze mich und quatsche Bullshit mit Jarno, über alte Zeiten auf der Schule. Dann klingelt das Telefon. Frans nimmt ab. Ruft nach Victor. Frans kommt heraus.

»Es ist Victors Schwägerin aus dem Krankenhaus. Er wird Vater.«

»Das ist ja fantastisch!«, brüllt Victor ins Telefon. »Ruf an, sobald sich etwas tut!« Er kommt heraus, greift sich ein Bier. »Prost!«, ruft er über den Garten. »Ich werde Vater!« Alle heben ihre Gläser und Flaschen. Außer mir. Ich zünde mir eine Zigarette an. Merke, dass Vater mich beobachtet. Ich stehe auf. Gehe ein Stück in den Garten. Drehe der Gesellschaft den Rücken zu. Höre Schritte.

»Bist du okay?« Es ist Christian.

»Nein.«

»Was willst du tun?«

»Weiß nicht. Ist mir egal. Es wird sich zeigen. Was soll ich denn deiner Meinung nach sagen?«

»Irgendetwas, das nicht vollkommen idiotisch ist.« So hat er noch nie mit mir geredet.

»Alle halten mir Predigten. Alle. Und jetzt fängst du auch noch damit an. Dazu habe ich einfach keinen Bock.« Christian starrt mich nur an. »*Tsk*«, schnalze ich. Er sieht plötzlich traurig aus, zuckt die Achseln.

»Das ist so beschissen abgefucked«, sagt er und geht tiefer in den dunklen Garten. Ich folge ihm. Ihm treten Tränen in die Augen. Ich lege meinen Arm um ihn, versuche ihn zu trösten.

»Nein, lass das.« Er schubst mich weg. Weil er glaubt, dass ich es ohnehin nicht ernst meine. Zu viele Gefühle. Oder? Ich umarme ihn noch einmal. Wenn er hierbliebe und einen Ort zum Wohnen hätte, sich etwas zum Leben besorgen würde … ich könnte mit ihm nach Moshi gehen.

»Hör auf«, sagt er und windet sich aus meinen Armen. »Du hast … du musst nur …« Er weist mit einer Armbewegung auf meinen Körper. »Das ist das Einzige, was du kannst.«

Ich kann wirklich nicht anders. Ich vermisse Mick. Christian ist auch nur ein Kind. Wenn sein Vater nicht hier wäre, würde er auch nicht hier sein. Er ist nicht sein eigener Herr. Er ist nur … verloren. Ich will nicht nach England. Ich könnte mit Mick leben, hier. Er begreift. Ich habe ihn beleidigt, als ich ihn das letzte Mal sah. Wie könnte ich jetzt zu ihm kommen? Ich weiß nicht einmal, ob er mich will.

Zittern

Das Wohnzimmer ist dunkel. Ich warte auf Victor. Ich habe Kopfschmerzen vorgetäuscht und das Fest verlassen. Und jetzt will ich ihm die Meinung sagen. Ich werde ihm mitteilen, dass er ein Schwein ist, ein krankes Mistvieh, ein Idiot …

Mit einem klebrigen Geschmack im Mund erwache ich auf dem Sofa, in der Küche rumort das Mädchen. Es ist hell. Ich stolpere zur Haustür, schaue hinaus. Das Motorrad steht dort. Gehe ins Bad und putze mir die Zähne. Gucke in Victors Zimmer. Er sieht aus wie immer. Ich stoße ihn an. Er schlägt die Augen auf.

»Du hast nicht viel von einem Soldaten in dir«, sage ich. All dieses Geschwätz von einem Auge, das immer halb offen steht. »Ich hätte dich völlig problemlos umbringen können.« Er sagt nichts. »Du bist ein Schwein, Victor.«

»Nein, Samantha. Ich mag dich. Aber du bist sehr jung, du musst dein eigenes Leben führen.«

»Du hast gesagt, du willst mit mir zusammen sein. Aber das war eine Lüge. Du hast das nur gesagt, um mich … zu ficken! Damit du mich ficken konntest!«

»Nein, Samantha. Du musst verstehen ... du sollst doch ein gutes Leben haben. Wir hatten es gut zusammen. Es war lustig, aber ...«

Ich unterbreche ihn: »Du hast mich ausgenutzt.«

»Ich habe dir das gegeben, was du wolltest«, erwidert Victor, und das stimmt, dennoch ...

»Du hast mich einfach benutzt.«

»Was hast du dir denn vorgestellt?«

»Dass ... du mich liebst. Das hast du gesagt.« Ich fange an zu weinen.

»Nach außen hin bist du ein harter Hund, Samantha. Aber innerlich zitterst du. Du weißt nicht, was du willst, Mädchen.«

»Das kannst du doch gar nicht beurteilen«, schluchze ich.

»Du bist eine dumme, kleine Mistgöre, die ein paar Männer haben wollte. Das hast du geschafft. Und jetzt hör auf zu winseln!«

»Aber dir geht es gut, wie?«, frage ich, wobei mir der Rotz aus der Nase läuft.

»Mein Sohn ist geboren«, antwortet er, zuckt die Achseln und lächelt kühl. Ich wische mir den Rotz von der Nase.

»Wieso ... hast du all diese Dinge zu mir gesagt?«

»Schluss jetzt. Dein Vater hat Verdacht geschöpft, dass zwischen uns etwas läuft. Es war lustig, Samantha. Aber jetzt kommt meine Frau mit meinem Sohn, also ist es vorbei. Und es fängt auch nicht wieder an.«

Läufig

Ich packe eine Tasche. Victor bleibt im Bett. Ich gehe hinein und nehme die Motorradschlüssel aus seiner Hosentasche, ohne ihn auch nur eines Blickes zu würdigen. Fahre zu Alison. Sie sind im Yachtklub. Fahre dorthin. Sie sitzen unter einem Sonnenschirm an einem Tisch, umgeben von einer Menge anderer Familien. Brunch. Ich stelle mich ein wenig abseits und sehe zu. Vater, Mutter, Kind, Opa – ekelhaft. Gehe zu ihnen.

»Hey«, grüße ich und registriere Alisons warnenden Blick. Setze mich. Schaue Vater an. Er lehnt sich zurück und holt tief Luft, dann fängt er an zu reden, kommandierend, durchdringend: »Du läufst hier rum und wirfst dich mitsamt deiner Möse diesem Mann an den Hals – was denkst du dir eigentlich dabei?«

Was? Hat Mutter ihren Mund nicht halten können? Das kann sie doch nicht machen. Die Gespräche um uns verstummen, das Gefühl von Gesichtern, die sich uns zuwenden. Woher weiß er es? Ich wage nicht, zur Seite zu sehen.

»Wovon redest du?«

»Ich bin nicht blind«, erklärt Vater. »Ich habe dich gestern beobachtet, als er von seinem Kind erfuhr.«

»Jetzt beruhig dich doch, Douglas«, bittet Frans und wird ignoriert. Vater fährt fort: »Du bist nicht blöd, Samantha. Ich weiß, dass du denken kannst. Aber du bewegst dich auf gefährlichem Terrain, wo du nicht Fuß fassen kannst. Ich versteh das gut, als junger Mensch war ich genauso. Aber dann kam das Militär, und ich habe mich in den Griff gekriegt.«

Ich unterbreche ihn: »Und bist ein Mörder geworden.«

»Und habe mich in den Griff gekriegt«, wiederholt er. »Im Mittelpunkt die Disziplin. Die du auch haben solltest.«

»Und die du dazu benutzt hast, um ein Mörder zu werden.«

»Ich bin nicht anders als Victor Ray«, sagt er. »Denk daran.«

»Du hast ihn schließlich angeschleppt. Vielleicht hättest du diesen Mann nicht gerade direkt neben meinem Bett platzieren sollen.«

»Der Mann ist verheiratet.«

»Du schuldest Victor Geld. Und ich dachte, ich bin so eine Art Abschlag auf die Schulden«, sage ich. Vater schüttelt den Kopf.

»Bist du jetzt lange genug läufig gewesen?«, fragt er und erhebt sich – versucht, bedrohlich auszusehen. Davor muss man keine Angst haben.

»Von wem habe ich das wohl gelernt?«, frage ich zurück. Und dann ... meine Wangen brennen von den Ohrfeigen, die rasch fallen, unerwartet – erst auf der linken Seite und dann mit der Rückhand auf der rechten. Frans springt auf, greift nach Vaters Schulter, will ihn fortziehen. Tränen stürzen mir aus den Augen. Vater hat sich verändert. Er stößt Frans so heftig beiseite, dass der über den Nachbartisch fliegt; die Leute schreien, Gläser und Teller zerbrechen, Kinder heulen. Frans landet auf den Bodenfliesen, übersät mit Eiern und Saft.

Alison springt auf und brüllt ihn an: »Wir reden erst wieder miteinander, wenn du dich bei allen hier entschuldigt hast!«

Frans hat sich aufgerappelt. Alison nimmt die Babytasche, Vater steht mit hängenden Schultern stumm daneben, die Arme hängen untätig herunter, die großen Händen wie tote Schaufeln.

»Samantha«, sagt Alison, »komm mit.«

Eine Stunde später sitze ich auf ihrer Veranda, als Vater zur Tür hereinkommt. Alison stillt im Wohnzimmer.

»Na, habt ihr euch ein bisschen beruhigt?«, erkundigt er sich.

»Was sagst du da?«, fragt Alison nach.

»Das Mädchen muss lernen, sich zu beherrschen.«

»Ich verstehe dich nicht richtig?«

»Jetzt hör schon auf, Alison.«

»Verschwinde!«, fordert sie ihn auf.

»Jetzt hör mir mal ...«, fängt er an. Aber Alison ist bereits aufgestanden und geht zum Telefon, sie wählt mit derselben Hand, in der sie den Hörer hält, mit der anderen trägt sie das Baby. Vater bleibt stehen. Dann dreht er sich um und geht. Alison legt den Hörer wieder auf.

Auf der anderen Seite des Hauses wird sein Wagen angelassen. Alison hat die Hand am Telefon, sie steht mit dem Rücken zu mir, ihr Gesicht kann ich nicht sehen – sie hält das Baby vor ihr Gesicht. Vielleicht küsst sie das Kind. Ihr Rücken bebt.

Aufenthaltserlaubnis

Mir fehlen meine Kleider, meine Kassetten.

»Soll ich dich rüberfahren?«, bietet Alison an.

»Nein. Ich mach's selbst.«

»Soll ich wirklich nicht mitfahren, mit dem Wagen?«

»Nein. Ich hab kein Problem damit. Vielleicht bin ich ein Idiot, aber ich bin sicher nicht das Arschloch.«

Ich fahre hin. Auf Victors Motorrad. Er ist nicht da.

»Er ist für ein paar Tage verreist«, teilt Juma mit einem Lächeln mit, er weiß nichts.

»Was ist mit seiner Frau? Ist sie angekommen?«

»Seine Frau?«, fragt Juma, auf seinem Gesicht breitet sich Leere aus. Die Nicht-Verstehen-Strategie: ein afrikanischer Klassiker.

»Ja, seine Frau und sein neugeborenes Kind kommen bald hierher.«

Juma weiß natürlich, dass ich mit Victor geschlafen habe. Er ist ein aufmerksamer alter Soldat.

»Davon weiß ich nichts.«

»Juma«, seufze ich. »Erzähl es mir.«

»Diese Frau kommt erst, wenn das Kind ein bisschen größer ist«, sagt er verlegen.

»Danke. Ich will nur ein paar Sachen holen.« Ich gehe ins Haus und packe den Rest meines Mists in eine Tasche. Als ich zu Alison zurückkomme, ist die Polizei da, zu zweit.

»Was ist los?«

»Sie suchen Vater«, sagt Alison.

»Ich weiß nicht, wo er ist.«

»Wir wollen deine Papiere sehen«, fordert der Polizist. Er hat bereits die Pässe von Alison und Frans in der Hand. Ich wühle in meiner Tasche, reiche dem Mann meinen Pass.

»Ich habe Frans bereits angerufen«, sagt Alison zu mir.

»Deine Aufenthaltserlaubnis ist abgelaufen«, erklärt mir der Polizist.

»Sie fliegt nächste Woche«, behauptet Alison.

»Du hättest bereits vor zwei Monaten ausreisen müssen«, sagt der Polizist. »Das ist ein großes Problem«, fügt er hinzu und legt Alisons Papiere beiseite – ihre Papiere sind in Ordnung, denn sie hat einen Mann, der hier sein darf. Wir tragen nicht einmal mehr denselben Nachnamen.

»Und was machen wir jetzt?«, frage ich ihn.

»Du bekommst eine Strafe, weil du dich illegal im Land aufhältst. Du musst innerhalb von vierundzwanzig Stunden am Flughafen sein und einen Flug außer Landes nehmen.«

Ich wechsele ins Swahili: »Ich bin seit fünfzehn Jahre hier.« Dann halte ich inne, was soll ich noch sagen? Ich habe fast mein ganzes Leben hier verbracht, und nun darf ich nicht mehr in Tansania bleiben. Und der Mann ignoriert mich. Will nicht Swahili mit mir reden. Begreift mein Swahili als Beleidigung seines Englisch.

»Du kommst mit aufs Revier«, erklärt er mit diesem toten, selbstgerechten Blick, den alle Afrikaner mit Befehlsgewalt zeigen, wenn sie einen in der Hand haben – direkt übernommen vom bürokratischen Beamtenapparat der englischen Kolonialmacht.

Die Tür geht auf, und Frans kommt herein. Grüßt gehorsam die Polizisten. Schlägt vor, zum Büro der KLM zu fahren; er könnte mir sofort ein Ticket ausstellen. Ich könnte mitfahren. Und natürlich würde ich auch die Strafe bezahlen, verspricht Frans. Der Polizist will nicht, dass ich mitkomme. Viel lieber will er sich im Büro der KLM von Frans schmieren lassen, ohne dass andere sehen, wie viel Geld die Hände wechselt.

Ich sitze im Zimmer und starre leer in die Luft, meine Hände zittern.

»Hast du ihr ein Ticket ausgestellt?«, fragt Alison, als Frans zurückkommt.

»Dein Vater hat ihr bereits ein Ticket gekauft.« Drei Sekunden Stille.

»Wann?«, fragt Alison kühl.

Frans zögert. »Gestern. Ja, ich weiß.« Frans senkt den Kopf. »Aber er hat mich gebeten, nichts zu sagen, bis er selbst mit dir geredet hat. Er hat sich entschuldigt.«

Alisons Stimme ist eiskalt: »Du belügst mich nie wieder über diesen Mann. Nie wieder. Sonst ist es vorbei.«

»Ja.«

»Außerdem soll er sich nicht bei dir entschuldigen. Sondern bei Samantha.«

»Ja«, sagt Frans noch einmal. Sie träumt.

Ich setze mir Kopfhörer auf, höre Musik. Ständig wird über die Liebe gesungen. Aber es nützt nichts.

Aufbruch

Ich fahre zum Norad-Haus. Jarno ist zu Hause. Er soll morgen fliegen. Christian ist mit Shakila am Strand. Nanu, rennt er jetzt ihr hinterher? Wir fahren hin. Christian sieht mich verwirrt an, als ich auftauche. Es ist egal. Ich verberge meine schlechte Laune. Frage ihn, was er vorhat. Er will nach Shinyanga, seinen Vater besuchen, vielleicht trifft er seinen Vater aber auch in Moshi.

»Und was ist mir dir, Shakila?«

Sie lächelt.

»Auf die Universität nach Kuba.«

»Hast du ein Praktikum bekommen?«

»Ja. Mein Vater hat den Leistenbruch des kubanischen Botschafters operiert und ihm ein *sehr* billiges Ferienhaus in Pangani verschafft. Sie spielen Golf zusammen«, erzählt Shakila, noch immer lächelnd.

»Das ist doch fantastisch«, meint Jarno.

»Das ist normal«, antwortet Shakila. »Wenn Kanada zwanzig Studienplätze als Auslandshilfe finanziert, dann stehen sämtliche Freunde des Kultusministers am Flughafen und winken ihren Kindern zum Abschied, die alle in Kanada studieren sollen. Und der Minister hat plötzlich ganz viele feine Knochen abzuknabbern.« Shakila zuckt die Achseln.

»Verflucht, wieso wollen alle hier weg?«, frage ich.

»Wir wollen weg«, erwidert Shakila, »weil Gott Afrika vergessen hat.«

»Gehst du noch immer in die Kirche?«

»Ja.«

»Wieso?«

»Es ist schön, Gott an meiner Seite zu wissen.«

»Christian, weißt du eigentlich, dass Shakila wie ein Engel singt?«, frage ich ihn.

»Nein. Wirklich?«

»Ja. Aber Samantha auch, als wir jünger waren, auf dem Internat in Arusha.«

»Du bist in Arusha aufs Internat gegangen?«, fragt Jarno und schaut Shakila an. Mich fragt er nicht – ich habe verschissen, weil ich ihn nicht rangelassen habe.

»Von der ersten Klasse an«, antwortet Shakila.

»Wieso haben sie dich von der ersten Klasse aufs Internat geschickt?« Jarno ist neugierig.

»Ich denke, mein Vater hat mich nicht geliebt.«

»Du auch?«, fragt Christian und sieht mich an.

»Zwei Jahre bei den Katholiken in Tanga und von der dritten Klasse an auf dem Internat in Arusha«, sage ich.

»Kannst du dich noch an die Uniformen erinnern?« Shakila lacht. Wir trugen alle Uniformen: flaschengrüne Unterhose, flaschengrüne oder schwarze Socken, khakifarbenen Rock und weiße Bluse, wie kleine Soldaten. Wenn wir am Abend in die Dusche mussten, gingen wir im Gänsemarsch in den Waschsaal, wuschen uns, putzten die Zähne, und dann zurück in unsere Schlafsäle. Am Wochenende durften wir unsere eigenen Sachen tragen, außer wenn wir sonntags in die Kirche gingen: die Jungen in weißen Hemden, schwarzen Hosen und blankgeputzten Schuhen, die Mädchen in weißen Blusen und weißen Schuhen.

»Und diese furchtbaren Pastorenkinder und missionarischen Lehrer aus Makumira«, sage ich. Shakila grinst: »Einen großen Christen haben sie nicht aus dir gemacht.« Sie hat Recht. Makumira ist ein Theologiezentrum mit europäischen und amerikanischen Lehrern, deren Kinder auf die Schule in Arusha gingen. Vor allem brachten wir uns gegenseitig bei, Zigaretten zu rauchen.

»Und was hast du vor, Christian?«, erkundige ich mich.

»Was meinst du?«

»Willst du wieder nach Hause und zur Schule gehen, oder bleibst du hier, aber, fuck, wovon willst du leben?«

»Vielleicht mach ich eine Taucherausbildung in Dänemark und starte ein Tauchzentrum für Touristen hier in Dar oder irgendwo an der Küste.«

»Da wird niemand kommen«, sage ich. »Wir hatten so was in Tanga, aber sowohl Tanga wie auch Dar sind zu weit weg von der nördlichen Touristenroute. Es funktioniert nicht. Wer tauchen will, geht nach Mombasa oder auf die Seychellen.«

»Ich habe auch schon daran gedacht, in Moshi eine Diskothek zu eröffnen.«

»Du hast keine Anlage.«

»Doch, habe ich, in Dänemark. Ich muss nur die Möglichkeiten abchecken, dann könnte ich eine Anlage hierher schicken.«

Ich glaube nicht, dass er hier zurechtkommt, aber ich halte meinen Mund. Es ist nicht meine Sache, außerdem bin ich ja wirklich die Letzte, die weiß, wie man hier zurechtkommt.

»Und in den nächsten Tagen, was willst du machen?« Ich bin neugierig.

»Ich werd schwimmen gehen«, antwortet er, steht auf und läuft ins Wasser. Shakila und Jarno rennen ihm nach. Ich zünde mir eine Zigarette an. Sie bespritzen sich, spielen. Shakila steigt nass und schwarz glänzend aus dem Wasser und wälzt sich in dem feinen Sand, der große Teile ihrer Haut hell werden lässt.

»Würde es dir besser gefallen?«, fragt sie Christian.

»Was?«

»Wenn ich weiß wäre?«

»Nein, zum Teufel, wasch's ab!« Er packt sie und schleppt sie ins Wasser. Sie entkommt seinem Griff.

»Magst du mich, weil ich schwarz bin?«

»Ich mag dich, so wie du bist. « Er wirft mir einen Blick zu. Vielleicht will er mich eifersüchtig machen. Ich spüre nichts.

Unterschätzt

»Hier ist dein Flugticket.« Vater legt es auf den Couchtisch. Alison ist nicht zu Hause.

»Ich will hierbleiben.«

»Samantha. Sie schmeißen mich raus. Verstehst du? Sie beschlagnahmen meine Geschäfte. Sie haben mir das Hotel genommen. Du kannst nicht hierbleiben. Was stellst du dir vor, wovon willst du leben?«

»Ich komm schon zurecht.«

Er sieht mich an. Jetzt sag es schon, du alter Trottel. Beschimpf mich. Aber er sagt keinen Ton. Er kommt zu mir, beugt sich vor, fasst mich in den Nacken und versucht, mich am Bauch zu kitzeln. Ich drehe mich zur Seite. Als ich kleiner war, haben wir oft gerungen. »Das ist nicht komisch«, sage ich. Er lässt los, tritt ans Fenster, schaut hinaus.

»Nein.«

»Was ist mit Victor?«, will ich wissen.

»Was soll mit ihm sein?«

»Wird er auch rausgeschmissen?«

»Ihn kennen sie nicht.«

»Er sollte auf den Seychellen doch auch mit dabei sein.«

»Da war nichts auf den Seychellen«, behauptet Vater.

»Ah ja, da war nichts. Wir sind nicht dorthin gefahren, damit du die Machtübernahme für einen Arzt arabischer Herkunft planen konntest, der in London wohnt und die Zusammenarbeit mit Tansania beenden wollte, die zurzeit noch die Sicherheit der Inselgruppe garantieren?«

Vater sieht mich an: »Es kann gut sein, dass ich dich unterschätzt habe, Samantha.«

»Aber du bist von Tansania aus hinübergeflogen, und das hat sie misstrauisch werden lassen. Die Schwarzen sind offenbar doch nicht so blöd, wie du glaubst.«

»Deine Mutter weiß, dass du kommst.« Mit einer Kopfbewegung zeigt er auf das Flugticket.

»Aber … weshalb kann ich nicht hierbleiben? Zusammen mit Alison?«

Vater seufzt. »Alison hat einen Mann und ein Kind. Sie führt ihr eigenes Leben. Sie kann sich nicht um dich kümmern. Du musst nach Hause und eine Ausbildung beginnen, etwas lernen.«

»Nach Hause?«

Micks Arschvoll

Ich fahre im Taxi zu Micks Werkstatt. Trete auf den großen Platz, auf dem überall kaputte Lastwagen stehen; ein Teil wird ausgeschlachtet, um Ersatzteile für die anderen zu liefern. Mick steht Schulter an Schulter mit einem anderen Mechaniker über einen Motor gebeugt. Ein junger Bursche hat mich entdeckt.

»*Bwana* Mick!«, ruft er und Mick schaut auf.

»Samantha!«. Er kommt auf mich zu und trocknet sich dabei die Hände an einem dreckigen Stück Putzwolle.

»Wie geht's dir?«, frage ich. Mick sieht mich, ohne ein Wort zu sagen, an, schaut auf sein Büro, dann wieder auf mich.

»Mir geht's gut. Mir geht's immer gut. Und dir?«

»Und die Arbeit ist auch okay?« Ich schaue auf die Lastwagen.

»Ausgezeichnet«, erwidert Mick. »Ich spare, um meinen eigenen Laden in Arusha zu eröffnen. Eine Werkstatt. Aber was ist mit dir? Bist du okay?«

»Ich …« Mir versagt die Stimme.

»Wann fliegst du nach England?«

»England … Ich glaube nicht, dass ich dort … also, dass ich dort glücklich werde.«

»Bist du denn hier glücklich?«

»Ja, hier habe ich zumindest Freunde. Leute, mit denen ich herumhängen und feiern kann …«

»Samantha, ich glaube kaum, dass du glücklich wirst, wenn du in Dar Feten feierst.«

»Wieso nicht?«

»Weil es nicht dein eigenes Leben ist. Du wohnst bei deiner Schwester, du wohnst im Haus deines Vaters. Darauf kannst du nicht bauen.«

»Ich bin achtzehn. Ich hab's nicht so eilig, was aufzubauen. Ich will nur ein bisschen Spaß.«

»Ist es lustig, sämtliche Idioten von Dar zu ficken?«

»Was?« Ich sehe ihn an. Seit er seine Krankheit überstanden hat, ist er wieder etwas dicker geworden. Ich taxiere ihn von oben bis unten: »Und was sollte ich sonst machen? Dich ficken? Einen kleinen schwabbeligen Mechaniker?«

»Hey, hey, hey.« Mick hebt abwehrend die Hände. »Ich will dich gar nicht.«

»Du bist so scheißkorrekt, aber du schleichst doch auch nur herum und pumpst schwarze Löcher wie alle anderen. Du hast keine Chance bei mir.«

»Samantha, irgendjemand müsste dir mal richtig den Arsch versohlen.« Mick dreht sich um und geht wieder unter das Halbdach. Ich bleibe in der sengenden Sonne stehen. Er beugt sich über den Motor. Fuck. Ich setze mich ins Taxi, der Plastikbezug des Sitzes ist glühend heiß, ich muss an den Rand rutschen.

»Fahr schon«, sage ich zu dem Fahrer. Die letzte Möglichkeit ist Christian. Ich könnte verschwinden, mit ihm nach Moshi gehen. Bestimmt bekommt er etwas Geld von seinem Vater. Dann wäre ich fort. Sie würden nach mir suchen, würden traurig sein und vielleicht begreifen, dass sie mich wie ein Möbelstück behandelt haben und sich eine bessere Lösung überlegen müssen. Aber das würde das Unumgängliche bloß hinausschieben. Außerdem habe ich die Freundschaft vor zweieinhalb Jahren auf dem Internat von Moshi zerstört, mit Sex. Christian würde nur daran denken, wie er mich rumkriegen könnte. Dazu kommt, dass er unfähig ist. Er ist nach Europa gegangen und dort nicht zurechtgekommen. Aber er findet sich auch hier nicht zurecht. Er ist mit dem bescheuerten Traum zurückgekommen, sich in Tansania eine Existenz aufzubauen, ohne dafür gerüstet zu sein. Er ist wie ich. Wir sind gleich.

Flucht

Das Taxi nähert sich Valhalla, dem Wohngebiet der Skandinavier. Es ist von einer hohen Mauer umgeben, auf der Mauerkrone ragen eine Reihe V-förmiger Flacheisen einen halben Meter in die Luft; dazwischen ist Stacheldraht verlegt. So sieht es inzwischen überall in Msasani aus, die Kriminalität ist seit meiner Kindheit explodiert.

Vater behauptet, es läge an der Invasion in Uganda 1979, als Tansanias Heer Idi Amin absetzte. Die Soldaten bekamen keinen Lohn, nur das, was sie klauen konnten. Als sie wieder nach Hause geschickt wurden, machten sie einfach so weiter. Wir fahren zum Tor und dem Wächterhäuschen. Der Wachposten lässt uns hinein, ich bin ja weiß. Die Straßen ziehen sich zwischen den europäisch aussehenden Reihenhäusern, deren Gärten von blühenden Hecken eingefasst sind. Vor Nummer 28 steige ich aus, eine uniformierte Wache geht die Straße entlang. Ich bitte den Fahrer zu warten. Klingele. Das Hausmädchen öffnet. Der Boden ist mit dunklem Parkett belegt, düster. Christian kommt mir auf dem Flur entgegen. Er wohnt bei einem Kollegen seines Vaters, da Jarno nach Finnland fliegen musste.

»Hey«, grüße ich. »Ich muss mal dringend aufs Klo.« In der Toilette sind die Kacheln grau, es ist eng und kalt – nordischer Stil. Ich bleibe eine Weile auf der Toilette sitzen. Lasse das Wasser laufen. Wasche mir die Finger. Trockne mich ab. Gehe hinaus.

»Möchtest du was trinken«, fragt Christian und hält mir ein Carlsberg hin.

»Ich muss gleich wieder los, das Taxi wartet«, antworte ich mit einer Handbewegung in Richtung Straße.

»Ah ja, ich dachte …« Er hält inne. Zum Teufel. Aber ich kann doch nicht einfach …

»Ich muss packen und so. Ich habe wirklich keine Zeit, Christian.« Er sieht mich an. »Es tut mir leid«, füge ich hinzu. Er ist nicht mehr so leicht zu durchschauen wie früher, aber ich kenne diesen toten Gesichtsausdruck von mir selbst. Dahinter ist er in kleine Teilchen zerplatzt.

»Aber ich esse mit meinem Vater zu Abend, bevor er mich zum Flughafen fährt. Du könntest kommen und mit uns essen …?«

»Glaubst du, er hält das für eine gute Idee?«

»Nein, aber er hat sich mir gegenüber sowieso schon wie ein Schwein benommen. Komm mit – dann muss er sich wenigstens nicht wiederholen.«

»Okay.«

»Oysterbay Hotel. Um acht.« Ich umarme ihn, küsse ihn auf die Wange. Er hebt nicht einmal die Arme. Steht still.

»Bis dann, um acht«, wiederhole ich und gehe zu meinem Taxi.

Gegenstände

Warum soll ich dieses Zeug packen? Ich kann es in England doch nicht anziehen – zu dünn, zu fadenscheinig, zu leger, zu afrikanisch. Ich nehme ein paar *kangas*, die ich gekauft habe, und lege sie in den Koffer. *Kangas* in England? Bind dir morgens einen anstelle eines Hausmantels um, und du bekommst innerhalb einer Woche eine doppelseitige Lungenentzündung. Die Makonde-Skulptur vom Fensterbrett, ich lege sie obenauf; ich muss etwas mitnehmen, das mich an Zuhause erinnert. Ich fange an zu weinen, lautlos, denn Alison geht im Wohnzimmer vorsichtig auf und ab. Nun kommt sie herein.

»Samantha«, sagt sie und umarmt mich von hinten. »Kleine Samantha.« Sie schaukelt mich, und ich heule wie ein kleines verrotztes Kind.

»Du musst keine Angst haben«, sagt sie. »Es wird alles gut. Mutter wird auf dich aufpassen.«

»Ich weiß.«

»Soll ich mit ins Oysterbay kommen, möchtest du das?«

»Nein. Es wird schon gehen. Christian kommt. Außerdem kannst du das Baby nicht allein lassen.«

Alison dreht mich um, wir stehen uns gegenüber. Sie trocknet die Tränen auf meinen Wangen. Ihre Augen schimmern ebenfalls. Wir lächeln uns an.

»Ich habe ein Päckchen für Mutter.«

»Ja, und ich muss zusehen, dass ich fertig werde. Ich will auf dem Weg zum Oysterbay noch bei Shakila vorbei«, lüge ich.

»Okay.« Alison bringt mir ein Päckchen mit Kaffee, Cashewnüssen, einer Flasche Konyagi und einer Packung Sportsman. »Nur damit sie Tansania nicht vergisst.«

Mir gibt Alison einen Umschlag. »Und das ist für dich.«
»Geld?«
»Nur ein bisschen, damit du dir Kleider und so was kaufen kannst.«
Wir schleppen meinen Koffer und die Tasche in die Einfahrt. Der Fahrer lädt das Gepäck ins Auto. Alison umarmt mich lange, dann beginnt das Baby im Kinderwagen zu schreien, und sie lässt mich los.
»Ich muss leider…«, entschuldigt sie sich.
»Bis bald, Schwester!«, rufe ich und steige in den Wagen. Sie winkt. Wir fahren. Zum Oysterbay Hotel. Ich sage dem Fahrer, dass er einfach zurückfahren kann, deponiere meinen Koffer an der Rezeption, damit wir ihn nach dem Abendessen mitnehmen können. Vater wird sicher dem Flugzeug nachstarren, bis es am Himmel verschwindet, nur um sicher zu sein, dass ich fort bin.

Abschied

Ich blicke über das Meer. Soll ich noch einmal schwimmen gehen? Ich blicke hinauf in die Palmenkronen, einige sind vertrocknet. Ich habe noch ein wenig Zeit. Ich gehe zur Straße und winke einem Taxi, bitte den Fahrer, zu Vaters Haus zu fahren. Victor. Alle außer seiner Frau wissen es, aber sie ist nicht hier. Ich will ihn ein letztes Mal sehen. Obwohl wir nicht… zusammen sind, will ich ihm sagen, dass ich ihn wunderbar finde – und ein Arschloch. Es ist traurig, aber ich will mich trotzdem anständig verabschieden. Ich werde zu der Verabredung mit Vater nicht pünktlich sein. Er kann ruhig auf mich warten. Ich habe jahrelang auf ihn gewartet. Ich fahre in einem Dämmerzustand durch die Dunkelheit und spüre die Hitze des von der Sonne aufgeheizten Sands der Straße, die durch die klappernde Karosserie des Taxis dringt.
Juma kommt angeschlurft und öffnet das Tor.
»*Shikamoo Mzee*«, grüße ich und frage ihn, ob Victor da ist. Ja. Ich bezahle den Taxifahrer und gehe durchs Tor. Noch bevor ich die Haustür öffne, höre ich Tom Jones vom Tonbandgerät. Victor ist nicht im Wohnzimmer. Auf dem Couchtisch steht eine mit einem Teller abgedeckte Metallschale. Es ist die Schale, die Victor zum Strecken benutzt – sein lächerliches Kokain-Geschäft. Es ist kein richtiges Leben, aussichtslos. Victor handelt mit Drogen, Vater spielt Krieg. Was ist ein

richtiges Leben? Frans verkauft Flugtickets; Mick repariert Autos. Ist das alles?

»Victor?«, rufe ich, bekomme aber keine Antwort. Ich ziehe mich bis aufs Höschen und das Unterhemd aus; ich behalte die Unterwäsche an, weil ich erleben will, wie er sie mir auszieht – den Slip mit den Zähnen. Ich gehe zum Schlafzimmer. Ein letztes Mal. Wer weiß, wie es in England ist.

»Victor!«, rufe ich noch einmal.

»Was ist?«, höre ich Victor hinter der Schlafzimmertür rufen. Ich setze ein schelmisches Lächeln auf und schiebe die Tür auf. Angela liegt mit ihrem Kopf auf seiner Brust und grinst mich boshaft an. Ein Ruck fährt durch Victor. Angela hebt ihren Kopf und schaut lächelnd auf seinen glänzend-feuchten Schwanz, der eben noch in ihrem Mund gewesen ist.

»Was zum Teufel machst du hier?«, fragt er.

»Herausfinden, wer du bist.« Ich drehe mich um, damit er meine Augen nicht sieht.

Ich überlege, warum Juma mir nichts gesagt hat? Aber er konnte ja nicht wissen, dass … Vielleicht ist Angela gekommen, als Juma nicht zu Hause war, und seine Tochter hat ihm nicht erzählt, dass eine Frau gekommen ist. Warum sollte sie auch? Juma muss mich ja hineinlassen, es ist das Haus meines Vaters. Und die Vordertür war nicht verschlossen.

Exil

Auf dem Couchtisch steht die Metallschale mit dem Teller darauf. Ich schalte das Tonband ab. Dann schiebe ich den Teller beiseite, er fällt auf den Boden, zerbricht. Kokain. Ich setze mich. Zwischen drei Fingern streue ich eine Portion auf die Tischplatte.

»Fass das nicht an!«, ruft Victor aus dem Schlafzimmer.

»Leck mich!«, sage ich leise. Ich höre, wie er sich dort drinnen bewegt.

»Scheiße, ich hab das schon verkauft!«, ruft Victor.

»Ist mir doch scheißegal.«

Victor ist ein Verlierer. Zwei Linien sind auf der Tischplatte gezogen, daneben liegt bereits ein zusammengerollter Hundert-Schilling-Schein.

Ich ziehe die erste Bahn in die Nase. Hinter der Stirn brennt es wie Eis. Wieso bin ich immer mit solchen Arschlöchern zusammen? Ich höre, wie er sich anzieht – als ob es etwas Neues zu sehen gäbe. Seine Stimme klingt angespannt. »Das ist zu stark für dich, Samantha!«, ruft er.

»Genau wie der Scheiß, den ich mit dir erlebt habe!«, rufe ich zurück, wobei mein Oberkörper zittert. Ich blicke auf. Victor steht in der Tür und hat sich ein Laken umgelegt. Angela steht direkt hinter ihm, nackt, mit den Händen auf seiner Schulter.

»Nimm nicht noch mehr«, sagt er.

»Nimm es, zermansch dir dein Hirn«, sagt Angela.

»Das habe ich bereits getan«, erwidere ich und beuge den Kopf über den zusammengerollten Schein, halte ihn über die zweite Bahn und schnupfe. Nadelspitzen in meinem Hirn, der Hals füllt sich mit flüssigem glasklarem Feuer, das zu scharfkantigen Scherben gerinnt und in einer schreienden Vogelschar explodiert. Das ist kein ... Kokain. Krämpfe durchzucken meinen Hals. Heroin. Ich lehne mich auf dem Sofa zurück. Etwas Feuchtes, Warmes kommt aus der Nase. Führe meine Hand dorthin, Flüssigkeit. Sehe sie mir an. Rot. Blut. Läuft mir über die Lippen. Beuge den Kopf nach vorn. Die Blutgefäße in der Nase explodieren, in der Stirn. Er muss es mit fein zermahlenem Glas verschnitten haben, damit es richtig kratzt. Zu viel. Falsch. Kunstdünger. Chemikalien. Blutroter nebliger Schimmer über meinen Augen. Die Ohren nässen. Es strömt über meine Brüste, der Stoff klebt an der Haut. Läuft bis zum Becken, wird vom Slip aufgesogen, färbt den Stoff. »Nein.« Das Geräusch aus meinem Hals ist halb erstickt, verdickt.

»Oh, fuck!« Ein Geräusch durch eine Lage dehydrierter Quallen am Strand. Victor schüttelt mich. Brüllt lautlos. Angelas stummer Schrei. »Sie hat keinen Puls mehr!«, ruft er ganz nah bei mir. Weiche Glieder, als er mich umdreht und auf dem Sofa ausstreckt, seinen Mund an meinen legt, mein Blut schmeckt, mich beatmet.

»Komm schon!«, sagt er. Nein. Vorhin – jetzt nicht mehr. Er schlägt auf mein Herz. Ja. Mein Oberkörper bäumt sich spastisch auf. Aber ich habe das Gefängnis des Fleisches schon verlassen. Stehe im Raum; wer wird sich eine Zigarette anzünden? Victor oder Angela? Ich kann es nicht mehr. Und sie hat sich im Schlafzimmer bereits halb angezogen und versucht, in ihre Sandalen zu schlüpfen; aber es gelingt ihr nicht, sie ist zu hektisch – sie streift sie ab, packt sie mit den Händen, läuft hinaus.

»Wo willst du hin?«, ruft Victor ihr nach, seine Stimme überschlägt sich. Ein wimmerndes Geräusch ist von Angela zu hören, bevor sie die Tür hinter sich zuschlägt.

»Fuck!«, flucht Victor.

Das glaube ich nicht, mein Schatz. Er richtet sich auf, das Laken fällt herunter, er sieht sich um. Jetzt kann ich meine Leiche sehen, das Blut aus der Nase, den Augen, den Ohren, auf den verschmierten Lippen von Victor, auf der Brust, über dem Bauch, auf dem Slip. Victor packt meine Schultern und setzt mich im Sofa auf. Er dreht sich um und geht über den Flur ins Schlafzimmer, zieht sich die Unterhose an und wischt sich den Mund ab, an dem mein getrocknetes Blut klebt. Ich kehre zurück in meinen Körper auf dem Sofa, meine Körpertemperatur sinkt. Victor ist im Schlafzimmer. Ich glaube, er packt. So weit kann ich nicht sehen. Das Blut in meinen Adern fließt nicht mehr, es beginnt zu gerinnen. Victor läuft an mir vorbei, dreht sich um und wirft einen letzten Blick auf mich. Er schüttelt fast unmerklich den Kopf und verlässt das Haus durch die Küche und die Hintertür. Ich höre, wie sich der Schlüssel dreht, kurz darauf wird das Motorrad gestartet, und er fährt davon. Ich bin allein. Das Blut gerinnt – auf meiner Haut, in meinen Adern. Was ist das? Das Geräusch eines Land Rovers? Jumas Stimme draußen. Vater. Ein Schlüssel in der Tür. Vater tritt ein. Bleibt stehen.

»Samantha«, sagt er, mit rauer Stimme. Hinter ihm Christian – das Herz wird schwarz. Er sieht mich, ein Ruck durchfährt ihn. Vater kommt zu mir und fühlt den Puls, seine Finger sind warm. Christian erbricht sich an der Tür.

»Mach die Tür zu«, sagt Vater zu ihm. Christian gehorcht, im Wohnzimmer breitet sich dämmriges Licht aus. Vater hockt sich neben mich und streichelt meine Wange, schaut in meine roten Augen. »Samantha«, sagt er noch einmal und schüttelt ganz leise den Kopf.

Zigarettenrauch, Christian hat sich eine Zigarette angesteckt – er ist es. Aber ich kann so gut wie nichts mehr riechen.

»Ich habe versucht, ihn bei der Polizei anzuzeigen«, sagt Vater.

»Wen?«, fragt Christian.

»Victor. Es war Victor.« Die Hausdurchsuchung im Hotel Africana, als ich im Bett auf Victors Waffen lag. Ich habe ihn vor der Verhaftung gerettet. Und nun ermordet er mich. Vater steht auf, bleibt mit hängenden Schultern und zusammengekniffenen Lippen stehen. Er stellt den Couchtisch beiseite und guckt sich den Sisalteppich darunter an. Geht ins Schlafzimmer und kommt mit einem Laken zurück. Dann greift er nach dem Teppich, zieht ihn zur Seite und breitet das Laken aus und legt den Sisalteppich darauf – mein Todeslager. Ich werfe einen letzten Blick auf Christian. Er sieht nicht so aus, als würde er irgendetwas begreifen. Vater hebt mich hoch, legt mich hin.

»Ich verspreche dir, ich werde ihn umbringen, Samantha. Und er wird es spüren«, flüstert Vater. Ein bisschen spät, dass er etwas für mich tun will.

Dann rollt er mich wie eine Puppe in den Teppich ein, doch ich spüre nichts an meiner kühlen Haut. Meine Sicht ist versperrt. Ich will sehen, was passiert, aber ich kann den Körper nicht mehr verlassen. Das Geräusch einer Ohrfeige.

»Hilf mir, sie anzuheben!«, befiehlt Vater. Sie heben mich an, tragen mich hinaus, eine verpuppte Braut über die Schwelle zum Tod. Ich höre, wie Juma die Hintertür des Land Rovers öffnet.

»Setz dich rein«, sagt Vater; redet er mit Juma oder Christian?

Autotüren werden zugeschlagen. »Wo übernachtest du?«, erkundigt sich Vater.

»In Valhalla«, antwortet Christian.

Der Wagen fährt los. Er fährt. Ich liege hinter ihnen. Wir halten in Valhalla, Christian holt seine Sachen. Wir fahren weiter.

Vaters Stimme kommt aus weiter Ferne: »Wenn wir sie begraben haben, fahre ich dich nach Morogoro. Von dort kannst du einen Bus nach Moshi nehmen. Wenn irgendwelche Behördenvertreter dich fragen, sagst du … erzähl einfach die Wahrheit.«

Was ist die Wahrheit? Der Wagen fährt von der Straße, in den Busch, hält. In der Ferne bellen Hunde. Spaten werden aus den Halterungen des Land Rovers genommen, ich werde herausgetragen und auf die Erde gelegt. Vater und Christian graben ein Loch.

»Es muss tiefer sein, sonst graben die Hunde sie aus«, sagt Vater. Weiß er nicht, dass sie mich bereits haben? Sie legen mich hinein. Erde über mir. Alles ist still.

Nachschrift

Im Frühsommer 2007 lieferte Jakob Ejersbo die erste Reinschrift eines Manuskripts an den Gyldendal Verlag – ein Buch, das er seit seiner frühen Jugend schreiben wollte und an dem er arbeitete, seit er 2002 den Roman *Nordkraft* veröffentlicht hatte.

Das neue Manuskript bestand aus zwei Bänden: dem Roman *Liberty* und einer Sammlung mit Erzählungen: *Revolution.*

Einen Monat später setzten Jakob und ich uns ein paar Tage zusammen und gingen das Manuskript Seite für Seite durch. Wir hatten bereits verabredet, den Erzählungsband zu teilen, d.h. eine Geschichte, *Exil*, herauszunehmen und als eigenständiges Buch zu veröffentlichen. Außerdem vereinbarten wir, das komplette Manuskript im Jahr 2008 zu redigieren und zu lektorieren, bevor auch nur ein Teil veröffentlicht wird.

Exil und *Revolution* waren in Jakobs Fassung so gut wie fertig, nur mit *Liberty* waren wir nicht ganz so weit. Jakob begann, den Text zu redigieren, und besprach die Umschlaggestaltung der drei Bücher mit seiner Schwester Ea, die die Illustrationen geliefert hatte.

Im September 2007 wurde Krebs bei ihm diagnostiziert, und die nun folgenden physisch und psychisch extrem belastenden Behandlungen hatten natürlich zur Folge, dass der ursprüngliche Plan nicht aufrechterhalten werden konnte. Anfang November 2007 schrieb mir Jakob eine Mail, in dem er mich mit Hilfe einer Reihe von Anweisungen bat, das Manuskript von *Liberty* fertigzustellen, wenn, wie er schrieb, »ich zur Unzeit von dannen ziehen (sollte)«.

Anfang Juli 2008, circa eine Woche vor Jakobs Tod, telefonierte ich noch einmal mit ihm, und wir vereinbarten bei dieser Gelegenheit die Reihenfolge der Veröffentlichung: Die beiden Bücher, die er für fertig befand und die er aus der Hand geben konnte, also *Exil* und *Revolution*, sollten in Dänemark zuerst erscheinen. Der Roman *Liberty* sollte dann als letztes Buch veröffentlicht werden, alle drei Bücher jedoch wie besprochen kurz hintereinander.

Dieser Plan wurde 2009 mit dem Erscheinen von *Exil* verwirklicht. *Revolution* und *Liberty* erschienen dann im Laufe des Jahres im Gyldendal Verlag.

Februar 2009, Johannes Riis,
VERLEGER, GYLDENDAL VERLAG, KOPENHAGEN